ULLSTEIN

Das Buch

Simon Stockdale kommt ohne Umschweife zur Sache, als er seinem Sohn Jack eröffnet: »Dein Großvater wird deine Großmutter verlassen und eine Frau heiraten, mit der er seit langem eine Affäre hat.« Jack ist bestürzt, aber auch fasziniert. Sein Großvater, der ehrwürdige Richter, ein fester Sockel der Familie, ist entschlossen, seine vierzigjährige Ehe einem Abenteuer zu opfern? Wie wird die Familie diese Nachricht verkraften? Die betrogene Ehefrau, Mutter, Schwieger- und Großmutter reagiert mit emotionaler Erpressung, die unterdrückte Konflikte und alte Wunden innerhalb der Familie aufbrechen lässt und alle Beziehungen auf eine Zerreißprobe stellt. Und wie ergeht es der Geliebten selbst, der jungen Anwältin Merrion? Wie erlebt sie ihre Beziehung zu einem Mann, der doppelt so alt ist wie sie? Ist sie wirklich, wie er sagt, »die Frau seines Lebens«?
Joanna Trollope zieht den Leser in ein bis zur letzten Seite spannendes Familiendrama.

Die Autorin

Joanna Trollope wurde im englischen Gloucestershire geboren, wo sie mit ihrem Mann heute wieder lebt. Nach Jahren im auswärtigen Dienst und als Lehrerin veröffentlichte sie 1987 ihren ersten zeitgenössischen Roman und schaffte sofort den Sprung auf die Bestsellerlisten. Heute ist Joanna Trollope eine der erfolgreichsten englischen Autorinnen.

Von Joanna Trollope sind in unserem Hause bereits erschienen:
Unter Freunden & Die nächsten Verwandten (Zwei Romane in einem Band)
Zwei Paare
Die Zwillingsschwestern

Joanna Trollope

Eine ganz normale Affäre

Roman

Aus dem Englischen
von Ulrike Thiesmeyer

Ullstein

Besuchen Sie uns im Internet:
www.ullstein-taschenbuch.de

Umwelthinweis:
Dieses Buch wurde auf chlor- und säurefreiem Papier gedruckt.

Ullstein Taschenbuchverlag
Der Ullstein Taschenbuchverlag ist ein Unternehmen der Econ Ullstein List Verlag GmbH & Co. KG, München
1. Auflage Oktober 2002

Titel der englischen Originalausgabe: *Marrying the Mistress* (Bloomsbury Publ. Ltd., London)
Übersetzung: Ulrike Thiesmeyer
Umschlaggestaltung: Cordula Schmidt, Hamburg
Titelabbildung: Taschen GmbH, Landhäuser in England, Barbara & René Stoeltie
Gesetzt aus der Sabon
Satz: Utesch, Hamburg
Druck und Bindearbeiten: Elsnerdruck, Berlin
Printed in Germany
ISBN 3-548-25426-8

I

»Es wäre ratsam, den Knaben noch eine halbe Stunde hier oben zu behalten«, sagte der Gerichtsdiener zu dem Wachmann.

Sie blickten beide quer durch den Wartebereich vor dem Gerichtssaal auf den Angeklagten. Er rauchte hastig. Außerdem überragte er um Haupteslänge das Grüppchen Frauen, das sich um ihn scharte wie ein Haufen Glucken um einen Gockel, ihm gut zuredete und ihm schöne Augen machte.

Der Wachmann klirrte mit dem Schlüsselbund an seinem Gürtel.

»Gibt's Ärger unten?«

»Nicht direkt Ärger«, sagte der Gerichtsdiener, »aber da warten ein paar Freundinnen und Angehörige des Mädchens. Sie warten. Man kennt das ja.«

Der Wachmann seufzte.

»Wenn man ihm bloß keine Kaution gewährt hätte. Dann könnte ich ihn einfach wieder mitnehmen. Wenigstens wüsste ich dann, wo er ist.«

Der Gerichtsdiener spähte noch einmal zum Angeklagten hinüber. Gut aussehender Bursche, sexy, die Sorte, die Mädchen magnetisch anzieht. Vertrauenswürdig aber wirkte er nicht; zumindest nicht, was seine Stieftochter anging.

»Der haut nicht ab.«

»Ich hätte ihn trotzdem lieber hinter Schloss und Riegel.«

Eine junge Frau kam eiligen Schrittes vorbei, eine schwarz gekleidete junge Frau mit rötlich braunem Haar, das sie hinten am Kopf mit einem schwarzen Band zurückgebunden hatte. Sie trug einen schwarzen Aktenkoffer und über dem Arm einen schwarzen Mantel. Im Vorübergehen nickte sie dem Gerichtsdiener zu.

»Schönen Feierabend«, sagte sie.

Der Wachmann sah ihr hinterher. Er hatte sie den ganzen Tag über während der Verhandlung beobachtet, Miss Merrion Palmer,

Anklagevertreterin, und bewundernd zur Kenntnis genommen, wie exakt der Zopf ihrer Perücke über ihrem eigenen saß.

»Hübsche Beine«, meinte er.

Der Gerichtsdiener stieß leicht die Luft aus und zog seine schwarze Robe zurecht, die ihm von den Schultern zu gleiten drohte.

»Oh«, sagte er, »allerdings.«

Er blickte den Wartebereich rauf und runter und flüsterte dann: »Kennen Sie unseren Richter?«

»Na, hören Sie mal«, sagte der Wachmann, »ich bin doch den halben Monat hier. Klar kenne ich den Richter.«

Der Gerichtsdiener rückte etwas näher.

»Was da gerade vorbeigegangen ist«, sagte er und hielt die Augen auf die Glastür am Ende des Wartebereichs geheftet, die zum Richterkorridor führte, »ist nicht bloß irgendeine Anwältin. Was da vorbeigegangen ist, ist das Schnuckelchen Seiner Ehren.«

In seinem Zimmer auf der anderen Seite der Glastür nahm Richter Guy Stockdale seine Perücke ab und hängte sie über ihr Holzgestell. Beides, Perücke und Gestell, hatte seinem Vater gehört, wie auch die Taschenuhr in seiner Westentasche, die er jeden Tag dabeihatte, aus einer abergläubischen Furcht heraus, sich öffentlich zum Narren zu machen, wenn er sie einmal vergaß, und der silberne Kugelschreiber, mit dem er sich da oben gewissenhaft Notizen machte, allein, auf der Richterbank.

Dann streifte er seine Robe ab – aus purpurner, weinroter und schwarzer Seide – und hängte sie auf den Plastikbügel einer landesweiten Reinigungskette, der wohl endgültig den schweren, holzgeschnitzten Bügel ersetzt hatte, den er extra für diesen Zweck mitgebracht hatte. Dann legte er sein schwarzes Jackett ab, hängte es über die Rückenlehne eines Armstuhls aus grauem Kunststoff, setzte sich hinein, legte den Kopf in die Hände und drückte sich die Handballen in die Augenhöhlen.

»Wäre es dir lieber, wenn ich meine Perücke abnehme?« hatte er heute vormittag um halb elf das Mädchen gefragt, das über Videokamera als Zeugin zugeschaltet war. »Wäre es dann leichter für dich?«

Sie hatte zurückgestarrt, ein cleveres, aufgewecktes kleines Gesicht, das von einem Mantelkragen aus Kunstpelz umrahmt wurde.

»Das stört mich nicht«, hatte sie erwidert. Sie hatte nicht eingeschüchtert gewirkt. Durch nichts, den ganzen Tag über nicht, außer gelegentlich durch die qualvolle Erinnerung daran, was sie gefühlt hatte, was ihr zugestoßen war. »Wie Sie wollen.«

Seltsamerweise hätte er seine Perücke ganz gern abgesetzt. Das kam sonst nicht vor. Sonst war er sich so sehr der Tatsache bewusst, ein Amtsträger und Repräsentant der Justiz zu sein und nicht bloß Guy Stockdale, zweiundsechzig Jahre alt, einen Meter achtundachtzig groß, Schuhgröße 45, noch immer – beeindruckenderweise – ohne Brille oder dritte Zähne, dass er ganz froh war, wenn seine Perücke und Robe ihn von einem Individuum in eine unpersönliche Instanz verwandelten. Heute aber war es anders gewesen. Heute war es anders gewesen, weil er, ohne eigenes Zutun, an einen Punkt gelangt war, an dem er eine Entscheidung zu treffen hatte; er konnte sie nicht einfach weiter von allen Seiten begutachten, darüber nachdenken und sie dann sorgfältig zur Seite legen, um sich eines schönen Tages mit ihr zu befassen, wenn das Licht hell und sein Mut groß genug wären. Dieses Wissen veranlasste ihn, das Mädchen auf dem Videobildschirm nicht bloß als ein missbrauchtes Kind zu betrachten – dreizehn Anklagepunkte wurden ihrem Stiefvater zur Last gelegt, sechs wegen unzüchtiger Handlungen, fünf wegen ungesetzlichem Verkehr, zwei wegen Vergewaltigung –, sondern als eine Art Weggefährtin in einer Welt, wo die Dinge, die man sich wünschte und brauchte, allmählich in schlimmen Konflikt mit den Dingen gerieten, die man bereits einigermaßen besaß.

Nach einem leichten Anklopfen öffnete sich die Tür. Penny Moss, eine junge Bürogehilfin, die direkt nach ihrem Schulabschluss für den Stanborough Crown Court zu arbeiten begonnen hatte, kam mit einer Akte herein. Guy nahm die Hände vom Gesicht und sah sie blinzelnd an. Sie nahm weiter keine Notiz davon, dass sie den Vorsitzenden Richter mit dem Kopf in den Händen vergraben angetroffen hatte. Sie nahm niemals je von irgendetwas Notiz, es sei denn der unmittelbaren Angelegenheit, mit der sie gerade befasst war. Sie legte die Akte auf den Schreibtisch.

»Es geht um Mr. Weaverbrook vom Tierasyl, Herr Richter.«

Guy schaute auf die Akte. Mr. Weaverbrook betrieb ein so genanntes Tierasyl, als durchsichtige Tarnung für den Handel mit gestohlenem landwirtschaflichem Gerät und Pferdetransportern. Wenn man ihn vor Gericht vorlud, berief er sich auf akute Panikattacken. Gewöhnlich kam an seiner Stelle seine Frau und saß zitternd auf ihrem Platz, sichtlich überfordert von dem Versuch, ihre Loyalität zwischen Mr. Weaverbrook und der Pflicht zu gesetzestreuem Betragen aufzuteilen. Guy empfand Mitleid und Bewunderung für Mrs. Weaverbrook.

»Möchten Sie, dass der Fall Ihnen vorbehalten bleibt, Herr Richter?«

»Ja, Penny.«

»Und Mrs. Mitchell und die Verfügung hinsichtlich ihrer Kinder?«

Guy schloss erneut die Augen. Mrs. Mitchell war eine Nymphomanin mit sadomasochistischen Neigungen, der man gerade unter Schwierigkeiten das Sorgerecht für ihre drei Kinder, alle drei von unterschiedlichen Vätern, entzog.

»Der Fall auch, Penny. Für ihn hätte ich gern einen früheren Termin.«

»Herr Richter –«

»Penny«, erwiderte Guy, »ein Aufschub kommt nicht in Frage. Ich habe hier die Zukunft einer Achtjährigen zu bedenken.«

Penny öffnete den Mund. Sie wollte gerade sagen – wie immer, wenn man sie um etwas bat, wozu sie keine Lust hatte –: »Das wird Martin nicht gefallen.« Martin war der Gerichtsvorsteher.

Guy erhob sich.

»Schönen Abend, Penny. Und vielen Dank.«

Sie griff nach Mr. Weaverbrooks Akte. Ihm fiel auf, dass sie an ihrem linken Ringfinger einen schmalen Goldreif trug, der aus zwei kleinen, ineinander verschlungenen Händen bestand. Er sah leicht keltisch aus.

»Guten Abend, Herr Richter«, sagte sie.

Draußen in der Frühlingsdämmerung lag der kleine Gerichtsparkplatz in ein seltsames orangefarbenes Glühen getaucht da, das von den Straßenlaternen jenseits der Mauer rührte. Die den Hof umgebenden Gebäude waren ebenso modern und schnörkellos wie das Gericht selbst, erbaut aus blutrotem Backstein und Beton mit viel Glas, das in stumpfes Metall gefasst war. Sie wirkten ausnahmslos zutiefst unmenschlich, sogar leicht bedrohlich durch Elemente wie die riesigen Stahltüren, die sich nachts vor der Hofeinfahrt schlossen. Guy war für imposante Elemente in der Architektur, ganz besonders, wenn diese Architektur irgendwie mit der Gerichtsbarkeit zu tun hatte, aber alles Bedrohliche, Elemente, die Mitleidlosigkeit und Unbarmherzigkeit suggerierten, verabscheute er.

Sein Wagen war noch einer von dreien. Die anderen beiden gehörten den beiden regulären Distriktrichtern, die genau wie er abends meist bis sechs Uhr arbeiteten, obwohl das Gericht seine Türen um halb fünf schloss.

»Ich arbeite mit wunderbaren Menschen zusammen«, sagte er oft und meinte es auch so.

Er öffnete eine der hinteren Autotüren und legte seine Aktentasche auf den Rücksitz. Dann setzte er sich hinters Steuer und ließ den Motor an. Dann stellte er ihn wieder ab und saß da, versunken in die Betrachtung der blinkenden roten Lämpchen auf dem Armaturenbrett, präziser kleiner Lämpchen, die ihre Aufgaben genau kannten und sie pflichtbewusst ausführten.

Ich will nicht nach Hause fahren, dachte Guy. Er nahm die Hände vom Lenkrad und legte sie auf die Knie. Ich will nicht nach Hause fahren und mich der Tatsache stellen, dass ich mich endlich entschieden habe und diese Entscheidung nun umsetzen muss. Was ich hasse, sagte er sich und schloss die Augen, ist, Schmerz zufügen zu müssen. Aber genau das werde ich, mir selbst und allen andern, was ich auch mache. Tatsächlich habe ich das schon, sogar seit Jahren. Bloß dass es noch nicht alle wissen.

Merrion hatte ihn an diesem Tag – wenn sie ihm denn einen Blick zugeworfen hatte – sehr direkt angesehen. Bis heute war sie noch nie vor ihm vor Gericht erschienen, und er war der Ansicht und hatte sie auch geäußert, dass es nie so weit kommen sollte.

Aber sie hatte diesen Fall angenommen, eine Ablehnung sogar nie in Betracht gezogen, und als feststand, dass sie beide zum ersten Mal gemeinsam beruflich in der Öffentlichkeit auftreten würden, gemeint, er solle sich darüber nicht den Kopf zerbrechen.

»Das ist doch nicht weiter tragisch«, sagte sie. »Eine dreitägige Verhandlung, und ich werde ja nicht einmal in Stanborough übernachten. Du kennst doch meine Gefühle, was Stanborough angeht.«

Das stimmte. Er kannte ihre Gefühle, was die meisten Dinge betraf. Diese Seite ihres Charakters fand er mit am bezauberndsten, ihre Direktheit, ihre Aufrichtigkeit, ihre Fähigkeit (und ihren Mut), die Dinge so zu sehen und zu schildern, wie sie waren, und nicht, wie sie hätten sein können oder wie sie sie gern gehabt hätte.

»Du bist verheiratet«, hatte sie gesagt. »Und zwar seit über dreißig Jahren. Du hast zwei Söhne, und du hast Enkel. Ich bin jung genug, um deine Tochter zu sein. Ich bin nicht verheiratet. Ich bin verrückt nach dir. *Verrückt.* Wir haben ein großes, großes Problem, und es wird noch größer werden. Keine Frage.«

Sie war vierundzwanzig gewesen, als sie sich kennen lernten. Das war fast sieben Jahre her. Er hatte in einem Abendzug nach London gesessen, wo er sich mit seinem Sohn Simon zum Essen treffen wollte; eine dieser Verabredungen mit dem Ziel, einander näher zu kommen, auf die Simons Mutter Laura so viel Wert legte.

»Fahr hin. Ach, fahr doch. Wie wollt ihr je all die Abgründe zwischen euch überwinden, wenn ihr nicht einmal den Versuch unternehmt, miteinander zu reden?«

In seinem Abteil hatte ein Mädchen gesessen und in einem Buch gelesen, das ihr Lachkrämpfe verursachte. Sie war machtlos dagegen, lachte Tränen und hielt sich das Buch immer wieder vors Gesicht, um dahinter ungestört vor sich hin prusten zu können. Alles, was er erkennen konnte, war, dass es sich um eine mitgenommene alte Taschenbuchausgabe von Lawrence Durrells *Esprit de Corps* handelte. Außerdem konnte er sehen, dass sie wundervolles Haar hatte, und lange Beine, die in engen Blue Jeans steckten. Sie war kein bisschen hübsch im konventionellen Sinne, aber nachdem er begonnen hatte, sie anzuschauen, stellte er fest, dass er keine große Lust mehr hatte, wegzuschauen. Also versuchte er es erst gar nicht. Lächelnd beobachtete er sie, bis sie sich das Buch verkehrt herum auf die Knie legte und immer noch lachend schnaufte: »Ich kann einfach nicht anders.«

Am Bahnhof Paddington lud er sie zu einem Drink ein. Sie hatte ihre Mutter in Süd-Wales besucht und kehrte nun nach London zurück, wo sie arbeitete. Sie war Praktikantin in einer Anwaltskanzlei, die auf Familienrecht spezialisiert war. Sie hatte eine Menge Theorien – die er aufrichtig bewunderte – darüber, dass es mehr Anwältinnen geben sollte, vor allem im Familienrecht.

»Die Menschen wünschen sich das. Die Öffentlichkeit überhaupt. In diesem speziellen Bereich haben sie zu uns einfach mehr Vertrauen.«

Er erzählte ihr nicht, dass er Richter war. Er erzählte ihr überhaupt nicht viel, abgesehen davon, wie er hieß, wo er ungefähr wohnte und weshalb er in London war. Dann ließ er sich ihre Telefonnummer geben, setzte sie in ein Taxi und begab sich zu seiner Verabredung mit Simon. Er bestellte eine Flasche Champagner.

»Weshalb das?«, fragte Simon. »Was feiern wir denn?«

Guy hob sein Glas.

»Nur gesundheitliche Gründe.«

Das war vor fast sieben Jahren. Sieben Jahre, in denen er, wie die Zeitungen es nennen würden, ein Doppelleben führte – daheim mit Laura, dem Haus, dem Garten, den Hunden und allen Gewohnheiten, und anderswo mit Merrion. Das war manchmal London, manchmal ein Hotel, manchmal auswärts, wenn er zu Konferenzen fuhr, einmal – als sie es nicht mehr aushielten – war es sogar ein zehnminütiges Treffen im Bahnhofsrestaurant in Reading.

»Ich bin deine Geliebte«, sagte sie.

»Nein«, sagte er und zuckte ein wenig zusammen, »nein, das stimmt nicht. Meine Liebste –«

»Nein«, sagte sie, »tut mir leid, Geliebte, nichts weiter. Wir schlafen miteinander, du bezahlst mir manche Dinge, ich treff mich mit niemandem außer dir. Genau das tun Geliebte doch.«

Guy hob die rechte Hand und drehte erneut den Zündschlüssel. Dieses Wort hatte er heute, im Gericht, noch einmal gehört.

»Hat dein Stiefvater«, fragte der Verteidiger des Beklagten das Mädchen, »dich je als seine Geliebte bezeichnet?«

»Nein«, sagte sie. Sie leckte sich über die Lippen. »Er sagte: ›Wir sind ein Liebespaar, wir beide.‹ Das hat er gesagt. Und dann –« Sie verstummte.

»Und dann was, Carly?«

»Sagte er immer: ›Du bist besser als deine Mum.‹«

»Besser? Inwiefern besser?«

»Beim Sex«, sagte das Mädchen laut und deutlich.

Guy setzte rückwärts aus seiner Parklücke und fädelte sich langsam in die einspurige Hauptverkehrsstraße von Stanborough ein. Es waren nur wenige Fußgänger unterwegs, aber auf den Straßen herrschte Verkehr, und ein dichter Strom von Autos mit angeschalteten Scheinwerfern rollte unter den orangefarbenen Straßenlaternen dahin.

Als das Mädchen das sagte, hatte er ganz kurz zu den Geschworenen hinübergesehen. Wie die meisten neuen Geschworenen hatten sie zu Beginn des Tages recht aufmerksam und interessiert gewirkt, doch dann, während die Zeit fortschritt und die gerichtskundigen Tatsachen in denkbar knapper, sachlicher Sprache vorgetragen wurden, waren sie auf ihren Plätzen sichtlich zusammengesunken und hatten starr vor sich hin geblickt, während sie sich bemühten, geistig all das zu verarbeiten, was sie da hörten.

»Er tat es am liebsten morgens, bevor ich zur Schule ging«, sagte das Mädchen. »Wenn ich meine Uniform anhatte. Im Wohnzimmer.«

»Im *Wohn*zimmer?«

»Ja. Bei offen stehender Tür.«

»Bei *offen* stehender Tür? Während deine Mutter und Schwester oben schliefen und sich der Fuß der Treppe genau gegenüber von der Wohnzimmertür befand, ließ er diese Tür gern offen stehen?«

»Oh ja«, sagte sie, »ihm gefiel die Vorstellung, dass Mum uns erwischen könnte. Deswegen tat er es auch gern im Bad und in der Küche.«

Langsam schälte sich ein Bild heraus, das Bild eines auf den ersten Blick ganz normalen Reihenhauses mit drei Schlafzimmern in einer Siedlung am Rande von Stanborough, in dem eine Familie wohnte; eine auf den ersten Blick ebenfalls ganz normale Familie, die aus einer Frau, einem Mann und den beiden Töchtern der Frau aus einer früheren Ehe bestand. Tatsächlich aber war nichts so, wie es schien.

»Heather hat er nie angerührt«, sagte das Mädchen. Sie klang beinahe stolz. »Sie ist jünger als ich, aber sie hat er nie angerührt.«

»Warum«, fragte der Verteidiger, »hast du zugelassen, dass er dich berührte?«

Sie wirkte trotzig, beinahe erbost.

»Er hat mich reingelegt.«

»Reingelegt?«

»Er hat gesagt: ›Du willst deine Periode haben, oder? Wenn du Sex hast, bekommst du deine Periode.‹ Und sie kam. Ich wollte – ich wollte den Jungen gefallen. Er hat gesagt, das würde ich auch, wenn ich ihn ließe. Aber es stimmt nicht.«

Der Verteidiger lehnte sich vor. Er hatte ein rundes, fleischiges Gesicht und eine etwas ruppige Art.

»Aber du sagst doch, er hätte dich reingelegt.«

»Hat er ja auch.«

»Aber wenn du doch wusstest, dass du reingelegt wurdest, warum hast du ihn dann weitermachen lassen?«

Es trat eine Pause ein. Das Mädchen senkte den Blick. Vielleicht schlang sie gerade ihre Hände ineinander, aber die waren auf dem Fernsehschirm nicht zu sehen.

»Carly«, sagte der Anwalt, »hast du meine Frage gehört?«

Sie nickte.

»Ich wiederhole sie noch einmal. Wenn du wusstest, dass du reingelegt wurdest, warum hast du deinen Stiefvater weitermachen lassen?«

Sie flüsterte etwas.

»Carly, das Gericht kann dich nicht hören.«

Sie holte Luft und sagte dann müde, zugleich aber mit leichtem Stolz, als verkünde sie etwas Bedeutsames: »Für mich war er wie Gott.«

Gott. Ein fünfundvierzigjähriger Mann, der für eine bis über beide Ohren verliebte Frau und ihr ebenso fixiertes Kind den Gott spielte. Das Reihenhaus mit seinem adretten Vorgarten und dem etwas weniger adretten Garten nach hinten hinaus, wo die Mädchen Stallkaninchen halten durften, war anscheinend weniger das Zuhause einer Familie als ein Käfig, in dem Spiele stattfanden, unanständige, gefährliche, entwürdigende Spiele, Machtspiele, grausame, verletzende Spiele. Die Geschworenen hatten erschöpft ausgesehen. Mehrere von ihnen wirkten, als hätten sie, trotz aller Kenntnisse, die sie schon aus dem Fernsehen und der Presse gewonnen hatten, mehr mit anhören müssen, als sie erwartet hatten, als seien sie mit einer rauen Wirklichkeit konfrontiert worden, die sie nicht einfach abschalten konnten, wenn sie genug hatten. Und das war erst der erste Tag gewesen.

Aber Gott! Das hatte sie gesagt, dieses Kind von fünfzehn Jahren, das seit seinem achten Lebensjahr mit seinem Stiefvater zusammengewohnt hatte, bis vor einem Jahr, als sie ihrer Mutter endlich erzählte, was vor sich ging. Ein Gott. Man konnte, so schien es, bis zum Gehtnichtmehr über die Gleichberechtigung der Geschlechter sprechen, man konnte Gesetze erlassen, man konnte es mit Aufklärung versuchen, aber da tauchte dieses Kind auf, dieses Kind des späten zwanzigsten Jahrhunderts, mit seiner Unerschrockenheit und seinem fraglosen Blick in die Zukunft, und redete ganz einfach und ungerührt davon, dass ein Mann für sie wie ein Gott war.

Guy fragte sich nüchtern, ob er Laura je wie ein Gott erschienen war, selbst in jener ersten Zeit überschwänglicher Verliebtheit, wenn das Objekt der Liebe wirklich noch etwas ganz Außerordentliches ist. Sie hatten sich an der Universität kennengelernt, wo er Jura studierte und sie Französisch und Spanisch. Sie hatten beide fleißig gearbeitet – sie aus Gewissenhaftigkeit, er aus Ehrgeiz – und mit ähnlich guten Noten abgeschlossen. Er hatte direkt mit seiner weiteren Ausbildung zum Anwalt begonnen, und sie hatte sich beim Foreign Office beworben, war abgelehnt worden und hatte dann als Übersetzerin in einem kleinen Industrieunternehmen angefangen, das seine Geschäfte auf Europa ausdehnte. Es war eine stumpfsinnige Tätigkeit. Guy hatte Laura gedrängt, sie nicht anzunehmen.

»Versuch es bei der BBC«, sagte er. »Versuch es beim World Service. Versuch es im Verlagswesen. Versuch es als Lehrerin.«

»Ich kann nicht«, sagte sie. »Wenn nicht einer von uns ein bisschen Geld verdient, können wir nicht heiraten.«

»Und ob. Wir brauchen kein Geld, um zu *heiraten*. Und falls doch, nehme ich ein Darlehen auf. Es macht mir nichts, ein Darlehen aufzunehmen, bis ich was verdiene. Aber du kannst keine Arbeit machen, wo du nicht mit dem Herzen dabei bist.«

»Kann ich wohl«, sagte sie. »Das macht mir nichts.«

Das war aber nicht die Wahrheit gewesen. Heute erinnerte er sich, wie viel es ihr ausgemacht hatte. Sie sagte nichts, weil man ihr von Kindesbeinen an beigebracht hatte, still zu dulden, aber ihr ganzes Verhalten, ihre Launen, sogar ihr Gang verrieten, dass sie das Gefühl hatte, sich abzuplacken, dass sie ihrem Verstand nicht gestattete, sich frei zu entfalten, wie es bei ihm der Fall war.

»Machst du mir Vorwürfe?«, fragte er regelmäßig.

Und sie schaute ihn dann an, mit ihren klaren, haselnussbraunen Augen, in denen sich eine solche Offenheit des Gemüts und des Herzens zu spiegeln schien.

»Nein«, sagte sie.

Er fasste sie dann immer bei den Schultern und schüttelte sie sanft.

»Kann ich dir glauben?«

»Ja«, sagte sie.

Und das tat er auch. Oder zumindest lebte er so, als glaubte er ihr. Auf sein Anwaltsexamen bereitete er sich ebenso gewissenhaft vor wie auf seinen Abschluss in Jura, und regelmäßig forderte er Laura auf, sich einen anderen Job zu suchen. Sie lehnte immer ab. Einmal ging er zum Direktor ihrer gemeinsamen Bank und nahm ein Darlehen über sechs Monate auf, damit Laura ihren Job kündigen und sich in Ruhe etwas Passenderes suchen konnte. Eine Woche später ging sie ebenfalls zum Bankdirektor und machte das Darlehen rückgängig.

»Ich hasse so was. Ich kann das nicht. Du *weißt* doch, daß Mum und Dad ständig Schulden hatten und wie sehr ich das verabscheue.«

»Aber wir sind nicht wie deine Eltern. Wir haben nicht dasselbe Problem mit Geld. Und ich werde genug verdienen. Wenn alles gut läuft, verdiene ich in zwei Jahren anständig und später sogar gut.«

»An so etwas kann ich nicht glauben, bevor es wirklich geschieht.«

Das waren nicht die Worte, die man zu einem Gott sagte, ging es ihm nun durch den Kopf. Es war unwahrscheinlich, dass Lauras ängstlicher Sinn fürs Praktische jemals durch die Gegenwart übermenschlicher Möglichkeiten hinweggefegt würde. Nicht, als sie eine junge Frau war, und heute erst recht nicht. Heute! Tja, wie sollte man daran denken, ohne von Furcht, von Panik ergriffen zu werden? Unmöglich. Laura war einundsechzig. Sie wirkte für ihr Alter weder besonders jung noch besonders alt, sondern war eine nett aussehende, wohlerhaltene, insgesamt unscheinbare Frau mit denselben klaren haselnussbraunen Augen, die aber irgendwie in einem veränderten Kontext ruhten. Tatsächlich war die Art und Weise, wie Lauras noch immer junge Augen aus ihrem viel älteren Gesicht schauten, eine Metapher dafür, wie die Dinge sich in den letzten sieben Jahren verschoben und verändert hatten: seit er Merrion getroffen hatte, wirkte die gesamte Landschaft, in der Laura in Beziehung zu Guy lebte, verändert. Es war, als bewegte man sich unaufhaltsam von etwas weg, das einem sehr vertraut war, etwas, das man sich in allen Einzelheiten vorstellen konnte, wenn man davon getrennt war, und während man sich entfernte, schrumpfte dieses Etwas vor seinem Hintergrund zu etwas Substanz- und Bedeutungslosem zusammen.

Guy ließ die letzten, noch relativ neuen Vororte von Stanborough hinter sich und bog in eine Seitenstraße ein, die aufs Land hinausführte. Die Straßenbeleuchtung wurde spärlicher, bis es schließlich völlig dunkel war. Unter den Autoreifen hörte man das Geräusch von feuchtem Matsch. Noch fünf Meilen. Fünf Meilen, und dann würde er, jenseits einer Windung der Straße und noch bevor er das Dorf erreichte, die Lichter an der Front seines Hauses und die nackten, knorrigen schwarzen Umrisse der Apfelbäume im Obstgarten sehen.

Sie hatten das Haus vor dreißig Jahren gekauft, als Simon acht und Alan fünf war. Es waren drei Cottages gewesen, heruntergekommen und wenig verheißungsvoll, die inmitten eines schlammigen Durcheinanders von leer stehenden Schuppen und Schweineställen standen. Aber dann war da der Obstgarten, und dahinter ein bescheidener Hügel, und ein Dorf mit einer Kirche und einem Pub, und von Stanborough aus, zehn Meilen weiter, gab es gute Eisenbahnverbindungen nach London. Und Laura wollte es auf alle Fälle haben. Sie hatte ihren Job schließlich aufgegeben, als sie mit Simon schwanger war, und nach seiner Geburt äußerte sie auch nicht mehr die Absicht, sich nach etwas anderem umzusehen, vermutlich, weil Guy jetzt genug verdiente. Sie wurde zu einer gewissenhaften Mutter, genau wie sie früher eine gewissenhafte Studentin gewesen war. Von dem winzigen Reihenhaus in Battersea, das sie sich kaum leisten konnten, ging Laura jeden Tag mit Simon in den Battersea Park und spielte mit ihm. Sie schnitt Buchstaben aus und brachte ihm Lesen bei, als er vier war. Sie gab ihm Brot zu essen, das sie selbst buk, und rationierte sein tägliches Fernsehpensum – er sah genug fern, um in der Schule mitreden zu können, aber nicht so viel, dass er darüber den Gebrauch seiner Phantasie verlernt hätte.

Als Alan drei Jahre später dazukam, wurde auch er in dieses ernsthafte und rührige Projekt eingebunden.

»Entspricht dir das?«, wollte Guy von Laura wissen, fest entschlossen, sie zu unterstützen, was sie auch antworten mochte. »Genügt es dir, Mutter zu sein?«

»Vorläufig«, sagte sie, ohne ihn anzusehen. Sie zog gerade ein weiches Wirrwarr bunter Kleidungsstücke aus der Wäscheschleuder. »Vorläufig bleibt uns ja nichts anderes übrig.«

»Wie meinst du das?«

»Ich meine, wo du so hart arbeitest.«

Er kauerte sich neben sie auf den Boden der kleinen Küche. Er hatte noch seinen dunklen Anzug an, den er immer im Gericht trug, seine schwarzen Schuhe, die schlichte Krawatte.

»Laura, ich muss hart arbeiten. Ich bin selbständig. So ist das bei Anwälten. Das weißt du. Je härter ich arbeite, desto besser stehe ich da.«

Sie ließ sich auf den Hacken nieder und hielt die Plastikwanne mit der Wäsche gegen die Hüfte gedrückt.

»Wird es immer so bleiben?«

»Was heißt ›so‹?«

»Dass du den ganzen Tag über arbeitest, die meisten Wochenenden, sogar im Bett noch Akten wälzt –«

»Nicht, wenn ich Richter werde.«

»Richter!«

»Daran ist in den nächsten fünfzehn oder zwanzig Jahre noch gar nicht zu denken. Aber wenn du das gern hättest –«

Sie stand auf.

»Das ist nicht meine Entscheidung.«

»Doch, Laura. Es ist ebenso sehr deine Entscheidung wie meine.«

Sie hatte zu ihm hinabgeschaut, mit dem Wäschekorb im Arm, und leicht an ihrer Unterlippe genagt.

»So hatte ich mir das nicht vorgestellt.«

Er stand ebenfalls auf.

»Was?«

»Na ja, als ich arbeitete und du noch studiert hast, dachte ich nicht, dass wir so – na ja, so ungleich enden würden.«

»Aber das muss doch nicht so sein. Du könntest wieder arbeiten. Alan ist doch schon vier, Herrgott noch mal.«

Mit ihrer freien Hand wühlte sie ein wenig in der Wäsche herum.

»Könnten wir aufs Land ziehen?« sagte sie.

»Würde das helfen?«

Sie warf ihm ihren klaren, offenen Blick zu.

»Ja«, sagte sie.

Selbst damals, als er vorübergehend Erleichterung über diese anscheinende Lösung empfunden hatte, war er nicht ganz überzeugt gewesen. Wenn sie das wollte, wenn sie sicher war, dass ein Wechsel der Umgebung und Gesellschaft, das war es wohl, ihr einen neuen Lebensinhalt geben könnte, dann würden sie aufs Land ziehen. Aber er wurde das Gefühl nicht los, dass es womöglich das Schlimmste war, was sie tun konnten, dass die Stunden, die er zusätzlich unterwegs wäre, sich zu den Arbeitsstunden hinzuaddieren würden, dass dadurch eine Kluft entstehen würde, dass ihre Prioritäten nicht mehr dieselben wären.

»Bist du ganz sicher?«, fragte er immer wieder.

»Ja«, sagte sie, »ich möchte an einem Ort sein, wo ich mein eigenes Leben gestalten kann. Hier bin ich – wie eingeschlossen. Ich möchte, dass die Jungen einen Garten haben.«

»Wirst Du dich nicht einsam fühlen?«

Sie holte kurz Luft, als ob sie etwas sagen wollte, blieb dann aber stumm. Er hatte das ungute Gefühl, sie hätte sagen wollen: »Ich bin doch jetzt schon einsam«, und hätte es sich in ihrer selbstdisziplinierten Art versagt. Zuweilen wünschte er sich, sie wäre weniger diszipliniert, weniger zurückhaltend, dass jene Unbestimmtheit, die ihn bei ihrer ersten Begegnung so in den Bann geschlagen hatte – da er aus einer Familie redseliger, rechthaberischer Menschen stammte –, weniger undurchdringlich wäre. Rätselhaftigkeit war eine Sache, wie auch Understatement, Unbestimmtheit und Zurückhaltung – stummer Eigensinn jedoch war etwas ganz anderes.

»Schau mal«, hatte er recht energisch gesagt, »den Anwaltsberuf kann ich nicht aufgeben, weil ich nichts anderes gelernt habe und es das ist, was ich am besten kann, aber sonst werde ich alles tun, was du dir wünschst, alles. Umziehen, aufs Land ziehen, noch ein Kind haben, alles.«

Sie legte ihm die Arme um den Hals.

»Ich würde gern aufs Land ziehen. Ich wäre gern an einem Ort, wo ich sichtbar bin. Mir selbst und auch allen anderen.«

»Aber wenn du nun wieder arbeiten wolltest –?«

»Werde ich nicht«, sagte sie.

Doch sie hatte wieder arbeiten wollen. Das war, als sie gerade im zweiten Jahr mit dem Umbau von Hill Cottage beschäftigt waren. Guy schaltete einen Gang herunter, um die Abzweigung vor seiner Auffahrt zu nehmen, und erblickte die vertraute Anordnung angeschalteter Lampen im Haus; Wohnzimmer und Diele, Treppenaufgang und Schlafzimmer, Haustür und – nur als Widerschein zu sehen – Hintertür. Vor zwanzig Jahren – zwanzig Jahren! – hatte er allmählich erkannt, dass Laura das Gefühl hatte – wie sehr sie auch dagegen ankämpfte – sie hätte einen zu hohen persönlichen Preis dafür gezahlt, ihn geheiratet zu haben.

Und jetzt. Was hatte er jetzt vor? Er lenkte den Wagen in die Auffahrt und spürte, wie die Reifen knirschend über den Kies fuhren.

»Jetzt komme ich mir vor wie ein Flittchen«, hatte das Mädchen heute über Video gesagt. »Ich bin keine Jungfrau mehr. Ich fühle mich schmutzig. Ich komme mir naiv und dumm vor.«

Guy ließ das Auto auf dem kiesbestreuten Geviert vor der Hintertür leise ausrollen. Im Haus schlugen die Hunde an, die ihm jedes Mal einen stürmischen Empfang bereiteten, egal, wie lang oder kurz er fort gewesen war. Er stellte den Motor ab. Genauso fühle ich mich auch, dachte er. Schmutzig. Naiv und dumm und schmutzig. Er öffnete die Fahrertür und kletterte ein wenig steif hinaus auf den Kies.

2

Merrion Palmers Vater war gestorben, als sie drei war. Er hatte als Ingenieur für eine Baufirma in Süd-Wales gearbeitet. Eines Abends war er von der Arbeit heimgekommen und hatte über starke Kopfschmerzen und einen seltsam steifen Hals geklagt. Innerhalb von sechs Tagen war er an Meningitis gestorben. Merrion wusste nie so recht, ob sie sich wirklich an ihn erinnern konnte oder ob es nicht all die Fotos von ihm und Einzelheiten aus den Erzählungen ihrer Mutter waren, die sie verinnerlicht hatte und die sich zu etwas verdichtet hatten, das einer Erinnerung so nahe kam, dass sie den Unterschied nicht mehr feststellen konnte.

Sie sah ihm ähnlich, so viel stand fest. Er war groß gewesen, mit kräftigen Schultern und langen Beinen, hatte dickes, dunkles Haar gehabt und ein Gesicht, dessen Charme eher auf Persönlichkeit als auf regelmäßigen Zügen beruhte. Er war sehr geradeheraus, sagte ihre Mutter, bei ihm wusste man immer, woran man war, und seine Energie hätte ausgereicht, um eine Rakete anzutreiben. Und komisch war er, sagte sie, er verfügte über einen feinen Sinn für das Lächerliche. Als Kind hatte Merrion neben ihrem Bett ein Foto von sich zusammen mit ihrem Vater stehen gehabt. Sie war ungefähr zwei, trug ein Kleid, an das sie sich besser erinnern konnte als an den Anlass, ein rotes Sommerkleidchen mit weißen Tupfen, und sie saß auf seinem Knie und blickte sehr ernst in die Kamera. Auch ihr Vater blickte ernst in die Kamera, und er hatte das winzige Sonnenhütchen auf, das zu Merrions Kleid gehörte. Es sah aus, als hätte man eine Münze auf einer Pampelmuse plaziert.

Nach seinem Tod heiratete Merrions Mutter wieder, und zwar sehr rasch. Sie heiratete den besten Freund ihres Mannes, der zu diesem Zweck seine Frau verließ und mit Merrion und ihrer Mutter nach Frankreich übersiedelte. Er war ein kleiner Immobilienmakler und plante, sich als Vermittler zwischen französischen Bauern, die Höfe und Scheunen zu veräußern hatten, und englischen Käufern auf der Suche nach Wochenendhäusern zu betätigen. Merrion erinnerte sich, dass sie viel umgezogen waren, an eine Abfolge von Wohnungen und kleinen Hotels und Zimmern in Bauernhäusern, wo sie meistens im selben Raum wie ihre Mutter und ihr Stiefvater schlief. Sie erinnerte sich an den Geruch französischer Badezimmer und Kirchen, an Sauerkirschkonfitüre und alte Männer mit Mützen, die in einem der Städtchen, in dem sie schließlich landeten, auf einem sandigen Gelände unter Pinien Boule spielten. Sie erinnerte sich außerdem an das Gemurmel. Ihre Mutter und ihr Stiefvater murmelten fortwährend miteinander, im Auto, im Bett, beim Essen über Tische hinweg, während Merrion aus zerkrümeltem Brot Muster und kleine Gebirge formte. Mit der Zeit wurde es lauter, dieses Gemurmel, und dann verkündete Merrions Mutter, dass Merrion jetzt in die Schule gehörte, und fuhr mit ihr zusammen zurück nach Süd-Wales.

Danach sah sie ihren Stiefvater nur noch einmal. Er kam in das kleine Haus, das ihre Mutter in Cowbridge gemietet hatte, und schenkte ihr eine riesige Tafel Toblerone. Ihre Mutter nahm ihr die Schokolade ab und schickte Merrion hinaus in den Garten. Als sie nach einer halben Ewigkeit herauskam, um nach Merrion zu sehen, wirkte sie benommen, als hätte man sie ins Gesicht geschlagen. Sie hob Merrion hoch. Merrion war fast sechs und mochte es gar nicht, hochgehoben zu werden. Sie trat wild um sich und wehrte sich.

»Ich hätte es nie tun sollen«, sagte ihre Mutter und brach in Tränen aus.

Danach war es ruhiger gewesen, aber langweiliger. Merrions Mutter nahm eine Stelle als Sekretärin in einer Anwaltskanzlei in Cardiff an, und Merrions Großmutter verkaufte ihr Haus in Llanelli, um zu ihnen zu ziehen und sich mit um Merrion zu kümmern. Ein paar Jahre redete Merrions Mutter unaufhörlich von Merrions Vater, als könnte sie damit das Intermezzo in Frankreich irgendwie vergessen machen, aber dann begann alles seinen geregelten Gang zu nehmen, und Merrion gestattete der Erinnerung an ihren Stiefvater – einen umtriebigen, mageren Mann –, in die mythische Erinnerung an ihren Vater einzugehen. Männer waren da, so schien es, und dann waren sie nicht mehr da, und wenn sie nicht mehr da waren, kam man ohne sie zurande.

Erst mit ungefähr zwölf fing sie an, die Männer im Leben ihrer Schulfreundinnen wahrzunehmen. Da gab es Väter und Stiefväter und Brüder – letztere konnte man meist vergessen, was an ihrem Alter, ihrer mangelhaften Hygiene und ganz allgemeinen Unzulänglichkeit lag. Männer verliehen, bemerkte Merrion, der häuslichen Atmosphäre ein anderes Aroma; wo Männer waren, gab es mehr Energie und Lärm, mehr Abenteuerlust, mehr zu essen, mehr Gefahr. In einem Haus mit Männern ging es unzweifelhaft aufregender zu. Auch anstrengender. Aber Merrion gefiel das. In der Schule beobachtete sie Mädchen, bei denen es zu Hause Männer gab, und fragte sich, ob man ihnen ansehen konnte, dass sie etwas besaßen, was ihr fehlte. Sie entfernte das Foto mit dem Sommerkleidchen und fand andere von ihrem Vater und sich selbst, weniger alberne, und eins, das ihren Vater allein am Tag seines Studienabschlusses zeigte, mit ordentlich gekämmtem Haar und polierten Schuhen. Sie verbrachte viel Zeit damit, dieses Foto aufmerksam anzuschauen, als könnte davon etwas ausgehen und sie beeinflussen, Auswirkungen auf sie haben und die feminine Routine aufbrechen, nach der sie, ihre Mutter und ihre Großmutter lebten.

Wenn ihre Mutter hin und wieder einmal Verabredungen hatte, schöpfte sie sofort Hoffnung.

»Hat er dir gefallen? Triffst du dich noch mal mit ihm?«

»Ja, aber da wird nichts bei rauskommen. Keine Sorge. Ich habe meine Lektion gelernt.«

»Wird sie noch mal heiraten?« fragte Merrion ihre Großmutter.

»Unwahrscheinlich«, sagte ihre Großmutter. Sie löste gerade das Kreuzworträtsel. Seit vierzig Jahren löste sie jetzt das Kreuzworträtsel in derselben Zeitung immer um dieselbe Zeit am Vormittag, und reagierte gereizt, wenn irgendetwas sie dabei störte.

»Will sie denn nicht?«

»Ich glaube. Die letzte Episode war ja nicht sehr ermutigend.«

»Meinst du mit Ray in Frankreich?«

»Ja.«

»Sie könnte sich was Besseres als Ray angeln«, sagte Merrion. »Ray war fies.«

»Nach so einem Fiesling hat man aber erst mal die Nase voll«, sagte ihre Großmutter.

Merrion drehte an den Marienkäfer-Haarspängchen herum, die ihr das Haar aus dem Gesicht hielten.

»Ich bin die Einzige in der Klasse mit einem toten Vater.«

»Aber nicht an der Schule.«

»Es gehen zwölfhundert Schüler zu der Schule. Die kenne ich nicht. Ich kenne meine Klasse.«

Ihre Großmutter konzentrierte sich kurz und schrieb dann etwas in ihre Zeitung.

»Es wird dir besser gehen, wenn du erst verheiratet bist«, bemerkte sie wenig hilfreich.

Mit vierzehn hatte sich Merrions Vater-Fixierung in eine Heirats-Fixierung gewandelt. Sie schaute bei den Leuten immer auf die linke Hand, vor allem bei Frauen, und wenn sich dort kein Goldreif befand, studierte sie ihr Gesicht, um zu sehen, ob sonst noch etwas fehlte, ob man sehen konnte, wenn jemand allein stehend war, so wie sich einst gefragt hatte, ob man jemandem seine Vaterlosigkeit ansehen konnte. Sie beobachtete Pärchen – Pärchen mittleren Alters, keine Jungen und Mädchen – und versuchte herauszufinden, ob von ihnen etwas ausging, ob sie irgendwie *richtiger* aussahen, natürlicher als Leute, die allein waren. Kurz nach ihrem fünfzehnten Geburtstag verlobte Merrions Mutter sich mit einem Tischler aus dem Ort, der seine Frau ebenfalls verloren hatte, und löste die Verlobung unmittelbar darauf wieder.

»Aber warum?«, fragte Merrion.

»Ich traue mich nicht, das Risiko einzugehen –«

»Aber du hättest doch überhaupt nichts riskiert! Er ist *in Ordnung.*«

»Das Risiko stellte auch nicht er dar«, erklärte Merrions Mutter, »sondern ich.«

Merrion sagte: »Aber manchmal muss man einfach Dinge riskieren –«

Und ihre Mutter antwortete: »Nicht, wenn man es sich nicht wirklich, wirklich wünscht.«

Als Merrion sechzehn war, erlag ihre Großmutter im Schlaf still und leise einem Herzinfarkt. Sie war mitnichten eine ausgeprägte oder aufdringliche Persönlichkeit gewesen, doch ihr Tod hinterließ eine überraschende Lücke und vermittelte Merrion und ihrer Mutter das Gefühl, auf einmal eine kleine, zugige Einheit zu sein. Sie hatte ihnen ihr sämtliches Hab und Gut hinterlassen, darunter der bescheidene Erlös aus dem Verkauf des Hauses in Llanelli von vor zehn Jahren, und Merrion kam ganz unvermittelt der Gedanke, dass sie von Cowbridge weg und nach Cardiff ziehen und dort eine Wohnung kaufen sollten.

»Aber dann müsstest du doch die Schule wechseln!«

»Gerne.«

»Mitten in den Abschlussprüfungen –«

»Das hole ich schon wieder auf.«

»Und dann deine ganzen Freunde. Und meine Freunde –«

»Wir lernen neue kennen. Du bist näher bei der Arbeit und ich kann mich richtig austoben.«

»Hast du das vor?«

»Wohl nicht. Aber ich hätte gern die Gelegenheit. Mum, ich kann nicht einfach immer hier bleiben. Ich fühle mich wie ein Hamster im Rad.«

Sie kauften eine Wohnung – was Merrions Mutter anging, nur äußerst widerstrebend – in einem Häuserblock aus den Siebzigern, von dem aus man zur einen Seite auf einen kleinen Park blickte, zur anderen auf die Rückseite eines alten Industriegebäudes. Die Wohnung hatte zwei Schlafzimmer, ein L-förmiges Wohnzimmer und vor der Küche einen Balkon, der gerade groß genug für ein Katzenklo war, sodass Merrion sich ein Kätzchen zulegen konnte. Merrion entdeckte Boutiquen, Buchläden, Plattengeschäfte, Jungen, Vereine, Büchereien und Eislaufen. Ihre Mutter schleppte sich ins Büro und wieder nach Hause und sehnte sich stündlich nach Cowbridge zurück, wo der Postbote sie mit Namen kannte und Samstagnachts keine Betrunkenen unter ihrem Fenster vorbeitorkelten und obszöne Rugby-Schlachtgesänge auf Walisisch gröhlten. Es kam zu Meinungsverschiedenheiten. Merrion wurde immer besser in der Schule, ließ sich die Haare wachsen und einen Schmetterling auf den Fußknöchel tätowieren. Ihre Mutter sah nur das wilde Haar und den Schmetterling. Als die Ergebnisse von Merrions Abschlussprüfung bekannt gegeben wurden und sich herausstellte, dass sie drei Einsen eingeheimst hatte, ging sie mit Schulfreunden feiern und kam erst um sechs Uhr morgens wieder nach Hause.

Zum ersten Mal in ihrem Leben hatten sie eine lautstarke Auseinandersetzung. Sie standen in der engen Küche, während die halbwüchsige Katze von ihrer verbotenen Warte neben dem Wasserkessel aus interessiert zuschaute, und warfen sich gegenseitig Dinge an den Kopf, Loyalität und Verrat, Mut und Feigheit, Liebe und besitzergreifendes Klammern, Merrions Vater und Ray und Frankreich, das Fehlen richtiger Prioritäten. Merrion war noch erschöpft von einer durchfeierten Nacht; ihre Mutter ebenfalls, weil sie vor lauter Unruhe wachgelegen hatte. Nach ungefähr einer Stunde stürmte Merrion aus der Küche und in ihr chaotisches Zimmer, stopfte ein paar Kleidungsstücke in einen purpurnen Nylonrucksack, den sie sonst für ihre Schulsachen benutzte, und verließ fluchtartig die Wohnung.

Auf einem Sparbuch bei der Bank hatte sie siebenundneunzig Pfund. Sie kaufte eine Zugkarte nach Bristol, und vom Bahnhof Templemeads aus rief sie den Bruder einer Schulfreundin an, der in Bristol Englisch und Schauspielerei studierte. Er war nicht überrascht, von ihr zu hören – offenbar kamen ständig irgendwelche nicht näher benannten jungen Nomaden durch die Stadt, auf einer ihrer ziellosen Reisen, auf denen wenig gehandelt, dafür endlos gequatscht wurde –, und bot ihr ein Sofa in der Studenten-WG an, in der er mit vier anderen lebte. Fünf Nächte lang schlief sie in einem Chaos aus alten Zeitungen, zerknautschten Kissen, ungeleerten Aschenbechern und schmierigen Bechern und Gläsern und musste sich in dieser Zeit nicht nur der Avancen zweier Bewohner erwehren, sondern auch dem Impuls widerstehen, zu Hause anzurufen.

Am sechsten Tag ging sie spontan zum Friseur und ließ sich ihr

Haar abschneiden, kehrte dann in die WG zurück, leerte die Aschenbecher, wusch die Gläser und Becher ab, stapelte die Zeitungen ordentlich und hinterließ zwei Flaschen chilenischen Chardonnay in der Küche, zusammen mit der Notiz »Tausend Dank. Alles Gute, M.« Dann begab sie sich wieder zum Bahnhof Templemeads und kaufte sich dort – nicht ohne einen sehnsüchtigen Blick auf die Zugverbindungen nach London – eine Fahrkarte nach Cardiff. Als ihre Mutter von der Arbeit heimkehrte, saß Merrion mit der Katze auf den Knien am Wohnzimmertisch und füllte ein Aufnahmeformular für die Universität aus.

»Ich werde Jura studieren«, erklärte sie. »Ich habe die passenden Noten, und man hat mir geschrieben, dass ich angenommen werde.«

Sie war darauf gefasst, dass ihre Mutter wieder losbrüllte. Es dauerte lange, wohl einige Minuten, und dann ging ihre Mutter an ihr vorbei in die Küche und sagte dabei: »Du bist *genau* wie dein Vater«, und kurz darauf: »Schade um dein Haar.«

Als Merrion ins Studium ging, verkaufte ihre Mutter die Wohnung in Cardiff und zog zurück nach Cowbridge, wo sie in der Parallelstraße zu der, wo Merrion aufgewachsen war, ein Haus erwarb. Wenn man sich im zugehörigen Garten auf einen Stuhl stellte, konnte man über die Zäune und Hecken der benachbarten Grundstücke hinweg den Garten sehen, in dem Merrion an jenem Tag, als ihr Stiefvater ihr die Toblerone gekauft hatte, zu spielen versucht hatte. Es war, als befände man sich in einem vertrauten Bild, dachte Merrion, nur dass es einmal gespiegelt worden war. Ihre Mutter rekonstruierte die Einrichtung des ersten Hauses in Cowbridge so getreu wie möglich, und als Merrion in die Tür ihres Zimmers trat, bemerkte sie, dass das Zimmer einer Person gehörte, die nicht länger existierte, und somit nicht mehr ihres war.

Während ihrer drei Jahre an der Uni tat sich zwischen ihnen eine wachsende, von Höflichkeit bestimmte Kluft auf. Ihre Mutter war stolz auf ihre akademischen Erfolge und hartnäckig in ihrer Weigerung, etwas von ihrem wildbewegten Privatleben zu erfahren. Liebesgeschichten, spontane enge Freundschaften mit anderen

Mädchen, Ausflüge, Abenteuer und Experimente aller Art mussten sämtlich, wie Merrion bald herausfand, in eine Ausdrucksweise komprimiert und umfrisiert werden, die keinerlei Anlass zu Ängsten oder Unruhe bot. Manchmal, nach einem Telefonat, bei dem sie eine nicht wahrheitsgemäße Litanei von rechtzeitig eingereichten Seminararbeiten, regelmäßigen Mahlzeiten und frühem Zubettgehen (allein) heruntergebetet hatte, versuchte sie, sich der verschiedenen düsteren Schlafzimmer in Frankreich zu erinnern, mit ihren dünnen Vorhängen und kalten gebohnerten Fußböden, wo ihre Mutter – damals gerade Anfang dreißig – nur knapp zwei Meter von ihr entfernt im Bett lag und auf Ray einmurmelte. Was war aus dieser Frau geworden, der Frau, die bereit gewesen war, der Spießigkeit ihrer Herkunft zu trotzen und sich nicht um die Empörung scherte, als sie einer anderen Frau den Ehemann ausspannte und mit ihrer vierjährigen Tochter nach Frankreich durchbrannte? Oder hatte diese Frau alles an Wagemut und Unternehmungslust aufgebraucht, was eigentlich für ein ganzes Leben hätte reichen müssen, und keine Energie zurückbehalten, sondern bloß eine leere Hülle, die ängstlich und zutiefst angepasst war? Woran auch immer es lag und wie viel Mitgefühl – und Erbitterung – sie auch darüber empfinden mochte, Merrion wusste, dass dies für sie nicht der richtige Weg war.

Sie beendete ihr Universitätsstudium mit einem guten Abschluss und zog nach London, um sich dort an der Akademie für die Ausbildung zur Rechtsanwältin einzuschreiben. Sie teilte mit jemandem eine Wohnung in Stockwell, die sie sich mit einem Bankdarlehen finanzierte – hätte sie Geld von ihrer Mutter geliehen, wären nur schlaflose Nächte in Cowbridge die Folge gewesen –, und wurde im Alter von dreiundzwanzig Jahren in den Anwaltsstand berufen. In einer feierlichen Zeremonie wurde ihr der Titel Miss Palmer, Anwältin, verliehen. Der dabei Vorsitz führende Richter trug keines der Attribute, die zu seinem Amt gehörten, dachte Merrion, keine Perücke, keine Robe, keine Brille, abgesehen einmal von seiner ganzen Art, die von Autorität und Präzision geprägt war. Ihre Mutter kam zu diesem Anlass aus Cowbridge angereist, und ihre einzige Sorge schien, dass sie Merrion irgendwie blamieren könnte, indem sie das Falsche sagte oder tat oder indem sie einen Hut trug oder keinen.

Erst als Merrion sich am Bahnhof von ihr verabschiedete, löste sich plötzlich ihre Anspannung, und sie sagte voll aufrichtig empfundener Wärme: »Ach, dein Vater wäre so stolz auf dich gewesen!«

Und Merrion verspürte, während sie so dastand und ihre Mutter ansah, eine brennende Sehnsucht, eine Sehnsucht, die sie seit ewigen Jahren nicht gefühlt hatte, dass er hätte dabei sein können.

Sie suchte sich eine Referendarsstelle in einer Anwaltskanzlei, die auf Familienrecht spezialisiert war. Ihr Ausbilder, ein lebhafter, eitler, scharfsinniger Mann von Anfang vierzig, war immer freundlich, gelegentlich zum Flirten aufgelegt, und manchmal brachte er ihr auch was bei. Zuweilen lud er sie zu sich nach Hause ein, zum Abendessen mit seiner Frau, einer Ärztin, und seinen beiden Kindern im schulfähigen Alter, und dabei wusste sie nie so recht, welches ihre Rolle war, Kind oder Erwachsene, oben oder unten. Sie arbeitete extrem hart, fing eine Beziehung mit einem Referendar einer benachbarten Kanzlei an – auch er hatte eine verwitwete Mutter, die immer nur das Positive hören wollte – und nahm alle vier oder sechs Wochen am Freitagabend den Zug Richtung Westen, nach Wales, um ihre Mutter zu besuchen.

Auf einer dieser Reisen, auf der Rückfahrt nach London, war sie Guy begegnet. Während ihres Besuchs hatte sie auf dem Dachboden ihrer Mutter herumgestöbert und dabei eine Kiste mit Sachen aus dem Besitz ihres Vaters aufgetan, die Fotos von ihm und seinen Sportkameraden enthielt, kleine versilberte Pokale und Medaillen, ein Mützenabzeichen aus seiner kurzen Zeit bei den Landstreitkräften, ein Schweizer Armeemesser und einige Bücher. Ihr Vater sei kein großer Leser gewesen, sagte ihre Mutter, zum Lesen sei er viel zu ungeduldig gewesen, aber in dieser Kiste befanden sich ein paar Bücher, die es ihm offenbar angetan hatten und auf dem Deckblatt und innen mit seinem Namen – Ed Palmer – versehen waren. Ed Palmer, 1964. Ed Palmer, 1966. Darunter waren ein paar Romane von Raymond Chandler, ein Motorrad-Handbuch und ein Buch von Len Deighton. Dann gab es noch ein kleines, schmales

Bändchen in einem steifen mauvefarbenen Kartoneinband, mit Federzeichnungen im Text. Es hieß *Esprit de Corps*, von Lawrence Durrell. Es sah anders aus als die übrigen Bücher, und Merrion nahm es mit nach unten.

»Ach das«, sagte ihre Mutter, als sie es sah. »Das brachte ihn immer zum Lachen. Ich verstand nie, weshalb. Nimm's mit. Finde raus, ob du darüber genauso lachen musst wie er.«

Merrion warf das Buch in ihre Tasche und vergaß es, bis sie im Zug saß. Als es ihr wieder einfiel und sie es unter ihrem Kulturbeutel und dem Männer-T-Shirt hervorzog, in dem sie zum Leidwesen ihrer Mutter am liebsten schlief, betrachtete sie lange Zeit das Deckblatt und den darauf geschriebenen Namen und stellte sich dabei vor, wie die Hand ihres Vaters beim Schreiben über das Papier gefahren war. Wenn er noch lebte, wäre er jetzt vierundfünfzig. Sie spähte im Wagen umher, um herauszufinden, wie viele Männer von ungefähr vierundfünfzig sie zählen konnte. Keine. Es saßen dort lauter junge, die entweder in Computerzeitschriften vertieft oder in die Musik aus ihren Kopfhörern versunken waren, oder sehr alte, die so tief und fest schliefen, wie anscheinend nur Säuglinge und sehr alte Leute es fertig bringen.

Sie schlug das Buch auf. Es waren Kurzgeschichten, stellte sie fest, absurde Kurzgeschichten über imaginäre diplomatische Missionen und Begebenheiten aus den Fünfzigern. Der Schreibstil war gesetzt und würdevoll, die Erzählungen haarsträubend komisch und skurril. Auf Merrion hatte es die gleiche Wirkung wie schon auf ihren Vater. Sie kam zu der Schilderung zweier altjüngferlicher Schwestern, die in Kairo eine Zeitung herausgeben und sich infolge schadhafter Setzmaschinen gezwungen sehen, ihren Bericht über die Suez-Krise von 1956 unter Auslassung aller *K*s zu drucken, darunter auch die häufig benutzte Phrase »Kanalzone«, und erlitt einen Lachkrampf.

Trotz dieses Lachkrampfs nahm sie aber durchaus wahr, dass am Bahnhof Stanborough Guy in ihr Abteil trat. Die übrigen Reisenden wirkten ziemlich austauschbar und trugen Kleidung, bei der vor allem die Bequemlichkeit zählte. Guy war nicht nur groß und sympathisch, mit dichtem hellbraunem Haar, das langsam grau wurde, sondern hielt sich sehr aufrecht und trug einen dunkelblauen Anzug mit dezenten Nadelstreifen, der zu dem gegenwärtigen Umfeld einen ebenso bestürzenden Kontrast bildete wie ein Raumanzug. Merrion, die ihre Stiefel auf den Sitz gegenüber gelegt hatte, nahm sie stillschweigend herunter.

Guy setzte sich nicht direkt vor sie. Er nahm ihr schräg gegenüber Platz und holte eine Zeitung hervor. Die Weise, wie er sich in das Blatt vertiefte, kannte Merrion von Menschen, die sich völlig von ihrer Umgebung lösen wollten. Über den Umschlag ihres Buches hinweg, das sie sich dicht vors Gesicht hielt, musterte sie sein Haar und seine Haut, seine Kleidung und Hände und Schuhe. Soweit sie erkennen konnte, wirkte es ganz so, als hätte er schöne Knöchel. Es sah auch ganz so aus, als sei er über fünfzig. Mitte fünfzig vielleicht. Ungefähr das Alter, in dem Ed Palmer jetzt hätte sein können, wenn er keine Meningitis bekommen hätte. Dann konzentrierte Merrion sich nur unter Mühen wieder auf ihr Buch.

Als sie wieder hochspähte, sah er sie an. Er beobachtete sie mit Interesse und Amüsement. Er hielt immer noch seine Zeitung, hatte aber den Kopf zur Seite gedreht und beobachtete sie aufmerksam und ganz unverhohlen. Sie wandte sich wieder ihrem Buch zu. Doch sie konnte nicht lesen. In ihr, das spürte sie nun, stieg ein Kichern auf, teils wegen der durch das Buch ausgelösten Stimmung, teils vor schierer Aufregung. Als sie noch einmal in seine Richtung linste, trafen sich ihre Blicke. Es schien ihn kein bisschen aus der Ruhe zu bringen, sie einfach stumm lächelnd anzuschauen, sie schon.

Sie fühlte sich verpflichtet, etwas zu sagen. Also erklärte sie, indem sie auf das Buch auf ihren Knien zeigte: »Ich kann nichts dafür.«

»Ich weiß«, sagte er. »Das sehe ich. Genau das gefällt mir.«

Er hatte einen Tonfall, den sie zu Schulzeiten als piekfein bezeichnet hätte. Ihrer war walisisch. Nicht mehr so walisisch wie früher, als sie klein war, aber sie konnte hören, dass der Rhythmus noch walisisch war, besonders wenn sie sich aufregte und ihre Stimme dann am Satzende dramatisch nach oben ging.

»Haben Sie auch seine anderen Bücher gelesen?« fragte Guy.

»Aber nein«, sagte sie, »ich habe ja noch nicht einmal von ihm gehört. Das hier hab ich vorhin bei meiner Mum auf dem Dachboden gefunden.«

Als sie Paddington erreichten, stand er vor ihr auf und hob ihre Tasche von der Gepäckablage über ihrem Kopf. »Würden Sie etwas mit mir trinken?«

Sie starrte zu ihm hinauf, äußerst überrascht.

»Würden Sie? Bloß für eine Viertelstunde?«

Nicht gerade graziös kämpfte sie sich auf die Beine.

»Machen Sie das oft?«

»Nein«, sagte er, »bisher noch nie. Um ehrlich zu sein, glaube ich nicht, dass ich in den letzten dreißig Jahren außer vielleicht mit einer Kollegin je mit einer Frau etwas trinken war.«

Im Bahnhofshotel lud er sie zu einem Glas Rotwein ein. Er wollte nicht zulassen, dass sie die Erdnüsse auf der Theke aß, und schob das Glasschälchen aus ihrer Reichweite.

»Die sind an Orten wie diesem hier unhygienisch. Weil sie endlos wiederverwertet werden. Und wessen Finger mögen wohl vor Ihren schon da dran gewesen sein?«

Sie musterte seinen Anzug.

»Warum waren Sie denn nicht in der ersten Klasse?«

»Ich bin nicht geschäftlich unterwegs. Außerdem ist mir die Gesellschaft in der zweiten lieber. Sie zum Beispiel.«

Er trank Whisky mit Wasser. Sie fasste den Sitz seines Kragens ins Auge, den Knoten an seiner Krawatte. Sie dachte: Eine Viertelstunde ist mir nicht genug.

Er sagte: »Mein Name ist Guy Stockdale.«

»Ich heiße Merrion«, sagte sie. Dabei klang sie in ihren Ohren sehr walisisch. »Sind Sie verheiratet?«

»Ja.«

»Blöde Frage.«

»Nein. Nur notwendig. Aber Sie sind es nicht.«

»Nein.«

Er sah sie frontal an. Mit Nachdruck sagte er: »Dafür bin ich dankbar.«

Er bestand darauf, ihr ein Taxi zu besorgen und dem Fahrer eine Zehn-Pfund-Note auszuhändigen.

»Ich möchte nicht, dass Sie für mich bezahlen!«

»Geben Sie's mir wieder, wenn wir uns das nächste Mal sehen.«

Er beugte sich in die offene Taxitür, um sie ansehen zu können.

»Sehen wir uns denn wieder?«

»Ja. Ganz bald. Falls Sie das auch wünschen.«

Sie kreuzte die Finger an beiden Händen und schob sie sich in die Jackentaschen.

»Okay«, sagte sie.

Erst knapp zwei Monate später fuhr sie wieder nach Wales. Dabei fühlte sie sich, verglichen mit ihrem letzten Besuch, wie eine vollkommen andere Person, verwandelt, eine Person, die das geworden war – oder im Begriff war zu werden –, was sie sich schon immer zu werden zugetraut hatte, ohne jedoch zu wissen, wie. Sie fragte sich, ob es ihrer Mutter wohl auffallen würde. Ihrer Mutter fielen Veränderungen an ihren Haaren, ihrer Haut und ihrem Gewicht auf, auch kleinste Anzeichen von Unkonventionalität, aber würde sie auch Subtileres bemerken?

»Du siehst gut aus«, sagte ihre Mutter. »Es gefällt mir, wenn du das Haar so zurücksteckst.«

»Im Gericht«, sagte Merrion, »muss ich das so machen. Manchmal flechte ich mir auch einen Zopf, à la Mozart. Du weißt schon.«

»Als Teenager hatte ich einen Pferdeschwanz«, sagte ihre Mutter. »Den hatten wir alle. Wir wollten aussehen wie die Amerikanerinnen. Oder wie Brigitte Bardot. Wir trugen bauschige Gingham-Röcke mit Petticoats drunter und breite, enge Gürtel.« Sie stöpselte den Wasserkessel ein. »Ihr hattet es nicht mal halb so schön mit all diesen grässlichen Jeans und T-Shirts.«

Merrion setzte sich an den Küchentisch. Darauf lag eine Plastiktischdecke mit einem Muster aus adretten Blumensträußchen, die von exakten Quadraten umschlossen wurden.

»Kaffee?«, fragte ihre Mutter.

»Gern.«

»Wie läuft's bei der Arbeit?«

»Ganz gut«, sagte Merrion. »Ich habe gute Aussichten auf eine Anstellung in einer Kanzlei, für die ich sehr gern arbeiten würde.

Sie wollen eine Frau. Das können sie natürlich nicht so offen sagen, aber man hat es mir sehr klar zu verstehen gegeben. Für die Bearbeitung von Entführungen, Leute, die ihre Kinder gegen den Willen des anderen Elternteils außer Landes bringen, solche Sachen.«

Ihre Mutter stellte einen Becher Kaffee vor sie hin, dazu noch eine Zuckerdose.

»Wie traurig. All diese armen Kinder.«

»Ja. Aber besser, es gibt jemanden wie mich, der versucht, ihnen bei der Bewältigung ihrer Probleme zu helfen, als nicht.«

Merrions Mutter seufzte.

»Sag jetzt nicht, dass früher alles viel einfacher war, Mum«, sagte Merrion, »weil das nicht stimmt.«

»Es gab Regeln –«

»Größtenteils ungerechte Regeln. Regeln, die meist nur bei Frauen angewendet wurden.«

Merrions Mutter nahm ihr gegenüber Platz.

»Möchtest du einen Keks?«

»Nein, danke.«

»Du siehst so gut aus –«

»Mir geht's auch gut.«

Ihre Mutter nahm einen Löffel Zucker und rührte ihn in ihren eigenen Becher.

»Darf ich raten?«

»Ich denke schon.«

»Ein neuer Freund?«

»Ein Mann«, sagte Merrion.

Ihre Mutter blickte auf.

»Warum sagst du das?«

»Mum, das wird dir nicht gefallen –«

»Er ist verheiratet«, sagte ihre Mutter.

»Ja. Und er ist ungefähr in deinem Alter, und er hat Söhne, die ein wenig älter sind als ich, und drei Enkelkinder, und er ist Richter.«

Merrions Mutter legte sehr behutsam ihren Löffel auf die Plastiktischdecke.

»Weißt du, was du da tust, Merrion?«

»Ich bin verliebt«, antwortete sie.

»Wohin wird das denn führen?« fragte ihre Mutter. Sie fuchtelte wild mit den Händen. »Was soll denn dabei herauskommen?«

»Weiß nicht«, sagte Merrion. »Ich kenne ihn erst seit zwei Monaten. Ich habe ihn noch nicht öfter als sechsmal gesehen.«

»Ach, je«, sagte ihre Mutter. Sie ließ ihre Hände flach auf den Tisch fallen. »Es ist so *unschicklich*. Warum wirfst du dich so weg?«

»Es ist eben passiert«, sagte Merrion. »Und ich würde es für nichts auf der Welt beenden.«

»Aber denk doch nur an den Schmerz, den du verursachen wirst! Seine arme Frau. Seine Söhne. Was werden seine Söhne sagen?«

Merrion trank einen Schluck Kaffee.

»Weiß ich nicht.«

»Und Enkelkinder! Was willst du denn mit einem Mann, der Enkel hat?«

»Das weißt du, Mum. Das weißt du ebenso gut wie ich.«

»Wenn ich mir etwas für dich gewünscht habe«, sagte ihre Mutter, »und ich habe mir schon vieles für dich gewünscht, habe ich dir immer *alles* andere, nur das nicht gewünscht.«

»Ich habe es mir nicht gewünscht. Es ist passiert. Ich habe nicht danach gesucht. Es ist passiert. Und jetzt, wo es passiert ist, macht es mir richtig Angst, mir vorzustellen, dass es nicht hätte passieren können. Ich hätte auch den nächsten Zug nehmen können.«

»Welchen Zug?«

»Den Zug von hier nach London. Als ich das letzte Mal hier war. Ich habe ihn im Zug kennen gelernt.«

»Einen Richter? In einem Zug? An einem Sonntagabend?«

»Er fuhr gerade seinen Sohn besuchen. Seinen Sohn Simon.«

Merrions Mutter stand auf. Sie ging zur Spüle hinüber, hielt sich dort am Rand fest und starrte aus dem Fenster auf die Futtervorrichtung, an der gerade kopfüber drei Meisen hingen und sich an den Erdnüssen gütlich taten.

»Ich möchte nicht, dass du dir alles verpfuschst. So wie ich.«

»Aber Dad ist doch gestorben. Das war nicht deine Schuld.«

»Aber danach. Nachdem Dad gestorben ist. Danach war alles

nur noch Pfusch. Es wollte mir einfach nicht mehr gelingen, wieder Tritt zu fassen. Ich möchte, dass du eine Zukunft hast. Ich möchte nicht, dass du in mein Alter kommst und keine Zukunft hast.«

Merrion stand auch auf und trat neben ihre Mutter.

»Was soll das sein, Mum, eine Zukunft?«

Ihre Mutter antwortete fast wütend und hielt dabei den Blick auf die Meisen geheftet, die miteinander um die beste Stelle eiferten. »Eine gute Beziehung. Eine gute Kameradschaft. Kinder. Enkelkinder. Wissen, dass man etwas hinterlässt, wissen, dass man getan hat, wozu wir da sind.« Sie sah Merrion an. In ihren Augen standen Tränen. »Im Grunde all die Sachen, die dieser Mann da hat, dieser Richter. Er hat das alles, und jetzt will er mehr. Er will noch eine Extraportion. Aber du bist diejenige, die für diese Extraportion zahlen muss. Du hast nicht eins von den Dingen, die er alle hat. Du stehst doch noch am Anfang.«

»Ich will ihn, Mum«, sagte Merrion.

»Er ist so alt wie dein Vater –«

»Ja. Ich schätze, das hängt alles damit zusammen. Ich mache mir nichts vor. Es ist alles sehr kompliziert, und es wird noch schlimmer werden. Aber so habe ich noch nie für jemanden empfunden, nicht mal annähernd, noch niemals in meinem ganzen Leben. Er heißt –«

»Sag's mir nicht.«

»Möchtest du seinen Namen nicht wissen?«

»Nein. Nein, will ich nicht. Ich will nicht mehr über ihn wissen.«

Merrion sagte, zunehmend gereizt: »Was das wohl helfen soll, Mum?«

Merrions Mutter legte sich die Hände vor die Augen.

»Wenn ich nicht dran glaube, wirst du vielleicht beizeiten sehen, dass du auch nicht dran glauben kannst.«

»Und wenn du dich irrst? Wenn sich herausstellt, dass es das Richtige ist?«

»Das entscheide ich, wenn es so weit ist«, sagte ihre Mutter. »Wie immer.«

3

»Stell das *leiser*!«, brüllte Carrie Stockdale die Treppe hinauf.

Einige Momente lang tat sich nichts, dann öffnete sich eine Tür auf dem Treppenabsatz, sodass ein noch ohrenbetäubenderer Schwall Musik herausdrang, und ein Mädchen von vielleicht vierzehn spähte herab.

»Was?« fragte sie unschuldig.

»Stell diese Musik leiser!«

Rachel schüttelte den Kopf. Sie lächelte ihre Mutter an. Stumm bewegte sie die Lippen, um zu signalisieren: »Ich kann dich nicht verstehen.«

Carrie machte Anstalten, die Treppe hochzukommen. Rachel richtete sich auf und hörte auf zu lächeln.

»Okay, okay –«

»Ich hab's dir immer und immer wieder gesagt. Keine Musik, bis du mit den Hausaufgaben fertig bist, und *niemals* eine, die in Art und Lautstärke für uns andere eine Zumutung ist.«

Rachel lehnte sich rücklings gegen das Treppengeländer. Trotzig sagte sie: »Jack stört es nicht. Und Emma *gefällt* es.«

Carrie stürmte an ihrer Tochter vorbei in deren Zimmer. Es war ziemlich düster, abgesehen vom grünlichen Schimmer des CD-Players und einer einzigen kleinen Lampe auf Rachels Schreibtisch. Ihre Bücher waren aufgeschlagen, ordentlich nebeneinander plaziert und wirkten völlig unbenutzt. Ihr Bett war zerwühlt.

»Mum«, sagte Rachel auf einmal laut, »fass bloß nichts an. Wenn du hier auch nur irgendwas anfasst –«

Carrie bückte sich hinter den CD-Player und zog den Stecker aus der Dose.

»Wie kannst du's wagen«, zischte Rachel.

Carrie richtete sich auf. Die Stille wirkte fast genauso laut wie die Musik wenige Augenblicke zuvor.

»Ganz einfach«, sagte sie.

Rachel jammerte: »Wenn es still ist, kann ich nicht arbeiten!«

»Dann lernst du's eben.«

»Emma zwingst du doch auch nie –«

»Wenn sie so laut Musik hören würde, täte ich das sofort.«

»Ich besorge mir Kopfhörer«, sagte Rachel. »Jack hat Kopfhörer. Dann kann ich so laut machen, wie ich will.«

»Rachel«, sagte Carrie und trat an den Schreibtisch, wo sie die aufgeschlagenen Bücher musterte, »versuch mal, dich nicht so kindisch aufzuführen. Sind das deine Matheaufgaben?«

»Ich hasse es –«

»Klar. Früher habe ich das auch gehasst. Aber nach den Prüfungen hast du nichts mehr damit am Hut, außer, du fällst durch. Und du wirst durchfallen, wenn du dich nicht anstrengst, und dann musst du alles noch mal durchkauen, bis du bestehst.«

»Sadist«, sagte Rachel. Sie trat gegen ein Kissen, das auf dem Boden lag. »Das macht dir richtig Spaß.«

»Was?«

»Mir das Leben zu verderben.«

»Oh, ich bin ganz verrückt danach«, sagte Carrie. Sie sah auf die offen stehenden Schubladen, aus denen traurig T-Shirt-Ärmel und Strumpfhosen heraushingen, und widerstand dem Impuls, sie hineinzustopfen und die Schubladen zuzuschieben. »Ich hatte ja keine Ahnung, was für ein Spaß es sein würde, Mutter von drei Heranwachsenden zu sein. Ich hab mir keinen Begriff davon gemacht, wie sehr ich das Zusammenleben mit drei ganz normal intelligenten Menschen genießen würde, die es vorziehen, sich aufzuführen, als wären sie evolutionär zurückgeblieben. Ich amüsiere mich *prächtig*.«

»Okay, okay«, wiederholte Rachel. Sie schlängelte sich an ihrer Mutter vorbei und setzte sich vor ihre Mathematikbücher. »Beruhig dich.«

Unten krachte die Haustür ins Schloss, und jemand warf einen rasselnden Schlüsselbund auf eine harte Fläche.

»Dad ist da«, sagte Rachel. Sie klang erleichtert. »Jetzt kannst du doch gehen und auf ihm herumhacken, oder?«

Simon Stockdale stand am Küchentisch, den zerknitterten Trenchcoat noch über seinem dunklen Geschäftsanzug, und blätterte gereizt seine Post durch.

»Hallo«, sagte Carrie.

Sie ging durch den Raum und küsste ihn auf die Wange. Er gab gleichzeitig ein küssendes Geräusch von sich, drehte sich aber nicht zu ihr um.

Sie sagte: »Ich war oben und hab Rachel angebrüllt.«

»Die Musik?«

»Wenn man es so nennen kann.«

»Oh nein«, sagte Simon und warf einen weißen Umschlag mit scharlachroter Beschriftung auf den Tisch. »Die Telefonrechnung. Letzte Mahnung.«

»Ich habe sie bezahlt.«

»Das kann nicht sein –«

»Wohl. Ich habe sie letzte Woche bezahlt. Falls du dich erinnerst, ich habe mir einen halben Tag frei genommen, um alle Rechnungen zu bezahlen und mal wieder alles Notwendige für den Haushalt zu besorgen.«

»Warum dann das?«

»Es liegt an ihrem Computer«, sagte Carrie. »Es liegt immer am Computer. Er ist darauf programmiert, dass er Mahnungen rausschickt, aber nicht, zu erkennen, dass eine Forderung beglichen worden ist.«

Simon zog seinen Trenchcoat aus und hängte ihn über eine Stuhllehne.

»Als die Kinder noch klein waren«, sagte er, »kamen sie immer die Treppe runtergestürmt, um mich zu begrüßen, wenn ich nach Hause kam. Weißt du noch?«

Carrie zog einen Stuhl vor und setzte sich an den Tisch.

»Das wäre heute nicht mehr cool.«

Er sah sie das erste Mal richtig an.

»Haben wir sie zu früh bekommen?«

Sie gähnte.

»Ja.«

»Schwanger bist aber du geworden.«

»Wohl kaum von ganz alleine. Willst du andeuten, wir wären nicht verheiratet, wenn ich nicht mit Jack schwanger gewesen wäre?«

»Nein«, sagte Simon. Er rieb sich übers Gesicht. »Ich dachte bloß gerade, hier sitzen wir nun, noch nicht mal vierzig, und alles, was wir getan haben, ist arbeiten und die Kinder versorgen.«

»So ist das Leben, Baby.«

»Wirklich?«

»Simon«, sagte Carrie, »was ist los?«

»Möchtest du was trinken?«

»Eigentlich nicht.«

»Sicher? Ich muss dir nämlich was erzählen.«

Sie seufzte. Sie legte die Hände ausgebreitet auf den Küchentisch und bemerkte, dass ihre Nägel und Nagelhaut unbedingt einmal wieder einer Pflege bedurften.

»Also gut. Du verlässt mich.«

Simon ging zum Schrank auf der anderen Seite des Raumes und holte zwei Weingläser heraus. Carrie sah ihn an. Sein Hemd war ihm aus der Hose gerutscht, und ein Stück blauer Baumwollstoff hing unter seinem Sakko hervor. Er hatte eine gute Figur, wie sein Vater, und die dunklen Haare seiner Mutter.

»Nein«, sagte Simon, »aber fast.«

Carrie setzte sich gerade hin.

»Fast?«

Simon stellte die Gläser auf den Tisch und holte eine halbleere Flasche Wein aus dem Kühlschrank.

»Mum hat mich im Büro angerufen«, sagte er. Er schenkte den Wein ein. Seine Hand, fiel Carrie auf, war nicht ganz ruhig. »Dad will sie verlassen.«

»Oh mein Gott«, sagte Carrie. Sie schlug die Hände vors Gesicht. Von dahinter sagte sie: »Sag das noch mal. Langsam.«

Simon schob eines der Weingläser vor sie hin und setzte sich auf den Stuhl ihr gegenüber. Mit ausdrucksloser Stimme sagte er: »Mein Vater verlässt meine Mutter. Er hat es ihr vor drei Tagen gesagt. Er hat seit sieben Jahren ein Verhältnis mit jemandem und hat beschlossen, dass er jetzt ausziehen will.«

»Simon«, ließ Carrie sich hinter ihren Händen vernehmen, »das ist nicht wahr.«

»Doch.«

»Wie hat sie denn geklungen?«

»Ausgelöscht«, sagte Simon. »Irgendwie – irgendwie niedergeschmettert. Hoffnungslos.«

»Wusste sie Bescheid? Ich meine, wusste sie von dieser Frau?«

Simon nahm einen Schluck Wein und verzog das Gesicht.

»Sie hatte einen Verdacht. Sie dachte immer schon, eines Tages würde er –«

»Was«, sagte Carrie und nahm die Hände vom Gesicht, »sie verlassen?«

»Nein. Ein Verhältnis anfangen. Sie meinte, irgendwie hätte sie das immer schon befürchtet. Die ganze Zeit.«

»Das klingt aber nach mehr als einem Verhältnis –«

»Ja«, sagte Simon. »Er will sie heiraten.«

Carrie nahm ihr Weinglas und stellte es wieder hin.

»Puh.«

»Ich weiß.«

»Wer ist sie?«

»Irgendein Mädchen, eine Anwältin –«

»Ein *Mädchen*?«

»Sie ist einunddreißig«, sagte Simon. Auf einmal ließ er den Kopf nach vorn sinken, und seine Krawatte hing schlapp auf den Tisch. »Oh, Carrie, oh Gott, hilf mir, hilf –«

Sie stand auf und kam um den Tisch herum. Sie legte ihm einen Arm um die Schulter und drückte ihn unbeholfen an sich.

»Ich kann das nicht ertragen«, sagte Simon. »Ich möchte ihn am liebsten umbringen.«

Carrie strich ihm mit ihrer freien Hand übers Haar.

»Wir werden uns um deine Mutter kümmern müssen.«

»Das ist es nicht«, sagte Simon. Mit geballten Fäusten schlug er auf den Tisch. »Er ist es. Verdammt noch mal, er. Er ist es schon immer gewesen.«

»Hey«, sagte jemand von der Tür aus. »Hey, was ist denn hier los?«

Carrie schaute hoch. Jack, der sechzehn war, stand lässig in T-Shirt, Jogginghose und dicken weißen Socken in der Tür, und sein volles, kinnlanges, in der Mitte gescheiteltes Haar hing ihm ins Gesicht.

Sie sagte: »Wir stehen gerade ein bisschen unter Schock.«

Jack kam in den Raum, griff über den Tisch und nahm sich Carries Weinglas. Dann trank er einen Schluck.

»Jemand gestorben?«

»Nein«, sagte Carrie. »So einfach ist es nicht.«

Jack nahm noch einen Schluck Wein. Er schaute seinen in sich zusammengesunkenen Vater an, über den sich schützend seine Mutter beugte.

»Ist Dad krank?«

Simon hob den Kopf.

»Nein«, blaffte er gereizt.

Jack warf sein Haar zurück. Er grinste.

»Dann ist doch alles okay.«

»Nein«, sagte Simon, »nichts ist okay. Etwas sehr Schlimmes ist passiert, das furchtbare Verwicklungen verursachen wird, vom Schmerz ganz zu schweigen.«

Jack wirkte interessiert. Er ließ sich auf den Stuhl gleiten, auf dem eben seine Mutter gesessen hatte. Er gab seinem Vater einen aufmunternden Wink.

»Schieß los«, sagte er.

»Jack«, sagte Simon, »es hat ja keinen Zweck, es dir nicht zu erzählen. Du musst es erfahren. Die Mädchen müssen es erfahren. Dein Onkel Alan muss es erfahren. Bald wird es die ganze verflixte Welt erfahren müssen. Dein Großvater hat vor, deine Großmutter zu verlassen, mit der er seit vierzig Jahren verheiratet ist, und will eine Frau heiraten, mit der er seit sieben Jahren ein Verhältnis hat.«

Jack saß ganz still da. Er starrte seinen Vater an.

»Opa?«, sagte er. »Opa will raus und noch mal von vorn anfangen?«

»Ja«, sagte Simon.

»Diese Frau, wie alt ist die?«

»Einunddreißig«, sagte Simon mit Nachdruck.

Jack grinste.

»Einunddreißig! Und Opa ist über sechzig, stimmt's? Auf jeden Fall alt.«

»Zu alt«, sagte Simon giftig, »für *so was.*«

Jack griff erneut nach Carries Weinglas und stürzte den Rest hinunter. Dann versetzte er der Tischplatte eine Art erfreuten Klaps, eine Geste der Zustimmung und des Übermuts.

»Hey!«, sagte er. »Einunddreißig! Das ist cool.«

Simon lag da und betrachtete die vertrauten Schatten im nächtlichen Schlafzimmer: Fenster, Tisch voller Bücher und Krimskrams, Tür, Kleiderschrank, Kaminsims über nicht benutztem Kamin, Stuhl, Kommode, altes Sofa voll Kleidungsstücken, mannshoher Spiegel, der wie Wasser schimmerte. Er nahm an, dass Carrie schlief. Jedenfalls lag sie von ihm abgewandt da, ihre knochige Schulter ragte unter der Decke hervor, und sie rührte sich nicht. Selbst wenn sie nicht schlief, im Moment gab es ohnehin nicht mehr viel zu besprechen, es bedurfte keiner Neuauflage des Schrecks und der Bestürzung und der – bei ihm jedenfalls – Wut, die bereits den Abend und die halbe Nacht bestimmt hatten. Natürlich stand noch mehr zu erwarten, mehr Einzelheiten, mehr Reaktionen, mehr Pläne, aber im Moment hatte Simon das Gefühl, eine Mauer anzustarren. Eine Mauer, die am Morgen noch nicht da war und jetzt für immer da wäre: eine Mauer, die er weder wegrücken noch erklimmen konnte. Durch ihre Gegenwart fühlte er sich schwach vor ohnmächtiger Wut.

Er drehte den Kopf. Carries helles Haar ringelte sich auf dem Kissen neben seinem Gesicht. Ihm gefiel es offen, immer schon. Für ihre Arbeit als administrative Leiterin einer örtlichen Gemeinschaftspraxis musste sie es hochstecken oder zurückbinden, aber zu Hause trug sie es offen oder sie steckte es nachlässig mit einer Spange hoch, wenn sie kochte oder am Computer saß. Er erinnerte sich, dass er es früher immer gebürstet hatte. Er bürstete es gern. Schon seit Jahren hatte er das nicht mehr getan. Genau genommen, ging es ihm durch den Kopf, war Carrie selbst nicht allzu gewissenhaft, was das Haarebürsten anging.

sie doch wach wäre. Er legte ihr eine Hand auf die Hüfte, ıso knochig war wie ihre Schulter. Sie ließ ein leises Grummeln vernehmen und rührte sich nicht. Wenn es nach ihm gegangen wäre, wäre sie genauso wütend auf seinen Vater gewesen wie er, aber sie meinte, das könne sie nicht.

»Das ist eine Sache der Blutsverwandtschaft. Wenn es mein Dad wäre, wäre ich wahrscheinlich außer mir vor Zorn, aber bei deinem nehme ich das nicht so persönlich. Ich meine, ich hab ihn gern und alles, aber ich fühle mich von ihm nicht verraten.«

»Ich schon«, sagte Simon.

»Ja«, sagte sie. Sie stellte gerade die Teller vom Abendessen in die Geschirrspülmaschine. »Und so geht es dir immer schon.«

Er nahm die Hand von ihrer Hüfte und rückte ganz vorsichtig zur Bettkante, wobei er darauf achtete, möglichst flach liegen zu bleiben, damit nicht zu viel kalte Luft unter die Decke kam und sie am Rücken traf. Dann stand er leise auf und tapste aus dem Zimmer.

Auf dem Treppenabsatz brannte noch eine Lampe. Emma, die zwölf war, behauptete, sie könne nicht schlafen, wenn das Licht nicht an war. Ihre Zimmertür war zu, aber sie beharrte darauf, dass sie Alpträume vom Ertrinken bekäme, wenn der dünne Lichtstreifen, der durch den Türspalt hereinfiel, nicht da war. Alle möglichen Sachen lagen auf dem Treppenabsatz verstreut; ein einsamer Turnschuh, zwei CDs, ein Gürtel, eine Ausgabe der *Big Issue*, ein Sweatshirt von Jack mit dem Aufdruck *Chicago Bulls* und dem entsprechenden Logo. Simon bückte sich, hob das Sweatshirt auf und zog es über seinen Pyjama. Die Kinder fanden seine Pyjamas unsagbar jämmerlich, aber er war der Meinung, mit drei Teenagern im Haus könne er nicht länger nackt schlafen, und auch ein Nachthemd war ausgeschlossen, weil sein Vater so etwas immer trug. Also trug er Pyjamas und ließ ihren Spott über sich ergehen.

Vorsichtig tastete er sich auf bloßen Füßen nach unten. Seit seinen Tagen als junger Vater hatte er die Furcht vor tückischen Legosteinen verinnerlicht, die immer auf Treppen herumlagen und den nackten Füßen Erwachsener Höllenqualen zufügten, wenn sie in der Morgendämmerung nach unten stolperten, um Frühstück zu machen. Auf dieser Treppe aber befand sich nichts, außer einer einsamen schwarzen Socke und einem Apfelgehäuse. Angewidert hob er das Apfelgehäuse auf, trug es in die Küche und warf es dort in den Mülleimer.

Er schaltete die indirekte Beleuchtung über der Arbeitsplatte an und stöpselte den Wasserkessel ein. Über dem Kessel hing ein kleiner fichtenholzgerahmter Spiegel, den Carrie benutzte, um ihre Ohrringe anzulegen – »Ich kann mich nie erinnern, wo die Löcher sind« – und vor dem die Mädchen immer unter viel Gekreisch und Geschubse ihre Pickel ausdrückten. Jetzt spähte er hinein. Er sah einen müden Mann mit Tränensäcken unter den Augen und vom Schlaf zerzaustem Haar, dessen Pyjamakragen unordentlich aus dem Ausschnitt eines roten Sweatshirts ragte. Sehe ich aus wie achtunddreißig, dachte Simon, oder wie achtundvierzig? Oder wie achtundsiebzig? Überhaupt, wie sieht man denn mit achtunddreißig aus? Und sieht man mit achtunddreißig unweigerlich älter aus, wenn man drei Kinder und eine Hypothek abzuzahlen hat, als wenn man achtunddreißig ist, keine Verpflichtungen und einen Porsche hat? Er streckte sich selbst die Zunge heraus. Rosig und schimmernd sah sie nicht gerade aus. Rasch zog er sie wieder zurück.

Er machte sich einen Becher Tee und trug ihn in das Zimmerchen hinüber, das sie optimistischerweise das Büro nannten. Das Haus hatte, wie nahezu alle seine identischen Edwardianischen Nachbarn, nach hinten hinaus einen Anbau, der in den Garten hineinragte und dessen Ausmaße genau der Fläche des Hauses entsprachen. Manche hatten ihren Anbau in eine Küche umgewandelt oder in ein Wohnzimmer mit Glastüren, die in den Garten führten. Andere hatten ihn in seinem ursprünglichen Zustand belassen und nutzten ihn weiter als Abstellkammer. Simon und Carrie hatten zu Anfang Pläne der ersteren Art verfolgt, dann aber, als ihnen das Geld und der Ehrgeiz ausgingen, den Anbau langsam zu Letzterem verkommen lassen. Das kleine, feuchte Büro, dessen Fenster von dem an der Außenwand rankenden Winterjasmin fast völlig verdunkelt wurde, vermittelte den Eindruck einer Edwardianischen Spülküche. Es beherbergte den Computer, die Haushaltsunterlagen

– von Carrie ein wenig nachlässig geführt –, Simons juristische Bücher und die prallen, überquellenden grauen Plastiksäcke mit abgelegter Kleidung, die für die Altkleidersammlung bestimmt waren, sich aber anscheinend nie vom Fleck rührten und bloß an Umfang zunahmen.

Simon setzte sich an den Computer. Daneben stand eine leere Coladose, ein sicheres Zeichen dafür, dass der letzte Benutzer des Stuhls Jack gewesen war, der sich bestimmt mit Kriegsspielen die Zeit vertrieben hatte oder auf der Suche nach Sportseiten und Pornographie durchs Internet gesurft war. Simon hatte Stunden in diesem Zimmer verbracht, Stunden an diesem Computer gesessen und die kostenlose Rechtsberatung betreut, die ihm offenbar ein Anliegen war, hatte Strategien für Menschen erarbeitet, die nicht mehr weiterwussten, die nicht verstehen konnten, was sie verbrochen hatten, wie man Rechtsansprüche geltend machte, wie man eine offenkundige Ungerechtigkeit überstand. Sein Vater, das wusste er, fand, dass er damit immer zu viel Zeit und Energie vergeudet hatte, zu viel von seiner eigenen Kraft, um Leuten zu helfen, deren Fälle – häufig auch Leben – aussichtslos schienen, festgefahren, ohne jede Hoffnung auf Klärung.

»Ich muss es einfach tun«, sagte Simon. »Du lebst in einer Welt der geschliffenen Worte, in der die Menschen sich verständlich machen können. Ich aber nicht. Ich kann nicht aufhören, nicht, solange es noch Menschen gibt, für die nicht die geringste Hoffnung besteht, sich jemals einem anderen verständlich zu machen.«

Es galt immer als ausgemacht, dass Simon dem von seinem Vater vorgezeichneten Weg in den Anwaltsberuf folgen würde. Nicht für Simon; für Guy. Laura, das wusste Simon, hatte Guy beschworen, nichts für abgemacht zu halten, doch im Recht kannte Guy sich aus, er verstand es und wusste es auszuüben, und als Guy einen gescheiten Sohn hervorbrachte, schien dessen Zukunft ihm sonnenklar vorgezeichnet. Nicht, dass Simon die Idee nicht behagt hätte, bloß wollte er seine eigene Herangehensweise, seine eigene Version, seine eigene Wahrnehmung davon.

Streit darüber gab es nicht. Mit Guy stritt man nicht. Man führte erhitzte, heftige Diskussionen, aber nie wurde geschrien oder mit

Türen geknallt. Genau dies widerstrebte Simon immer mehr, die fehlenden Gefühlsausbrüche, der *Anschein* von Zivilisiertheit, die Worte, wahre Sturzbäche von klugen, wohlgesetzten, gebildeten Worten, die ihm letzten Endes bloß wie ein Ersatz für wirkliche Gefühle und Anteilnahme vorkamen.

»Ich möchte nicht Anwalt werden«, hatte er seinem Vater mit sechzehn erklärt. »Ich möchte kein Klugscheißer sein, der so spitzfindig daherredet, dass die Leute nicht mehr wissen, wo oben und unten ist. Ich will niemanden in Verwirrung stürzen. Ich will den Leuten helfen, ich will, dass sie wissen, dass ich auf *ihrer* Seite bin.«

Viel später, als Simon achtundzwanzig war und Guy Richter wurde und seinem Sohn, wie er selbst fand, mutig und aufrichtig erläuterte, dass seine Vorwürfe als Teenager seiner Ansicht nach doch ein Körnchen Wahrheit enthalten hatten, wollte Simon das gar nicht hören.

»Jetzt, wo er auf der Richterbank sitzt«, sagte er zu Carrie, »findet er, dass alle Anwälte bloß ihre eigenen Standpunkte durchsetzen wollen, ihre eigenen Treffer landen, und nur er da oben, in Rot und Schwarz gehüllt, kann am Ende alles richten. Ich *glaub*'s einfach nicht.«

Carrie beugte sich gerade über Emmas Babystuhl. Emma war damals zwei und hatte im Jahr davor die köstliche Tyrannei entdeckt, die darin bestand, dass sie entweder in ihrem eigenen Tempo aß – unendlich langsam – oder gar nicht. Sie hatte sämtliche Erbsen aus ihrem Gericht gefischt, den Rest des Essens so weit wie möglich von sich weggeschoben, und abwechselnd steckte sie sich nun eine Erbse in den Mund, während sie jede zweite zu Boden warf.

»Hab doch mal ein wenig Nachsicht mit ihm«, sagte Carrie. »Er kann es dir nie recht machen, nicht wahr? Erst passt es dir nicht, dass er Anwalt ist, nun nicht, dass er Richter ist. Emma, ich werde dich einfach verhungern lassen.«

Emma kniff die Augen zu.

»Richter wollte er nur werden«, sagte Simon, »wegen des Status.«

Carrie nahm ein Stückchen Möhre und schob es Emma in den Mund. Emma behielt es wenige Sekunden dort und spuckte es dann energisch aus, wie einen Flaschenkorken.

»Das stimmt nicht«, sagte Carrie. Sie kehrte Emma den Rücken zu. »Er hat's getan, weil deine Mutter es sich wünschte.«

»Er hat nie in seinem Leben *irgendetwas* getan, was meine Mutter sich wünschte –«

»Simon«, sagte Carrie, »sei doch nicht so verdammt ungerecht. Sie hat es ertragen, dass er all die Jahre jede Minute gearbeitet hat, und jetzt möchte sie gern einen normalen Ehemann mit regelmäßigen Arbeitszeiten und Pensionsansprüchen und Krankenversicherung.«

»Guck mal, was ich mache!«, verlangte Emma lautstark. Carrie achtete nicht darauf. Simon stand auf.

»Warum bist du auf seiner Seite?«

»Bin ich gar nicht. Ich bin auf niemandes Seite. Dein Vater mag kein Engel sein, aber er ist auch nicht das ich-bezogene Ungeheuer, zu dem du ihn ständig machst.«

»*Guck* mal!«, brüllte Emma. Sie griff nach ihrem Teller und schleuderte ihn zu Boden, so dass Möhren und Kartoffeln und Wurststückchen sich auf dem Boden verteilten.

»Hau ab«, sagte Carrie zu Simon. »Hau einfach ab. Ich hab auch so schon genug Kinder, um die ich mich kümmern muss.«

Sie hatte ihm immer gut getan, ging es Simon nun durch den Kopf, war immer um Ausgleich bemüht, immer dagegen, dass er sich zu sehr aufregte, zu emotional wurde. Das wusste er zu schätzen, wirklich. Was sie aber nicht sehen konnte, was sie niemals würde sehen können, weil sie es nicht miterlebt hatte, war der Kummer, den seine Mutter erduldete, immer erduldet hatte, infolge der stillen, traurigen Erkenntnis, dass sie den falschen Weg eingeschlagen hatte, eine Wahl getroffen, der sie nicht mehr entrinnen konnte oder wollte. Simon erinnerte sich, wie er sie als kleiner Junge beobachtet hatte, immer wieder, und darauf gewartet, dass die Wolke sich von ihrem Gesicht, von ihrem Gemüt verziehen würde, und auch, wie er gemerkt hatte, dass sich bei der Heimkehr seines Vaters dieser Wolke immer noch eine Art Angst zugesellt hatte. Carrie hatte ihn mehr als einmal ziemlich ungeduldig gefragt, warum Laura nicht einfach auf und davon ging, wenn die Dinge wirklich so schlimm standen, und Simon erwiderte, dass sie das nicht konnte, dass sie der falschen Generation angehörte, das falsche Temperament hatte, die falsche Erziehung, dass ein – womöglich altmodisches – Pflichtgefühl ihr eingab, die einmal getroffene Wahl auch bis zum Ende durchzustehen.

»Na ja, lass dich nur nicht von ihr ausnutzen«, sagte Carrie. »Es ist ja nicht deine Schuld, wenn sie mit deinem Vater im Clinch liegt.«

Während er vor dem Computer saß und seinen Becher Tee umfasst hielt, musste Simon über diese Worte nachdenken. Er fühlte sich *schon* irgendwie für seine Mutter verantwortlich, immer schon, hatte immer gewusst, dass er ihr eine Kraft gab, die sie offenbar nirgendwo anders fand, nicht einmal bei seinem Bruder Alan. Er erinnerte sich daran, wie er mit ihr im Battersea Park Cricket gespielt hatte, während Alan von seinem Kinderwagen aus zusah. Stundenlang warf sie ihm den Ball zu, geduldig und ihn ermutigend. Er erinnerte sich an ihre roten Jeans und auch an ein rotes Haarband, und daran, wie er ihre rot behosten Beine immer und immer wieder über den angegriffenen Rasen von ihm hatte weglaufen sehen, wenn sie den Cricketball zurückholte.

»Jetzt pass auf!«, rief sie ihm jedes Mal vor einem Wurf zu. »Sieh ganz genau hin, bis er deinen Schläger trifft.«

Er hatte sie angebetet. Er wusste noch genau, wie unvollständig ihm ein Zimmer ohne sie vorkam. Wenn er nachmittags aus der Schule gerannt kam, stand sie jedes Mal schon da und erwartete ihn, und jeden Tag war es eine Wiedervereinigung, eine dankbare, erleichterte Wiedervereinigung. Carrie hatte ihn einmal gefragt, ob er eifersüchtig gewesen sei, als Alan geboren wurde, Groll gegen diesen neuen, Aufmerksamkeit heischenden Menschen in ihrem Leben empfand, aber das hatte er nie, nicht eine Sekunde lang. Er hatte immer gewusst, dass er sicher war, eine ganz besondere Stellung hatte.

Aber es war eine Wohltat gewesen, sich von seiner Mutter zu lösen, später. Seiner Einschätzung nach war er als Teenager wohl ziemlich unangenehm gewesen, kühl und distanziert, um sie dafür zu strafen, dass sie ihn als kleinen Jungen so auf sich fixiert hatte. Jedenfalls hatte es ihm eine gewisse bösartige Befriedigung bereitet, als Heranwachsender widerspenstig gegen beide Elternteile zu sein; es verschaffte ihm ein, womöglich illusionäres, Bewusstsein seiner eigenen Unabhängigkeit. Manchmal sah er Jack an und fragte sich, ob genau das Jack jetzt auch tat – sich rüde und demonstrativ aus dem vertrauten Familienzusammenhang lösen, um sich einer eigenständigen, klar umrissenen Identität zu versichern. Simon nahm Jacks Coca-Cola-Dose in die Hand. Einmal, als Jack drei war, war er mit ihm in den Zoo gegangen. Schon vorher hatte er ihm von den aufregenden und großen wilden Tieren erzählt, die er zu sehen bekäme, von den Löwen und Tigern, den Elefanten und Giraffen und Kamelen. Jack hatte ihn aus weit aufgerissenen Augen angeschaut und dann mit vor Angst bebender Stimme gefragt: »Jack sicher?«

Simon stand auf. Der im Becher verbliebene Tee war kalt, genau wie seine Füße. Er ging zurück in die Küche, wo er den Becher in die Spüle stellte und Wasser hineinlaufen ließ. Auf einmal traf ihn die schuldbewusste Erkenntnis, dass seine Wut über diese neue Situation vor allem in der Befürchtung wurzelte, seine Mutter, allein und verlassen, wie sie nun war, könnte ihn zurück wollen, dass sie womöglich glaubte, jenen kleinen Jungen aus dem Battersea Park zurückholen und von ihm die bedingungslose Liebe verlangen zu können – wortlos; Laura äußerte ihre Wünsche immer wortlos –, die er ihr damals so eifrig, so bereitwillig, so ängstlich bemüht gegeben hatte.

Er starrte hinab auf das trübe Wasser in seinem Teebecher. Das könnte ich nicht, dachte er, ich könnte es einfach nicht. Es war eine solche Erleichterung gewesen, sich in Carrie zu verlieben, ein so ungestümes Gefühl der Befreiung, zu erkennen, dass er mit seinem eigenen Herzen eine Wahl getroffen hatte, eine Wahl, die nichts mit Verpflichtung oder Mitleid zu tun hatte, dafür aber ganz viel mit Begeisterung und Unabhängigkeit und Veränderung. Laura hatte lange gebraucht, um Carrie zu akzeptieren; sie war immer nett und höflich gewesen, aber ein Funken fehlte, der Funken wahrer Wärme und Zuneigung. Carrie hatte es gemerkt, sich aber nicht daran gestört. Zumindest nicht allzu sehr, jedenfalls ohne groß verärgert zu sein.

»Schwiegermütter sind eben so, nicht wahr?«, hatte sie gemeint. »Besonders die Mütter von Söhnen.«

Vielleicht kamen Carrie und Alan deswegen so gut miteinander aus, vielleicht weil sie die Freiheit – und den Makel – teilten, nicht Lauras Erwählter zu sein, ihr Augapfel. Alan! Simon schlug sich mit der flachen Hand gegen die Stirn. Er hatte Alan vergessen, im Aufruhr seiner eigenen Gefühle ganz vergessen, Alan anzurufen, wie er es seiner Mutter versprochen hatte. Er spähte hoch zur Küchenuhr. Zwanzig nach vier. Alan könnte er frühestens in drei Stunden erreichen. Es gab niemanden, den er anrufen konnte; es blieb ihm nichts anderes übrig, als wieder ins Bett zu gehen und so viel Trost wie möglich aus Carries Gegenwart zu schöpfen, aus ihrem Körper, der warm und reglos dalag, nicht immer ganz verständnisvoll, aber real.

Langsam stieg er die Treppe hoch und blieb auf dem Absatz kurz stehen, um das Chicago-Bulls-Sweatshirt auszuziehen und über das Geländer zu hängen. Dann öffnete er die Schlafzimmertür, schlich lautlos über den Teppich und ließ sich dankbar unter die Decke gleiten. Carrie regte sich, drehte sich aber nicht um.

»Huh«, sagte sie. »Du bist *kalt*.«

4

Der Garten von Hill Cottage war Lauras Schöpfung. Das Haus auch, aber daran hatte Guy mit seinem Auge dafür, wo Wände rausgenommen oder eingezogen werden sollten und wo man welche Möbel hinstellte, beträchtlichen Anteil gehabt. Außerdem hatte er, was nicht ganz unbedeutend war, die Rechnungen bezahlt. Als Rechtsanwalt verdiente er gut während jener ersten zwanzig Jahre in Hill Cottage, und er hatte – ohne zu murren, wie sie immer einräumen musste – die Rechnungen bezahlt, die dem Haus ein neues Dach bescherten, eine neue Heizung, neue Badezimmer, eine ebene, kiesbestreute Auffahrt, geflieste Terrassen, Garagen und Gartenschuppen, wo sich vormals Kuh- und Schweineställe befunden hatten. Der Garten aber war Lauras Reich. Sie hatte die Idee dazu gehabt, ihn entworfen, daran gearbeitet. Aus ein paar Hektar verwahrlostem Hofgelände und heruntergekommener Koppel hatte sie einen Garten mit Obstbäumen erschaffen.

Als die Jungen größer wurden, nahm der Garten still jenen Teil ihrer Psyche und Persönlichkeit ein, der vorher Sorge für ihre kleinen Kinder getragen hatte. Sie sagte sich, dass es vollkommen normal sei, dass Engländerinnen ihres Alters und Typs sich ab einem gewissen Stadium nun einmal der Gärtnerei zuwandten und ihr einen Stellenwert in ihrem Leben einräumten, den ehedem die Kinder eingenommen hatten, wobei sich als Begleiterscheinung eine irritierende Fixierung auf Wetterberichte herausbildete. Wenn Guy ihr anbot, sie auf Rechtskongresse nach Europa oder sogar in den Fernen Osten mitzunehmen, war ihre erste Reaktion – die selbst die kleine, freudige Erregung bei der Aussicht auf Paris oder Tokio überlagerte –, ob der Garten wohl vier oder fünf Tage ohne sie auskäme. Wenn es nun einen verspäteten strengen Frost gäbe? Wenn nun das Wetter ungewöhnlich warm und trocken und zusätzliches Wässern vonnöten wäre? Wenn nun in ihrer Abwesenheit die Aprikosen an der Südseite genau die richtige Reife zum Pflücken erreichten? Einmal hatte Guy darauf bestanden, dass sie mitkam, nach Stockholm, und in ihrer Abwesenheit hatte es einen heftigen Hagelsturm gegeben, und von sämtlichen früh blühenden Rosen waren nur noch traurige braune Klumpen fauliger Blütenblätter übrig geblieben. Sie war am Boden zerstört.

»Aber auch *wenn* du hier gewesen wärst«, sagte Guy entnervt, »was hättest du denn unternehmen sollen, um da noch was zu retten?«

Nichts, das wusste sie. Sie stellte sich den Hagelsturm vor, der um das Haus peitschte und die Rosenköpfe mit eisigen Geschossen bombardierte. Natürlich hätte sie nichts tun können. Sie hätte da draußen im Sturm gestanden, verzweifelt und hilflos, aber wenigstens wäre sie da gewesen. Es schien unmöglich, Guy zu erklären, dass sie das Gefühl hatte, den Garten im Stich gelassen, ihn verraten zu haben, indem sie weg war, als er sie brauchte. Sie konnte sich lebhaft vorstellen, wie Guy sie ansehen würde. Er würde sie ansehen, wie er es über die Jahre so oft getan hatte, eingehend und ehrlich bemüht, herauszufinden, ob sie das, was sie sagte, ernst meinte und – was noch viel schwieriger war – ob er sie verstehen konnte.

»Ich verstehe das mit dem Garten nicht ganz«, sagte er. »Ich sehe, dass er ein Vergnügen ist und Befriedigung verschafft. Aber ich begreife nicht die Macht, die er über dich hat. Ist er –« Er verstummte.

»Ist er was?«

»*Lebendig*, in deinen Augen?«

Auf einmal empfand sie Scheu. Sie spürte, dass sie jemandem gegenüber, der den ganzen Tag lang vollauf mit anspruchsvollen, chaotischen, menschlichen Angelegenheiten zu tun hatte, unmöglich eingestehen konnte, dass der Garten ihr in gewisser Weise lebendig vorkam; dass er tatsächlich, wenn nicht gerade eine Persönlichkeit, so doch eine Seele hatte. Und dass diese Seele zart, aber sehr vital war und ihrer Obhut anvertraut, weil sie sie erschaffen hatte, irgendwie aus der matschigen, mit geborstenen Ziegeln übersäten Einöde, die sie bei ihrer Ankunft vorgefunden hatten, heraufbeschworen hatte. Sie hatte Angst, Guy würde denken – was sie immer schon gefürchtet hatte –, dass sie die Realität und all ihre Anforderungen aufgegeben hatte zugunsten von etwas, das weniger substanziell und eher irreal war, letzten Endes aber keinen vergleichbaren Wert hatte. Natürlich war es lächerlich, geradezu *jämmerlich*, zu sagen: »Ich kann nicht mit nach Tokio kommen, weil niemand die Topfpflanzen auf der Terrasse genau so zu gießen versteht wie ich«, aber das Schreckliche war, dass sie genau das glaubte, genau das mit großer, instinktiver Kraft empfand. Es ging um Zugehörigkeit, darum, sich heimisch zu fühlen, bei sich und gebraucht. Himmel, es war so wichtig, das Gefühl zu haben, man würde gebraucht! Simon, so dachte sie, verstand das ein wenig, immer schon. Guy aber nicht, Guy hatte ja auch nie Zweifel an seiner eigenen Unersetzlichkeit gehabt. Und Alan – tja, Alan dachte nicht so. Alan hatte für die Dinge in seinem Kopf oder seinem Leben nie eine feste Rangordnung. Er nahm die Menschen, Ereignisse, beruflichen Offerten, wie sie kamen, maß sie an ihren eigenen Qualitäten. Wenn seine Mutter ihr Leben im Garten verbringen wollte und in Ekstase geriet, wenn ihre Kamelien blühten, na ja, prima, dann machte sie das eben an.

Das Problem – das akute Problem im Moment – war nur, dass es sie nicht anmachte. Sie hatte sich in die Gartenarbeit geflüchtet, nachdem Guy ihr eröffnet hatte, dass er die Scheidung wollte, um jemanden namens Merrion Palmer heiraten zu können, und statt sie zu umfangen und ihr Trost zu spenden, hatte der Garten bloß träge dagelegen, beinahe gleichgültig. Sie hatte mit Umgraben begonnen – ein Gemüsebeet, das nur auf ihre exakten Reihen von Möhren und Schwarzwurzeln und Roter Bete wartete – in der Hoffnung, anstrengende körperliche Betätigung würde sie nicht nur ablenken, sondern ihr das Gefühl zurückgeben, dass die Welt letztlich doch immer noch dieselbe war, aber nach einer halben Stunde empfand sie lediglich ein Gefühl vollkommener Sinnlosigkeit, dass die kalte Frühlingserde nicht den geringsten Anteil nahm und es gewähltem Masochismus sehr nah kam, Nahrungsmittel für jemanden anzubauen, der weder den Wunsch noch die Absicht hegte, da zu sein, um sie zu essen. Sie schleuderte den Spaten von sich fort, er schepperte über einen Ziegelpfad, schlidderte in einen an der Wand lehnenden Stapel von Glasscheiben, die sie als Abdeckung für frühen Kopfsalat benutzte, und sandte einen Regen grün-weißer Splitter in alle Richtungen. Sie sank da, wo sie stand, im Gemüsebeet, auf die Knie und stieß ein Geheul aus wie ein Kleinkind, das im Supermarkt einen Wutanfall erleidet, wobei sie sich ab und zu mit ihren von Erde klebrigen Händen über das nasse Gesicht wischte. Als es zu regnen begann, rührte sie sich nicht vom Fleck: es war fast ein Trost, dass etwas passierte, und wenn es noch so unerheblich war.

Die Hunde, das konnte sie sehen, beobachteten sie vom Esszimmer aus, die Pfoten auf die niedrige Fensterbank gestemmt. Sie liebten Spaziergänge, hielten Gartenarbeit aber für eine unbegreiflich stumpfsinnige Tätigkeit, die sich am besten als Zuschauersport eignete, wenn nicht gerade die Sonne schien. Zudem waren sie im Moment besorgt um sie, besorgt wegen Guy, wegen der Atmosphäre, wegen der Koffer, die an der Treppe darauf warteten, dass Guy sie einsammeln und mit in seine gemieteten Zimmer in Stanborough nehmen würde, wegen der unterbrochenen Routine. Ihre Besorgnis äußerte sich darin, dass sie ihr überallhin nachliefen, sogar zum Bad, wo sie sich draußen hinlegten und unter der Tür hinweg schwer in ihre Richtung atmeteten. Wenn das Telefon läutete, hoben sie die Köpfe und beobachteten sie. Wenn sie weinte, kamen sie an und lagerten sich zu ihren Füßen, wobei sie sich gegen ihre Beine drückten. Wenn sie im Garten arbeitete, hielt die Gewohnheit sie im Haus, doch die Sorge trieb sie aus ihren Körben, um Laura durchs Fenster zu beobachten, in der sehnlichen Hoffnung auf Beruhigung, dass alles gut war, wieder in Ordnung, normal.

»Runter mit euch!«, brüllte sie ihnen zu. »Ihr seid ja schlimmer als *Kinder*.«

Sie schauten zu ihr hinüber, ohne sich zu rühren. Sie konnte sich ihre Schwänze vorstellen, zum Wedeln erhoben, was sie sich aber nicht trauten, solange sie ein so bekümmertes und verstörendes Bild abgab. Sie würden erleichtert sein, wenn die Jungen heimkamen, wenn Simon und Alan eintrafen und sie in alte Gewohnheiten verfallen durften, das heißt, in der Küche umherflitzen und Willkommensgeschenke in Form von Geschirrtüchern und einzelnen Schuhen anschleppen durften. Die armen Hunde. Im Moment sollten sie ihr eigentlich ein Trost sein, sie sollte dankbar für ihre treue, liebevolle Unrast sein, aber stattdessen hatte sie bloß das Gefühl, ihnen nicht einen Fitzel Trost bieten zu können, weil sie sich selbst nicht den geringsten Trost zu bieten vermochte.

Sie erhob sich von der klumpigen Frühlingserde und klopfte sich energisch die Matschflecken von den Knien ihrer Hose. Sie würde sich umziehen müssen; ihre Kleidung wechseln und sich die Haare bürsten, ihre Perlenohrstecker suchen, den Wasserkessel aufsetzen und ihr Bestes geben müssen, wie kläglich das auch ausfallen mochte, damit sie sich ihren Söhnen als jemand präsentierte, der nicht über Nacht von ihrer Stütze zu ihrer Bürde mutiert war. Sie ging hinüber zum Ziegelpfad und schob die Glasscherben mit der Stiefelkante zu einem säuberlichen Häuflein zusammen. Dann wandte sie sich um und ging langsam Richtung Haus.

»Müssen wir so schnell fahren?«, fragte Alan.

Simon spähte in den Rückspiegel, schaltete in den fünften Gang hoch und zog auf die Außenspur rüber, um einen gigantischen, mit einer Plane verkleideten LKW mit französischem Kennzeichen zu überholen.

»Ja.«

»Mum erwartet uns nicht vor vier.«

»Ich will so schnell wie möglich hin«, sagte Simon. Er schaute noch mal in den Rückspiegel. »Und dann will ich wieder weg.«

Alan schaute aus dem Autofenster auf die kalte, leer wirkende Landschaft, der noch die winterliche Leblosigkeit anhaftete. Bei dem Anblick fühlte er sich ein wenig hoffnungslos, oder zumindest verstärkte sich dabei die Hoffnungslosigkeit, die er gestern Abend empfunden hatte, als der Besitzer der Bar in Fulham, die Alan hätte umgestalten und renovieren sollen, angerufen hatte, um ihm zu sagen, dass das ganze Vorhaben abgeblasen war: er könne die nötigen Mittel nicht auftreiben. Jetzt seufzte er bei der Erinnerung daran und starrte auf die toten Felder.

»Vielleicht bleibe ich über Nacht«, sagte er. »Dann sehe ich, wie es ihr geht.«

Simon sagte: »Wir wissen, wie es ihr geht.«

»Ja, aber ich schätze, das schwankt. Ich meine, wahrscheinlich ist da sogar ein wenig Erleichterung, aber da sie nun mal Mum ist, wird sie es fertig bringen, deswegen Schuldgefühle zu empfinden, keine Dankbarkeit.«

»*Erleichterung*?«

Alan gähnte.

»Also wundervoll ist es ja nun nicht unbedingt gewesen, oder? Diese Ehe –«

»Aber sie hängt daran«, sagte Simon. »Das ist ihr ganzes Leben, sie hat alles darauf ausgerichtet –«

Alan zuckte die Achseln.

»Ihre Entscheidung, Junge.«

Simon schlug mit der freien Hand leicht gegen das Lenkrad.

»Nein, eben nicht. Das ist der Punkt. Sie hatte nie die Möglichkeit, sich zu entscheiden.«

»Die haben wir alle. Das genau tut Dad gerade, sich entscheiden.«

»Es macht mich wahnsinnig«, sagte Simon, »dich so reden zu hören, als würdest du Dad nicht verurteilen, als wäre es vollkommen in Ordnung, sich aus Langeweile einfach so aus einer vierzigjährigen Ehe zu stehlen –«

»Er ist nicht gelangweilt.«

»Ach nein? Tja, wenn er nicht gelangweilt ist, was zum Teufel dann?«

Alan öffnete das Handschuhfach und begann, in dem Durcheinander herumzukramen.

»Es hat ihn zermürbt, nie zu wissen, was sie sich wünscht, was sie glücklich macht, was er falsch macht. Hast du Pfefferminzbonbons?«

»Essbares wirst du in diesem Auto nicht finden, nie. Die Kinder sind wie eine Heuschreckenplage, nur dass Heuschrecken keinen Müll hinterlassen. Dad hat immer genau das getan, was er wollte. Er weiß nicht, was Mum sich wünscht, weil er sie nie *gefragt* hat.«

»Fragst du denn Carrie?«

»Sie sagt es mir von allein«, sagte Simon. »Das ist nicht Mums Art. Mum wollte nie irgendetwas für sich selbst haben, nie.«

»Dann hat sie sich zum Opfer machen lassen.«

»Alan«, sagte Simon zornig. »Was ist *in* dich gefahren? Wo bleibt dein Gerechtigkeitssinn? Hast du Mum gegenüber gar keine Loyalität?«

»Ich sehe bloß beide Seiten«, sagte Alan. »Mum tut mir Leid, aber Dad auch. Ich kann verstehen, was passiert ist. Na ja, ein bisschen jedenfalls.«

»Und wenn er das Mädchen heiratet und sie ein Kind bekommt und er sein Testament zu ihren Gunsten ändert und uns übergeht, fühlst du dich dann immer noch so ruhig und objektiv und verdammt überlegen?«

»Vermutlich«, sagte Alan.

Simon schaltete bei der falschen Geschwindigkeit in einen anderen Gang, und die Kupplung knarzte vernehmlich.

»Teufel«, sagte er. »Du und deine moralische Überlegenheit. Du und deine verflixte, selbstgerechte Weigerung, andere zu verurteilen, wie du es nennst. Du und deine beschissene buddhistische Erhabenheit über jedes menschliche Dilemma. Es muss ein solcher Trost sein«, sagte Simon giftig, »alles besser zu wissen als wir anderen. Es muss so ein gutes Gefühl sein, schwul zu sein.«

Kurze Zeit herrschte Schweigen. Alan sah aus dem Fenster. Er sagte, den Kopf von seinem Bruder abgewandt: »Eigentlich sogar das genaue Gegenteil«, holte dann tief Luft und fügte noch hinzu, wobei er das Kinn tief in den hochgeschlagenen Kragen seiner Lederjacke drückte, »aber wenigstens hält es einen davon ab, von jemand anderem Unmögliches zu erwarten.«

Simon schluckte.

»Entschuldigung.«

»Ist schon okay.«

»Das hätte ich nicht –«

»Ist schon *okay*. Sagte ich doch.«

»Ich habe bloß so ein dummes Gefühl –«

»Weiß ich. Dass sie von dir verlangen wird, Dads Stelle einzunehmen. Aber auch du hast die Wahl.«

Am Rand der Autobahn tauchte ein großes blau-weißes Abfahrtschild auf. Simon sah kurz auf.

»Da wären wir. Stanborough.«

»Es würde mir auch nichts ausmachen«, sagte Alan, »wenn ich Stanborough nie wieder sähe.«

Laura erwartete sie an der Hintertür. Sie sah aus wie immer, äußerlich gefasst und wie üblich konventionell und gepflegt gekleidet – über den Ausschnitt eines feinen Pullovers lugte ordentlich ein Hemdkragen, dazu trug sie eine gut geschnittene Hose und frisch gebürstete Wildlederslipper. Sie hatte auch ihr Haar gebürstet und ihre Ohrringe aufgetrieben. Sie duftete nach L'Air du Temps, das sie trug, seit sie achtzehn war. Nachdem sie beiden einen Kuss gegeben hatte, sagte sie, als wäre ihr Treffen nicht weiter außergewöhnlich: »Für so was gibt es keine Etikette, nicht wahr? Ich weiß wirklich nicht, was ich euch beiden sagen soll.«

Sie folgten ihr ins Haus. Die Hunde flitzten wie aufgescheucht durch die Küche und sammelten Tributgaben ein, Handtücher und Kissen und einen Stiefelknecht aus Holz, den Alan vor langer Zeit in einem Holzarbeitskurs in der Schule angefertigt hatte. Er bückte sich, um ihn aufzuheben.

»Den hatte ich ganz vergessen. Holzarbeiten, Aufgabe zwei. Aufgabe eins war ein Schlüsselbord in Form eines Schlüssels. Mit Haken drin.«

Laura sagte: »Das habe ich noch. Es hängt neben der Gartentür. Ich glaube nicht, dass du je bis Aufgabe drei gekommen bist.«

Alan kauerte sich hin, damit die Hunde ihm schwanzwedelnd und ekstatisch über Schulter und Gesicht lecken konnten.

Laura fügte entschuldigend hinzu: »Leider sind sie ganz hysterisch vor Sorge –«

»Stört mich nicht.«

»Und du, Mum?«, fragte Simon. »Bist du auch hysterisch vor Sorge?«

»Ab und zu«, sagte sie. Sie fing an, eine Teekanne und Becher und eine Flasche Milch zusammenzusuchen.

»Könnte ich Kaffee haben?« sagte Alan.

Seine Mutter hielt ein Glas mit löslichem Kaffee hoch. Sie sagte: »Ich möchte auf gar keinen Fall eine Bürde sein, ein Problem –«

Simon steckte die Hände in die Taschen und rasselte mit seinen

Schlüsseln und dem Kleingeld. Carrie bat ihn immer, das bleiben zu lassen. Sie fürchtete, Jack könne glauben, es handele sich dabei um die männliche Entsprechung dazu, dass Mädchen endlos an ihrem Haar herumspielen, es in den Nacken werfen, und sie meinte es sei genauso nervtötend. Simon verspürte eine jähe Sehnsucht nach Carrie; er wünschte sich, dass sie jetzt mit hier in der Küche wäre, wo keiner sich normal benahm, bis auf die Hunde. Carrie würde ihnen helfen, die Dinge praktisch zu sehen, nicht emotional. Carrie würde Simon durch ihre bloße Gegenwart daran erinnern, dass seine erste Verpflichtung ihr und den Kindern galt, nicht seiner Mutter. Sie würde ihm die Schuldgefühle nehmen. Oder?

»Bloß, dass man jemandes Probleme erkennt«, sagte sie oft zu Simon, »heißt nicht, dass man sie auch lösen muss.«

Simon sagte: »Mum, du brauchst aber Hilfe. Deine Zukunft muss geregelt werden.«

Laura kehrte ihnen den Rücken zu, um den Wasserkocher auszustöpseln. Ihr Rücken drückte nur zu deutlich aus, dass hier jemand nicht daran glaubte, eine Zukunft zu haben. Sie sagte: »Ich komme schon zurecht.«

Alan erhob sich. »Sch«, gab er Simon zu verstehen.

Simon sagte: »Wir müssen mal über Grundlegendes reden, Mum. Geld, die Wohnungsfrage, all so was.«

»Ach, ich weiß.« Sie drehte sich um und goss Wasser in die Teekanne und Alans Kaffeebecher. »Aber müssen wir das heute tun?«

»Warum nicht?«, meinte Alan sanft.

Sie beugte sich über die Teekanne. Sie biss auf ihrer Lippe herum. Simon hatte Angst, sie könnte gleich weinen.

»Ist es nicht ein bisschen früh?«

»Früh –«

»Sollten wir nicht darüber sprechen, was passiert ist? Wie es mir geht? Wie – wie ich damit fertig werden soll?«

Simon ging durch die Küche und legte ihr einen Arm um die Schultern.

»Ach, Mum –«

Sie drehte sich um und schmiegte ihr Gesicht an seine Schulter. Er legte die Arme um sie. Ihre eigenen Schultern bebten.

»Wenn ich das jetzt nicht schaffe –«

»Hey, das schaffst du. Du stehst jetzt bloß unter Schock. So was *ist* ein Schock, ein schrecklicher sogar.«

Alan kam um den Tisch herum. Dicht bei seiner Mutter und seinem Bruder blieb er stehen. Er sagte: »In gewisser Weise packst Du das ja schon seit Jahren. Wenn man es recht bedenkt.«

Laura tastete in ihrer Hosentasche nach einem Taschentuch. Es war aus weißer Baumwolle und ordentlich gebügelt. Der Anachronismus gebügelter Taschentücher übte auf Simons Kinder eine nie versiegende Faszination aus.

»Was glaubt sie denn, wozu es Papiertaschentücher gibt?« hatte Rachel gefragt.

»Zum Ignorieren«, antwortete Simon.

Laura wischte sich über die Augen und putzte sich die Nase.

»Entschuldigung«, sagte sie.

»Mum, du darfst dich nicht *entschuldigen*. Für gar nichts.«

Sie schneuzte sich noch einmal. Ohne einen von ihnen anzusehen, fragte sie: »Habt ihr euren Vater schon gesehen?«

Simon schnaubte.

»Wohl kaum.«

Alan sagte: »Ich sehe ihn am Sonntag.«

»Mit – mit –«

»Weiß ich nicht. Ich glaube nicht. Aber es gibt sie, Mum. Sie ist jetzt Teil der Geschichte.«

»Teil des Problems«, sagte Simon.

Laura löste sich aus Simons Armen und fing an, Becher und Teekanne auf ein Tablett zu stellen.

Simon fragte: »Können wir ihn nicht hier trinken?«

»Ich hab Feuer im Kamin gemacht«, sagte sie. »Im Wohnzimmer.«

»Hier ist es besser«, meinte Alan.

»Na gut«, sagte sie. Sie klang gekränkt.

Alan legte ihr eine Hand auf den Rücken, zwischen die Schulterblätter.

»Setz dich doch«, sagte er.

Sie setzte sich, den Kopf gesenkt. Simon und Alan setzten sich ebenfalls, Alan neben sie, Simon ihr gegenüber.

»Ich habe immer schon gedacht«, sagte Laura Richtung Tischplatte, »dass ich am Ende nicht gut genug sein würde, nicht aufregend genug. Ich dachte immer, er würde ein Verhältnis mit einer seiner Schülerinnen anfangen. Da war besonders eine, Fenella, mit rotem Haar. Ich war immer sehr misstrauisch. Aber er sagte, das sei nie der Fall gewesen, nicht mit Fenella, mit keiner von ihnen. Er sagte, es hätte nie jemanden gegeben – bis, nun ja, zu dieser jetzt.«

Alan griff nach der Teekanne und goss seiner Mutter und seinem Bruder Tee in die Becher. Er stellte Laura einen hin.

»Du brauchst das nicht zu analysieren, Mum. Das ist sinnlos. Du brauchst dir nicht einzureden, du seist nicht genug dies oder nicht genug jenes –«

»Das tue ich aber«, sagte Laura und hob den Kopf. »Warum sonst würde er fortgehen?«

Simon sagte angespannt: »Weil er so ist, wie er ist. Und immer schon gewesen.«

»Si –«, sagte Alan warnend.

»Ich lasse nicht zu, dass Mum hier sitzt«, sagte Simon ein wenig zu laut, »und denkt, es sei ihre Schuld.«

Laura wandte den Kopf und sah ihn an. Sie schenkte ihm ein mattes Lächeln.

»Woran ich mich nicht gewöhnen kann«, sagte sie, »ist, dass etwas, das ich seit vierzig Jahren befürchtet habe, tatsächlich eingetreten ist.«

Alan kippte sich Milch in den Kaffee. Er suchte in seiner Tasche nach Zigaretten, erinnerte sich dann, dass er sich im Haus seiner Mutter befand, und nahm die Hand wieder aus der Tasche.

»Alles, was ich wollte«, sagte Laura, »war, so zu sein, wie er es sich wünschte.«

Simon schloss die Augen und umklammerte mit beiden Händen seinen Teebecher.

»Ach, Mum –«

»Er wollte, dass ich so war wie er, dass ich genau wusste, wer ich war und wohin ich wollte und was meine Ziele waren. Er wollte, dass ich das wusste. Und das konnte ich nicht. Noch nie.«

Simon und Alan sagten nichts.

»Ihr wollt das nicht hören«, sagte Laura. »Stimmt's?«

Alan verzog das Gesicht.

»Das ist es nicht –«

»Nein?«

»Mum«, sagte Alan. Er legte die Unterarme auf den Tisch und schlang locker die Hände ineinander. »Mum, es ist nicht, dass wir nicht mit dir fühlen. Nicht, dass wir nicht spüren, wie schwer das für dich ist. Aber es hat keinen Sinn, Mum, jetzt so daherzureden.«

Laura fragte argwöhnisch: »Was meinst du?«

Alan wich sorgsam Simons Blick aus. Er sagte: »Ich meine, Mum, dass wir uns mit dem befassen müssen, was *ist*, und nicht damit, was hätte sein können.«

»Und?«

»Und nichts. Was *ist*, ist, dass du allein sein wirst, weil Dad eine andere heiraten möchte. *Damit* müssen wir uns auseinandersetzen.«

Laura erhob sich halb und stieß dabei ihren Stuhl laut polternd über den gefliesten Boden nach hinten. Sie fragte, und ihre Stimme wurde schrill: »Ergreifst du etwa für deinen Vater Partei? Heißt du etwa gut, was dein Vater getan hat?«

»Nein«, gab Alan zurück. Er blickte nicht auf, und seine Stimme blieb betont sachlich. »Nein. Das habe ich nicht gesagt. Ich habe gesagt –«

»Wenn du nicht einmal verstehen kannst, wie ich mich fühle«, schrie Laura, »will ich wirklich nicht *hören*, was du gesagt hast!«

Simon stand auf. Laura funkelte ihn an.

»Willst du mir auch sagen, dass ich einfach mit dem Wrack meines Lebens weitermachen soll?«

»Mum, das hat er nicht gesagt, das hat er nicht –«

»Hat er wohl!«, brüllte Laura. Ihr Gesicht war hochrot. »Hat er wohl!« Und dann drehte sie sich um und stürmte, die Tür hinter sich zuschlagend, aus dem Raum. Die Hunde in ihren Körben, wo sie sich eine zeitweilige Ruhepause von der Anspannung gönnten, sahen drein, als hätte man ihnen einen Tritt versetzt.

»Oh mein Gott«, sagte Simon. »Warum zum Teufel musstest du das sagen?«

»Sie muss es doch hören –«

»Vielleicht, aber nicht *jetzt*. Nicht, solange sie so benommen ist, dass sie nicht geradeaus denken kann. Nicht, solange ihr einziger Gedanke ist, dass sie abgewiesen wurde, weil sie das Klassenziel nicht erreicht hat.«

»Je früher sie aufhört, Dad die Schuld an der ganzen verdammten Sache zu geben, desto besser für sie, desto eher erholt sie sich wieder –«

Simon drängte sich am Tisch vorbei.

»Ich geh mal besser und sehe nach ihr.«

»Lass sie«, sagte Alan.

»Al –«

»Simon«, sagte Alan, »lass sie. *Lass* sie einfach. Dir zuliebe, und auch ihr zuliebe.«

Simon zögerte. Er steckte die Hände in die Taschen und schüttelte sein Kleingeld. Er sah Alan an. »Ich kann nicht«, sagte er gequält und ging aus dem Zimmer.

Jack Stockdale lag auf dem Boden seines Dachgeschosszimmers in London und drückte sein Ohr gegen den Teppich. Er hatte seine Musik abgestellt und auch alle Lampen ausgeschaltet, um sich besser konzentrieren zu könne. Direkt unter Jacks Zimmer befand sich das Schlafzimmer seiner Eltern. Auf dem Bett seiner Eltern lag im Moment seine Schwester Rachel. Sie hatte es sich äußerst gemütlich gemacht. Jack konnte sich lebhaft vorstellen, wie sie zwischen den aufgetürmten Kissen lag – zu diesem Zweck unter der Tagesdecke hervorgeholt –, den Telefonhörer an die Wange geklemmt, um die Hände frei zu haben und den violetten Glitzernagellack abknibbeln zu können, den sie erst am Abend zuvor aufgetragen hatte und jetzt vermutlich schon wieder langweilig fand. Am anderen Ende der Leitung war Rachels beste Freundin, Trudy, und sie unterhielten sich über ein anderes Mädchen namens Moll. Moll war der Grund dafür, dass Jack mit an den Teppich gepresstem Ohr auf dem Boden lag.

Moll war in der Schule eine Klasse unter Jack und somit eine Klasse über Rachel und Trudy. Moll war sehr sportlich, hatte den kraftvollen, geschmeidigen Körper einer Tänzerin und extrem glattes, braunes Haar, das sie entweder zu einem komplizierten Knoten geschlungen auf dem Kopf trug oder wie einen Vorhang offen über den Rücken fallen ließ. Es war ihr Haar, das Jack als erstes aufgefallen war, als er im Hauptkorridor der Schule zwischen Physik und Sozialwissenschaften zufällig hinter ihr ging, diese lange, ruhige, glatte Wand aus Haar. Sie spielte nicht daran herum. Damit war sie wohl das einzige Mädchen an der Schule, das ihr Haar nur anfasste, um es durchzubürsten oder hochzustecken. Offenbar war es für sie etwas ganz Selbstverständliches, wie auch ihr Körper, mit dem sie beim Turnen und im Tanz ebenso mühelos brillierte wie in Leichtathletik. Sie war erst seit einem Halbjahr an der Schule, doch man raunte sich jetzt schon viel über ihre Begabungen zu. In Jacks Jahrgang, unter seinen Freunden, redete man auch viel über ihren Sex-Appeal.

Sonst beteiligte sich Jack an so etwas immer. Er redete gern über Sex. Es machte ihm Spaß, unter Kumpeln die üblichen versauten Jungswitzchen zu reißen; das vermittelte ihm das Gefühl, diese ziemlich beunruhigende Reise nicht allein antreten zu müssen, versicherte ihm, dass es hier ein Element von Teamwork geben würde, dass er, wenn – falls – er ein Wagnis unternahm, immer einen Ort hätte, an den er zurückkehren konnte. Doch er stellte fest, dass er keine Lust hatte, über Moll im leicht frauenverachtenden Jargon von Männermagazinen zu reden. Und mehr noch, er wollte sogar Rich und Marco und Adam und Ed nicht in diesem Tonfall über sie reden hören. Seine Missbilligung hatte sich bislang in der zugegebenermaßen recht schlappen Form geäußert, dass er sich an ihrem Gerede schlicht nicht beteiligte, doch diese Zurückhaltung würde ihnen gewiss bald auffallen, und dann würde er sagen müssen, dass er irgendwie keine Lust dazu hätte. Und dann säße er richtig in der Patsche, dann hätte er keine Ruhe mehr vor ihnen und die Neuheit würde durchsickern und am Ende die Runde machen und Moll Saunders erreichen, der in derben Worten zugetragen würde, dass Jack Stockdale scharf auf sie sei, woraufhin sie – das war unvermeidlich – im Tonfall tiefster Verachtung erwidern würde: »Jack Stockdale? Jack *Stockdale*? Also *bitte*. Nie im *Leben*.«

Aber würde sie das wirklich? Heute hatte sie ihn dabei ertappt, wie er sie anschaute, während sie am Schwarzen Brett neben dem Schulsekretariat stand, und sie hatte »Hi« gesagt. Sie hatte nicht gelächelt, sie hatte ihn geradeheraus angeschaut und einfach »Hi« gesagt. Er hatte genickt. Ihm fiel aus dem Stegreif nichts ein, was er darauf hätte erwidern können, als dieses dämliche Nicken. Das schien sie nicht weiter zu stören. Nach seinem Nicken hatte sie ihn noch ein paar Momente lang angesehen und sich dann ganz ungezwungen umgedreht, um den Aushang der Gymnastik-AG zu studieren. Danach fühlte er sich benommen, atemlos, elektrisiert. Er konnte kaum fassen, wie sehr ihn das elektrisiert hatte. Er hätte am liebsten Rad geschlagen oder einen Salto rückwärts gemacht. Und alles nur wegen eines »Hi«.

Später zu Hause, als er und Rachel und Emma sich vor dem Kühlschrank um Getränke und Joghurt und einen Topf kalter Würstchen balgten, hatte Rachel gemeint: »Kennst du Moll? Aus der Neunten?«

»M-hm«, sagte Jack. Er klemmte sich ein Würstchen zwischen die Zähne und öffnete den Ringverschluss einer Dose Coca-Cola.

»Sie fand dein Bild gut.«

Jack senkte den Kopf.

»Welches Bild?«, fragte er um das Würstchen herum.

»Dieses Schwarze. Mit dem Kopf das. Was Mr. Finlay sich aufgehängt hat. Moll meinte, es wäre cool.«

Jack bemerkte leichthin, nachdem er die Wurst aus dem Mund genommen hatte: »Was versteht die denn davon?«

»Nichts«, sagte Emma, die Erdbeerjoghurt direkt aus dem Becher schlürfte, »weil es sowieso Scheiße ist.«

»Trudy hat sie gehört«, sagte Rachel. »Trudy versuchte, Mr. Finlay zu überreden, dass er sie statt Hauswirtschaften einen zusätzlichen Kunstkurs belegen lässt. Moll war mit im Zimmer.«

Emma stellte den Plastikbecher auf den Tisch. An der Nasenwurzel hatte sie einen Klecks Joghurt.

»Mr. Finlay ist auch Scheiße.«

»Nur, weil er dir gesagt hat, dass du nicht malen kannst, bevor du nicht Zeichnen gelernt hast.«

»Ich will gar nicht malen«, sagte Emma.

»Okay«, sagte Jack und starrte angestrengt seine Coladose an. »Dieses Mädchen, das ich nicht kenne, fand also mein Bild gut?«

Rachel sah ihn an. Sie ließ sich Zeit mit ihrer Antwort.

»Du kennst sie«, sagte sie. Sie beugte sich in den Kühlschrank und holte das letzte Würstchen, einen Karton Apfelsaft und einen Mini-Marsriegel heraus.

»Schokolade gibt's erst nach dem Abendessen«, sagte Emma.

Rachel stapelte sich ihre Beute in die Armbeuge und fügte noch eine Tüte Chips hinzu.

»Ich werde mit Trudy sprechen. Bevor Mum nach Hause kommt. Dann werde ich sie fragen, was Moll wirklich über dein Bild gesagt hat.«

Jack zuckte die Achseln.

»Mach doch.«

Emma griff blitzschnell in den Kühlschrank und schnappte sich ein paar Marsriegel.

»*Dich* schaut sowieso keine an, Jack«, sagte sie. »In Millionen Jahren nicht.«

Das Dumme war, dass Jack zwar Rachels Stimme hören konnte, aber nicht, was sie genau sagte. Es wurde viel gelacht, und zwischendurch sagte Rachel immer mal »Wow!« und »Wow-ee!«, doch er konnte nicht ausmachen, ob es noch um das Thema Moll und ihre Bewunderung für sein Bild ging oder nicht. Was, grübelte er, hatte sie denn außerdem schon *gesagt*? »Cool« oder »Toll« oder »Wer hat das denn gemalt?« oder »Wer hat das denn gemalt, den würde ich ja zu gern mal kennen lernen?« Unten fiel laut die Haustür ins Schloss. Carrie warf sie immer laut zu, um ihre Kinder fairerweise vorzuwarnen, damit sie ihr jeweiliges verbotenes Tun beenden und sich wieder mit den Dingen beschäftigen konnten, die sie eigentlich tun sollten. Jack richtete sich auf und hämmerte mit der Faust gegen den Boden, um Rachel zu warnen. Er hörte, wie sie »Tschüssi!« schrie, dann Stille, und wusste, dass sie nun hektisch am Bett rumrutschen würde, um die Chips- und Schokoladenkrümel zu beseitigen und die Kissen wieder in Ordnung zu bringen, bevor Carrie nach oben kam.

Er stand auf. In Anbetracht der Entwicklungen des heutigen Tages beschloss er, Rachel ein wenig zu helfen. Er machte seine Zimmertür auf und rief: »Hi, Mum!«

Von zwei Etagen tiefer aus rief Carrie: »Hi«, dann: »Kannst du mir mal mit den Einkäufen helfen?«

Jack sprang nach unten. Der Fußboden in der Diele stand voller Supermarkttüten, die prall mit deprimierendem Kram gefüllt waren, Weichspülerflaschen, Jumbopakete Mülltüten und ähnliches.

»Das sollte sich jedes Mädchen mal angesehen haben«, sagte Carrie und wies auf den Boden, »bevor sie das weiße Kleid bestellt und die Flitterwochen am Strand von Bali bucht. Kannst du alles auf den Küchentisch packen?«

Jack nahm mit jeder Hand drei Tüten auf einmal.

»Du liebst es doch, Ma.«

»Ach ja?«

»Ja. Du liebst es, das Kommando zu führen. Was tust du bloß, wenn du nur noch Dad das Leben zur Hölle machen kannst?«

Carrie fing an, eine Tüte voll Gemüse auszupacken.

»Armer Dad.«

»Wieso?«

»Er ist heute zu Oma gefahren. Mit Alan.«

»Oh.«

»Genau. Oh.« Sie schaute die Packung an, die sie in der Hand hielt. »Warum habe ich denn wieder Rosenkohl mitgebracht? Ich kann keinen Rosenkohl mehr sehen, und um diese Jahreszeit ist er immer scheußlich. Schon richtig gelb.«

»Geht's Oma okay?«

»Nein.«

Jack wuchtete vier weitere Tüten auf den Tisch.

»Bist du sauer auf Opa?«

Carrie sah ihn kurz an.

»Nicht besonders.«

»Dad schon.«

»Für Dad ist es was anderes.«

»Wieso?«

»Er meint – na ja, er meint, es sei gemein gegenüber Oma.«

»Ja«, sagte Jack, »total gemein.«

Das Telefon läutete.

»Oh«, sagte Carrie, die gerade mit Gemüse beladen war, »gehst du mal ran –«

Jack nahm den Hörer ab.

»Hi«, sagte er. Dann wechselte seine Miene. Er sah zu Carrie hinüber und zog ein verlegenes Gesicht. »Hi, Gran«, sagte er. Hektisch fuchtelte er mit der freien Hand in der Luft herum, um Carrie zu sich zu winken. »Nein«, sagte er. »Nein, ist er nicht. Ja, also – also, ich hol jetzt Mum –«

Carrie beugte sich über den Tisch und ließ das ganze Gemüse, das sie gerade erst eingesammelt hatte, wieder aus den Armen rollen. Sie ging durch den Raum und nahm Jack den Hörer ab, der pantomimisch übertriebene Erleichterung darstellte und sich zu Boden sinken ließ.

»Laura?«

Jack, der neben den gestiefelten Füßen seiner Mutter auf dem Boden lag, hörte von einem Meter über seinem Kopf aus schwach die Stimme seiner Großmutter.

»Carrie? Ach Carrie, ist Simon schon zurück?«

»Nein, noch nicht. Ich dachte, er sei bei dir –«

»Nicht mehr. Er ist wieder weg. Ist er noch nicht wieder zu Hause?«

»Nein.«

»Müsste er aber«, sagte Laura. »Mittlerweile müsste er wieder da sein.«

»Wahrscheinlich ist er im Berufsverkehr stecken geblieben«, sagte Carrie und verlagerte ihr Gewicht ein wenig.

»Richtest du ihm aus, dass er mich anruft? Sobald er da ist?«

»Laura, ist etwas geschehen, etwas –«

»Nein«, sagte Laura. »Nein. Aber ich muss mit ihm sprechen. Ich muss mit Simon sprechen.«

»Okay –«

»Sag's ihm«, sagte Laura. »Sag's ihm, ja? Sobald er da ist?«

5

»Ich kann nicht mitkommen«, sagte Merrion. »Ich kann einfach nicht.«

Sie saß auf der Kante des Sofas in ihrer Wohnung und hielt einen kalt gewordenen Becher Kräutertee umfasst.

»Er ist ein sanftmütiger Mensch«, sagte Guy. »Sehr tolerant, sehr – na ja, was auch immer das Gegenteil von launisch ist. Vielleicht nicht ganz so clever wie Simon, aber weit weniger schwierig.«

Merrion blickte in ihren Becher. Der Kräutertee war gelb-bräunlich und roch schwach und unangenehm nach Kompost. Sie hatte befunden, dass sie zu viel Kaffee trank, und versuchte es stattdessen mit Kräutertee. Es war, wie wenn man sich einredete, ein trockenes Knäckebrot ohne alles sei ein vollwertiger Ersatz für ein dick belegtes Käsesandwich, dachte sie.

»Deswegen ist er trotzdem dein Sohn –«

»Der weiß, dass es dich gibt und was du mir bedeutest und künftig bedeuten wirst. Er kennt deinen Namen. Er weiß, was auf dem Spiel steht, mein Schatz.«

Merrion stellte den Becher neben ihre Füße auf den Boden. Sie beugte sich vor, bis sie mit dem Kinn ihre Knie berührte.

»Was ich so hasse, ist, dass die Aussicht, einen deiner Söhne zu treffen, mir ein schlechtes Gewissen macht. Warum, weiß ich nicht, aber es ist so. Als müsste ich mich dafür entschuldigen, seiner Mutter wehzutun –«

»Das ist nicht gerade logisch. Seine Mutter ist dieselbe Person wie meine Frau, und da hast du ja bisher völlig richtig auch keine Schuldgefühle gehabt.«

»Sie gehört einer anderen Generation an. Alan ist meine Generation –«

»Merrion, was in Gottes Namen hat denn das mit irgendetwas zu tun?«

»Ich kann es nicht erklären«, sagte Merrion, »aber so ist es nun mal.«

»Schau mal«, sagte Guy. Er durchquerte das kleine Wohnzimmer und setzte sich neben sie. »Du kommst mit und sagst ganz schnell hallo, trinkst vielleicht noch was mit uns und gehst dann wieder.«

Sie setzte sich aufrecht hin und strich sich das Haar hinter die Schultern.

»Täte ich das für dich«, sagte sie, »oder für mich?«

»Für uns beide. Wahrscheinlich sogar für Alan. Er wird dich sofort ins Herz schließen.«

»Sag doch nicht solche Sachen –«

»Dass er seine Mutter liebt, hindert ihn nicht daran, andere Menschen zu lieben, die ich liebe. Besonders, wenn sie liebenswert sind.«

»Meine Mutter findet mich nicht liebenswert –«

»Und ob. Sie findet bloß dein Verhalten unkonventionell und unangemessen. Das ist was anderes.«

Merrion sah Guy an.

»Versuchst du, mit mir anzugeben?«

»Natürlich.«

»Und uns Glaubwürdigkeit zu verschaffen?«

»Das auch.«

»Das sage ich dir«, sagte Merrion, »diese Phase gefällt mir überhaupt nicht.«

»Wenn ich mich recht entsinne –«

»Oh, es stimmt«, sagte Merrion und stand auf, »ich wollte, dass du Laura verlässt und alles. Ich will es noch. Aber man kann nie wissen, wie die Dynamik sich ändert, wenn man bekommt, was man sich wünscht, oder?«

Sie bückte sich und hob den Becher vom Boden. Er griff nach ihrer freien Hand.

»Verlierst du die Nerven?«

»Nein«, sagte sie. »Aber bei der Aussicht auf ein Treffen mit deinem Sohn komme ich mir einfach sozial unzulänglich vor.«

»Diese Unzulänglichkeit betrifft aber uns alle«, sagte Guy. »So was hat keiner von uns je getan.« Er schüttelte sanft ihre Hand. »Fünf Minuten, dann ist es vorbei, und wir haben einen weiteren Drachen erlegt.«

Sie seufzte.

»Lieber wäre mir ein regnerischer Montagmorgen im Gericht, mit einem total unkooperativen, verstockten Mandanten und einem Richter, der Anwältinnen nicht ausstehen kann, als das hier.«

»Das ist doch leicht. Da geht's nur um Berufliches. Hier geht es um persönliche Dinge.«

»Allerdings«, sagte sie. Sie zog ihre Hand fort. »Okay, ich komme mit. Aber nur für fünf Minuten.«

Alan lehnte an der Theke und bestellte ein Mineralwasser. Eigentlich war ihm nach etwas Stärkerem, doch damit wollte er warten, bis sein Vater kam und das Ritual des Aussuchens und Bestellens und Bezahlens dazu nutzen würde, die ersten paar Minuten zu überbrücken. Nicht, dass Alan wegen des bevorstehenden Treffens mit seinem Vater nervös gewesen wäre, aber ihm war wichtig, zu vermitteln, dass er zu beiden Elternteilen halten würde, und es machte ihm Sorge, ob er diese Tatsache richtig rüberbringen würde, ohne ein schwieriges Thema daraus zu machen.

Diesen Pub kannte er nicht. Im Grunde kannte er auch Bayswater überhaupt nicht, es war nicht sein Stadtteil, aber sein Vater hatte den Pub vorgeschlagen, weil Merrions Wohnung in der Nähe lag und er dieses Wochenende bei Merrion verbrachte. Guy hatte gesagt, sie könnten sich auf einen Drink im Pub treffen und dann um die Ecke zu einem guten Italiener gehen, ein Plan, aus dem Alan schloss, dass der Pub-Teil Merrion mit einschloss, der Italiener aber nicht. Merrion tat Alan im Voraus ein wenig Leid. Für sie würde es eine ziemliche Prüfung, ganz gleich, wie sie es anfingen. Als er an Merrion dachte, musste er sich daran erinnern, wie er vor einem Jahr, als Callum ihn verließ, unter Tränen gesagt hatte: »Ich habe nicht darum *gebeten*, mich in dich zu verlieben.« Fraglos eine ziemlich blöde Bemerkung, aber sie entsprach der Wahrheit. Carrie hatte ihm zugestimmt.

»Wir können uns irgendwie dafür bereit machen, uns zu verlieben«, hatte sie gemeint, »aber mehr haben wir nicht in der Hand.«

Alan nahm einen Schluck Mineralwasser. Es war zu salzig und die Kohlensäurebläschen geradezu aggressiv sprudelig. Während des langen, anstrengenden Abends mit seiner Mutter hatte er ihr zu erklären versucht, dass weder Guy noch Merrion geplant hatten, jemandem so wehzutun – sich selbst wie auch allen anderen nicht –, und dass die Dinge im Leben eben geschahen und man sie einfach hinnehmen musste, ohne sich mit Schuldzuweisungen und der Suche nach Gründen verrückt zu machen. Darauf war sie heftig in Rage geraten, so sehr, dass sie bei Simon zu Hause anrief, zweimal, um dort, wie Alan vermutete, die Art rückhaltloser Anteilnahme zu bekommen, auf die sie ihrer Meinung nach ein Anrecht hatte. Alan hatte sie davon abzuhalten versucht, aber erfolglos. In ihren Augen war er kein Ersatz für Simon, noch nie, und sie warf ihm vor, wie sie es ausdrückte, Simon zur Heimfahrt gedrängt und ihn davon abgehalten zu haben, über Nacht zu bleiben, wie sie es sich gewünscht hatte. Es hatte ein wenig sanfter Gewalt bedurft, zugegeben, aber Alan hatte nur zu klar gesehen, dass Simon und Laura einander völlig verrückt gemacht hätten, wenn Simon geblieben wäre. Er hätte sie davon überzeugt, dass ihr bitterstes Unrecht geschah, und sie hätte ihm eingeredet, dass er ihre einzige Rettung sei. Also hatte Alan Simon seine Autoschlüssel in die Hand gedrückt und ihn zum Gehen aufgefordert, ihn förmlich aus dem Haus gedrängt. Dann hatte er Laura einen Gin Tonic eingeschenkt, worauf sie sagte, Gin trinke sie nicht, und alles in den Ausguss schüttete.

Alan hatte das nichts ausgemacht. In seiner Welt, in seinem Leben reagierten die Menschen häufig unbeholfen, wenn es Turbulenzen gab, das war Teil der Situation, eine Folge davon, dass ihnen die Kontrolle entglitt. Alan hatte sehr früh, als er erkannte, dass etwas tief in ihm ihn zu einem Außenseiter bestimmte, den seine Erziehung nicht vorgesehen hatte, gelernt, dass es keine verlässlichen Muster gab. Es gab Folgen, klar, die häufig genauso willkürlich waren wie das Verhalten, das sie zeitigte, aber es gab keine Ordnung, keine Symmetrie und keine säuberliche Abfolge. Der

Versuch, seiner Mutter dies nahe zu bringen, war zum Scheitern verurteilt, da sie seine Bemühungen als besonders kränkende Form von Distanz gegenüber ihrem Leiden auslegte, und am Ende hatte er es aufgeben müssen und nur noch dasitzen können, ihre Hand halten und hoffen, dass sein Schweigen und seine Berührung zumindest ein wenig dem entsprachen, was sie von ihm erwartete.

Die Doppeltüren am Eingang schwangen nach innen, und zwei Männer in Lederjacken traten ein, gefolgt von einem älteren Mann mit Schiebermütze und dahinter Alans Vater, der einem hochgewachsenen Mädchen mit einer wahren Haarmähne und einem fast bodenlangen schwarzen Mantel die Tür aufhielt. Alan richtete sich ein wenig auf und drehte sich in ihre Richtung, rührte sich aber nicht vom Fleck. Sein Vater sah – ja, wie sah er aus? Vertraut, dachte Alan, attraktiv, freundlich. Und angespannt. Sichtlich angespannt. Alan trat ein paar Schritte vor und umarmte ihn.

»Hi, Dad.«

»Alan«, sagte Guy. Einen Moment lang drückte er ihn fest an sich. »Ich weiß nicht, ob ich mich für dein Kommen bedanken soll.« Er lachte kurz auf und drehte sich mit ausladender Geste nach hinten, um das Mädchen im langen Mantel mit einzubeziehen. »Das ist Merrion.«

»Konnte ja nicht anders sein«, sagte das Mädchen. »Nicht wahr?«

Sie hielt ihm nicht die Hand hin. Alan lächelte ihr zu.

»Ein Glas Wein?«

»Danke, nein.«

»Ein kleines Bier? Mineralwasser?«

»Danke, nein«, sagte sie. »Im Moment würde ich nichts runter bekommen.«

»Sie wäre fast nicht mitgekommen«, sagte Guy.

Alan sagte: »Wenn Sie was trinken, haben Sie wenigstens was zu tun.«

Sie schüttelte bloß den Kopf.

»Sie würde nie etwas tun, um sich das Leben einfacher zu machen. Sie ist in einem Büßerhemd zur Welt gekommen«, sagte Guy.

»Was möchtest du, Dad, Bier, Wein –?«

Guy steuerte auf die Theke zu.

»Ich mach das schon –«

»Nein«, sagte Alan. »Du kannst mich zum Essen einladen. Das hier geht auf meine Rechnung.« Er sah Merrion an. »Ich bestelle Ihnen ein Glas Wein. Wenn Sie wollen, können Sie's ja ignorieren.«

Sie schenkte ihm ein flüchtiges Lächeln.

»So ungezogen wäre ich dann doch nicht.«

Alan drehte sich wieder zur Theke um. Guy streckte eine Hand aus, ergriff Merrions nächstliegende und drückte sie. Er wollte ihr zu verstehen geben, dass sie nichts zu tun brauchte, nichts zu sagen, dass sie für ihn keine Vorstellung geben, seinem Sohn gegenüber nicht beweisen musste, was für ein Siegertyp sie war. Er wollte ihr sagen, dass, egal wie sie sich auch geben mochte, er auf alle Fälle einverstanden war.

Behutsam entzog sie ihm ihre Hand und knöpfte ihren Mantel auf. Darunter trug sie Jeans und einen blassgrauen Pulli mit Polokragen. Dann fuhr sie sich mit einer Geste, die aussah, als wollte sie ein wenig Luft hereinlassen, um ihre Gedanken abzukühlen und sich zu beruhigen, an der Innenseite des Kragens entlang. Alan drehte sich wieder zu ihnen um und reichte ihr ein Glas Weißwein.

»Danke sehr«, sagte sie.

Seinem Vater hielt er ein halbes Pint Bier hin. Dann griff er nach seinem Mineralwasser.

»Kein Trinkspruch«, sagte er. »Wir wüssten ja sowieso nicht, worauf wir trinken sollten.«

»Ich schon«, sagte Merrion. Sie hob ihr Glas.

»Wirklich?«

»Auf den Seelenfrieden«, sagte sie. Sie senkte ihr Glas und nippte daran. »Der hat mir bisher noch nie gefehlt.«

Im Wohnzimmer des Hauses in Tooting lag Simon unter einer Lage Sonntagszeitungen und schlief. Jack hatte tagsüber den Sportteil entnommen, während Carrie sich die Feuilletonbeilage mit den Rezensionen geschnappt und zum Lesen auf dem Küchentisch ausgebreitet hatte, so dass für Simon nur der Nachrichtenteil übrig blieb. Kurz vorm Einschlafen ging ihm noch durch den Kopf, dass die Art, wie das Interesse an bestimmten Nachrichtenprodukten sich auf Alter und Geschlecht verteilt, vermutlich überall auf der Welt gleich war. Frauen wollten den Nachrichtenteil nur dann, wenn es um Menschliches ging, Männer lasen nur Rezensionen kultureller Ereignisse, die sie auch besuchen wollten. Teenager wollten weder das eine noch das andere. Die im Feuilleton behandelte Kultur erinnerte an die Schule, und die Nachrichten konnten mit dem düsteren Drama ihres eigenen Lebens nicht mithalten. Jack war momentan besonders düsterer Stimmung. Carrie vermutete, er sei verliebt. Simon mutmaßte, er habe die Aufnahme in den Weitsprungkader verfehlt und auch vage zu realisieren begonnen, dass die zukunftsentscheidenden Abschlussprüfungen nur noch etwas über ein Jahr entfernt waren. Was auch immer die Gründe waren, Jack rang stumm mit seinen Dämonen und trug eine Weltuntergangsmiene zur Schau.

Nach dem Mittagessen hatte Carrie Simon zu Bett schicken wollen, richtig zu Bett, mit Ausziehen und geschlossenen Vorhängen.

»Du siehst erschöpft aus –«

Er gähnte.

»Ich habe wohl zu viel gegessen –«

»Daran liegt's nicht, das weißt du«, sagte Carrie. »Du weißt genau, was das für eine Woche war.«

In den letzten paar Tagen hatte sie mehrmals Laura am Telefon gehabt und hatte bei mehrfacher Gelegenheit nicht nur behauptet, Simon sei nicht da, obwohl es nicht stimmte, sondern Simon auch von diesen Anrufen nichts erzählt.

»Ich möchte, dass du richtig schläfst.«

»Dann kann ich heute Nacht nicht schlafen, und das kann ich nicht ausstehen. Nachts um drei kommt einem alles erst recht verfahren vor.«

Am Ende hatten sie sich auf einen Kompromiss geeinigt, und Simon streckte sich lang auf dem Wohnzimmersofa aus. Eine Decke lehnte er ab.

»Die Zeitung wärmt gut genug –«

»Ich verstehe nicht«, sagte Carrie, »weshalb Männer es einem so unglaublich schwer machen, wenn man nur ihr Bestes will.«

Er warf ihr eine Kusshand zu, den Blick auf ein Foto des Außenministers auf der Titelseite geheftet. Sie ging aus dem Zimmer und schloss die Tür hinter sich, mit einem Geräusch, das genau zwischen einem Knallen und einem Zuklinken lag. Als sie weg war, stellte er fest, dass er sie lieber wieder um sich gehabt hätte.

In der Küche hatten Rachel und Emma oberflächlich aufgeräumt, einfache Aufgaben wie das Einräumen der Teller in die Spülmaschine erledigt und alles, was Mühe und Gewissenhaftigkeit erforderte, wie das Ausscheuern der Kasserolle, in der das Hähnchen gewesen war, stehen gelassen. Carries erster Gedanke war, sie zurückzurufen, dann überlegte sie es sich anders, um Reibereien und den damit verbundenen Verschleiß ihrer eigenen Energien zu vermeiden, und bückte sich zum Schrank unter der Spüle hinunter, um ihre Gummihandschuhe herauszusuchen. Sie waren gelb, sonnenblumengelb, und aus irgendeinem Grund ein nie versiegender Quell der Belustigung für ihre Kinder. Wenn meine Mutter noch am Leben wäre, dachte sie, würde ich sie jetzt anrufen und ihr erzählen, wie ich mich fühle. Ich würde ihr erzählen, dass mir so ist, als ob ich einen ganzen Haufen Felsbrocken bergauf schleppte – nette Brocken, Brocken, die ich trotz ihrer Unzulänglichkeiten einfach lieb haben muss –, und immer, wenn ich in die Nähe eines Rastplatzes komme, vom Gipfel ganz zu schweigen, rollen mir ein oder zwei Felsbrocken aus den Armen und poltern in aller Ruhe wieder zurück ins Tal.

In ihrem Rücken öffnete sich die Hintertür, die nicht nur in den Garten führte, sondern auch auf den Fußweg, der an der seitlichen Hauswand entlang auf die Straße führte.

»Hallo«, sagte Alan.

Carrie wandte sich um, ohne ihre Hände in den gelben Handschuhen aus dem Spülwasser zu nehmen.

»Das ist ja schön.«

Er trat ein und schloss die Tür hinter sich. In der Hand hielt er einen schmalen Schlauch Blumenpapier, aus dem oben die Köpfe eines Sträußchens cremefarbener Narzissen lugten. Er legte sie auf den Tisch, zwischen die verstreut herumliegenden Platzsets und unbenutzten Löffel und Gabeln, und ging auf Carrie zu, um ihr einen Kuss zu geben.

Er raunte beinahe verschwörerisch: »Ich habe sie kennen gelernt.«

Carrie sah ihn ungeduldig an.

»Und?«

»Groß. Sehr attraktiv. Nervös wie ein Kätzchen –«

»Und?«

»Nett«, sagte Alan. »Sehr. Nicht –« Er verstummte.

»Nicht was?«

»Nicht auf irgendetwas außer Dad selbst aus. Soweit ich das sehen konnte.« Er blickte in der Küche umher. »Wo ist Si?«

»Unter den Zeitungen ins Koma gefallen.«

»Ich hab dir ein paar Blumen besorgt.«

»Hab ich gesehen. Sie sind sehr hübsch. Du bist der einzige Mann, den ich je kennen gelernt habe, der mir Blumen schenkt.«

Alan nahm sich den Wasserkessel und beugte sich an Carrie vorbei, um ihn unter dem Kaltwasserhahn zu füllen.

»Wie ist die Lage hier so?«

»Um es zusammenzufassen«, sagte Carrie, »Simon ist ziemlich mitgenommen von der ganzen Verwirrung und dem Druck auf ihn. Jack findet es echt cool, sich in jemanden zu verknallen, der halb so alt ist wie man selbst, Rachel findet es pervers, und Emma macht sich Sorgen um Omas Hunde.«

»Und du?«

Carrie stellte den letzten Topf kopfüber in den Spülkorb, zog den Stöpsel aus dem Ausguss und zog sich mit einem Schnappen die Handschuhe ab.

»Alan –«

»Ja?«

Sie sah ihn direkt an.

»Ich mache ihm keine Vorwürfe.«

Mit der Hand auf dem Wasserkessel, als müsste er ihn während des Kochens stützen, sagte Alan nachdenklich: »Du hast sie nie gemocht, nicht wahr?«

»Drücken wir es anders aus«, sagte Carrie. »Sagen wir, sie hat mich nie sehr gemocht.«

»Ach, komm –«

»Alan«, sagte Carrie. »Ich glaube nicht mal, dass es etwas Persönliches ist. Sie hätte, glaube ich, *keiner* Frau etwas abgewinnen können, die Simon geheiratet hätte.«

»Steht das zwischen dir und Si?«

»Manchmal. Je nachdem, wie ich mich fühle. Er vergisst manchmal, dass ich keine Mutter habe, die ich ihr entgegensetzen könnte. Sie vergisst das auch. – Nimm nicht den Kaffee da – der war im Angebot, kein Wunder. Der in der schwarzen Dose ist wesentlich besser.« Sie ging zum Tisch hinüber und hob die Narzissen auf, um ihren verblüffend intensiven Duft einzuatmen. »Die sind zauberhaft.«

»Nimmst du auch Kaffee?«

»Nein, danke.«

»Dad ist so glücklich«, sagte Alan. »Ich spiele ja gern den Gelassenen, aber manchmal glaube ich selbst nicht ganz dran. Es hat mir gefallen, ihn so zu sehen, zu sehen, dass er so, na ja, geschätzt wird.«

»Flirtet sie mit ihm?«

»Nein. Dazu ist sie nicht der Typ. Sie ist eher der Typ Karrierefrau, ein wenig distanziert. Und hat einen walisischen Akzent.«

»Walisisch?«

»Nicht zu ausgeprägt. Nur der Tonfall. Ganz bezaubernd.«

»Kommst du dir jetzt wie ein Verräter vor?«, fragte Carrie und setzte sich, die Narzissen immer noch im Arm, an den vollgestellten Tisch.

»Nein«, sagte Alan.

»Die Wahrheit bitte.«

»Ja«, sagte Alan.

»Weil deine Mutter diesem Mädchen nie im Leben das Wasser reichen könnte –«

»Weil«, sagte Alan und trank einen Schluck Kaffee, »meine Mutter nichts mehr in die Waagschale zu werfen hat. Diese ganzen Jahre, das ist alles, was sie hat. All die Jahre.«

»Da seid noch ihr zwei –«

»Nicht mehr in unserem Alter. Das zählt nicht mehr. Du solltest sie mal sehen, Carrie. Sie sitzt in diesem Haus, wo jedes Kissen aufgeschüttelt ist, das Bad blinkt, der Garten ist perfekt in Schuss, und man weiß sofort, dass sie der Frage auszuweichen versucht, wofür das alles noch gut ist. Jahrelang konnte sie sich vormachen, dass es für Dad war, oder für Dad und sie selbst, aber dieser Schleier ist nun auch zerrissen. Sie hat etwas geschaffen, was Dad, wie er ihr immer sagte, gar nicht wollte.«

Carrie fing an, die Blumen auszuwickeln.

»Sie hat es nicht für ihn getan. Sie hat es getan, um ihm vor Augen zu führen, dass er ihr in seinem Leben keinen Raum mehr übrig gelassen hatte.«

»Jetzt komm aber –«

»Es stimmt«, sagte Carrie. »Verwechsle nicht Unabhängigkeit mit Trotz.« Sie stand auf und begann, im Schrank nach einer Vase zu suchen. »Wann hat sie denn das letzte Mal einen Pfennig selbst verdient?«

»In ihrer Generation ist das was anderes –«

»Nein, ist es nicht«, sagte Carrie. »Meine Mutter hat gearbeitet, meine Tanten arbeiten. Eure Mutter hat aufgehört. Sie hat diese Entscheidung getroffen.« Sie ließ Wasser in eine schmale Glasvase laufen und stellte die Narzissen hinein, ohne sie weiter zu arrangieren. Alan streckte die Hand nach der Vase aus.

»Ach, *Carrie*. Lass mich mal –«

Sie reichte ihm die Vase. Die Tür zum Flur öffnete sich, und Simon kam herein.

»Ich fühle mich schrecklich. Ich hätte nicht schlafen sollen. Hi, Al.«

Alan sagte, wobei er sich ganz auf die Narzissen konzentrierte, »Ich habe Dad getroffen.«

»Ach ja?«

»Das wusstest du doch. Ich hab's dir erzählt.«

»Will ich das wissen?«

»Keine Ahnung. Willst du?«

»Ja«, sagte Carrie. »Du willst.«

Simon seufzte. Er trat ein wenig vor und stützte sich auf die Rückenlehne des nächsten Stuhls.

»Und?«

»Es geht ihm gut«, sagte Alan. »Gut sieht er aus, und glücklich.«

Simon knurrte kurz.

»Und sie –«

Simon richtete sich auf.

»Sie!«

»Sie war da. Ganz kurz nur. Und – obwohl es kurz war und nur ein erster Eindruck und wir alle etwas nervös waren – sie ist toll.«

Simon schloss die Augen.

»Herr, gib mir Kraft.«

»Es ist doch sinnlos, Simon«, sagte Alan. Er schob die abgebrochenen Stückchen Narzissenstengel zu einem säuberlichen Häuflein zusammen. »Du kannst sie nicht als Goldgräberin abschreiben, oder als Ehezerstörerin oder Justizgroupie oder als Sexbombe. Genauso wenig, wie du Dad nicht einfach als klassisches Opfer der männlichen Menopause abschreiben kannst, der sich noch einmal vergewissern muss, dass er immer noch die Weltbevölkerung verdoppeln könnte, wenn er wollte. Sie ist was Ernstes. Sie ist eine richtige Persönlichkeit.«

»Ich denke, ich habe erst mal genug gehört«, sagte Simon und nahm die Hände von der Stuhllehne.

»Eins noch«, sagte Carrie.

»Was denn?«, sagte Simon. Seine Stimme klang müde vor Widerwillen.

»Ich möchte sie gern kennen lernen«, sagte Carrie.

Im Schlafzimmer ihrer Eltern experimentierte Emma mit Carries Schminksachen. Emma hatte selbst Schminkzeug, aber das war zum Benutzen da, nicht zum Herumspielen. Carrie besaß nicht viel Make-up – nicht wie die Mutter von Rachels Freundin Trudy, die ganze Schubladen voll hatte, Kartons voll in Schränken, Körbe davon, die unter Betten standen –, aber genug, um eine faszinierende Alternative zum Erdkundeprojekt (Die Tierwelt der Ozeane) zu bieten, das sie eigentlich bearbeiten sollte, bevor Carrie ihr die Benutzung des Telefons erlaubte. Sie machte es sich auf dem Sofa unter den kunterbunt herumliegenden elterlichen Pullovern und Hemden gemütlich und kramte interessiert in der Plastikdose herum, die einst Eiscreme enthalten hatte und jetzt eine recht ramponierte Sammlung diverser Wimperntuschen und Lidschatten und Lippenstifte beherbergte. Carrie bevorzugte Schlammfarben, fiel Emma auf. Emma wären Lilatöne lieber gewesen, etwas mit mehr Glamour, etwas Verruchteres.

Das Telefon neben dem Bett klingelte. In einer einzigen blitzschnellen Bewegung glitt Emma vom Sofa herunter und nahm den Hörer ab. Auch wenn der Anruf nicht für sie war, war es für sie doch von größter Wichtigkeit zu erfahren, wer da anrief und wen der Anrufer sprechen wollte. Sie kauerte sich auf den Boden.

»Hallo?«

»Hallo, Liebes«, sagte Laura. »Ist da Rachel?«

Emma zog ein Gesicht Richtung Telefon.

»Nein, hier ist Emma.«

»Emma, Liebes, hier ist Oma.«

»Ich weiß«, sagte Emma.

»Wie geht's dir?«

»Mir ist langweilig«, sagte Emma. Sie veränderte ihre Stellung, bis sie auf dem Boden saß. »Wie geht's den Hunden?«

»Tja«, sagte Laura, »die sind natürlich nicht allzu glücklich.«

»Haben sie Opa gesehen?« sagte Emma.

»Nein. Ich dachte mir, das würde sie nur aufregen. Ich habe sie ins Gartenzimmer gesperrt.«

»Haben sie gebellt?«

»Ja, leider haben sie –«

»Sie wollten Opa sehen«, sagte Emma. »Die Armen.«

»Emma«, sagte Laura jetzt mit veränderter Stimme, »ist dein Vater da?«

»Er schläft.«

»Könntest du ihn für mich wecken?«

Emma dachte über die Hunde nach.

»Nein, geht nicht«, sagte sie.

»Bitte, Liebes.«

»Er ist unten«, sagte Emma. »Ich bin oben.«

»Könntest du runtergehen«, sagte Laura, »und ihm sagen, dass Oma am Telefon ist?«

Emma hätte nur zu gern das Telefon an jemand anderen weitergereicht.

»Ich sag's ihm, wenn er aufwacht«, sagte sie.

»Liebes –«

»Beim Mittagessen war er echt stinkig«, sagte Emma. »Er musste mal schlafen. Ich sag's ihm, wenn er aufwacht. Haben die Hunde schon ihren Spaziergang gemacht?«

»Natürlich. Emma –«

»Mögen sie immer noch so gern diese Biskuits mit dem nachgemachten Markknochenzeug drin?«

»Ich glaube, ich weiß nicht, welche Biskuits du –«

»Grüß sie schön von mir«, sagte Emma. Sie hielt sich den Hörer ein wenig vom Ohr weg. Ihr fiel ein, was Carrie und ihre Freundinnen am Ende eines Telefonats immer zueinander sagten. »Tschüssi, Oma«, sagte sie. »Pass auf dich auf«, und dann legte sie auf.

Vom Treppenabsatz aus rief Rachel nach unten: »Wer war das?«

»Niemand«, rief Emma zurück.

»War es –«

»Nein«, sagte Emma, »es war Oma.«

Rachel sagte nichts. Die Lautstärke ihrer Musik ging wieder rauf. Emma stand vom Boden auf und schaute Carries Make-up-Dose an. Eigentlich war sie ziemlich langweilig. Wenn sie einmal Hunde hätte, wenn sie älter war, würde sie die nie gegen ihren Willen einsperren, und sie würde nie etwas tun, was sie beunruhigen könnte. Das Telefon begann wieder zu läuten. Emma kehrte ihm den Rücken zu und ging aus dem Zimmer, während es unbeachtet weiter läutete.

6

Über Carries Schreibtisch im Büro hing ein Schwarzes Brett. Daran befand sich ein riesiger Übersichtskalender für das ganze Jahr, in dem die Arbeitszeiten der Teilzeitkräfte vermerkt waren, die Tage, an denen die Ärzte frei hatten, sowie die Urlaubstermine aller Angestellten. Ringsherum hatte Carrie andere Sachen angeheftet: Fotos von Simon und den Kindern, aus Zeitungen ausgeschnittene Witzzeichnungen, Notizen für sich selbst, die sie in dem Moment vergaß, wo sie sie aufhing, und eine Postkarte von ihrer Tante Cath, auf die Cath geschrieben hatte: »Versuch nicht, perfekt zu sein.« Cath war vor einem Jahr bei ihnen zu Besuch gewesen und hatte Carries Leben, ihre Arbeit, das Zuhause und die Familie mit verblüfftem und leicht sarkastischem Blick betrachtet, und diese Postkarte war ihr Dankschreiben gewesen. Carrie hatte die Postkarte gefallen, zugleich jedoch musste sie daran denken, dass ihre Mutter – zwei Jahre älter als Cath – sie nie verschickt hätte. »Du schlägst dich großartig«, hätte ihre Mutter ihr geschrieben. »Versuch nur, dir nicht zu viel aufzuladen.« Das wäre tröstlich gewesen, gewiss. Aber es hätte einem nicht so viel Stärke gegeben.

Die Arbeit, dachte Carrie häufig, war der einzige Bereich in ihrem Leben, in dem Perfektion möglich schien, und wenn auch nur ansatzweise. Sie hatte feste Arbeitszeiten, Vorschriften und Zeitpläne, die wohltuend unflexibel waren, und obwohl der menschliche Faktor unberechenbar blieb, mussten sich am Ende doch meistens alle fügen. Ärzte waren imstande, so hatte sie herausgefunden, sich maßlos darüber aufzuregen, wenn sie nicht an den gewünschten Wochenenden frei bekamen, doch falls sonst niemand für den Notdienst verfügbar war, mussten sie den Dienst dennoch übernehmen.

»Tut mir Leid«, sagte sie dann und schaute den fraglichen Arzt ruhig an, ohne von seinem Geschrei die geringste Notiz zu nehmen.

»Es ist nicht meine Schuld, und eine andere Möglichkeit gibt es nicht.«

»Das macht Ihnen doch Spaß!«, wurde dann zurückgekeift.

»Genau das würden meine Kinder auch sagen«, versetzte Carrie dann, ging zurück in ihr Büro und trug den Namen des Arztes in ihrem Jahreskalender für das betreffende Wochenende ein, wobei sie sich vorstellte, wie seine Frau an diesem Abend, nachdem sie erfahren hatte, dass sie nun doch keine Wochenendreise anlässlich ihres elften Hochzeitstages unternehmen könnten, zu ihm sagen würde: »Aber du hast es doch *versprochen.*« Die Ehefrau tat ihr natürlich Leid, aber auf eher unbeteiligte Weise. So war Arbeit. Deshalb war die Arbeit eine solche Wohltat. Man schlüpfte hinein und hinaus, wie in einen Mantel, und mit nach Hause nahm man sie nur sehr selten. Vor allem gestattete sie einem, sich zu konzentrieren. Der Arbeit konnte Carrie ihre ganze Aufmerksamkeit widmen, tüchtig, unpersönlich, ungeteilt. Zu Hause hatte sie gewöhnlich das Gefühl, als hätte jemand ihre Aufmerksamkeit an sich gerissen, sie in hundert kleine Stückchen zerfetzt und dann in die Luft geworfen.

»Ich mache nie etwas zu Ende«, hatte sie Simon immer und immer wieder geklagt. »Dazu *komme* ich einfach nicht.«

Der heutige Montagmorgen jedoch, nach einem Wochenende voll ungelöster Krisen und sich daraus ergebender Verwicklungen, kam ihr weniger vor wie ein Schlusspunkt unter die Dinge als vielmehr ihr Anfang. Oder zumindest ihre weitere Entwicklung. Alan war gestern noch bis zum Abendessen geblieben und hatte Carrie beim Abschied ins Ohr geflüstert: »Möchtest du ihre Nummer?«

»Oha«, sagte Carrie.

»Möchtest du sie? Merrions Nummer?«

Sie war ein Stück von ihm weggetreten.

»Intrigierst du?«

»Im Gegenteil. Es gibt dieses Mädchen. Dad liebt sie. Es nutzt keinem, wenn man sie dämonisiert.«

»Ich weiß.«

»Ich ruf dich bei der Arbeit an.«

»Ich möchte sie auf jeden Fall treffen«, sagte Carrie. »Bloß gibt es da noch Simon –«

Alan schlug sich den Jackenkragen hoch.

»Hilft es Simon wirklich, wenn du dich auf seine Seite schlägst?«

Carrie zog ein Gesicht. Alan drückte ihr einen raschen Kuss auf die ihm zugewandte Wange.

»Ich ruf dich bei der Arbeit an. Du musst ja daraufhin nichts unternehmen, wenn du nicht willst.«

Jetzt schaute sie auf ihren Tisch hinab. Alan hatte eine Nachricht hinterlassen. Maureen, eine der Bezirkskrankenschwestern, hatte sie entgegengenommen, als sie, nach ihren Worten, in Carries Büro nach der Liste der am Wochenende geborenen Säuglinge suchte, bei denen bis Mittwoch die erste postnatale Visite fällig wurde. Maureen nahm gern Anrufe entgegen.

»Carrie«, hatte sie auf einen gelben Haftnotizzettel geschrieben, »Anruf Alan Montag 9.07. Sagt, die von Dir gewünschte Nummer lautet wie folgt.« Die Notiz hatte sie mit »Maureen« unterschrieben, mit einem Smiley-Gesicht und einem kleinen Fischsymbol hinter ihrem Namen. Maureen war wiedergeborene Christin.

Carrie sah auf die Telefonnummer. Eine Nummer aus der Londoner Innenstadt. Wenn sie jetzt anrief, wäre nur ein Anrufbeantworter dran und sie müsste eine knappe Nachricht hinterlassen. Wenn sie heute Abend anrief, müsste sie das nicht nur heimlich tun, sondern hätte dann womöglich sogar ihren Schwiegervater dran. Bisher hatte Carrie noch nie Schwierigkeiten gehabt, mit ihrem Schwiegervater zu sprechen, doch im Moment widerstrebte es ihr aus unerfindlichen Gründen, ihm zu sagen, dass sie gerne mit seiner Geliebten sprechen würde, um mit ihr ein Treffen zu verabreden. Sie befand, dass sie mit der Freude, mit der er ihr Vorhaben aufnehmen würde, derzeit nicht umgehen könnte. Auch schreckte sie der Gedanke, dass sie Simon zu Hause über ihren Anruf täuschen und sich die bohrende, instinktive Neugier Rachels und Emmas vom Leib halten müsste, während sie telefonierte. Sie sah auf ihre Uhr. Zwanzig nach zehn. Noch zehn Minuten bis zur allwöchentlichen Besprechung zur Klärung der anstehenden Verwaltungsfragen, die sie immer mit unerbittlicher Zügigkeit leitete, da sie keinerlei Rücksicht für Leute kannte, die Besprechungen über alles liebten und alles taten, um sie in die Länge zu ziehen.

Sie legte die Hand auf den Hörer und wählte rasch. Dann schloss sie die Augen. Das Telefon läutete viermal, und dann verkündete eine recht kühle weibliche Stimme: »Wenn Sie gern eine Nachricht für Merrion Palmer hinterlassen möchten, tun Sie es bitte nach dem Piepton.«

»Hallo«, sagte Carrie und verstummte. Merrions Anrufbeantworter wartete und summte leise.

»Hallo«, sagte Carrie noch einmal. Sie machte die Augen auf. »Hier ist Carrie Stockdale. Guys Schwiegertochter. Könnten Sie mich irgendwann mal bei der Arbeit anrufen? Zwischen neun und sechzehn Uhr dreißig? Vielen Dank.«

Sie legte auf. Auf einmal dachte sie an Simon und empfand unerwartet Gewissensbisse.

Die Tür öffnete sich, und eines der Mädchen vom Empfang steckte den Kopf ins Zimmer. »Carrie«, sagte sie, »Dr. Mason musste zu einer Notfallanästhesie ins Krankenhaus. Und er hat heute Morgen siebzehn Leute auf seiner Liste. Was sollen wir mit denen machen?«

Jack Stockdale lehnte an der nackten Mauer an der Rückseite des naturwissenschaftlichen Trakts. Hierher kamen er und Rich und Marco sonst immer zum Rauchen, aber heute war ihm irgendwie nicht nach Rauchen, und ganz bestimmt nicht mit Rich und Marco. Marco hatte triumphierend erzählt, dass er am Freitagabend mit Moll im Kino gewesen war, und außerdem angedeutet, dass sie am Samstagabend zusammen Tanzen waren. Rich fand das anscheinend prima, genial sogar, cool. Jack hatte Rich oder Marco gegenüber bislang mit keiner Silbe sein heimliches gesteigertes Interesse an Moll erwähnt, entdeckte aber, dass er sich trotzdem brutal enttäuscht und verraten vorkam. Er konnte mit keinem von beiden reden; er konnte sie kaum ansehen. Als Adam ihn gefragt hatte: »Was hat dir denn die Laune verhagelt, Kumpel?«, hatte er die Achseln gezuckt, etwas gemurmelt und sich, die Hände in den Hosentaschen entfernt, um seinen Missmut mit Fußtritten gegen Steine und Ähnliches abzureagieren.

Das Schlimme war, dass er zwar nichts gesagt hatte, Marco aber trotzdem Bescheid wusste. Das Wissen, irgendwie einen Erfolg erzielt zu haben, wo Jack versagt hatte, ließ Marco förmlich glühen. Von seinem italienischen Vater hatte Marco nicht nur Teint und Haarfarbe, sondern auch die körperliche Selbstsicherheit geerbt, und neben ihm kam Jack sich auf einmal roh und hoffnungslos vor, körperlich wie seelisch, auf klägliche Weise unfertig. Es war ihm klar, dass er sich jämmerlich aufführte, wie ein großer, trauriger, unbeholfener Welpe, doch im Moment wusste er nicht, wie er sich sonst fühlen sollte. Sein Vater hatte neulich abends ganz zufällig den Finger in die Wunde gelegt. Sie hatten alle in der Küche herumgelungert, weil sie Hunger hatten, obwohl das Abendessen lange noch nicht fertig war, und Simon schnitt gerade am Tisch sehr langsam und sorgfältig Möhren in Scheiben, während Jack ihm dabei zusah und darauf wartete, dass Carrie auffiel, was für dicke Scheiben er schnitt, und ihn darauf hinwies, dass sie viel dünnere Scheiben wollte.

»Weißt du was?«, sagte Simon.

Carrie bereitete eine Kasserole zu. Sie hatte ihnen allen den Rücken zugewandt und fuhr mit einem großen Löffel in der Form herum, während sie Zutaten aus Fläschchen und Gläsern einrührte.

»Nein«, sagte sie. »Was denn?«

»Man kann mit allem im Leben fertig werden«, sagte Simon. »Man kriegt alles auf die Reihe, nicht wahr, solange die eigenen Emotionen nicht beteiligt sind. Deswegen funktioniert es auch bei der Arbeit, aber im Leben meist nicht.«

Carrie drehte sich um.

»Komisch«, sagte sie, »genau das habe ich heute auch schon mal gedacht. Könntest du etwas dünnere Scheiben schneiden?«

Jack hatte sich hinübergelehnt und ein Stück Möhre stiebitzt. Eigentlich hätte er seinem Vater gern weitere Fragen zu dem gestellt, was er gesagt hatte, zu diesem Emotionskram und wie es kam, dass man deswegen plötzlich Sachen wollte, an die man sonst nie gedacht hätte. Und was noch viel schlimmer war, wie einem dabei das Gefühl abhanden kam, überhaupt noch irgendeine Kontrolle zu haben. Doch er traute sich nicht. Rachel saß auch mit am Tisch, eigentlich, um Kohl klein zu schneiden und dabei ein Gedicht für Englisch zu lernen, tat aber tatsächlich keines von beidem, sondern verfolgte alles mit Ohren wie ein Luchs und raketenscharfem Verstand. Finge er in Rachels Beisein von Gefühlen an, käme sofort die Bemerkung: »Du stehst auf Moll Saunders, stimmt's?«

Er drückte die Schultern gegen die Außenwand des Naturwissenschaftstrakts. Er fand sie wirklich gut, das stimmte. Er war sogar verzaubert von ihrem Aussehen und ihren Bewegungen, von der Art, wie ihr Haar hinabfiel. Aber es war noch mehr. Er wollte sie kennen lernen. Er wollte ihre Stimme hören, wenn sie etwas zu ihm sagte. Er wollte Dinge für sie tun. Nach der Bemerkung seines Vaters war er hinausgegangen und hatte im Wörterbuch unter »Emotion« nachgeschaut, wo von Gefühlszuständen die Rede war, von Sympathie und persönlichem Beteiligtsein und von Empfindsamkeit und Liebe. Seine Mutter hatte gesagt, Opa sei verliebt. Das konnte man sich einerseits unmöglich vorstellen, andererseits aber ganz leicht. Jack wusste genug, um zu spüren, dass das Gefühlsleben mit zwanzig nicht automatisch aufhörte, aber es war sehr schwer vorstellbar, dass ein anderer genauso starke Empfindungen haben könnte wie er jetzt, und ebenso verwirrt und ratlos sein könnte, was er nun tun sollte, wie er im Moment.

Er drückte seine Handflächen gegen die Mauer und stieß sich davon ab. Er hatte keine Lust auf eine Zigarette, und er hatte auch keine Lust auf eine Doppelstunde Physik und danach noch eine Stunde Politik, und er hatte keine Lust, anschließend nach Hause zu gehen und sich von Rachel beobachten zu lassen und dabei zu wissen, dass sie Bescheid wusste. Er setzte sich langsam in Bewegung, am Gebäude vorbei Richtung Asphaltweg, der den Trakt mit dem Hauptgebäude der Schule verband. Er hatte das Gefühl, kein Interesse an gar nichts aufbringen zu können, da die einzige Sache, an der er interessiert war, dieses Interesse nicht erwiderte.

Auf dem Asphaltweg, knapp außer Sichtweite der Gebäuderückseite, stand ein Mädchen und wartete.

»Hi«, sagte Moll Saunders.

Jack starrte sie an und war sprachlos.

»Hab ich dich erschreckt?«

»Nein. Nein, aber ich –«

»Ich hab was gegen das Rauchen«, sagte Moll Saunders. »Meine Tante ist an Lungenkrebs gestorben.«

»Oh Gott«, sagte Jack. »Ich hab gar nicht geraucht, sondern ich –« In seinem Kopf drehte es sich. Er steckte die Hand in die Hosentasche und zog seine Zigaretten heraus. Er hielt sie ihr hin. »Hier.«

»Das brauchst du nicht –«

»Doch«, sagte Jack.

»Wir werfen sie in den Abfall.«

»Okay.«

»Jack«, sagte Moll. »Dein Bild gefällt mir total gut.«

Er schaute auf seine Füße hinab. Seine Ohren fühlten sich an, als seien sie groß wie Teller.

»Wow –«

»Wirklich«, sagte sie. »Es ist cool.«

Als Laura mit den Hunden vom Nachmittagsspaziergang zurückkam, waren ihre Bäuche und Beine und Pfoten dunkel vor Matsch. Sie band sie an einem in die Wand des Gartenschuppens eingelassenen Ring fest und machte sich daran, den Gartenschlauch zu entwirren. Sie fingen an, umherzuspringen und zu winseln. Der Gartenschlauch war noch viel scheußlicher als der Staubsauger. Sie hassten den Gartenschlauch.

Laura drehte den Wasserhahn auf und legte den Finger auf die Düse, um den Wasserdruck zu erhöhen. Sie hielt die Hunde abwechselnd am Halsband fest und spritzte sie gewissenhaft ab, trotz ihres Gejaules und ihrer Gegenwehr; im Winter, ging es ihr durch den Kopf, tat sie das zweimal täglich, zweimal am Tag, sieben Tage die Woche. Als Guy noch da war, war er am Wochenende vielleicht ein oder zweimal mit den Hunden rausgegangen, hatte sie aber nie richtig sauber gemacht. Offenbar sah er nie die Notwendigkeit, genauso wenig, wie er es für erforderlich hielt, sie so regelmäßig auszuführen. Wenn man feste Zeiten einhielt, meinte er, entwickelten sie sich nur zu Quälgeistern, die sich ermutigt fühlten, mit einer Hartnäckigkeit, die einen zum Wahnsinn treiben konnte, ihre Ausflüge oder ihr Fressen einzufordern. Hunde, sagte er, hätten sich an das Leben der Menschen anzupassen; nicht umgekehrt. Sie hatte dann damit gekontert, dass sie von ihrer Verpflichtung den Hunden, dem Garten und dem Haus gegenüber und der Sorge um ihr gemeinsames Leben sprach.

»Laura«, hatte er müde erwidert. »Laura, verwechsle eine Tyrannei nicht mit einer Verpflichtung.«

Sie drehte den Hahn zu. Die Hunde schüttelten sich energisch und hüpften am Ende ihrer Leinen theatralisch umher. Sie band sie los, und sie sprangen von ihr fort, jagten hintereinander her und balgten sich vor lauter übertriebener Erleichterung darüber, dass die Prüfung beendet war. Sie sah ihnen zu und hätte am liebsten geweint. Auf ihre fröhliche Hundeart vermochten sie Schmerz so leicht zu vergessen, so grausam leicht.

In der hinteren Auffahrt stand ein Auto, ein Kombi mit einem bunten Durcheinander von Utensilien für die Blumenpflege im Heck. Auf dem Fahrersitz saß eine Frau mittleren Alters mit Brille, die ganz versunken etwas in ein Notizheft schrieb. Als sie das Geräusch von Lauras Schritten auf dem Kies hörte, kurbelte sie das Fenster herunter.

»Dacht' ich mir schon, dass du gerade mit den Hunden unterwegs warst –«

»Wendy«, sagte Laura.

»Hat mir gar nichts ausgemacht, hier zu sitzen. So hatte ich Gelegenheit, die Liste mit Freiwilligen für Transporte ins Krankenhaus zusammenzustellen. Wie geht's dir?«

»Ich weiß nicht«, sagte Laura.

Wendy öffnete ihre Autotür und stieg aus.

»Zeit für eine Tasse Tee?«

»Oh ja –«

Wendy sah die Hunde an. Sie hatten Aufstellung neben der Hintertür genommen, um sofort hineinflitzen zu können.

»Ist wahrscheinlich gut für dich, dass du dich um sie kümmern musst. So ein fester Tagesablauf hat auch sein Gutes.«

Laura steckte einen Schlüssel in die Hintertür und schloss auf. Die Hunde schossen hinein, wobei sie auf dem Dielenboden feuchte Pfotenabdrücke hinterließen, und verschwanden in die Küche, um Willkommensgeschenke für Wendy zu suchen.

»Es ist nett von dir, vorbeizuschauen«, sagte Laura.

Wendy sah sie durch ihre Brille scharf an. Sie war blau gerahmt und hatte vergoldete Bügel.

»Meine liebe Laura«, sagte sie, »das hätte leicht *jede* von uns treffen können. Vierzig Jahre Ehe. *Vierzig*. Glaubst du, irgendeine von uns wäre vor vierzig Jahren zum Altar geschritten und hätte sich vorgestellt, wie es in vierzig Jahren um sie bestellt wäre? Ich jedenfalls nicht. Ich wäre vor Angst umgekommen.«

Laura ging in die Küche vor. Die Hunde hatten ein Geschirrhandtuch und einen Ofenhandschuh gefunden und huschten damit nun schwanzwedelnd um den Tisch herum, um sie Wendy anzubieten.

»Dumme Bagage«, sagte sie.

Laura ließ Wasser in den Kessel laufen.

»Ich war sehr nervös, als ich Guy heiratete«, sagte sie. »Aber ich dachte, das sei normal. Alle haben gesagt, es sei normal, nervös zu sein, wenn man heiratet.«

»Roger wurde ohnmächtig«, sagte Wendy, »in der Sakristei, wo wir uns ins Register eintragen sollten. Kein besonders wundervolles Omen, wenn man es recht bedenkt. Seither ist er kein einziges Mal mehr ohnmächtig geworden.«

»Und du hast ihn immer noch –«

»Stimmt«, sagte Wendy, »aber auch nur nach ein paar äußerst brenzligen Situationen.«

Laura tat Teebeutel in eine Teekanne.

»Würdest du ihn noch einmal heiraten?«

»Wenn ich die Wahl hätte«, sagte Wendy, »würde ich überhaupt niemanden heiraten. Außer, um Kinder zu haben.« Sie schaute Laura an. »Wie nehmen die Kinder es auf?«

Laura holte Becher aus dem Schrank und stellte sie auf den Tisch.

»Wie man es erwarten würde. Simon ist total lieb und nimmt Anteil, und Alan gibt mir zu verstehen, dass so etwas ständig passiert und ich nicht so einen Aufstand machen und mich einfach mit den Folgen abfinden soll.«

»Ach, Laura«, sagte Wendy, nahm ihre Brille ab und polierte die Gläser an ihrer Strickjacke, »das meint er nicht so. Alan ist doch ein Schatz.«

Laura stellte die Teekanne auf den Tisch und setzte sich.

»Bei ihm habe ich das Gefühl, er denkt, Guy hätte irgendwie Recht.«

»Laura, Liebes, Guy ist sein *Vater* –«

»Der mich die letzten sieben Jahre betrogen hat und jetzt ausgezogen ist.«

Wendy setzte ihre Brille wieder auf.

»Seit ich das gehört habe, habe ich ziemlich darüber gegrübelt, was ich täte, wenn Roger mich verließe.«

»Und?«

»Ich würde, glaube ich, nach Cornwall ziehen, eine Pension führen und mich der Fuchsienzucht widmen.«

»Das denkst du nur, weil du es nicht wirklich zu tun brauchst.«

»Laura«, sagte Wendy, »bist du ganz, ganz sicher, dass du es nicht im Grunde ziemlich satt hattest, mit Guy verheiratet zu sein?«

Laura, die gerade Tee einschenkte, hielt inne.

»Was soll das heißen?«

»Dass es beleidigend und bestürzend und erschreckend ist, so verlassen zu werden, aber dass es *möglicherweise* eine Chance sein könnte, nach deinen eigenen Vorstellungen noch mal von vorn anzufangen?«

»Mit einundsechzig?«

»Auch mit einundachtzig, wenn es sein muss. Keine Milch, danke sehr.«

»Ich glaube nicht«, sagte Laura über ihren Becher gebeugt, »dass du das überhaupt verstehst.«

»Hm«, meinte Wendy.

»Ich bin nie in der Lage gewesen, es Guy recht zu machen, verstehst du. Ich war nie ganz dazu imstande, so zu sein, wie er mich haben wollte, wie er mir auch ganz deutlich machte, wie ich sein sollte. Die Dinge, die ich gut kann, sind welche, deren Sinn er nicht versteht. Mir ist eine gewisse Zurückgezogenheit wichtig. Er liebt die Öffentlichkeit. Er gab mir das Gefühl, mein zurückgezogenes Leben sei eine Art Selbstsucht.«

»Hm«, sagte Wendy noch einmal. Sie nippte an ihrem Tee.

»Ich fühle mich beiseite geschoben«, sagte Laura. »Weggeworfen. Nicht gut genug. Abgelehnt.«

Wendy stellte ihren Becher ab.

»Ich muss sagen, dass es so, außer sehr oberflächlich betrachtet, gar nicht wirkt.«

»Ach?«, sagte Laura in scharfem Tonfall.

»Es wirkt eher«, sagte Wendy, »als hättet ihr euch eben einfach meilenweit auseinanderentwickelt. Ganz einfach. Bleiben nur noch die Formalitäten.«

»Und wenn er dieses Mädchen nie kennen gelernt hätte?«

»Hätte er wahrscheinlich eine andere kennen gelernt.«

»Wegen mir?«

Wendy zog ein Gesicht.

»Wegen eurer Ehe. Daran wart ihr beide beteiligt.«

Laura stand auf, um die Teekanne neu zu füllen.

»Simon denkt das nicht. Simon findet, das sei alles Teil von Guys Bedürfnis, immer im Mittelpunkt zu stehen.«

»Guy und Simon«, sagte Wendy, »sind sehr unterschiedlich. Wie geht's denn seiner netten Frau?«

»Von ihr habe ich nichts gehört«, sagte Laura. »Ein paar kurze Worte am Telefon, und das war's. Mitgefühl war noch nie Carries Stärke.«

»Sie weiß wahrscheinlich nicht, was sie sagen soll –«

»Wendy«, sagte Laura, »Carrie war noch nie in ihrem Leben um Worte verlegen.«

Sie hielt die Kanne hoch. Wendy schüttelte den Kopf. Sie fragte: »Wirst du genug Geld haben?«

»Dafür wird Simon schon sorgen.«

»Wird er das? Sollte er?«

»Wen gibt es denn sonst noch?«, sagte Laura.

»Dich und deinen Anwalt.«

»Ich hasse das alles. Ich hasse diese ganze Situation, diesen Zwang, damit fertig zu werden. Ich hasse es, alles zu verlieren, was ich kenne; dass ich den *Status* der Ehe verliere –«

Wendy stand auf. Sie sah hinab auf Lauras glattes Haar, auf ihr Gesicht, das sie in ihren beiden kleinen, blassen Händen barg.

»Mein liebes Mädchen«, sagte sie, »wach bitte auf. Vom Status der Ehe ist heutzutage ja nun *wirklich* nicht mehr viel übrig.«

Weil Freitag war, kam Guy mit dem Fünfuhrzug aus Stanborough und ging direkt zu Merrions Wohnung, wo er sich selbst einließ. Das war eine Wohltat, nicht zuletzt, weil er das Gefühl hatte, dies gehörte zu den wenigen Dingen, die er offen tun konnte, den Dingen, zu denen er sich mit seinem endlich erfolgten Bekenntnis zu Merrion die Erlaubnis erteilt hatte. In Stanborough führte er während der Woche ein Leben, das – auf ganz andere Weise als sein bisheriges – einer Täuschung gleichkam. Er verriet niemandem von der Veränderung seiner Lebensumstände. Falls es jemand ahnte, so hatte ihn jedenfalls noch keiner mit seinem Wissen konfrontiert und auch noch nicht herausgefunden, dass der Vorsitzende Richter der Stadt seine Ehefrau verlassen hatte und unter der Woche in gemieteten Zimmern über einer kleinen Ladenpassage wohnte. Die Passage bestand aus einer Apotheke, einem China-Imbiss, einem Zeitungsladen, einem Geschäft für Kinderbekleidung und einem Elektroladen. Der Inhaber, der bei seiner Schwiegermutter wohnte, da er sich die Miete für die Wohnung über dem Laden nicht leisten konnte, war froh, einen Mieter über sich zu haben. Nachts hatte er schon die Schaufenster mit einem Metallgatter schützen müssen, und ein Mieter vermittelte ihm das Gefühl zusätzlicher Sicherheit. Seiner Frau erzählte er, Mr. Stockdale sei Buchhalter.

»Bestimmt. Oder so ein Börsenmakler. Fährt jeden Morgen im Geschäftsanzug weg. Mit einem Volvo.«

Guy war dankbar für die Anonymität in der Wohnung über dem Elektroladen. Es waren wenig anheimelnde Räume, lieblos ausgestattet und eingerichtet, doch sie entsprachen dem, was ihm momentan seinem Gefühl nach zustand, und er brauchte überdies nicht einmal seinen Namen anzugeben. Er hatte sie für drei Monate gemietet und bloß ein Minimum an Kleidung und Büchern mitgenommen. Merrion – der er nicht erlauben wollte, sie zu sehen – meinte, das klänge ganz, als seien sie *sein* Büßerhemd.

Guy kamen sie mehr vor wie seine Vorhölle, sein Niemandsland.

Wenn er sie morgens verließ, hinterließen sie in seinem Gedächtnis den ganzen Tag über keinerlei Spuren, abgesehen davon, dass er sich in Gesellschaft von Kollegen eigenartig obdachlos vorkam. Beim Mittagessen im Richtercasino lauschte er dem üblichen Geplauder bei Stachelbeerstreusel mit Vanillesoße und geriet dabei unwillkürlich ins Grübeln über das Privatleben aller anderen, über die familiären Situationen, in die die anderen abends heimkehrten, und darüber, wie viele von ihnen wohl, aus unterschiedlichen Gründen, versuchten, ihre Arbeitstage über die Schließung der Gerichte um halb fünf hinaus auszudehnen und den Moment hinauszuzögern, wenn sie in ihre Autos stiegen und zurückfuhren, um ihr häusliches Leben, wie auch immer es geartet sein mochte, wieder aufzunehmen. Manchmal kam es Guy vor, als hätte sich ein Zeitsprung ereignet und er durchlebte wieder jene ersten Zeiten als junger Anwalt, als er auf Reisen durch den Gerichtsbezirk in den seltsamsten Hotels übernachtete und dabei doch immer, wie schäbig seine Unterkunft oder Mahlzeiten auch sein mochten, eine gewisse berauschende Freiheit empfand. Einmal war er damals sogar nach Stanborough gekommen. Er war im von der Anwaltschaft allgemein frequentierten Hotel abgestiegen, dem Bell; in jenen Tagen unterhielten die Bezirksrichter im Bell einen Weinkeller. Der Verwaltungsdirektor des gesamten Gerichtsbezirks war immer noch unter der Bezeichnung Weinkämmerer bekannt.

Was ihm im Gegensatz zu damals heute keine Ruhe ließ, war, dass seine Kollegen bei ihm von Voraussetzungen ausgingen, die nicht länger zutrafen. Sie nahmen an, er führe abends nach Hause zu Laura. Nur ein paar von ihnen hatten Laura je kennen gelernt und möglicherweise keine besonders deutlichen Erinnerungen an sie behalten, doch sie war Teil des vagen Entwurfs, den sie sich im Geiste von Guy gemacht hatten, einschließlich der Tatsache, dass er auf dem Land lebte, dass er Söhne und keine Töchter hatte, dass er sich nicht besonders fürs Angeln erwärmen konnte, früher einmal aber ein guter Cricketspieler gewesen war. Es hätte sie elektrisiert, wenn dieser Entwurf schärfere Konturen angenommen und auch noch die Anwesenheit Merrions enthüllt hätte, die sogar einen Platz im Vordergrund einnahm. Manche von ihnen erinnerten sich vielleicht auch an Merrion, an ihren kurzen und effektiven Auftritt in Stanborough, erinnerten sich an sie, weil sie eine Frau war. Die Mehrheit von ihnen mochte Frauen, konnte sich aber nicht daran gewöhnen, sie als Kolleginnen und Ebenbürtige um sich zu haben. Als ein vormaliger Lordkanzler versprochen hatte, Richter zu finden, die sich in Gegenwart von Anwältinnen nicht zu schlüpfrigen Bemerkungen hinreißen lassen würden, war über dem Stachelbeerstreusel ein vielstimmiges Gemurmel laut geworden.

»Ha! Ein Versuch, die Feministinnen zu besänftigen, ganz klar!«

Guy vermochte sich den Moment nicht recht vorzustellen, wo er offenbaren konnte, wie sein Leben jetzt aussah, was geschehen war, wie er mit einer vierzig Jahre währenden Gewohnheit gebrochen und einen radikalen Schritt auf emotionales Territorium getan hatte, das er, dessen war er sich hundertprozentig sicher, nie zuvor auch nur flüchtig erblickt hatte; und wie er jetzt lebte: unter der Woche in einem ruhigen, schwebenden Zustand – er ernährte sich von Mikrowellengerichten, brachte seine Hemden in die Wäscherei, wechselte gewissenhaft seine Bettlaken –, am Freitag aber den Zug Richtung Wahrheit und Bereicherung bestieg.

Freitags verließ er pünktlich das Gericht, fuhr direkt zum Bahnhof und vermied es sorgsam, mit Anwälten aus London im selben Waggon zu sitzen, die nun heimfuhren. In Paddington nahm er ein Taxi nach Bayswater und benutzte seinen eigenen Schlüssel, den Schlüssel, den Merrion für ihn hatte anfertigen lassen, um in das hohe, weißgetünchte Haus zu gelangen, das in den Siebzigern in ein Mietshaus mit separaten Wohnungen umgewandelt worden war. Im Innern befanden sich ein Aufzug und ein Treppenhaus, und die Treppe war mit dunkelrotem Teppich ausgelegt, der ein Lilienmuster in etwas hellerem Rot aufwies. Guy nahm immer die Treppe und zählte die Stufen.

Merrion lebte im obersten Stock. Die Wohnung war klein, aber sehr hell, und zwischen den Gebäuden gegenüber hindurch hatte man Ausblick auf die Baumwipfel im Hyde Park. Ihr Geschmack war nüchtern, eine Reaktion auf die blumenbedruckten Stoffe und üppigen Kissen ihrer Kindheit. Die Böden waren aus Holz, statt Vorhängen gab es eher Jalousien, und ihre Schminksachen bewahrte sie in einem schwarzen Metallkorb im Bad auf. Guy hatte sich ein wenig schwer getan, sein Rasierzeug daneben zu stellen.

»Ich verstehe dich nicht«, sagte Merrion und küsste ihn. »Wir schlafen doch miteinander, oder nicht?«

Er betrachtete sein Necessaire.

»Aber das ist etwas Intimeres –«

Sie schaffte im Bad Platz für ihn, auch in ihrem Kleiderschrank. Seine Schuhe standen unten, neben ihren Schuhen und Stiefeln. Er hätte sie gern woandershin gestellt, abseits ihrer Sphäre, an irgendeine unauffällige Stelle. Er brachte so wenig wie möglich mit nach London, um sie bloß nicht zu bedrängen, keine Ansprüche zu stellen, um nicht – tja, um nicht allzu sehr wie ein Ehemann zu wirken.

Freitags kaufte er immer Blumen. Er kaufte sie am Bahnhof und stellte sie bei seiner Ankunft in der Wohnung ins Wasser, während er den verwelkten Strauß von der Woche zuvor fortwarf, wozu sie anscheinend selbst nie kam. Er machte eine Musik an, sah nach, ob sich im Kühlschrank eine Flasche Wein befand, wusch sich und zog sich etwas Zwangloseres als seinen Gerichtsanzug an, bewunderte vom Fenster aus die Bäume im Hyde Park, vermied peinlich jeden Blick auf ihre Briefe, die Unterlagen auf ihrem Schreibtisch, die Anzahl der Nachrichten auf ihrem Anrufbeantworter. Und dann wartete er. Wie lange er wartete, war ihm gleich. Vielleicht war sie gerade auf der Heimfahrt von einem Gerichtstermin in den Midlands oder sogar im Nordwesten, und währenddessen wartete er, wobei sein Herz im Stillen immer leichter wurde, bis er das leise Schaben ihres Schlüssels in der Tür hörte und sich erhob, um sie zu begrüßen.

7

Im Zug vom Croydon Crown Court zurück nach London suchte Merrion sich einen Platz in einem anderen Waggon als der Verteidiger des Beklagten, gegen den sie an diesem Tag vor Gericht hatte antreten müssen. Sie hatte gewonnen – nicht ganz zu ihrer Zufriedenheit, nicht besonders gut –, und weil ihm das nicht gefiel, hatte er seinen beigeordneten Anwalt angewiesen, bei dem ihren Beschwerde über unzureichende Unterrichtung zu führen. Merrions beigeordneter Anwalt hatte dies zurückgewiesen, und der gegnerische Anwalt – ein korpulenter, streitlustiger Mann von Anfang vierzig – hatte lautstark verkündet, das müsse er wohl mit Miss Palmer noch klären.

»An Ihrer Stelle würde ich mich sputen«, hatte Merrions beigeordneter Anwalt zu ihr gesagt.

Zum Bahnhof war sie buchstäblich gerannt. Als sie aus dem Gerichtsgebäude hetzte, hatte sie ihre Mandantin – eine hohlwangige Geschiedene über vierzig mit drei aufsässigen Kindern – gesehen, die dort finster grollend mit ihrem Freund und ihrer Mutter zusammenstand. Merrion hatte für sie Unterhaltszahlungen, rückwirkend für zwei Jahre, von ihrem Ex-Ehemann erstritten – der kurze Zeit für ein Mineralölunternehmen am Golf gearbeitet und damals den halbherzigen Versuch unternommen hatte, seine Kinder zu sich zu holen –, aber ihre Mandantin fand die Höhe nicht ausreichend. Sie hatte zweihundert Pfund in der Woche verlangt. Ihr Ex-Mann verdiente dreihundertzehn Pfund die Woche. Das sei ihr egal, sagte sie, sie wolle eben so viel. Was machte es schon, wenn der Dreckskerl verhungerte? Merrion hatte einen Betrag von achtzig Pfund pro Woche erwirkt, dazu die Nachzahlungen. Ihre Mandantin hatte wütend mit den Augen gefunkelt. Nach der Urteilsverkündung hatte sie sich geweigert, mit Merrion zu sprechen.

»Blöde Angeberin«, hatte sie gut hörbar ihrem Freund zugezischt.

Ein Zug nach London fuhr gerade ab, als Merrion auf den Bahnsteig stürmte. Das war nicht weiter schlimm. Von Croydon aus ging alle zwanzig Minuten ein Zug, und der Zeitpunkt ihres Treffens mit Guys Schwiegertochter in einer Weinbar in der Nähe der Victoria Station war ohnehin absichtlich vage gehalten.

»Ich weiß nicht, warum ich das Gefühl habe, wir sollten uns lieber nicht an einem allzu öffentlichen Ort treffen«, sagte Carrie, »aber mir ist so. Haben Sie was dagegen?«

»Nein«, sagte Merrion. »Passt mir gut.« Flüchtig kam ihr der Gedanke, darauf aufmerksam zu machen, dass sie, wenn sie sich an einem anonymen Ort trafen und das Treffen sich als Misserfolg herausstellte, irgendwie so tun könnten, als hätte es nicht stattgefunden, es aus der Geschichte tilgen könnten. Doch sie behielt die Bemerkung für sich. Etwas in Carries Stimme sagte ihr, dass sie das ohnehin dachte: dass dieser Hinweis überflüssig war.

Merrion kaufte sich eine Abendzeitung und verzog sich auf den hinteren Teil des Bahnsteigs, wo sie halb von einem Süßwarenautomaten verborgen wurde. Sie beobachtete, wie der andere Verteidiger den Bahnsteig betrat und umherschaute. Er war ein kräftig gebauter, selbstbewusst wirkender Mann mit einem schwarzen Samtkragen am Mantel, und er fiel auf, wie es ihrer Erfahrung nach Anwälte unter den normalen Fahrgästen im öffentlichen Personenverkehr offenbar immer taten. Falls er nach Merrion suchte, gab er sich keine allzu große Mühe. Sie hielt sich die aufgeschlagene Zeitung vors Gesicht und wartete, bis er auf seinem Weg zum Bahnhofsausschank an ihr vorübergegangen war. Sie stellte sich vor, wie er ins traute Heim in Clapham oder Tooting oder Stockwell zurückkehrte und seine Frau – Strähnchen im Haar, zwanglos urbaner Schick – zu ihm sagte: »Marcus, die Fergusons können dieses Wochenende doch nicht kommen, Sophie hat Nissen – was zahlen wir dieser Schule eigentlich? –, und du stinkst nach Whisky.« Merrion ließ die Zeitung sinken, blätterte verstohlen zu ihrem Horoskop für die nächste Woche – »Wenn die stimmten«, hatte Guy zu ihr gesagt, »würde das Wort ›Zukunft‹ nicht länger existieren« – und las darin, dass sie keine Überraschungen erwarten und keine größeren Entscheidungen treffen sollte. Sie versuchte sich zu erinnern, was das Horoskop gestern Abend über den heutigen Tag besagt hatte, aber es fiel ihr nicht mehr ein. Falls es ihrem Treffen mit Carrie eine besondere Bedeutung beimaß, hatte es sich das nicht anmerken lassen.

Als der Zug einfuhr, ließ sie Marcus Hunt beim Einsteigen den Vortritt und entschied sich dann für einen Waggon weit von ihm entfernt. So milde ihn auch der eine Whisky im Pub gestimmt haben mochte, er würde fraglos versuchen, ihr gönnerhaft zu kommen, und in gewisser Weise war die gönnerhafte Tour noch viel schwerer erträglich als ein offener Streit: bei einem Streit wurde wenigstens eine gewisse Gleichheit vorausgesetzt. Sie fand einen Platz neben einem in seinen Laptop vertieften Mann, einem Mädchen in Lederjacke mit rotem Lippenstift gegenüber, das mit offenem Mund schlief. Merrion schlief selbst oft in Zügen ein und hatte immer Angst, ihr Mund könnte aufgehen. Dieses Mädchen wirkte ganz so, als sei ihr das egal.

»Ich glaube, du wirst Carrie mögen«, hatte Guy am Wochenende gesagt. »Ganz bestimmt.«

»Ist das wichtig?«

»Ob du sie magst? Es wäre mir vermutlich lieber.«

»Es war nett von ihr, mich anzurufen«, sagte Merrion. Sie lag ausgestreckt auf ihrem Sofa, den Kopf auf Guys Schoß, und er las über ihr eine Sonntagszeitung, wobei er die Arme extra hochhielt, damit sie keine Druckerschwärze ins Gesicht bekam.

»Sie hat eine etwas unverblümte Art, aber lass dich davon nicht abschrecken.«

»Ich kann auch unverblümt sein –«

»Weiß ich.«

»Drei Kinder«, sagte Merrion. »Was für eine Vorstellung. Wie alt ist sie?«

Guy ließ die Zeitung auf Merrions Bauch ruhen.

»Um die vierzig. Vielleicht etwas jünger.«

»Wow. Drei Kinder.«

»Aber keine vielversprechende Karriere als Anwältin.«

»Warum hast du das gesagt?«

»Damit du aufhörst, nutzlose Vergleiche anzustellen.«

»Tu ich aber nicht.«

»Carries Vater ist Arzt. Praktischer Arzt in East Anglia. Ihre Mutter starb vor ziemlich langer Zeit. Das ist schlimm. Carrie hat sie geliebt.«

»Die Glückliche.«

Guy hatte den Kopf gesenkt und sah sie an.

»Warum hältst du so hartnäckig an dieser Beurteilung deiner Mutter fest?«

»Weil es nun einmal so ist, wie es ist.«

»Ich glaube, du hast dich immer noch nicht von der Vorstellung lösen können, wie glamourös es wäre, Waise zu sein.«

»Falsch.«

»Ich hätte nie im Traum erwartet, meiner Mutter nah zu sein«, sagte Guy. »Unser Verhältnis empfand ich nie als vertraulich, und sie, glaube ich, auch nicht.«

Merrion richtete sich halb auf und küsste ihn.

»Aber zu deinen Zeiten war das doch sowieso anders –«

»Vor langer, *langer* Zeit?«

»Genau«, sagte sie. Sie grinste.

Er lächelte zurück.

»Und jetzt kann ich wiederum mit meinen Kindern nicht reden.«

Merrion schwang ihre Füße auf den Boden und tastete nach ihren Schuhen.

»Kannst du denn mit Carrie reden?«

Er streckte eine Hand aus und griff sich eine Handvoll von ihrem dicken Haar.

»Das habe ich nie versucht. Es schien nicht, tja –«

»Passend?«

»Möglicherweise. Sie ist schließlich Simons –«

»Aber sie hat ihren eigenen Kopf?«

»Oh ja«, sagte Guy. »Das wirst du sehen. Sofort.«

Merrion dachte sich, dass dies wohl Carrie war, die dort mit einem Glas Rotwein vor sich an einem Ecktisch saß und angestrengt auf das Kreuzworträtsel in der Zeitung starrte. Sie pochte sich mit einem Stift gegen die Zähne. Sie hatte helles Haar, das hier und dort mit Kämmchen hochgesteckt war, und trug einen grauen Mantel, den sie um die Schultern gelegt hatte. Merrion bahnte sich einen Weg durch die Tische und hielt ihre schwere Aktentasche hoch, um keinen der Gäste damit zu stoßen. Vor Carries Tisch blieb sie stehen und stützte die Tasche auf die Tischkante.

Carrie blickte auf.

»Merrion?«

»Ja –«

»Sie sind größer, als ich dachte.«

»Eins achtzig«, sagte Merrion.

Carrie lächelte ein wenig.

»Haben Sie ein Glück. Meine Kinder werden bald alle größer sein als ich, und dann schwindet auch noch der letzte Rest Hoffnung auf Disziplin.«

Merrion zog sich einen Stuhl heraus und setzte sich. Ihre Aktentasche stellte sie auf den Stuhl neben sich und streifte dann ihren Mantel ab.

»Wein?«, meinte Carrie. »Sie müssen ihn sich leider selbst holen gehen.«

Merrion erhob sich wieder. Carrie sah hinter ihr her, während sie sich einen Weg zur Theke bahnte. Sie trug ein schwarzes Kostüm, die Jacke ziemlich figurbetont, der Rock eng. Es stand ihr gut, befand Carrie, gute Figur, gute Haltung, ungewöhnliche Haare. Sie versuchte, Merrion mit Guys Augen zu sehen. Sehr aufregend. Sehr ansprechend. Sehr – wie sollte sie sagen, unerwartet, frisch, energisch. Sie stellte sich auch vor, wie Simon sie ansähe und wie er sich eingestehen müsste, dass sie besonders war, fast schon auffällig, aber kein Vamp, kein Klischee, auf gar keinen Fall so ohne weiteres abzutun. Simon wäre fürchterlich verwirrt. Und sie, Simon beobachtend, wie er Merrion beobachtete, ebenfalls. Sie trank einen großen Schluck von ihrem Rotwein. Einunddreißig! Als sie, Carrie, einunddreißig war, hatte sie drei kleine Kinder, kein Geld und keinen anderen Ehrgeiz, als den Tag zu überstehen, ohne in einem Strudel zu versinken. Sie blickte verstohlen zu Merrions Aktentasche. Karriere hatte sie, Carrie, auf jeden Fall nicht gemacht. Das Wort kam in ihrem Vokabular nicht vor, jedenfalls damals nicht. Falls doch, so hätte sie es sowieso verschmäht.

Merrion stellte ein Glas Weißwein neben ihre Aktentasche. Carrie schaute auf ihre Hände. Kein Ring.

»Kein Ring«, sagte Merrion. Sie lächelte. »Guy möchte gern einen. Ich nicht. Also kein Ring.«

»Wird es denn einen Ehering geben?« fragte Carrie.

Merrion ließ sich auf ihren Stuhl gleiten.

»Glaube ich nicht.«

Carrie betrachtete ihre eigenen Hände.

»Ich trage meinen bei der Arbeit, weil ich dadurch zugänglicher wirke. Verheiratet gleich unkompliziert. Ich arbeite in einer Gemeinschaftspraxis. Ich bin dort für das Organisatorische zuständig, im weitesten Sinne.«

Merrion nippte an ihrem Wein. Sie sagte: »Wollten Sie mich bloß mal in Augenschein nehmen?«

»Ja«, sagte Carrie. Sie zog ein Kämmchen aus ihrem Haar und steckte es an genau derselben Stelle wieder hinein. »Ich wollte die Wirklichkeit sehen. Wenn jemand in einer solchen Situation bloß ein Name ist, wächst er sich leicht zum Popanz aus.«

»Keine Ahnung«, sagte Merrion, »mit so was hatte ich in meinem ganzen Leben noch nicht mal annähernd zu tun.«

»Es erzeugt eine Menge Drama –«

»Offenbar.«

»Und die Dinge verzerren sich. Menschen empfinden Wut.«

Merrion schaute hinab in ihr Weinglas.

»Wie Ihr Ehemann.«

»Wie Simon.«

Merrion sagte zögerlich: »Er muss seine Mutter in Schutz nehmen –«

»Darüber unterhalten wir uns«, sagte Carrie, »wenn wir uns besser kennen. Falls wir so weit kommen.«

Merrion nahm ihr Weinglas und stellte es wieder hin.

»Sie haben vermutlich ihre eigenen Hintergedanken.«

»Nein«, sagte Carrie, »wie schon gesagt. Ich wollte bloß die Wirklichkeit sehen. Es ist seltsam, wenn sich in der Familie des

Partners eine Krise ereignet – man ist zugleich total davon betroffen und überhaupt nicht betroffen. Man hadert viel mit Gefühlen, die eigentlich die Gefühle anderer sind. Ich dachte nur, ich könnte mich besser in Simons Lage versetzen, wenn ich Sie kennen lerne.«

Merrion sah sie flüchtig an.

»Guy mag Sie.«

»Ich mag ihn«, sagte Carrie. »Viele haben es mit ihren Schwiegervätern nicht leicht, werden begrapscht, ignoriert oder rumgeschickt. Das hat er alles nie getan. Er läßt mich in Ruhe.«

»Er würde gern mit – mit Ihrem Mann reden.«

»Ja.«

»Ich hab nicht viel Ahnung davon, wie Männer in Familien miteinander umgehen«, sagte Merrion. »Mein Vater starb, als ich drei war. Ich habe weder Brüder noch Schwestern.«

Carrie griff nach ihrem Weinglas.

»Sie sind anders. Sie belauern einander die ganze Zeit. Sie interpretieren Handlungen, anstatt zu reden.«

»Fühlen sie sich als Konkurrenten?« fragte Merrion.Carrie warf ihr einen scharfen Blick zu.

»Ja.«

Merrion trank etwas Wein.

»Verstehe.« Sie sah Carrie kurz an. »Also haben Sie auch Ihre eigene Position zu verteidigen?«

»Nicht so schnell«, sagte Carrie.

»Ich lerne«, sagte Merrion. »Ich lerne ständig dazu.«

»Sie hatten *sieben* Jahre –«

»Eine heimliche Liebesaffäre ist verglichen hiermit der reinste Spaziergang.«

»Besser?«

»In gewisser Weise. Aber man kann auch nicht ewig so weitermachen.«

»Meine Tante Cath«, sagte Carrie, »sagt immer, das Leben ist wie Kätzchen in einen Korb stecken. Kaum hat man das letzte drin, klettert auch schon das erste auf der anderen Seite wieder heraus.«

»Ich bin nicht besonders besitzergreifend«, sagte Merrion und drehte ihr Glas in den Händen, »aber es hat mich verblüfft, bis zu welchem Grad Menschen anderen Menschen gehören. Oder das zumindest glauben. Es ist eine Sache, das Gefühl zu haben, dass man keine Handlungsfreiheit hat. Aber das Gefühl, nicht einmal frei entscheiden zu können, ist noch mal was ganz anderes.«

»Vielleicht haben Sie sich bisher noch nie so recht Gedanken darüber gemacht, was Guys Leben außerhalb von Ihrem ist.«

»Vielleicht«, sagte Merrion. Sie sah Carrie an. »Und vielleicht hat sich bisher noch nie jemand außerhalb meines Lebens so recht Gedanken um *Guy* gemacht.«

»Ups«, sagte Carrie. Sie leerte ihr Glas und fing an, sich den Mantel anzuziehen. »Ich gehe jetzt besser. Ich habe gelogen, als ich erzählte, wo ich hinging, und die Lüge sollte ich besser nicht allzu sehr in die Länge ziehen.«

»Wieso haben Sie gelogen?«

»Meine Töchter wären unglaublich neugierig, und Simon wäre verletzt.«

»Würde er Sie für illoyal halten?«

Carrie sagte nichts. Sie stand auf und stopfte die Zeitung in ihre Tasche. Merrion stand ebenfalls auf. Sie zog den Tisch ein wenig vor, damit Carrie vorbei kam.

»Darf ich Sie noch etwas fragen?«

Carrie blieb stehen, sah sie aber nicht an.

»Was denn?«

»Habe ich den Test bestanden?«

»Welchen Test?«

»Sie wissen doch«, sagte Merrion, »aus welchem Grund wir wirklich hier sind. Was bin ich denn nun? Freund oder Feind?«

Simon fuhr allein nach Stanborough. Er hatte Carrie erzählt, dass er fahren würde, aber nicht Alan. Alan hätte sich erboten mitzukommen, und Carrie hätte ihn darin noch bestärkt. Beide, das wusste Simon, wollten ihn vor Laura schützen und verstanden gleichzeitig nicht, welcher Natur seine Verpflichtung ihr gegenüber wirklich war. Carrie sagte sogar, dass ihr die Natur dieser Verpflichtung weniger Sorgen bereite: mit der *Intensität* aber käme sie nur schwer klar.

»Wir hätten nie geheiratet!«, hatte sie vor langer Zeit bei einem heftigen Streit geschrien (die Kinder hatten alle miteinander am Treppenabsatz gestanden, erschrocken und fasziniert). »Wenn ich nicht schwanger gewesen wäre! Dafür hätte deine Mutter schon gesorgt!«

Laura hatte zugegebenermaßen zu Simon gesagt, er sei viel zu jung, um ans Heiraten zu denken. Einundzwanzig war absurd jung, vor allem für einen Mann, besonders für einen Mann ohne abgeschlossene Ausbildung, der erst vor einem Jahr die Uni verlassen hatte. Und einundzwanzig war auch für Carrie zu jung, vor allem weil sie, nachdem sie aus für Laura unerfindlichen Gründen ihr Medizinstudium abgebrochen hatte, noch keinerlei Pläne hatte, was sie sonst tun wollte. *Natürlich* wurde sie schwanger! Was hätte sie auch sonst tun können, in ihrem selbst geschaffenen Dilemma, als schwanger zu werden und dadurch alle weiteren Entscheidungen aus der Hand zu geben? Vergeblich hatte Simon zu erklären versucht, dass Carrie es nicht darauf angelegt hatte, schwanger zu werden, nicht absichtlich, dass sie das Kind nur behielt, weil es von Simon war, weil es Simons und ihres war. Laura sah Simon in der Falle. Simon sah Carrie in der Falle. Carrie sah Simon in der Falle, und zwar gleich doppelt.

»Erst Sie. Und jetzt ich.«

»Ich *will* dich.«

»Das will ich doch sehr hoffen.«

Er wollte sie auch. Siebzehn Jahre später wollte er sie immer noch. Carrie war die einzige Entscheidung – falls in ihrem Fall eine so knappe, rationale Umschreibung überhaupt erlaubt war – in Simons Leben, die er nie in Zweifel gezogen hatte. Er ließ sich auf sie ein und hoffte, ohne es in Worte zu fassen, dass sie ihn befreien würde. Und das tat sie auch. Oder jedenfalls beinahe: auf alle Fälle soweit es in ihrer Macht stand, soweit er es zuließ. Wenn es nach ihr gegangen wäre, führe er jetzt entweder mit Alan nach Stanborough oder überhaupt nicht.

Carrie hatte Laura eingeladen, zu ihnen zu kommen.

»Ach nein, vielen Dank. Das ist sehr lieb von dir, aber –«

»Bloß ein paar Tage«, sagte Carrie, hielt die Augen geschlossen und konzentrierte sich darauf, dass ihre Stimme so klang, wie sie am liebsten auch empfunden hätte. »Eine andere Umgebung, etwas Abwechslung.«

»Die Hunde –«

»Können die nicht vorübergehend in einem Zwinger untergebracht werden?«

»Da möchte ich sie im Moment nicht hinschicken. Ich möchte sie ungern allein lassen.«

»Dann bring sie doch mit –«

»Ach, das geht nicht. Das könnte ich nicht tun. Sie sind nie woanders, verstehst du. Das ist wirklich sehr nett von dir, aber hier bin ich besser aufgehoben, wirklich. Vielleicht könnte Simon –«

»Das macht einen wahnsinnig«, sagte Carrie, nachdem sie aufgelegt hatte. »Diese Halsstarrigkeit, die in der Maske des armen Opfers daherkommt.«

Rachel lehnte an der Wand neben dem Telefon und wartete darauf, dass Trudys Leitung nicht länger besetzt war.

»Meinst du Oma?«

»Allerdings, die meine ich. Aber du hättest nicht lauschen sollen.«

»Dann solltest du nicht so schreien.«

»Leider schafft deine Großmutter es, jeden zum Schreien zu bringen«, sagte Carrie, während sie mit einem Haufen ungebügelter Wäsche im Arm an Rachel vorbeirauschte.

Rachel sah zu ihrem Vater.

»Wow!«

»Manchmal fällt es einer Generation ein bisschen schwer, die Probleme der anderen Generation zu verstehen«, erklärte Simon gestelzt.

Rachel grinste.

»Ach, *das* musst du mir erklären.«

»Sehr komisch.«

»Komm, Dad. Oma war noch nie sehr nett zu Mum. Oder?«

»Rachel«, sagte Simon, »darüber möchte ich eigentlich nicht reden. Nicht jetzt.«

Rachel drehte sich um und fing an, Trudys Nummer zu wählen. »Und auch sonst nicht«, sagte sie.

Natürlich hatte sie Recht. Er wollte nicht darüber reden. Er wollte nicht laut aussprechen müssen, dass er Carries und Rachels Ansichten zustimmte – obwohl er das tat –, wegen der Bedeutung und der Folgen, die ein solches Eingeständnis im Hinblick auf Laura hätte. Während er an diesem Donnerstagnachmittag Richtung Westen fuhr, war er ihretwegen sogar selbst gereizt, nicht bloß wegen ihrer Einstellung und ihres derzeitigen Verhaltens, sondern auch, weil es so verflixt schwierig war, sich während der Bürozeit freizunehmen und seine Partner schon anfingen, sich zu beschweren.

»Also bitte, Simon«, hatte Ted Freeman gesagt, »dein Vater ist doch nicht *gestorben*, oder?«

In letzter Zeit dachte Simon manchmal, es wäre wesentlich einfacher, *wenn* er gestorben wäre. Wenn Guy tot wäre, gäbe es jetzt nicht diese ganzen Beschuldigungen und Ressentiments und endlosen, unnützen Gespräche darüber, was schief gelaufen war. Laura als Witwe konnte er sich gut vorstellen. Sie würde eine sehr würdige Witwe abgeben, die ihren Kummer und ihre Einsamkeit still und mit einer Art Vornehmheit trüge. Simon spürte dumpf, dass er mit der Witwe viel eher hätte umgehen können als mit der gekränkten Ehefrau. Die Rolle der Witwe fällt Müttern viel leichter, dachte er, sie ist eine Art Tradition. Aber Mütter als verlassene Ehefrauen? Simon bemerkte fast zu spät die Abfahrt von der Umgehungsstraße nach Stanborough, riss das Steuer herum, ohne zu blinken, und löste dadurch bei den Autos, die um ihn herum zum Bremsen gezwungen wurden, ein wütendes Hupkonzert aus.

»Entschuldigung«, signalisierte er stumm durch das Fensterglas. »Entschuldigung.«

Wie dumm von ihm. *Dumm.* Schließlich kannte er die Straßen um Stanborough genauso gut wie die in seinem eigenen Süd-Londoner Stadtteil. Er lehnte sich ein wenig vor, wie um sich besser zu konzentrieren. Jetzt noch sechs Meilen. Sechs Meilen über Landstraßen, die er als Junge so unzählige Male mit dem Rad entlang gefahren war, ohne auf den Weg zu achten, nur auf den Tachometer starrend, um festzustellen, ob er diese Strecke ein paar Sekunden schneller zurücklegte als am Tag zuvor. Er dachte an Carrie. »*Plus ça change*«, würde sie sagen.

Laura stand gebückt im Garten und zupfte verblühten Osterglocken die Köpfe ab. Die Hunde lagen etwa zwei Meter von ihr entfernt da und warteten darauf, dass sie etwas Interessanteres tat. Über ihnen trugen die Apfelbäume üppige Knospen. Als sie den Wagen die Straße entlangfahren sah, stapfte Laura durch das struppige Gras im Obstgarten zur Auffahrt, so dass sie schon dastand und wartete, als Simon einbog.

»Es ist so lieb von dir, dass du kommst.«

Er neigte den Kopf, um sich küssen zu lassen.

»Du siehst müde aus«, sagte sie. Sie berührte ihn an der Stirn.

»Wahrscheinlich weil ich das auch bin.«

»Hast du was zu Mittag gegessen?«

»Willst du das wirklich wissen?«

»Ja –«

»Ich hab einen Twix-Riegel gegessen«, sagte Simon. »Den habe ich mir gekauft, als ich tanken musste.«

»Warum hast du dir kein Sandwich besorgt? Etwas Vernünftiges?«

»Weil ich ein Twix wollte, Mum.«

Laura hakte sich bei ihm unter.

»Ich werde dir jetzt ein Sandwich machen.«

»Vielen Dank«, sagte Simon. Er schaute zu ihr hinab. Sie sah klein, blass und adrett aus. Sie trug ihre Perlenohrringe. Als sie sich die Gartenhandschuhe auszog und eine Hand ausstreckte, um die um sie herum hochspringenden Hunde zu beruhigen, fiel ihm auf, dass sie ihren Ehering nicht mehr am Finger hatte. Sie hatte ihn immer getragen, gewöhnlich zusammen mit ihrem Verlobungsring, den sie nach innen drehte, wenn sie grobe Arbeiten erledigte, um die Steine daran zu schützen.

»Kein Ring«, sagte er.

Sie sah ihn nicht an. Sie machte ihren Arm los, ging einen Schritt vor und öffnete die Hintertür. Über ihre Schulter meinte sie: »Nun, es ist ja vorbei, nicht wahr?«

Simon sagte: »Ich habe ihn nicht gesehen –«

»Nein?«

»Hast du mit ihm gesprochen?«

»Einmal.«

»Und?«

»Es dauerte genau drei Minuten«, sagte Simon. »Meine Schuld. Ich hab die Beherrschung verloren.«

Lauras Stimme klang ganz warm vor Genugtuung, als sie sagte: »Ich mache dir keinen Vorwurf.«

Simon ging durch die Küche zum Brotkasten. Er war rechteckig und aus weißer Emaille, und auf der Seite stand in schwarzen Buchstaben BROT. Er kannte ihn schon sein ganzes Leben. Jetzt legte er eine Hand darauf, als bedürfe er einer Stütze.

»Ich mach dir jetzt dein Sandwich«, sagte Laura.

»Mum, das kann ich wirklich –«

»Nein«, sagte sie. »Das mache ich. Ich möchte gern.« Sie zog einen Stuhl unterm Tisch weg. »Setz dich.«

Etwas gequält setzte er sich. Sie nahm eine Banane aus der Obstschale und legte sie ihm hin. »Iß die, während ich dir das Brot schmiere.«

Er sah die Banane an. Er sagte: »Ich bin nicht krank, Mum. Ich bin auch kein Kind mehr. Ich bin bloß ein Vater von drei Kindern, der im Moment etwas viel um die Ohren und, wie so oft, nichts zu Mittag gegessen hat.«

Laura schnitt Brot und Käse in Scheiben. Fröhlich meinte sie: »Wie läuft's bei der Arbeit?«

»Eine Unmenge zu tun und keine Zeit.«

»Aber du hast doch Partner –«

»Ja, das ist richtig. Aber wir haben mehr Arbeit als Leute, um sie zu bewältigen.«

»Warum stellt ihr nicht noch jemanden ein?«

Simon schob die Banane von sich weg.

»Weil die Umsatzzahlen das noch nicht so ganz zulassen.«

Laura stellte ihm einen Teller hin. Darauf befand sich ein dickes Käsesandwich aus dunklem Brot. Ihm lief das Wasser im Mund zusammen.

»Dann werden wir uns irgendeine Regelung überlegen müssen.«

Er sah sie an. Sie hatte sich umgedreht und kramte im Schrank herum.

»Was?«

»Na ja, ich kann doch nicht erwarten, dass du das alles umsonst tust. Nicht wahr, wo du doch Carrie und die Kinder versorgen musst. Da ist es ja. Chutney mit Äpfeln und Walnüssen. Das habe ich letzten September gemacht.«

»Mum«, sagte Simon, »wovon redest du?«

Laura ging an ihm vorbei, stellte dabei das Chutney-Glas auf den Tisch und stöpselte den Wasserkessel ein. Dann wandte sie sich wieder zu Simon um. Ihr Gesichtsausdruck war fröhlich und leicht entrückt, als hätte sie das, was sie jetzt sagen wollte, einstudiert.

»Wie gesagt«, sagte sie, »es ist vorbei.«

»Das weiß ich –«

»Und ich möchte nichts mehr damit zu tun haben. Oder mit ihm. Ich habe ihn heute Morgen angerufen und es ihm gesagt. Ich möchte – ich möchte ihn aus meinem Gedächtnis löschen.«

Simon schob nun auch den Teller mit dem Sandwich fort.

»Aber Mum, es ist doch noch gar nichts geregelt. Nicht das Haus, das Geld nicht, Dads Testament und seine Pension nicht, die Scheidung nicht, *gar nichts*. Wir haben ja noch nicht mal angefangen.«

»Ich fange auch nicht an«, sagte Laura. Sie löffelte Tee in eine Teekanne.

»Du –«

»Nicht ich«, sagte sie, »du tust das.«

Simon ließ den Kopf in die Hände sinken.

»Ich bin heute hergekommen«, sagte er, mühsam um Beherrschung ringend, »obwohl mir das persönlich und beruflich immens ungelegen kommt, um mit dir zu besprechen, wie wir für dich einen geeigneten Rechtsvertreter finden und welche Art Regelung du gern hättest. Ich bin gekommen, Mum, um den Stein ins Rollen zu bringen. Du warst einverstanden. Alan war einverstanden. Wir waren alle einverstanden.«

»Tut mir Leid«, sagte Laura. Es klang wenig überzeugend.

»Was soll das heißen, tut mir Leid?«

»Tut mir Leid, aber ich werde nichts dergleichen tun.«

Sie legte einen mit Blumen bemalten Korkuntersetzer auf den Tisch und stellte die Teekanne darauf.

»Ich wollte nicht, dass du unter falschen Voraussetzungen herkommst«, sagte sie, »aber es wäre noch schlimmer, wenn du mit ihnen wieder wegführst. Ich habe nichts mehr damit zu tun, Simon. Ich instruiere keine Anwälte, ich entwerfe keine Strategien, ich will mit deinem Vater nicht mehr das Geringste – unter gar keinen Umständen – zu tun haben.«

Er lehnte sich über den Tisch zu ihr hinüber. Ungläubig sagte er: »Aber du willst doch eine Einigung, oder? Du willst doch einen gerechten Anteil von eurem Besitz, oder nicht?«

»Natürlich will ich das. Sogar sehr. Das ist das Mindeste, was mir zusteht.«

»Dann müssen wir es besprechen. Du brauchst einen Anwalt. Du musst fachkundigen Menschen darlegen, was sie für dich tun sollen. Du musst darüber mit Dad kommunizieren.«

Laura fing an, den Tee in blau-weiß geblümte Tassen zu gießen. »Nein, muss ich nicht.«

»Mum!«, schrie Simon.

Sie schob ihm eine Teetasse hin.

»Das werde ich dir überlassen«, sagte sie. »Du bist auf meiner Seite, du weißt, was mir zusteht. Ich muss gar nichts mehr tun, Simon, weil du es für mich tun wirst.«

8

Guy saß allein in seinen Räumlichkeiten im Stanborough Crown Court und wählte Simons Büronummer. Ein Mädchen meldete sich. Simon, Ted Freeman und Philip Stott beschäftigten als Empfangskräfte eine endlose Folge von Mädchen, die gerade lange genug blieben, um eine vage Vorstellung von der Art und den Gepflogenheiten der Firma zu bekommen, bevor sie für eine exakt gleiche Anstellung anderswo kündigten, um die Langeweile ein wenig aufzulockern.

»Ist da Nicky?«, fragte Guy.

»Nein«, sagte das Mädchen, »hier ist Miriam.«

»Miriam«, sagte Guy, »hier ist Guy Stockdale. Simons Vater. Ob ich ihn wohl kurz mal sprechen könnte?«

Miriam entgegnete unbeteiligt: »Er ist in einer Besprechung mit einem Kunden.«

»Und was meinen Sie, wann er wieder frei ist?«

»Hat er nicht gesagt. Er hat bis halb sieben Termine.«

»Vielleicht«, sagte Guy, »könnten Sie ihm dann etwas von mir ausrichten?«

»Okay«, sagte Miriam. Er hörte, wie sie nach einem Zettel kramte.

»Sagen Sie ihm einfach, dass sein Vater angerufen hat und sehr gern mit ihm sprechen würde, dringend. Ich gebe Ihnen meine Nummer.«

»Okay«, sagte Miriam noch einmal.

Guy legte auf. Er schaute auf den Notizblock neben dem Telefon. »Simon anrufen«, hatte er ganz oben auf dem Blatt notiert, und während er telefonierte, hatte er unbewusst Striche um Simons Namen gemalt und ihm so mit Schwarz Nachdruck verliehen. Simon war gestern in Stanborough gewesen. Er hatte Laura besucht. Guy wusste das, weil Laura ihn angerufen hatte, um ihm mitzuteilen, dass sie nichts mehr mit ihm zu tun haben wollte, nie mehr, und dass Simon jetzt ihre Sache vertreten würde, in jeder Hinsicht, voll und ganz.

»Hast du ihn darum gebeten?« fragte Guy so sanft wie möglich.

»Das brauche ich nicht«, sagte Laura. Sie klang hart und entschlossen, als hätte sie sich ihre Worte vorher zurechtgelegt.

»Findest du das fair?«, fragte Guy. »Fair Simon gegenüber?«

Es entstand eine kurze Pause, und dann sagte Laura mit derselben entschlossenen Stimme: »Das wird genau seinen eigenen Wünschen entsprechen.« Dann hatte sie gesagt: »Auf Wiedersehen« – in betont förmlichem Tonfall – und aufgelegt.

Guy hatte auf die Uhr geschaut. Simon wäre jetzt allein in seinem Wagen auf der Autobahn. Guy hätte ihn anrufen können, auf seinem Mobiltelefon, bevor er Hill Cottage erreichte, bevor Laura ihm ihre absonderlichen Anweisungen erteilte. Er hätte es tun können, und er tat es nicht. Stattdessen hatte er einen kurzen, inständigen Moment lang gebetet, Simon möge den Einfall haben, ihn im Gericht aufzusuchen, und sei es nur, um ihn anzubrüllen, und hatte sich dann energisch bemüht, sein Augenmerk auf die anstehende Arbeit zu richten. »Bitte«, hatte er den ganzen Nachmittag über unwillkürlich in Abständen vor sich hin gemurmelt. »*Bitte.*« Simon kam nicht.

»Gib die Hoffnung nicht auf«, sagte Merrion am selben Abend von London aus. »Versuch's weiter.«

»Das erste ist leichter als das zweite.«

»Deswegen funktioniert das zweite auch öfter.«

»Du bist eine solche Puritanerin –«

»Geht es dir gut?«, fragte sie.

»Nein«, sagte Guy. »Heute Abend nicht.«

Guy hatte sich danach im Gerichtsaal nur schwer konzentrieren können. Zweimal wurde er fast zur Ordnung gerufen.

»Euer Ehren«, hatte der Staatsanwalt laut bemerkt, betont laut. »Euer Ehren, ich nehme Bezug auf Blatt *acht* der Mitschrift.«

Und eine Stunde später dann hatte ein in die Enge getriebener Zeuge, den er schon zehn Minuten früher vor dem Staatsanwalt hätte retten müssen, sich in seiner Bedrängnis aus dem Zeugenstand zu ihm umgedreht und fast geschrien: »Meinen Sie, ich hätte dreizehn Monate auf diesen Prozess gewartet, um mich dann hierhin zu stellen und zu *lügen*?«

Er hatte sich entschuldigt. Zweimal sogar. Dazu fühlte er sich verpflichtet. Der Anwalt hatte befriedigt dreingeblickt; der Zeuge erschrocken. Guy hatte die Hand auf das voluminöse Gesetzeswerk gelegt, das immer vor ihm auf der Richterbank ruhte – *Blackstone's Criminal Practice* (dunkelblau mit Goldschnitt) –, um sich zu sammeln, um seine Gedanken zu ordnen. Als er sich schließlich um halb fünf zurückzog und der Gerichtsdiener das Gericht aufforderte, sich zu erheben, fühlte er sich merkwürdig schwach, beinahe schwindlig, als hätte er darum gerungen, sich auf eine vollkommen ungewohnte Situation einzustellen.

»Alles in Ordnung, Herr Richter?«, fragte der Gerichtsvorsteher, als er ihm im öffentlichen Foyer über den Weg lief.

»Ja, vielen Dank, Martin, mir geht's gut –«

»Sie sehen ein bisschen blass aus –«

»Gerichtssaal zwei ist ein wenig stickig. Sie wissen schon.«

»Komisch, nicht wahr? Beim Entwerfen sicherer Räumlichkeiten vergessen die Leute meist die Belüftung.«

Die beiden Rechtsanwälte eilten mit wehenden Roben an ihnen vorbei.

»Schönen Abend, Herr Richter –«

»Guten Abend«, erwiderte Guy.

»Grauenhaftes Hotel«, sagte der eine zum anderen. »Grauenhaft. War früher mal ein Puff.«

»Ist es immer noch.«

Martin grinste Guy an.

»Das Bell. Sie haben im Bell übernachtet.«

»Ein Puff?«

»Kein sehr erfolgreicher, Herr Richter. Mehr für Durchreisende. Kann ich Ihnen etwas Wasser besorgen?«

»Vielen Dank, Martin, es geht schon. Ich werde in meinem Zimmer das Fenster öffnen.«

Er ging weiter auf die halb verglaste Tür zu, hinter der der Flur mit den Richterbüros lag. Martin sah ihm nach. Der Gerichtsdiener kam aus der Seitentür des Gerichtssaals und sah ihm ebenfalls nach.

»Heute wirkt er genauso alt, wie er ist«, sagte der Gerichtsdiener. »Sonst nicht.«

»Irgendetwas ist hier im Busch«, sagte Martin.

Guy öffnete die Tür, ging hindurch und klinkte sie behutsam hinter sich zu. Hinter dem Milchglas konnten sie seinen hochgewachsenen Schatten ausmachen. Mit einem Arm griff er nach seiner Perücke und nahm sie ab.

»Was denn?«

»Ich glaube nicht, dass er abends nach Hause fährt«, sagte Martin.

»Wo fährt er denn dann hin?«

»Raus nach Pinns Green. Und freitags ist er hier raus wie der Blitz. Zum Bahnhof.«

»Sind Sie ihm gefolgt?«

»Nein«, sagte Martin, »aber es ist mir aufgefallen. Er wirkt wie ein Mensch, dem etwas auf der Seele liegt. Oder? Wirkt er auf Sie etwa wie ein glücklicher Mensch?«

Gwen Palmer hatte sich eigene Sandwiches mitgenommen, um im Zug etwas zu essen zu haben. Merrion hätte sie ausgelacht, das wusste sie, hätte ihr gesagt, dass sie sich zehn Jahre zu früh in eine alte Frau verwandelte, die einen Tagesausflug nach Rentnerart unternahm. Gwen aber genügte die Reise nach London vollauf, und sie wollte sich nicht auch noch mit Speisewagen und der Missachtung durch den Kellner herumschlagen müssen, der statt ihrer lieber großgewachsene Männer bediente, die Spirituosen bestellten. Schließlich musste sie abends reisen, um auch nur die geringste Hoffnung zu haben, Merrion allein anzutreffen, und abends schrillten bei Gwen ohnehin automatisch alle Alarmsirenen, von langen Zugreisen und der Aussicht auf das ihr nahezu unbekannte London ganz zu schweigen. Sie würde dort ein Taxi nehmen. Das hatte sie sich vorgenommen. Sie würde sich die Dinge nicht noch schwerer als unbedingt nötig machen, also hatte sie sich Sandwiches geschmiert und würde ein Taxi nehmen.

Während ihres letzten Telefonats mit Merrion war Gwen klar geworden, dass ihr Leben jetzt so unterschiedlich im Denken, Reden und Handeln verlief, dass man manchmal kaum glauben mochte, dass Merrions Kindheit und Jugend wirklich so verlaufen waren, wie sie es waren. Natürlich war Gwen stolz auf Merrion. Wer wäre nicht stolz auf eine Tochter, die beruflich so erfolgreich war wie sie? Und doch argwöhnte Gwen, dass Merrion, trotz ihres glanzvollen Lebens in London, irgendwie auf Abwege geraten war, einen Pfad eingeschlagen hatte, der sie anscheinend nahezu unausweichlich von all den Dingen wegführte, die Gwens fester, lebenslanger Überzeugung nach zur weiblichen Erfüllung beitrugen. Wenn sie Merrion das anzudeuten versuchte, warf Merrion ihr vor, sie verstehe nichts, einmal sogar, als sie aufgebracht war, sie habe doch überhaupt keine Ahnung.

»Und ob«, sagte Gwen. Sie war auch wütend und knüllte ein Geschirrtuch zusammen. »Das tue ich. Ich bin zweimal verheiratet gewesen und ich bin Mutter, mehr, als du von dir behaupten kannst.«

»Ich tue es dir gleich«, sagte Merrion, und ihre Stimme klang plötzlich ruhig. »Ich heirate. Ich werde auch heiraten.«

Gwen war in Tränen ausgebrochen. Das war nicht ihre Absicht gewesen, aber die Tränen waren ihr in die Kehle gestiegen und aus den Augen geströmt, bevor sie sie aufhalten konnte.

»Oh, Merrion –«

»Nicht«, sagte Merrion.

»Das gilt eher für dich, dieses *Nicht*!«, hatte Gwen gekeift. »Dich muss man aufhalten, damit du nicht dein Leben wegwirfst!«

Merrion hatte nichts gesagt. Sie hatte sich von ihrem Platz am Küchentisch erhoben, Mantel und Tasche und Aktenkoffer zusammengesucht und das Haus verlassen. Sie hatte Gwen nicht einmal angesehen; und erst recht nicht mit ihr gesprochen. Sie machte einfach die Haustür auf und trat hinaus und ging die Straße entlang Richtung Stadtmitte, ohne sich umzuschauen. Nicht ein einziges Mal.

Das war vor drei Wochen gewesen. Während dieser drei Wochen hatte Gwen viel nachgedacht. Im Geist listete sie all die Dinge auf, die Merrion ihrer Ansicht nach falsch machte, all die Dinge, die letztlich zu dem Gefühl beitragen würden, dass ihr Leben – als Mensch – kaum der Rede wert gewesen war. Alles Falsche war natürlich auf diesen Mann zurückzuführen, diesen verflixten Kerl mit seiner vornehmen Stimme und seiner Erziehung und seinem Amt und seiner Frau und seinen Kindern und Enkelkindern. Gwen konnte manchmal kaum glauben, wie stur Merrion in Hinblick auf Guy Stockdale war. Sieben Jahre! Sieben Jahre im Leben einer jungen Frau, die bereits weggeworfen waren, und jetzt verkündete sie fröhlich, auch noch den Rest wegwerfen zu wollen. Ihn *heiraten*! Dass sie mit ihm schlief, fand Gwen schon schwer hinnehmbar – aber eine *Heirat*. Auf dem Weg zu ihrer – jetzt nur noch Teilzeitarbeit hatte sie Merrion in Gedanken lange Ansprachen gehalten. Ohne Merrions körperliche Gegenwart, hatte sie festgestellt, kamen die Worte ganz leicht, flossen ihr ungestüm vom Kopf in den Mund. Während dieser Fußmärsche erzählte Gwen Merrion wütend und lautlos von allem, was ihr je widerfahren war, wie sie sich gefühlt hatte, wie sie damit fertig geworden war und warum sie wegen all dem nicht nur das Recht, sondern sogar die Pflicht hatte, Merrion davon abzuhalten, sich einfach so zu verschwenden. Manchmal empfand sie das, was sie lautlos beschrieb, so heftig, dass sie in Tränen ausbrach, einfach so, mitten auf dem Bürgersteig auf ihrem Weg zur Arbeit. Es schien nahezu unglaublich, dass Merrion nicht wahrhaben wollte, was für Sorgen sie sich machte.

Aber dann begann ihr aufzufallen, dass Merrion nicht mehr anrief. Seit ihrem wortlosen Abschied hatte sie sich nicht mehr gemeldet. Weiß Gott, es riefen ohnehin nicht viele Menschen bei Gwen an, aber Merrions Anrufe waren wichtig. Was auch immer Gwen von ihrem Leben in London halten mochte, wenn sie anrief, streifte Gwen dabei fraglos der Atemhauch einer anderen Luft, die Note einer anderen Melodie. Der Gedanke beschlich sie, dass Merrion, wenn Gwen ihr Privatleben weiter ignorierte, wenn sie hartnäckig so tat, als fände das alles gar nicht statt, sich einfach ganz zurückziehen würde. Statt Gwen Dinge zu erzählen und sich kritisieren zu lassen, würde sie einfach aufhören, ihr irgendetwas zu erzählen. Die seltenen Besuche würden aufhören. Ebenso die Anrufe. Und damit wäre Gwens Ticket zu Merrion und – soweit sie es beurteilen konnte – in ihre Zukunft abgelaufen. Wenn Gwen den Kontakt zu Merrion verlöre, stünde sie vor einer Wand.

Sie überlegte anzurufen. Sie nahm gerne Anrufe entgegen, hatte aber immer schon eine Heidenangst davor, selbst zum Hörer zu greifen. Sie dachte an Merrions Anrufbeantworter; sie dachte daran, dass womöglich Guy ans Telefon gehen könnte. Stattdessen kam ihr plötzlich ein kühner Plan. Sie würde einfach nach London fahren. Sie würde einen Tag wählen, wo sie am nächsten Tag nicht zur Arbeit müsste, und von Cardiff aus am späten Nachmittag einen Zug nehmen und Merrion besuchen. In ihrer Wohnung. Einfach so. Sie würde es einfach tun. Falls Merrion nicht da wäre, würde sie ihr eine Notiz schreiben und unter der Tür durchschieben. Das wäre beinahe so wirksam wie ein tatsächliches Treffen. Ganz egal, beruhigte Gwen sich, die Reise war es auf jeden Fall wert.

In Paddington fand sie ohne Schwierigkeiten ein Taxi. Es dämmerte und Nieselregen fiel, wodurch alles verschwommen wirkte, die Luft, die Autoscheinwerfer und die Lichter in den Häusern und Geschäften. Gwen zog ihren Schirm aus der Tasche. Sollte Merrion nicht da sein, musste sie mit einer längeren Wartezeit in der ungemütlichen Nässe rechnen. Sie hatte zwei Stunden Zeit, hatte sie sich ausgerechnet, zwei Stunden, bevor sie ein weiteres Taxi ausfindig machen und zurück nach Paddington müsste, um ihren Zug zu bekommen.

Das Taxi hielt in einer breiten Straße mit riesigen weißen Mietshäusern, deren Fassaden ohne Schmuck waren, abgesehen von säulenbestandenen Vorbauten über breiten Eingangstreppen. Soweit Gwen im Dämmerlicht erkennen konnte, erhob sich am Ende der Straße eine Gruppe von Bäumen. Sie stieg mit ihrer Tasche und ihrer Reisetasche und ihrem Schirm aus und gab dem Fahrer aus lauter Angst, ihm zu wenig zu geben, zu viel Trinkgeld.

»Blöd«, tadelte sie sich im Stillen. »*Blöd.*«

Sie stieg die Treppe hinauf. Neben der Tür befand sich eine Gegensprechanlage mit Klingelknöpfen, jeweils mit einem schwach erleuchteten Namensschild daneben.

»Palmer, M.«, stand neben dem obersten Knopf. »Apartment 6«.

Gwen holte tief Luft und schloss die Augen. Dann machte sie sie wieder auf und drückte den Knopf. Es ertönte ein Knacken und

Brummen, dann knackte es noch einmal, und eine Männerstimme sagte, »Liebling? Hast du deinen Schlüssel vergessen?«

Gwen versteinerte. Entsetzt starrte sie auf das Mikro der Gegensprechanlage.

»Merrion?«, sagte die Männerstimme. »Merrion?«

Gwen trat einen Schritt zurück.

»Wer ist da?« fragte der Mann. »Wer ist denn da?«

Gwen sagte nichts. Sie zog sich bis zum Rand des Vorbaus zurück und starrte die Gegensprechanlage an. Eine Art leiser Seufzer drang hinaus, gefolgt von einem entschlossenen Klicken, als hätte man einen Telefonhörer aufgelegt, dann herrschte Stille. Gwen lehnte sich gegen eine der mächtigen Säulen, die das Vordach trugen. Dicht über ihrem Kopf war in schwarzen Lettern die Nummer »43« hingepinselt. Sie sah erneut zur Gegensprechanlage hinüber. Das war *er* gewesen.

Auf einmal war ihr ziemlich seltsam, fast schwindlig zumute, als hätte sie einen Schock erlitten. Sie atmete ein paar Mal tief durch, so wie man es ihr vor all den Jahren beigebracht hatte, als Merrion geboren wurde. Brav tat sie mehrere tiefe Atemzüge, während sie mit geschlossenen Augen an der Säule lehnte. Dann schlug sie die Augen wieder auf.

»Er ist da oben«, redete sie sich zu. »Er ist da oben, in ihrer Wohnung, und sie ist noch nicht zu Hause. Gwen, das würdest du nie *wagen*. Oder?«

Einen Moment lang stand sie unschlüssig da. Dann steckte sie ihren Schirm ein, brachte ihre Tasche und Reisetasche in Ordnung und nahm sie beide in die linke Hand, überquerte entschlossen den Vorplatz und drückte nochmals auf die Klingel. Wieder ertönte das Knacken, und dann sagte die Männerstimme: »Sagen Sie mir entweder, was Sie wollen, oder gehen Sie.«

Gwen stellte sich aufrecht hin. Sie hielt den Mund dicht vor das Mikro der Sprechanlage.

»Hier ist Mrs. Palmer«, sagte sie.

Darauf herrschte Stille, einen kurzen, intensiven, komplizierten Moment lang, und dann ertönte ein Summer und der Mann sagte: »Drücken Sie gegen die Tür. Kommen Sie rein.«

Gwen drückte. Die Tür ging auf, immer noch summend, und Gwen fand sich in einem langgezogenen, hohen Hausflur mit einer Treppe am hinteren Ende wieder, in dem eine Unmenge Post verstreut lag, einiges davon auf dem Sims, das sich in halber Höhe die Flurwand entlangzog, der Rest in buntem Durcheinander auf dem Boden. Gwen machte ein paar vorsichtige Schritte und vermied es, auf die Briefe zu treten. Es kam ihr unrecht vor, auf Briefe zu treten, selbst wenn es nur Wurfsendungen waren. Sie erreichte den Fuß der Treppe und legte die Hand aufs Geländer. Jemand kam gerade hinunter, eilig, im Laufschritt. Sie ging sechs Stufen hinauf, fast bis zur ersten Kurve, und da tauchte er auf, sprang ihr fast entgegen.

»Mrs. Palmer –«

Gwen sagte nichts. Sie klammerte sich am Geländer fest. Er kam herunter, bis er mit ihr auf einer Höhe war. Er trug einen dunklen Anzug, fiel ihr auf. Seine Schuhe glänzten. Er beugte sich vor, um ihr die Taschen abzunehmen.

»Lassen Sie mich die nehmen. Es tut mir sehr Leid, aber der Aufzug ist defekt. Wir haben ganz schön weit zu klettern.«

Gwen tat den Mund auf, wollte sagen, dass ihr das nichts ausmachte, und bekam kein Wort raus. Er sah gut aus. Merrion hatte nichts davon gesagt, dass er gut aussah, hatte nicht erwähnt, dass man sein Alter nie hätte schätzen können, wenn man es nicht gewusst hätte. Andererseits hatte sie, Gwen, es auch gar nicht dazu kommen lassens, nicht wahr? Sie hatte nicht zugelassen, dass Merrion ihr Näheres über Guy Stockdale erzählte, aus Angst, dass er sich dann in einen wirklichen Menschen hätte verwandeln können, statt eines unerfreulichen, unwirklichen Hirngespinstes, das womöglich ohne Folgen bliebe.

Gemeinsam begannen sie, die Treppen zu erklimmen. Dabei drehte er sich halb nach ihr um, ihre Taschen in der rechten Hand, die Linke ein wenig ausgestreckt, als wollte er sie geleiten, ihr behilflich sein. Außer Atem würde er nicht geraten, das konnte sie sehen. Sie schon. Sie hoffte, dass sie nicht zwischendurch stehenbleiben müsste, bevor sie oben ankamen; eine solche Blöße wollte sie sich auf gar keinen Fall geben.

»Ich nehme an«, sagte er, »Sie hatten erwartet, Merrion anzutreffen. Nicht mich.«

Sie nickte.

»Mittwochs komme ich sonst nicht nach London, aber ich hatte einen etwas harten Tag, und deswegen habe ich mir das ausnahmsweise gegönnt.«

Sie nickte wieder, den Blick auf die Lilien im Teppich vor sich geheftet, der sich Stufe für rote Stufe vor ihr hinzog.

»Sie müsste jetzt jeden Augenblick heimkommen. Sie war heute in Peterborough. Es wird sie so freuen, Sie zu sehen.«

Gwen sagte: »Das glaube ich nicht.« Ihre Stimme kam stossweise und keuchend. Es war das Erste, was sie zu ihm gesagt hatte.

Er nahm sie beim Ellbogen.

»Noch ein Stockwerk. Stellen Sie sich vor, hier Möbel hochzuschleppen.«

Oder ein Baby, dachte Gwen unwillkürlich. Sie versuchte, ihren Arm von ihm loszumachen, aber er hielt sie fest. Langsam rückte über ihnen ein Glasdach ins Blickfeld, und dann befanden sie sich endlich auf einem kleinen Treppenabsatz mit einem Feigenbäumchen in einem Terrakottatopf und einer cremefarben gestrichenen Wohnungstür. Merrions Wohnungstür.

Guy steckte einen Schlüssel ins Schloss und drehte ihn, dann trat er beiseite, um Gwen den Vortritt zu lassen. Sie schritt langsam hinein, wandte den Kopf hierhin und dorthin, sah sich ausgiebig um, während sie sich sagte, dass dies Merrions Geschmack war, dass Merrion so lebte. Alles war sehr hell, sehr blass gehalten. Auf Gwen wirkte die Wohnung ein bisschen wie aus einer Zeitschrift, wo alles sorgsam ausgesucht worden war, um ein einheitliches Ganzes zu schaffen, nicht zufällig zusammengewürfelt aus Dingen, die man gerade hatte.

Guy stellte ihre Taschen neben einem langgezogenen cremefarbenen Sofa ab.

»Kann ich Ihnen eine Tasse Tee machen? Oder hätten Sie lieber ein Glas Wein?«

»Tee, bitte«, sagte Gwen.

Er wies auf das Sofa.

»Setzen Sie sich doch.« Er zögerte kurz und sagte dann: »Das Bad ist da drüben. Durchs Schlafzimmer durch.«

Durchs Schlafzimmer! Gwen schluckte. Sie ließ sich an einem Ende des Sofas auf der Kante nieder. Vor ihr stand ein niedriger Tisch, exotisch aussehend, mit geschnitzten Beinen, auf dem Bücher und Magazine und die Zeitung lagen. Guy hatte wohl gerade gelesen, als sie an der Tür läutete. Es stand auch eine Vase mit Blumen drauf, diese peruanischen Lilien, die sich so lange hielten, dunkel rostrot. Auf dem Boden – gebohnerte Holzdielen – lagen Teppiche. Auch sie sahen exotisch aus, grob gewebt mit Streifen und Blockelementen. Keine Blumen. Gwen sah sich im Zimmer um. Bis auf die echten Blumen auf dem niedrigen Tisch fand sich hier nirgendwo etwas Blumiges. Merrion trug auch nie etwas mit Blumendruck, schon früher nicht. Gwen konnte sich nicht erinnern, Merrion je in einem Kleidungsstück mit floralem Muster gesehen zu haben, nicht einmal im Sommer.

Guy kam aus dem Raum, in dem Gwen eine kleine Küche vermutete, und stellte vor ihr ein Tablett auf den Tisch. Darauf stand ein weißes Teekännchen, eine weiße Tasse auf einem Unterteller, ein Kännchen Milch und ein kleiner blauer Karton mit Würfelzucker.

»Entschuldigung wegen des Zuckers«, sagte Guy. »Möchten Sie sich selbst einschenken?«

Sie nickte. Er ging um den Tisch herum zu einem niedrigen Sessel gegenüber und setzte sich. Ein wenig unsicher sagte er: »Es – freut mich, Sie kennen zu lernen.«

Gwen goss sich Tee ein. Sie gab Milch und ein Stück Zucker dazu. Einen Teelöffel hatte er vergessen. Sie schwenkte die Tasse ein wenig, damit der Zucker sich leichter auflöste. Sie war da, sagte sie sich. Sie war nach London gekommen und hatte Merrions Wohnung gefunden und geklingelt und war hier heraufgekommen. Mit ihm. Die Gelegenheit durfte sie nicht vertun.

»Ich möchte Ihnen etwas sagen«, sagte sie.

Er wartete. Er hatte sich ein wenig vorgelehnt, die Ellbogen auf den Knien. Er sah sie an.

»Sie ruinieren das Leben meiner Tochter«, sagte Gwen.

Er senkte den Kopf. Sie griff nach ihrer Teetasse – ihre Hand zitterte ein wenig – und nahm einen Schluck.

»Nicht, dass ich glaubte, Sie lieben sie nicht. Ich weiß, dass sie Sie liebt. Aber was hat ein Mann in Ihrem Alter mit einem Mädchen von einunddreißig zu schaffen?«

Guy sah zu ihr hoch. Ein Schleier lag auf seinen Augen. Sie wirkten traurig.

»Es ist gierig«, sagte Gwen. Sie stellte ihre Teetasse hin. »Eigentlich wollte ich das nicht sagen. Schließlich hatte ich nicht vor, Sie zu treffen. Aber jetzt, wo wir einmal hier sind, muss ich es sagen. Ich könnte mir nie verzeihen, wenn ich das nicht täte. Sie haben alles, was sie nie haben wird, weil Sie zu alt sind, um es ihr zu bieten. Was wäre, wenn sie sich ein Baby wünscht?«

Er legte sich kurz die Hände vor die Augen.

»Wenn sie ein Kind bekommt«, sagte Gwen, »werden Sie tot sein, bevor es erwachsen ist. Haben Sie daran schon einmal gedacht?«

»Ja«, sagte Guy.

»Und dann ist sie allein, lange, lange Jahre. Dieses ganze richtige Familienleben, das Sie gehabt haben, mit Kindern und Enkeln, das wird sie nie haben. Oder zumindest nicht wie Sie.«

Er erwiderte ruhig: »Das habe ich ihr auch schon gesagt.«

»Ach ja?«

»Und ihre Antwort ist, dass sie das weiß und ihr das Unkonventionelle einer Beziehung mit mir trotzdem lieber ist als – als jede Alternative.«

Gwen nippte noch einmal an ihrem Tee.

»Aber sie hat ja nie jemanden anderes als Sie gekannt. Da war dieser Junge, als sie gerade nach London gezogen war, aber der zählte nicht. Es hat nie jemanden außer Ihnen gegeben. Dazu haben Sie ihr keine Chance gelassen.«

»Ich habe sie nicht gegen ihren Willen gehalten –«

»Aber Sie haben sich auch nicht zurückgezogen, oder? Sie haben nicht zu ihr gesagt: ›Tut mir leid, Merrion, ich habe eine Frau und familiäre Verpflichtungen, und die haben bei mir Priorität‹, nicht wahr? Sie sind nicht dahin zurückgekehrt, wo Sie hingehörten, nicht wahr?«

»Nein –«

»Möglich, dass Sie ihr das Herz gebrochen hätten«, sagte Gwen, ganz verblüfft über die Worte, die sich in ihrem Kopf gruppierten, um ihr sogleich aus dem Mund zu marschieren, genau wie während jener stummen, einseitigen Zwiesprachen mit Merrion. »Am Anfang. Damals hätten Sie es ihr vielleicht gebrochen, vorübergehend, wenn Sie sich zurückgezogen hätten. Nur vorübergehend. Aber jetzt werden Sie es ihr auf jeden Fall brechen, nicht wahr, früher oder später?«

Guy erhob sich. Er wirkte sehr groß in diesem kleinen, hellen Raum, groß und beeindruckend.

»Sie müssen nicht denken, dass Sie hier irgendetwas sagen, was ich nicht auch schon gedacht oder gesagt habe. Ich kenne das alles. Was auch immer ich –« Er brach ab.

»Ja?«

»Was auch immer ich Ihnen von Liebe erzähle, es wird so mickrig klingen, so eigensüchtig, so unrealistisch ... Aber sie ist meine ideale Gefährtin. Und ich bin ihrer. Es gibt da so ein Gefühl der – der Zusammengehörigkeit. Nein – nein, kein Gefühl. Ein Wissen. Eine Erkenntnis. Das war von Anfang an da. Ich habe nicht danach gesucht. Sie auch nicht.«

Gwen versetzte giftig: »Das kann einem mit jedem passieren.«

Er stieß einen kleinen Seufzer aus. Sie schaute zu ihm hoch.

»Ich weiß«, sagte er. Er trat hinüber zu einem Tablett mit Flaschen, das Gwen noch gar nicht bemerkt hatte, und schenkte sich etwas Whisky ein. Immer noch mit dem Rücken zu ihr sagte er: »Vielleicht leben wir ein Klischee, aber das macht uns nicht weniger *wahr.*«

Gwen trank ihren Tee aus.

»Sie sind ein starrsinniger Mensch.«

Mit plötzlich wesentlich lauterer Stimme sagte er: »Das bin ich nun gerade *nicht*!«

Gwen schaute zu Boden.

»Ich gebe mir alle Mühe, Sie zu verstehen«, sagte Guy. Mit dem Whiskyglas in der Hand kehrte er zu seinem Sessel zurück. »Ich erkenne an, dass das, was Sie sagen, eine Berechtigung hat, für Sie zumindest. Vergessen Sie nicht, ich habe Kinder ungefähr in Merrions Alter, Kinder – Söhne –, für deren Schutz ich mich immer noch extrem verantwortlich fühle. Ich weiß, warum Sie sagen, was Sie sagen. Ich habe zugelassen, dass Sie mich gierig, selbstsüchtig und gefühllos genannt haben. Aber ich lasse mich *nicht* auch noch als starrsinnig bezeichnen. Ich *verbitte* mir die Unterstellung, dass ich einfach aus Gründen einfacher, blöder Halsstarrigkeit nicht anders entscheide.«

Gwen begann leicht zu zittern. Das eigenartige Gefühl der Euphorie, das sie bis jetzt beflügelt hatte, schwand langsam dahin, und sie fühlte sich jetzt – wie es ihr im Leben schon so oft ergangen war –, als hätte sie sich etwas zu viel zugemutet. Ihre Mutter hatte sie immer gewarnt: »Fang nichts an, Gwen, was du nicht auch beenden kannst.« Ed war anders gewesen. Ed hatte sie immer noch zu mehr angestachelt. Das war einer der Gründe, warum sie sich in ihn verliebt hatte – er hatte anscheinend Fähigkeiten in ihr gesehen, die ihr selbst nicht bewusst waren.

In zittrigem Tonfall, was sie sehr bedauerte, sagte sie: »Sie sollten mich nicht so anbrüllen. Ich bin Merrions Mutter.«

Er stellte sein Whiskyglas hin.

»Ich hoffe, ich habe nicht gebrüllt –«

»Sie sind laut geworden –«

»Das hätte ich nicht sollen«, sagte Guy. »Verzeihung.«

Den Blick immer noch zu Boden gesenkt, sagte sie: »Ich sollte jetzt gehen.«

»Mrs. Palmer –«

Sie wartete.

»Mrs. Palmer, wir sollten doch auf derselben Seite sein. Schließlich lieben wir beide Merrion über alles.«

»Über alles?«

»Ja«, sagte er, »das gilt auch für mich. Ich liebe sie mehr als meine eigenen Kinder. Ich wusste nicht, dass es möglich ist, jemanden so sehr zu lieben.«

Gwen stand auf. Auf einmal war sie unendlich müde und verspürte eine kindliche Sehnsucht danach, sich vom Zug nach Westen tragen zu lassen, zurück zu allem, was nicht weiter bemerkenswert und ihr vertraut war.

»Wenn Sie sie so sehr –« Sie verstummte.

Er erhob sich ebenfalls. Auf einmal wirkte er riesengroß, formell, ehrfurchtgebietend. Gwen holte tief Luft.

»Wenn Sie sie so sehr lieben«, sagte sie deutlich, »so sehr, wie Sie sagen, dann wissen Sie, was Sie ihr schuldig sind. Nicht wahr?«

Als Merrion ihren Schlüssel in die Tür steckte, merkte sie auf der Stelle, dass etwas nicht stimmte. Es war wie ein Geruch, der aus der Wohnung drang, ein kalter, unwirtlicher Dunst. Sonst schaltete Guy immer die Lampen an, zog die Vorhänge zu, hatte Musik an, ein Abendessen vorbereitet, manchmal sogar schon ein Schaumbad für sie eingelassen und ein Glas Wein auf dem breiten Wannenrand neben den Wasserhähnen plaziert. Heute Abend jedoch war es still. Und fast völlig dunkel. Merrion trat beherzt in die unheilschwangere Düsternis.

»Guy?«

»Ich bin hier«, sagte er. Seine Stimme klang angestrengt, als fiele ihm das Sprechen schwer, als hätte er geweint.

Sie ging ins Wohnzimmer. Es war in nahezu völlige Finsternis getaucht, bis auf eine einzelne Lampe, die in der Ecke brannte. Guy lag ausgestreckt auf dem Sofa, ohne Jackett, einen Arm übers Gesicht gelegt.

»Liebling«, sagte Merrion und stürzte auf ihn zu. »Liebling, ist alles in Ordnung?«

Er zog den Arm weg und streckte ihn ihr entgegen.

»Körperlich schon.«

Sie nahm seine Hand. Sie fühlte sich an wie immer, groß und warm und zuverlässig. Sie schaute hinab auf den Tisch neben ihm. Es stand ein Teetablett darauf, ein richtiges Teegedeck für eine Person mit Kännchen und Milch und einer Tasse mit Unterteller.

»Guy?«

Unvermittelt ließ er ihre Hand los und setzte sich aufrecht hin.

»Der war für deine Mutter –«

»Meine *Mutter*?«

»Ja«, sagte er. »Deine Mutter war hier.«

9

Jack und Moll verbrachten den Nachmittag eingeschlossen im Bad. Zumindest hatte Carrie angenommen, die Tür wäre abgeschlossen, aber als sie hochging und ihnen zurief, ob sie wohl bald aufhören könnten, was immer sie auch gerade taten, weil andere Leute vielleicht gern duschen würden, rief Moll – und zwar entwaffnend freundlich: »Oh, kommen Sie doch rein!«

Jack saß auf einem aus Carries Schlafzimmer entwendeten Stuhl in der Mitte des Raums und hatte eines der hässlichen Badetücher mit Fischmuster umgelegt, die Carrie nur deshalb bei einem Straßenhändler gekauft hatte, weil sie so scheußlich waren, dass sich nie ein Dieb an ihnen vergreifen würde. Sein Haar – oder zumindest der vordere Teil davon – wurde von säuberlich gefalteten Päckchen aus Alufolie unterteilt. Moll hatte Schutzhandschuhe aus Latex an, und ihr Haar war ordentlich mit einem roten Kopftuch nach hinten gebunden. Das Bad roch durchdringend nach Bleichmittel.

»Hi«, sagte Moll. Molls Selbstsicherheit erleichterte den Umgang mit ihr und brachte einen zugleich aus dem Konzept. »Ich mache Jack gerade Strähnchen.«

»Strähnchen –«

»Graublonde«, sagte Moll. »Aschblonde.«

Jack trug unter seinem Pony aus Alufoliepäckchen einen blasierten Gesichtsausdruck zur Schau. Er sagte: »Beim Friseur hätte das vierzig Pfund gekostet –«

»Vielleicht könntest du mir meine ja auch mal machen«, sagte Carrie. Ihr Ton fiel irgendwie nicht ganz wie beabsichtigt aus.

Moll warf ihr einen raschen Blick zu.

»Klar. Jederzeit.«

Carrie schaute auf ihre geschickt zu Werke gehenden Hände. Sie benutzte einen richtigen Friseurkamm zum Färben, mit feinen Zähnen und einem hinten gegabelten Metallgriff.

»Ich wollte eigentlich duschen –«

»Wir können woanders hingehen«, sagte Moll. »Jederzeit.«

Jack schaute seine Mutter kurz an.

»Wieso jetzt?«

»Weil ich einen langen Tag hatte, mit deinem Onkel Alan etwas trinken gehe und danach Emma von der Theatergruppe abhole, und letztere Unternehmungen würde ich gern frisch geduscht erledigen.«

Eine kurze Pause trat ein. Für den Bruchteil einer Sekunde trafen sich Jacks und Molls Blicke im Badezimmerspiegel. Jack fragte: »Wo ist Rach?«

»Mit Trudy ins Kino gegangen. Danach übernachtet sie bei ihr.«

»M-hm.« Er klang gleichgültig.

»Und Dad macht Überstunden«, sagte Carrie. »Nichts Neues. Abendessen wird es also nicht vor ungefähr neun geben. Vielleicht besorge ich sogar unterwegs Pizza.«

»Wir kümmern uns ums Abendessen«, sagte Moll.

Carrie starrte sie an.

»*Wirklich*?«

»Natürlich. Sagen Sie uns, was, und bis neun haben wir es fertig.«

Carrie lehnte sich gegen den Türrahmen.

»Niemand in diesem Haus hat mir je angeboten, das Kochen zu übernehmen –«

Moll lächelte. Mit dem Ende ihres Kamms faltete sie gerade sorgfältig ein weiteres Stück Alufolie um eine Strähne von Jacks Haar.

»Wir machen das hier in der Küche fertig«, sagte sie. »Und dann können Sie duschen. Sagen Sie uns bloß noch, was wir kochen sollen, bevor Sie weggehen.«

»Ja«, sagte Carrie schwach. »Vielen Dank. Himmel.«

Jack erhob sich, sein Silberpony schimmerte, und das Fischbadetuch hing um ihn wie ein Cape. Er wirkte kein bisschen verlegen, tatsächlich eher das Gegenteil – erfreut und stolz. Er nahm den Stuhl, auf dem er gesessen hatte, und ging damit hinaus auf den Treppenabsatz. Moll sammelte ihre Schälchen und Pinsel und

Kämme ein und folgte ihm. Sie trug immer noch ihr leichtes, freundliches Lächeln zur Schau, sah aber Carrie nicht an. Carrie schaute ihnen fast benommen hinterher, während sie mit ihrer Ladung den Absatz überquerten und dann gemeinsam die Treppe hinabgingen. Als sie unten ankamen, lehnte Jack sich seitlich über den Stuhl – wozu in Gottes Namen schleppte er denn immer noch ihren Schlafzimmerstuhl mit? – und gab Moll einen flüchtigen Kuss.

»Bingo«, sagte er.

Moll kicherte. Die Küchentür schloss sich hinter ihnen. Carrie sah sich im Bad um. Auf einmal kam es ihr zu aufwendig vor, eine Dusche zu nehmen, zu aufwendig, all ihre Kleidung auszuziehen und sich zu überlegen, was sie stattdessen anziehen sollte. Alan wäre es ohnehin egal. Alan erwartete nie von anderen, sich besondere Mühe zu geben, wenn ihnen dazu die Energie fehlte. Sie zupfte an der Jacke ihres Bürokostüms herum. Wie hatte die Welt eigentlich früher ausgesehen, bevor alle, ständig und überall, Schwarz trugen?

Alan hatte schon für sie bestellt. Er saß da, ein Glas Weißwein vor sich und ein weiteres, nicht angerührtes Glas vor dem Stuhl neben ihm. Er trug ein kragenloses Leinenhemd und darüber eine schwarze Lederweste. Carrie verlieh ihrer Zustimmung gestischen Ausdruck, als sie ihren Platz erreichte.

»Hübsch –«

Er grinste.

»Ich bin noch verabredet.«

»Nein!«

»Ein Arzt. Schickes Auto.«

»Alan«, sagte Carrie und setzte sich hin, »sein Auto ist das *Letzte*, worauf es ankommt.«

Alan zog ein Gesicht. Er sah sehr glücklich aus, fast schelmisch.

Carrie sagte: »Die Liebe grassiert ja geradezu im Moment, nicht wahr? Selbst Jack –«

»Jack?«

»Just in diesem Augenblick sitzt Jack in meiner Küche und läßt sich von einer äußerst schnittigen jungen Dame namens Moll Strähnchen ins Haar machen.«

»Schön für Jack.«

»Ich nehm's an –«

»Carrie«, sagte Alan warnend.

»Was denn?«

»Sprich nicht in diesem Tonfall über Jacks Freundin.«

»Was für ein Tonfall?«

»Dieser Für-meinen-Jungen-ist-keine-gut-genug-Tonfall.«

»Habe ich so geklungen?«

»Ja«, sagte Alan, »hast du.« Er hob sein Glas. »Prost.«

»Dito. Ich hoffe, du hast einen wunderschönen Abend.«

»Ein wilder Abend wäre mir lieber –«

»So genau will ich das gar nicht wissen«, meinte Carrie.

Er grinste wieder.

»Das würde ich dir sowieso nicht erzählen.«

Sie schaute ihn an.

»*Du* bist ja gut gelaunt.«

»Ich weiß. Ist das nicht eine Wohltat?«

»Ja«, sagte sie, »das ist es allerdings. Ich bin allmählich so an Weltuntergangsstimmung gewöhnt, dass ich darüber fast vergesse, dass es auch anders geht.« Sie trank einen Schluck Wein. Dann sagte sie, den Blick auf den Tisch gerichtet: »Ich habe Merrion getroffen.«

»Und?«

»Wie du gesagt hast.«

»Nett?«

»So weit, so gut. Und offenbar entschlossen, ihre Sache durchzufechten.«

»Sollte sie nicht?«

»Natürlich sollte sie«, sagte Carrie ärgerlich. »Bloß werde ich entzwei gerissen, wenn sie das tut.«

»Nein, wirst du nicht.«

»Ich –«

»Carrie«, sagte Alan und lehnte sich vor, »du hast mehr Sympathien für meinen Vater und Merrion als für meine Mutter. Das weißt du genau.«

Carrie sah ihn an.

»Deswegen wollte ich dich auch sehen.«

»Was kommt jetzt?«

»Eure Mutter«, sagte Carrie und schaute wieder die Tischplatte an, »hat beschlossen, dass sie zwar einen ihrer Ansicht nach gerechten Anteil vom gemeinsamen Vermögen eurer Eltern will, sich aber nicht die Hände damit schmutzig machen wird, ihn sich zu sichern. Sie hat beschlossen, nichts mehr mit eurem Vater zu tun zu haben. Gar nichts. Nie mehr. Also –«

»Sag's mir nicht.«

»Den Rest kannst du dir denken.«

»Oh Gott«, sagte Alan. »Und Simon hat zugestimmt?«

»Er denkt anscheinend, ihm bliebe nichts anderes übrig. Man kann eine geistig zurechnungsfähige Person von einundsechzig ja nicht *zwingen*, zu einem Anwalt zu gehen, oder?«

Alan trank einen großen Schluck Wein.

»Wann hat sich das denn zugetragen?«

»Diese Woche. Er wollte mir eigentlich nichts davon erzählen, aber bei dem Zustand, in dem er von Hill Cottage zurückkam, war mir klar, dass sie mehrere Pfund Fleisch verlangt hatte.«

Über sein Weinglas geneigt presste Alan zwischen zusammengebissenen Zähnen hervor: »Ich *hab*'s ihm gesagt.«

»Weiß ich.«

»Hat er mal mit Dad gesprochen?«

»Weiß ich nicht. Ich glaube, Guy hat ihm eine Nachricht hinterlassen. Die Sache ist, Alan, dass ich, auch wenn wir Merrion jetzt mal beiseite lassen, das Gefühl nicht loswerde, dass euer Vater in gewisser Weise Recht hat. Jetzt darf ich mich darauf gefasst machen, mit *eurer* Mutter um *meinen* Ehemann zu kämpfen.«

»Unsinn.«

»Das ist kein Unsinn«, sagte Carrie. »Das ist eine Tatsache. Sie war immer da, wenn auch latent, aber bisher hat sie noch nie die Handschuhe ausgezogen, das war eben noch nicht nötig. Soll ich dir mal was sagen?«

Er nickte erwartungsvoll.

»Es ist nicht Guys Schuld, dass Laura sich immer – verloren gefühlt hat. Ich wette, er hat sich wirklich bemüht, ihr zu geben, was sie glücklich machte, was ihr ein größeres Gefühl von Sicherheit und Sinn vermittelte, und im Gegenzug hat sie ihm lediglich das Gefühl gegeben, er hätte sie absichtlich reingelegt, hätte Karriere gemacht, indem er sorgsam das Leben ihrem Zugriff entzog.« Sie schwieg und meinte dann: »Wahrscheinlich ist es total daneben von mir, wie die Kinder immer sagen, dir das zu erzählen, aber in meinen Augen ist Laura eine der ichbezogensten Frauen mit dem ausgeprägtesten Hang zum Selbstmitleid, die mir je begegnet sind.«

Alan zuckte leicht die Achseln.

»An jenem Abend letztens musste ich alles aus Simon herauslocken«, sagte Carrie. Ihr Atem ging schnell. »Er wollte mir nichts erzählen, wollte mir keine Beweise dafür liefern, wie unfair Laura ist, wie sie die Leute ausnutzt. Er wollte nämlich nicht, dass ich ihm sage, wie kläglich ich sein Verhalten finde –«

»Findest du?«

Carrie schaute hoch. Sie sagte nichts.

»Findest du, er führt sich kläglich auf?«

»Ach«, sagte sie niedergeschlagen, »nein. Eigentlich nicht. Ich glaube nur, er sitzt fest. Sie hat ihn in eine Ecke gedrängt. In die Ecke hat sie ihn schon immer gedrängt. Sie hat bloß abgewartet.«

»Also hast du ihn zusammengestaucht –«

Carrie senkte den Blick.

»Ja.«

»Carrie –«

»Erzähl mir nicht, ich sei eifersüchtig«, sagte Carrie. »Das *weiß* ich ja. Aber weißt du, er gehört mir. Zuallererst mir.«

»Das weiß er.«

»Aber man kann nicht immer bekommen, was man sich wünscht, wenn jemand anders einem einredet, man sei zuerst *ihm* was schuldig, oder?«

»Keine Ahnung«, sagte Alan. »Das ist mir noch nie passiert.«

»Aber verstehen kannst du das doch, Herrgott noch mal!«

»Oh ja. Verstehen kann ich das.«

Sie beugte sich vor.

»Kannst du Simon helfen?«

»Wie denn?«

»Hilf ihm, mit ihr fertig zu werden. Teilt euch das.«

»Ich bin kein Anwalt. Sie wird sagen –«

»Alan!«, Carries Stimme überschlug sich fast.

»Entschuldige. Schau mal, ich *möchte* ja helfen. Ich hab's versucht. Aber die beiden spielen dieses Spielchen schon seit vor meiner Geburt.«

Carries Schultern sackten in sich zusammen.

»Ich weiß.«

»Wovor hast du Angst?«

Sie zog ein gequältes Gesicht.

»Vermutlich – dass wir sie nie loswerden. Dass wir bei allem, was wir tun, an sie denken müssen, und mit der Zeit sogar zuerst an sie. Dass Simon anfangen wird, seine Pflichten ihr gegenüber an erste Stelle zu setzen. Dass – na ja, dass er nie imstande sein wird, sie so zu sehen, wie sie wirklich ist.«

»Brächtest du es fertig, das auszusprechen?«

»Was?«, ereiferte sich Carrie. »Vor *Laura*?«

»Ja –«

Carrie schlug mit der Faust auf den Tisch, so dass etwas Wein aus ihrem Glas schwappte und an der Seite hinunterlief.

»*Alan*. Ach, Alan, kannst du nicht mal eine Sekunde aufhören, von deinem Arzt zu träumen, und *nachdenken*. Ich möchte Laura das alles gar nicht sagen. Es sollte zwar mal gesagt werden, aber wenn ich es sage, kann sie auf Durchzug stellen, bevor ich überhaupt anfange. Verstehst du das nicht? Ich möchte, dass *Simon* es ihr sagt! Ich möchte, dass Simon die Augen aufmacht und diese ganze Situation realistisch sieht und seiner Mutter sagt, dass er ihr Sohn ist, der sie liebt und unterstützt, und dass er verdammt noch mal *kein* Ersatz-Ehemann ist! Das möchte ich!«

Alan streckte eine Hand aus und berührte sanft die ihre.

»Oh je«, sagte er.

Im gesamten Büro herrschte Stille. Die Computer waren ausgestellt, Miriam hatte die Jalousien heruntergelassen – in denen horizontale Ablagerungen von Staub hafteten, die offenbar kein Reinigungsunternehmen je in Angriff nahm –, und die Bürotüren standen offen, so dass man überquellende Papierkörbe, achtlos zurückgeschobene Drehstühle und verstreut herumstehende Kaffeebecher von unterwegs und Mineralwasserflaschen aus Plastik sah. Ted und Philip waren um sechs gegangen, um zusammen Squash zu spielen, eine halbe Stunde nach Miriam, die einzig dann Wert auf gewissenhafte Pünktlichkeit legte, wenn es um ihren Feierabend ging.

Vor zwei Tagen hatte Miriam eine gelbe Haftnotiz auf Simons Schreibtisch hinterlassen. Darauf stand: »Bitte rufen Sie Ihren Vater an.« Als er sie fand, hatte er erst einmal einen kleinen Wutanfall bekommen, weil die Mitteilung so bestimmend klang und er sich nach der Unterredung mit seiner Mutter so in die Enge getrieben und ausmanövriert fühlte, dass er sich nur danach sehnte, einen Sündenbock zu finden, und für diesen Zweck kam ihm sein Vater gerade recht. Nach kurzer Überlegung aber fiel ihm ein, dass Miriam, die grundsätzlich von allen Leben außer ihrem eigenen gelangweilt war, Nachrichten immer ungenau und sehr knapp aufnahm, und dass eine gewohnt höflich formulierte Bitte seines Vater in Miriams Klauen sehr gut am Ende »Bitte rufen Sie Ihren Vater an« lauten konnte. Nach weiterer Überlegung schätzte er sich sogar glücklich, dass noch »Bitte« davor stand.

Er hatte die Notiz von seinem Tisch abgepellt und sie seitlich an seinen PC-Bildschirm geheftet. Natürlich sollte er seinen Vater anrufen. Er hätte mit ihm in Verbindung bleiben sollen, seit er von Merrions Existenz erfahren hatte, auch wenn er sich kaum vorzustellen vermochte, welche Form dieser Kontakt hätte annehmen sollen. Es war der Situation nicht eben dienlich, dass er den Kontakt zu Guy mied: es half seiner Mutter nicht, und ihm ganz gewiss nicht. Der Beweis dafür war die Lage, in der er sich jetzt wiederfand, bloß weil er sich eingeredet hatte, es sei nur konsequent von ihm, wenn er sich weigerte, mit seinem Vater zu sprechen. Carrie hatte das Feigheit genannt. Sie hatte noch diverse andere Bezeichnungen gefunden, gegen die sich der Vorwurf der Feigheit recht milde ausnahm. Seine Haltung, sagte sie, spiele seiner Mutter direkt in die intriganten Hände.

»Diese schwachen kleinen Frauen!«, hatte sie gebrüllt. »Das sind die, vor denen man sich in Acht nehmen muss! Die sind tödlich!«

Simon fand nicht, dass Laura tödlich war. Er fand auch nicht, dass sie schwach war, verletzlich hingegen schon. Außerdem mutmaßte er, dass sie sich in einer Art Schockzustand befand, wie benommen war von dem Schlag, den ihr Guys Enthüllung seiner heimlichen Vergangenheit und geplanten Zukunft versetzt hatte, und dass sie deshalb die Aussicht schreckte, für sich selbst zu handeln, sich mit einem Mann auseinander zu setzen, der ihr Vertrauen so gründlich hintergangen hatte. Simon wusste, dass es kein bisschen fair von Laura war, wenn sie ihn bat, an ihrer Statt zu handeln. Er *wusste* es, das hatte er Carrie auch gesagt. Er hatte es sogar zu *Laura* gesagt. Trotz allem aber konnte er das Gefühl nicht abschütteln, etwas für Laura tun zu müssen, zur Heilung oder Linderung oder Wiedergutmachung, schlicht und einfach weil er der einzige Mensch in ihrem Leben war, der dazu in der Lage war. Wie auch schon früher. Er hatte das Carrie gegenüber nie offen zugegeben. Ihre aufgebrachte Antwort, ging es ihm durch den Kopf, kannte er auswendig. Wort für Wort.

Jetzt aber musste er irgendwie, irgendwann mit seinem Vater reden. Alan hatte unerträglicherweise angemerkt, er hätte nie das Gespräch abreißen lassen dürfen, niemals an diesen Punkt geraten dürfen, wo es zu einem so großen Problem wurde, mit einem Elternteil zu reden – egal, was man von dem Betreffenden hielt.

»Er ist ganz sanft«, sagte Alan. »Du wirst sehen. Er ist so glücklich wie noch nie, aber er ist kein bisschen trotzig. Er versucht nicht, irgendwas zu rechtfertigen, er bemüht sich nur, mit dem klarzukommen, was ist.«

»Kurz gesagt, genau dein verdammtes persönliches Mantra –«

»Ich weiß nicht«, sagte Alan, »wie Carrie es mit dir aushält.«

Simon seufzte.

»Ich auch nicht. Ich frage mich oft, wie ich es mit mir selbst aushalte. Aber wie kann man anders werden, als man nun einmal ist? Wenn man jemand ist, der dazu neigt, sich Sorgen zu machen, macht man sich eben Sorgen. Wenn nicht, nicht. Ich neige nun mal dazu. Ich kann mich nicht erinnern, mir je mal nicht um irgendetwas Sorgen gemacht zu haben.«

Alan sah ihn an.

»Warum?«

Simon erwiderte seinen Blick.

»Weil ich das Gefühl nicht loswerde, dass ich wegen dieser Sorgen etwas *unternehmen* muss. Dass ich gefordert bin.«

Und jetzt ist es wirklich so, dachte Simon. Er löste den gelben Zettel von seinem Computer und klebte ihn an die Seite einer halb leeren Mineralwasserflasche, die er sich mittags gekauft hatte. Weil ich Mum habe glauben lassen, dass ich ihr Ritter in schimmernder Rüstung bin, bin ich es jetzt auch. Ich stehe in der Pflicht. Und Dad ... Tja, Dad ist nun zu etwas geworden, was ich nie gewollt hätte, egal, was ich von ihm gehalten habe. Er ist jetzt der Feind. Ich muss ihn bekämpfen, für Mum. Ich muss ihn mit den Augen eines Anwalts betrachten, nicht als Sohn. Und das ist meine eigene blöde, verdammte Schuld. *Meine.* Das werde ich mir immer und immer wieder sagen, bevor Carrie die Gelegenheit bekommt.

Er schraubte den Plastikdeckel von der Wasserflasche und trank einen ausgiebigen Schluck. Dann hob er den Hörer von seinem Telefon und wählte die Nummer des Crown Court in Stanborough. Eine aufgezeichnete Nachricht – ein Mädchen, das genauso desinteressiert und mechanisch klang wie Miriam – teilte ihm mit, dass das Gericht bis morgen früh geschlossen sei, dringende Angelegenheiten aber unter der folgenden Nummer geregelt werden könnten. Danach wählte Simon die zweite Nummer in Stanborough, die Guy hinterlassen hatte.

»Es ist irgendein armseliges Zimmer«, hatte Laura gesagt. »Über einer Kebab-Bude oder so. Nicht, dass mich das kümmert.«

Das Telefon läutete und läutete. Niemand ging ran. Es meldete sich kein Anrufbeantworter, und Simon überlegte kurz, ob sein Vater sogar da war, auf einem gemieteten Bett in einem gemieteten Zimmer über einem Frisiersalon oder Schnellimbiss lag und dem Telefon lauschte, ohne etwas zu unternehmen, während die Spitzen seiner polierten schwarzen Schuhe reglos zur fleckigen Decke zeigten. Wie dumm, dachte er dann, *dumm* von mir. Warum sollte er nicht ans Telefon gehen? Es könnte doch Merrion sein.

Er sah auf die dritte Nummer, die Guy hinterlassen hatte. Eine Nummer in der Londoner Innenstadt. Das war natürlich Merrions Wohnung, die Wohnung, in der sein Vater die Wochenenden verbrachte, die Dinge erlebte und die Art Leben führte, die Simon nie kennen gelernt hatte und sich kaum vorzustellen vermochte, weil er kaum je eine Zeit gekannt hatte, in der Liebesleben und Elternschaft nicht untrennbar miteinander verbunden waren. Guy und Merrion teilten vermutlich Nächte, in denen sie nicht gleich vor Erschöpfung tot umfielen, und Abende; konnten den Sonntagmorgen zusammen genießen, baden und dabei Gespräche führen, einfach plaudern und herumalbern und auch mal miteinander schweigen, was im Familienleben so schwer fiel, da Schweigen immer irgendeine Bedeutung beigemessen wurde, meist eine bedrohliche. Und natürlich gab es auch Gelegenheit zu Sex. Sex einfach um seiner selbst willen. Simon schluckte. Es war unmöglich, ging ihm auf, über seinen Vater und Merrion und Sex nachzudenken.

Er wählte langsam die Londoner Nummer. Es klingelte zweimal, und dann bat ihn eine Frauenstimme auf einem Anrufbeantworter in unpersönlichem Tonfall, eine Nachricht zu hinterlassen. Er atmete tief durch.

»Hier ist Simon Stockdale«, sagte er. »Ich hatte gehofft, meinen Vater zu erreichen.«

Er legte auf. Verdammt. Er hatte eigentlich sagen wollen, dass er *versuchte*, seinen Vater zu erreichen. Er hatte eine völlig emotionslose Nachricht hinterlassen wollen. Er pflückte die gelbe Haftnotiz von der Wasserflasche und klebte sie wieder an seinen Computer. Er stand auf und reckte sich. Dann sah er zur Uhr. Viertel nach sieben. Carrie hatte gesagt, sie treffe sich mit jemandem und hole danach Emma von irgendwo ab, so dass sie nicht vor neun zu Hause wäre. Rachel unternahm irgendetwas. Und Jack – Jack hatte Carrie nicht erwähnt. Die Vorstellung eines leeren Hauses war seltsam tröstlich. Er würde heimfahren und die Tür aufschließen und weder die Post noch die Weinflasche ansehen, bis er nicht ein ausgiebiges Bad genommen hätte, mit etwas Musik im Hintergrund,

und eine halbe Stunde so getan hätte, als würde nichts von ihm erwartet, was er nicht mit Leichtigkeit bewältigen könnte. Mit absoluter, sorgloser Leichtigkeit.

Leise schloss er die Tür auf. Sonst war es immer erforderlich, seine Heimkehr durch Zuwerfen der Tür und vernehmliches Fallenlassen der Schlüssel auf die Truhe im Flur kundzutun, damit alle es mitbekamen. Sie mochten vielleicht nicht reagieren, kamen schon gar nicht alle miteinander die Treppe hinuntergestürmt, um ihn zu begrüßen, aber wenigstens wussten sie dann Bescheid, und die menschliche Chemie im Haus konnte sich ein wenig verschieben, um ihm Aufnahme zu gewähren; zur Kenntnis zu nehmen, dass er, Simon, Ehemann, Vater, Haupterwerbstätiger, heimgekehrt war in das Haus, das ihm endlich vollständig gehören würde, wenn er dreiundsechzigeinhalb wäre und sich vermutlich nicht mehr viel daraus machte.

Leise legte er seine Schlüssel neben einem Stapel ungeöffneter Post auf die Truhe. Alle stürzten sich jeden Tag in einer Art manischen Vorfreude auf die Post, obwohl selten etwas für jemanden außer Simon und Carrie dabei war, und hinterließen die Umschläge in einem heillosen Durcheinander, wie einen Kadaver, aus dem die besten Stücke herausgenagt waren. Simon würdigte die Post keines Blickes. Er ging in die Küche und warf seinen Regenmantel – »Das lächerlichste Kleidungsstück des Universums«, sagte Rachel – über die Rückenlehne eines Küchenstuhls. Die Küche sah merkwürdig aufgeräumt aus und roch nach etwas leicht Chemischem, wie Bleichmittel. Neben dem Herd lag ein Haufen Gemüse, Tomaten und Peperoni und Auberginen und Zwiebeln, die wie ein Stilleben angeordnet waren, auf einem Holzbrett. Daneben lag noch eine Supermarktpackung mit traurigen, in Kunststofffolie versiegelten Streifen rosa Hühnchenfleischs, die aussahen, als hätten sie nie auch nur die geringste Verbindung zu etwas Lebendigem, Atmendem gehabt. Carrie wollte offenbar in einem Anfall vorausschauender Planung nach ihrer Heimkehr etwas kochen. Simon betrachtete noch einmal das Gemüse. Vor ungefähr zwei Stunden war nicht damit zu rechnen, dass es appetitlich zubereitet auf einem Teller vor ihm liegen würde. Er öffnete den Kühlschrank und holte einen Unterteller mit einem kärglichen Rest Brie heraus, zwei Radieschen und aus einer blauen Keramikschale eine kalte Ofenkartoffel vom Vortag. Dieses Mahl verzehrte er im Stehen neben dem Küchentisch und stellte dann den Unterteller in die Spüle. Er fuhr sich mit der Zunge über die Zähne. Die Radieschen hätte er vorher waschen sollen. Er konnte schwache Spuren von Sand spüren.

Er verließ die Küche, hängte sein Jackett über den Pfosten am Fuß der Treppe und ging nach oben, wobei er sich die Krawatte lockerte und das Hemd aufknöpfte. Auf unerklärliche Weise fühlte er sich glücklich wie schon lange nicht mehr, merkwürdig unbelastet, so allein in dem leeren Haus, während draußen das letzte, spätfrühlingshafte Tageslicht schwand und die Straßengeräusche nur gedämpft aus angenehmer Ferne zu ihm drangen, dazu noch mit der Aussicht auf ein langes Bad mit Ella Fitzgerald im Hintergrund, oder vielleicht auch Gershwin, auf jeden Fall etwas Glamouröses, Amerikanisches, Raffiniertes. Geräuschlos ging er über die Galerie, zog dabei seine Krawatte unter dem Hemdkragen hervor und öffnete die Tür zu seinem Schlafzimmer.

Die Vorhänge waren halb zugezogen, so dass es im Raum ziemlich dämmrig war. Es herrschte eine jähe, eigenartige Stille, wie man sie aus gespannten Situationen kennt, oder wenn in Gesellschaft fürchterliche Verlegenheit eintritt. Simon sah näher hin. Carrie lag im Bett, zusammengekrümmt, wie immer, wenn sie einen ihrer Migräneanfälle hatte und stumm fluchend und duldend dalag. Arme Carrie. Und süße Carrie, hatte sie doch alles fürs Abendessen vorbereitet, bevor sie die neuen Migränetabletten nahm, die zwar wirkten, sie dafür aber auch völlig betäubten.

Leise ging er aufs Bett zu. Er konnte ihr Haar nicht sehen, nur etwas Dunkles, Unvertrautes auf dem Kissen. Im Flüsterton, für den Fall, dass sie wegen der Tabletten schlief, fragte er: »Carrie? Alles in Ordnung?«

Langsam kam Bewegung ins Bett. Die zusammengekrümmte Carrie regte sich und teilte sich in zwei Gestalten. Simon sah hinab, die Krawatte immer noch in der Hand, das Hemd aufgeknöpft, und stellte fest, dass er Jack und Moll vor sich hatte, die aus eng beieinander liegenden Gesichtern zu ihm hoch schauten.

»Bist du wütend geworden?«, fragte Carrie. Sie saß in ein Badetuch gehüllt auf dem Badezimmerboden und schnitt sich die Zehnägel.

»Nein«, sagte Simon. Er lag in der Wanne und sah auf seine Füße, die ordentlich links und rechts neben den Wasserhähnen ruhten.

»Warum nicht?«

»Weil mir nicht danach war.«

»Ich glaube, Jack hat erwartet, dass du wütend wärest. Er hat dich ständig verstohlen angeschaut, wie jemand, der darauf lauert, dass gleich das große Donnerwetter losbricht.«

»Es war äußerst eigenartig«, sagte Simon fast träumerisch, »aber ich hatte keine Lust, rumzubrüllen. Ich dachte, ich würde es tun, aber nichts geschah. Ich wartete darauf, dass ich solche Sachen sagte wie ›Wie kannst du's wagen, und dann auch noch in unserem Bett‹, aber es kam nicht. Ich empfand ...«

»Was denn?«

»Eher Neid.«

»*Neid*?«

»Ja –«

»Auf Jack? Wegen Moll?«

»Nein«, sagte Simon ungehalten. Er richtete sich auf und fing an, einen Waschlappen einzuseifen. »Nein. Auf sie beide. Auf ihre, na ja, Freiheit.«

Kurz herrschte Stille, und dann sagte Carrie sehr knapp: »Ja.«

Simon begann, sich das Gesicht, den Hals und die Brust einzuseifen.

»Sehr verlegen waren sie eigentlich nicht. Jack schon ein bisschen, nehm ich an.«

»Was hat er denn gesagt?«

Simon grinste.

»Er sagte: ›Hi, Dad.‹ Ich war fast darauf gefasst, das er als nächstes sagen würde: ›Wie war's im Büro?‹«

Carrie sagte: »Glaubst du, es war für ihn das erste Mal?«

»Keine Ahnung.«

»Das Abendessen jedenfalls haben sie durchgestanden, nicht wahr –«

»Sie haben es ja sogar gekocht.«

»Davon war ich eigentlich ausgegangen. Dass sie Essen kochen würden, nachdem ich weg war.«

Simon streckte einen nassen Arm aus der Wanne und zog hinten an Carries Badetuch.

»Nicht«, sagte sie. »Sonst zucke ich zusammen und schneide mir in die Zehen.«

»Ich lutsch dann für dich dran.«

»Simon!«, sagte Carrie. »Was ist denn in dich gefahren?«

»Ich weiß nicht«, sagte er. Er lehnte sich zurück und verdeckte mit dem eingeseiften Waschlappen eine stärker werdende Erektion. »Mir geht es einfach besser. Warum, weiß ich auch nicht. Ich habe heute was Schwieriges erledigt. Vielleicht –« Er brach ab.

»Was denn?«

»Ich habe Dad angerufen.«

»Und?«

»Gesprochen habe ich nicht mit ihm, aber eine Nachricht hinterlassen.«

Carrie war mit dem letzten Nagel fertig und ließ ihre Nagelschere in eine Plastikdose voller Scheren, Feilen und Kämme fallen.

»Sehr mutig.«

»Carrie.«

»Was denn?«

»Komm her.«

Sie stand auf und kauerte halb neben der Wanne nieder. Simon sah sie an. Er lächelte. Sie hatte ihr Haar achtlos mit einer von Rachels albernen rosafarbenen Haarklemmen aus Plastik hochgesteckt. So gefiel es ihm besonders. Sie sah aus, als wäre sie ungefähr sechzehn.

Er sagte: »Komm doch zu mir in die Wanne.«

Sie sah zu ihm hinab. Der Waschlappen war abgetrieben.

»Simon –«

»Komm rein.«

Er griff nach ihrer Hand.

»Na, komm schon.«

»Si«, sagte Carrie, »mag ja sein, dass du einen guten Tag hattest und dir die Episode mit Jack und Moll bloß wie ein lustiger Schwank vorkommt, aber bei mir sieht es etwas anders aus.«

Simon zog ihr das Badetuch herunter.

»Vergiss das doch mal alles. Nur zwanzig Minuten lang.«

Sie machte ihre Hand los und bückte sich nach ihrem Tuch. Ganz kurz sah er ihre Brüste hinabhängen, kleine blasse Kuppeln. »Ein Mundvoll«, pflegte er immer zu ihr zu sagen. »Genau richtig.«

Sie trat zurück.

»Tut mir Leid«, sagte sie.

Er schaute sie an.

»Auch nicht, wenn ich bitte sage?«

Sie schüttelte den Kopf.

Er fragte: »Wann hatten wir das letzte Mal Sex?«

Hastig zog sie sich ihren alten Baumwollkimono über.

»Oh, irgendwann im letzten Jahrhundert, würde ich sagen. Und was ist denn aus dem Ausdruck ›miteinander schlafen‹ geworden?«

Simon klammerte sich an den Wannenrand. Er beugte sich zu ihr vor.

»Carrie«, sagte er, »ich möchte liebend, liebend gern mit dir schlafen. Jetzt. Bitte. *Bitte.*«

Sie legte die Hand an den Türknopf.

»Es muss auch echt sein.«

»Ist es doch. Herrgott, das ist es doch!«

Sie öffnete die Tür. Den Gürtel des Kimonos hatte sie sich eng um die Taille geschlungen. Sie wirkte zerbrechlich wie eine Porzellanpuppe.

»Im Moment ist gar nichts echt«, sagte sie und ging hinaus.

10

Der Schätzer des Immobilienmaklers in Stanborough entpuppte sich als Frau. Laura hatte einen Mann erwartet, einen dieser üblichen Immobilienmaklertypen im dunklen Anzug mit weißem Hemd und einer etwas zu lauten Krawatte mit albernem Muster: Cartoon-Schweinchen oder Elefanten, oder Kamele unter Palmen. Mit dieser Sorte Männer kannte Laura sich aus, wusste, wie man ihre Fragen beantwortete. Die Schätzerin machte einen ganz anderen Eindruck. Erst einmal war sie fast in Lauras Alter, und ihre ruhige, bestimmte Art vermittelte Laura das Gefühl, dass sie nur an Zahlen interessiert war und kein bisschen an Laura und Lauras Notlage.

Laura hatte Kaffee gekocht, doch den lehnte sie ab und bat stattdessen um ein Glas Wasser. Sie nippte zweimal daran und ließ dann das Glas auf dem Küchentisch stehen, holte ein riesiges Bandmaß auf einer Spule hervor und fing an, sich Notizen zu machen. Sie öffnete und schloss die Küchenschränke, als wollte sie die Scharniere testen, und stieß leicht mit dem Fuß gegen die unteren Blenden. Eine fiel ab.

»Das passiert nur bei dieser«, sagte Laura.

»Vielleicht könnten Sie mich einmal herumführen«, sagte die Schätzerin. »Und dann wäre ich äußerst dankbar, wenn ich in Ruhe allein die Messungen vornehmen könnte. Normalerweise habe ich einen Assistenten, aber der hat heute eine Prüfung.«

Ganz spontan entfuhr es Laura: »Soll ich Ihnen helfen?«

Die Schätzerin sah sie an. Sie lächelte fein.

»Nein, vielen Dank«, sagte sie.

Laura führte sie durchs Haus. Sie hatte Blumen ins Wohnzimmer und in den Flur gestellt und die vorderen Fenster geputzt, gegen die der hartnäckige Wind immer Staub von der Kiesauffahrt blies. Zu Simon hatte sie gesagt, sie würde sich keine Umstände machen, sich nicht weiter bemühen, weil es ebenso herzzerreißend wie sinnlos war, etwas zur Schau zu stellen, dem man so viel Zeit und Überlegung und Energie gewidmet hatte und das man jetzt aufzugeben gezwungen war.

Simon sagte: »Denk einfach ans Geld.«

»Wenn es nur so einfach wäre.«

»Das ist es. Muss es sein.«

Er hatte ungeduldig geklungen, fast ärgerlich. Laura konnte sich leicht vorstellen, was für eine schlechte Hilfe Carrie ihm war, wie wenig Mitgefühl sie für jeden Bereich von Simons Leben aufbrächte, der nicht sie oder die Kinder betraf.

Als Simon sich in Carrie verliebte, hatte Laura zu Guy gemeint: »Findest du nicht, dass sie hart ist?«

»Nein«, sagte er. »Sie ist bloß sehr aufrichtig.«

»Aber sieht sie denn, wie empfindsam er ist?«

»Ja«, sagte Guy, »und damit geht sie auch aufrichtig um.«

»Du wolltest ihn immer schon härter machen –«

»Nicht härter machen. Ihn lehren, wie man sich selbst verteidigt.«

»Härter wolltest du ihn machen«, wiederholte Laura sehr leise.

Ein paar Jahre nachdem Simon Carrie schließlich geheiratet hatte – der Tag seiner Hochzeit war für Laura sehr schwer gewesen, auf eine Art, die niemand außer ihr zu begreifen vermochte –, pflegte er zu fragen, wenn sie ihn im Büro anrief: »Mum. Warum rufst du Carrie nicht mal an? Warum rufst du sie nicht einfach mal an?«

Darauf hatte sie immer ein kurzes Schweigen entstehen lassen. Mit diesem Schweigen gab sie Simon zu verstehen – musste es ihm zu verstehen geben –, dass Carrie nicht diejenige war, mit der sie sprechen musste, dass Carrie nicht die war, die ihre Geschichte kannte, ihre Lage verstand, ihre ruhige, zurückgenommene, vielsagende Sprache sprach. Nachdem das Schweigen sich ein Weilchen in die Länge gezogen hatte, sagte sie jedes Mal: »Mach ich. Natürlich, mach ich«, und sie wussten beide nur zu gut, dass sie es nicht tun würde. Nur ein einziges Mal hatte Simon gesagt: »Bitte, Mum, mir zuliebe –«, und darauf hatte sie erwidert, um ihm deutlich zu machen, dass er ihre geheimen Spielregeln verletzte: »Simon. Das ist nicht fair.«

»Okay«, hatte er gesagt. »Okay. Schon gut.«

Er klang müde, müde und zermürbt. Am nächsten Tag rief sie an, um sich zu entschuldigen.

»Es ist so schwierig –«

»Lass«, sagte er. »Erklär mir nichts. Das musst du nicht.«

Sie hatte in den Telefonhörer gelächelt.

»Nein, das muss ich nicht, nicht wahr? Bei dir muss ich das nie.«

Jetzt stieß sie die Wohnzimmertür weit auf. Die Sonne fiel durch die nach Südosten hinausgehenden Fenster herein und schien optimistisch auf das Sofa und die Sessel, deren Bezüge sie selbst gefertigt hatte, auf die Kissen, die sie über die Jahre angesammelt hatte – zwei stammten noch aus jenem ersten Häuschen in Battersea –, auf den blassgrünen Teppich und die Brücke mit dem Lebensbaum-Muster, die Guy auf einer Auktion zusammen mit einem – nie benutzten – Hühnerkorb und einem Paar Holzzubern à la Versailles erstanden hatte, die sie von ihrem abblätternden Lack befreit, dunkelgrün angestrichen und mit Lorbeerbäumen bepflanzt hatte.

»Ein hübscher Raum, Mrs. Stockdale«, bemerkte die Schätzerin. Sie trat auf die Lebensbaum-Brücke und ließ ihren geschulten Blick durchs Zimmer wandern. »Gute Proportionen.«

»Es waren drei kleine Räume«, sagte Laura, »als wir herkamen. Einer war voller Kartoffeln, die alle keimten. Den Geruch können Sie sich vorstellen.«

Zum ersten Mal sah die Schätzerin sie richtig an.

»Wie lange leben Sie jetzt hier, Mrs. Stockdale?«

Laura trat an den nächststehenden Sessel, um sich an der Rückenlehne festzuhalten. Sie lehnte sich dagegen. Am liebsten, wie sie erst gestern zu Wendy gesagt hatte, die auf einen ihrer Mutmach-Besuche vorbeigekommen war, würde sie einfach die ganze Zeit über schlicht wütend bleiben. Wütend war gut. Wenn sie wütend war, spürte sie Zielstrebigkeit und Energie, manchmal konnte sie sogar ein neues Ich ausmachen, das aus all diesem Durcheinander und emotionalen Elend hervorging, ein sauberes neues Ich, das befreit war von all den Beschränkungen, die einem Menschen unvermeidlich auferlegt waren, wenn er tagein, tagaus gezwungen war, mit einem anderen Menschen auf engem Raum auszukommen. Was sie fürchtete, waren die Momente, wenn die Wut verrauchte. Ohne diese Wut überwältigte sie die Verlassenheit, ein Gefühl der Desorientierung, das so stark war, dass sie sich fragte, ob sie nicht tatsächlich mitten durch das sichere Netz des Lebens gestürzt war, das sie immer – selbst in ihren dunkelsten Stunden – für selbstverständlich gehalten hatte. Verlassenheit bedeutete Kummer; Kummer um den Verlust so vieler großer und so vieler kleiner Dinge, dass es über ihre Kräfte ging, auch nur den Versuch zu unternehmen, sie alle aufzuzählen.

»Mrs. Stockdale?«

Laura stierte auf das Kissen auf dem Sessel unter ihr, ein mit Aurikeln in einem Terrakottatopf besticktes Gobelinkissen, das sie einen langen, ereignislosen, zufriedenen Sommer über angefertigt hatte, während sie Alan dabei zusah, wie er als Kapitän sein Schulcricketteam für die unter Fünfzehnjährigen anführte.

»Ist alles in Ordnung, Mrs. Stockdale?«

Laura nickte. Unter immenser Anstrengung gelang es ihr, aufzublicken.

»Wir sind vor dreißig Jahren hierher gezogen. Meine Jungen waren acht und fünf. Jünger, als meine Enkel jetzt sind.«

In verändertem Tonfall sagte die Schätzerin: »Es ist sehr schmerzlich, nehme ich an?«

Laura legte die Hände vors Gesicht. Dahinter jammerte sie: »Ich will nicht, dass das passiert! Ich will hier nicht weg!«

»Es tut mir so Leid –«

Laura nahm die Hände vom Gesicht. Beinahe keuchend sagte sie: »Manchmal kommt es mir vor, als wäre das hier alles, was ich getan habe, was ich erreicht habe. Wenn ich über mich nachdenke, dann sind Hill Cottage und der Garten nicht wegzudenken. Sie sind – sind meine Art Landschaft, mein Hintergrund. Wenn ich hier weggehe –«

Die Schätzerin wartete. Sie hatte ihr Bandmaß und das Notizbuch weggelegt und stand einfach da, fast als sei sie darauf gefasst, Laura aufzufangen, falls sie zusammenbrach.

»Ich werde verschwinden«, flüsterte Laura. »Nicht wahr? Ich

werde einfach verschwinden. An mir – an mir besteht dann kein Bedarf mehr. Oder?«

Die Schätzerin bückte sich und hob ihr Bandmaß wieder auf. Sie hielt es Laura hin.

»Ob Sie, Mrs. Stockdale, vielleicht so nett sein könnten, mir hier zu helfen? Jetzt doch?«

»Tut mir Leid«, sagte Carrie am nächsten Morgen.

Simon balancierte in Hemd und Schlips und Anzughose über der Spüle und versuchte, die Küchenjalousie zu reparieren, die sich in der Nacht still und leise entrollt hatte und sich jetzt weigerte, sich wieder aufzurollen und aufgerollt zu bleiben. Er stieß ein kurzes Grummeln aus.

»Wegen gestern Abend«, sagte sie.

»Ich weiß.«

»Es ist nicht so leicht zu erklären –«

»Nichts ist derzeit leicht zu erklären«, sagte Simon. »Gar nichts. Deswegen wäre es ja so toll gewesen, inmitten all dieser Probleme zwanzig Minuten lang unbeschwerten, unkomplizierten Sex zu haben.«

»Ich weiß«, sagte Carrie. Sie schüttete Frühstücksflocken in zwei Schalen. Ein wenig zögerlich sagte sie: »Deine – deine Mutter –«

»Was zum Teufel hat meine Mutter mit unserem Sexualleben zu tun?«

Die Jalousie, die bislang schlapp über der Spüle gehangen hatte, geriet plötzlich in heftige Bewegung und schnurrte in Windeseile zu einer festen Rolle zusammen, und dabei riss sie Simons Fingerspitzen mit sich.

»*Scheiße*«, ächzte Simon.

»Bist du verletzt?«

»Nein«, sagte er. Er steckte sich die Finger in den Mund. »Zumindest nicht körperlich.«

»Nicht –«

Simon kauerte sich zusammen und sprang behende auf den Boden. Er schüttelte seine Finger.

»Mit der Hand unterschreibe ich immer die Schecks.«

Sie streckte ihrerseits die Hand aus.

»Lass mich mal sehen.«

Er legte seine Hand in die ihre. Sie beugte sich hinab und küsste ihm die Fingerspitzen.

»Ach, Carrie –«

»Ich bin eifersüchtig«, flüsterte sie in seine Hand. »Ich will dich zurück.«

»Ich bin doch gar nicht weggegangen –«

»Das könnte aber passieren.«

Simon zog seine Hand zurück.

»Ich muss ihr helfen.«

»Weiß ich.«

»Da ist sonst niemand.«

»Aber dafür bist du nicht verantwortlich. Es ist nicht deine Schuld, dass sie keine Freundschaften geschlossen hat, dass sie kaum mit ihrer Schwester spricht, dass sie Alan nicht für einen voll funktionstüchtigen Erwachsenen hält.«

Simon goss Milch aus einer Plastikflasche in die eine der beiden Schalen mit Frühstücksflocken und hielt sie ihr hin.

Er fragte: »Was willst du tun?«

»Was *ich* tun will?«

»Ja.«

Sie schaute hinab auf die Flocken. Es schien, als ringe sie darum, etwas zu sagen – oder es ungesagt zu lassen.

»Es geht nicht um mich –«, sagte sie schließlich.

Simon nahm sich die zweite Schale und einen Löffel.

»Fangen wir nicht schon wieder davon an, was Simon alles falsch macht. Bitte.«

Carrie holte tief Luft. Sie stellte ihre Schale ab.

»Okay«, sagte sie.

Er häufte sich einen Löffel voll in den Mund und kaute vernehmlich. Dabei sagte er: »Okay was?«

»Ich will schon etwas tun.«

Die Küchentür öffnete sich. Herein kam Rachel in ihrer Schuluniform, ergänzt um einen kleinen blauen Schmetterling aus Glitter auf ihrer Wange und kreidig rosafarbenen Lippenstift, und gähnte aus Leibeskräften.

»Morgen, Schatz«, sagte Carrie.

Simon achtete nicht weiter auf seine Tochter. Den Blick auf die Flocken gesenkt, fragte er: »Was? Was willst du tun?«

»Ich möchte Merrion Palmer herbitten. Zum Abendessen. Oder sonntags zum Mittag.«

Rachel hörte auf zu gähnen.

»Wow«, sagte sie.

Simon hob den Blick von seiner Schale und starrte Carrie an.

»Merrion Palmer?«

»Ja«, sagte Carrie. »Sie.«

»Mit oder ohne meinen Vater?«

Rachel lehnte sich über den Tisch und zog Carries Schale zu sich herüber.

»Ohne ihn«, sagte sie.

Carrie warf ihr einen kurzen Blick zu. Dann richtete sie sich ein wenig auf und sah Simon an.

»Ja«, sagte sie, »Rachel hat Recht. Ohne ihn.«

Merrion lag auf ihrem Sofa. Sie hatte ihre Berufsgarderobe ausgezogen und sich in den dunkelblauen Bademantel gehüllt, den sie für Guy gekauft hatte. Er war noch neu, aber Guy hatte ihn schon oft genug angehabt, um darin, neben dem Geruch der Neuheit, auch eine leichte Ahnung seines eigenen Geruchs zu hinterlassen. Sie hatte sich einen Becher Tee und ein Honigbrot gemacht. Guy war immer ganz bezaubert von ihrer Leidenschaft für Honig gewesen. Er meinte, das sähe ihr so gar nicht ähnlich. Er kaufte ihr exotische Honigsorten in Spezialgeschäften, Lavendel- und Akazienhonig, Honig aus Griechenland und der Provence und den italienischen Alpen.

Sie balancierte das Telefon auf ihrem Bauch. In fünf Minuten würde sie Guy anrufen. Dann wäre er wieder zurück in seiner Wohnung, in dieser Wohnung, über die er nicht reden und die er sie nicht sehen lassen wollte.

»Ist doch egal«, sagte er. »Es ist bloß ein Raum, eine vorübergehende Notwendigkeit. Wenn es vorbei ist, werde ich sie aus meinem Gedächtnis tilgen.«

Weil er ihr nicht davon erzählen wollte, versuchte sie, sich ein Bild davon zu machen. Sie stellte es sich vermutlich schlimmer vor, als es war. Sie sah eine wacklige Dusche vor sich, eine feuchte kleine Küche, die nach undichten Leitungen müffelte, und seine Anzüge, die in einem Schrank aus Sperrholz mit komischen Plastikgriffen hingen, der nicht richtig zuging. Er erzählte ihr, abends läse er, und sie stellte ihn sich in einem etwas zu kleinen Sessel mit Mokettbezug vor, der an der Stelle, wo zuvor schon unzählige Köpfe geruht hatten, blank gescheuert war. Im Bett konnte sie ihn sich nicht vorstellen. Sie hatte es versucht, und das Bild, das sich vor ihrem geistigen Auge eingestellt hatte, die Trostlosigkeit und Einsamkeit jener Nächte, war schier unerträglich gewesen. Es war schlimmer – auf merkwürdige Weise schlimmer –, als all die Monate und Jahre, in denen sie wusste, dass er in Hill Cottage mit Laura im Bett lag. Neid hatte sie dabei empfunden, aber es hatte sie auch erregt, heimlich zu wissen, sich felsenfest sicher zu sein, wo er lieber wäre, woran er währenddessen dachte. Doch seine Nächte in der namenlosen, gemieteten Bleibe waren etwas anderes. Mit ihnen verband sich keine Heimlichkeit, keine unerlaubte, köstliche Sehnsucht. Stattdessen gab es nur Verlassenheit.

Sie stellte ihren Becher auf den Couchtisch und richtete sich gerade so weit auf, dass sie die Tasten am Telefon erkennen konnte. Rasch drückte sie die erforderliche Abfolge und legte sich mit dem Hörer am Ohr wieder zurück in die Sofakissen.

»Hallo, Schatz«, meldete sich Guy.

Sie lächelte in den Hörer.

»Gut, schlecht oder so la-la?«

»Durchwachsen«, sagte er. »Es hat sich herumgesprochen, dass Hill Cottage zum Verkauf steht. Man weiß offenbar, dass Laura und ich uns getrennt haben. Ich weiß nicht, ob sie auch über dich Bescheid wissen.«

»Natürlich tun sie das.«

»Wirklich?«

»Du weißt doch, wie gern die Leute tratschen.«

»Na ja«, sagte Guy, »alle behandeln mich wie einen Invaliden. Martin hat mir heute zwei Türen aufgehalten. Als nächstes bietet er mir beim Treppensteigen noch seinen Arm an.«

Merrion rückte ein wenig herum.

»Ich muss dir was erzählen.«

»Etwas, das ich gerne hören würde?«

»Ja«, sagte sie. »Carrie und Simon haben mich zum Abendessen eingeladen. Carrie zumindest.«

»Oh!« sagte er. Sie konnte hören, wie seine Stimme an Wärme gewann, konnte sich vorstellen, wie er lächelte. »Das freut mich aber. Oh mein Schatz, und wie mich das freut!«

»Ich bin auch froh, wenn auch leicht beängstigt.«

»Wegen Simon –«

»Ja.«

»Merrion –«

»Es ist einfach sehr schwer, missbilligt zu werden für das, was man darstellt, statt für das, was man ist.«

Ein kurzes Schweigen trat ein, dann sagte Guy: »Ich weiß.«

»Guy. Du denkst doch nicht immer noch über meine Mutter nach, oder?«

»Liebste, ich kann nicht einfach so tun, als wäre es nicht passiert.«

Ernst sagte sie: »Aber du musst doch nicht auf sie *hören*. Was sie sagt und denkt, gilt für *ihr* Leben, *ihre* Person, *ihre* Lebensumstände. Es gilt nicht für deine, und ganz bestimmt auch nicht für meine.«

Ein wenig zu herzlich sagte er: »Du tust mir sehr gut.«

»Nicht gut genug. Ich kann den Zweifel in deiner Stimme hören.«

»Ich könnte es nicht ertragen«, sagte Guy, »wenn ich irgendetwas täte, was dein Fortkommen hemmen, dir die Flügel stutzen würde –«

»Das tust du nicht. Das habe ich dir schon gesagt. Immer und immer wieder habe ich dir das gesagt.«

»In zehn Jahren –«

»Hör auf. Guy, *hör* auf.«

»Die Dinge ändern sich«, sagte Guy. »Man tut einen Schritt nach vorn, und die gesamte Landschaft um einen her verändert sich, die Perspektive wechselt –«

Merrion setzte sich aufrecht hin. Sie wickelte sich das Telefonkabel um die Finger und zog es stramm.

»Guy«, sagte sie, »ich weigere mich, dieses Gespräch übers Telefon zu führen. Über so etwas sollten wir nicht reden, wenn wir uns dabei nicht sehen können.«

Sie hörte, wie er tief Luft holte, dann fragte er in bestimmterem, unpersönlicherem Tonfall: »Wann isst du mit Carrie und Simon zu Abend?«

»Morgen. Ich bin den ganzen Tag über in der Kanzlei. Konferenzen und Papierkram. Tja, also – da passt es gut.«

»In der Tat.«

»Ich ruf dich später an. Ich ruf dich an, bevor ich ins Bett gehe.«

»Bitte.«

»Was steht denn heute Abend auf dem Speiseplan? Korma-Hühnchen und *Klein Dorrit*?«

Er lachte.

»So ungefähr.«

Sie hauchte ihm einen Kuss ins Telefon.

»Du fehlst mir«, sagte sie. »Die ganze Zeit.«

Sie entwirrte das Kabel von ihren Fingern und stellte das Telefon zurück auf den Couchtisch. Ihr Tee war kalt, und das Brot sah aus, als würde, es zu essen, womöglich mehr Mühe als Vergnügen bereiten. Sie ließ sich wieder aufs Sofa sinken und drehte den Kopf zu den Sitzkissen an der Rückenlehne, wo sie versonnen mit dem Zeigefinger über die groben Stellen im Gewebe fuhr.

Gwens Besuch hatte Guy schlimm erschüttert. In all ihren gemeinsamen Jahren hatte Merrion ihn noch nie so durcheinander erlebt, so aus der Fassung.

In bemüht scherzhaftem Tonfall meinte er: »Sie hat mir erst zu Bewusstsein gebracht, wie alt ich bin.«

»Das gelingt ihr bei mir auch immer«, sagte Merrion.

Er hatte sie angesehen.

»Was nehme ich dir? Wovon halte ich dich ab?«

»Nichts!«, hatte sie geschrien. Dann war sie wütend geworden, furchtbar wütend, wollte Gwen spät abends in Cowbridge anrufen und ihr raten, sich gefälligst um ihren eigenen verdammten kleinkarierten Kram zu kümmern.

»Nein«, sagte Guy.

»Wieso nicht?«

»Weil sie absolut das Recht hat, als deine Mutter –«

»Hat sie nicht!«, brüllte Merrion. »Du kennst sie nicht! Du weißt nicht, dass sie nie irgendetwas unternimmt, es sei denn, Abenteuer verhindern, Fortschritte, Initiativen! Sie will, dass die Welt, und im Besonderen ich, in ihrem winzigen Leben nach ihren winzigen Regeln lebt und nie auch nur daran denkt, etwas zu tun, was sie auch nur im Entferntesten aufstören könnte! Sie ist eine Tyrannin, auf ihre wohlanständige, kleine Tour. Das ist meine Mutter, ein Feigling und eine Tyrannin!«

»Das glaube ich nicht«, sagte Guy. »Ich habe eine vollkommen anständige Frau in meinem Alter erlebt, die mir mit einigem Nachdruck erklärt hat, welche Auswirkungen es auf das Leben ihrer Tochter haben könnte, wenn ich diese Tochter heirate.«

Merrion setzte sich rittlings auf seine Knie und klammerte sich an seinem Hals fest.

»Die sind nichts gegen die Auswirkungen, die es haben wird, wenn du sie nicht heiratest.«

Er legte die Arme um sie.

»Oh Gott. Daran mag ich nicht einmal denken –«

»Also dann.«

»Vielleicht«, sagte er, das Gesicht an ihrem Hals, »vielleicht ist es bloß, weil ich schon so lange nicht mehr so zusammengestaucht worden bin, dass ich vergessen habe, wie man damit umgeht –«

»Und meine Mutter ist eine erstklassige Zusammenstaucherin. Das ist eine ihrer Spezialitäten.«

Er hob den Kopf und küsste sie.

»Ich liebe dich«, sagte er, »ich *liebe* dich.«

Sie lächelte.

»Mehr brauche ich nicht zu wissen.«

An jenem Abend dachte sie, das Problem sei damit erledigt. Sie dachte, weil sie dreißig Jahre Übung im Umgang mit Gwen hatte, könnte Guy die Begegnung einfach so abschütteln, mit jener beneidenswerten männlichen Gabe, sich über Gestichel und emotionale Kränkungen nicht allzu lange den Kopf zu zerbrechen. Am nächsten Tag aber war seine Miene verfinstert. Seine Stimmung ebenfalls. Er hatte Merrion das Versprechen abgenommen, nicht bei ihrer Mutter anzurufen.

»Ich muss aber.«

»Nein. Das darfst du auf gar keinen Fall. Versprich es mir. Versprich es.«

»Okay.«

Jetzt drehte sie sich auf dem Sofa herum und schaute zum Telefon. Es war völlig offensichtlich, dass Guy die Nachwirkungen von Gwens Besuch nicht abzuschütteln vermochte, nicht imstande war, sich gewisse spitzzüngige kleine Bemerkungen aus dem Kopf zu schlagen. Merrion kannte dieses Gefühl, konnte sich wahrscheinlich, nach langen Jahren, in denen sie sich mühsam beigebracht hatte, mit der schwierigen Beziehung zwischen ihrer Mutter und ihr klarzukommen, noch detailliert an verschiedene kleine Spitzen von Gwen erinnern – und an die außerordentlich anhaltenden, schmerzlichen Stiche, die damit einhergingen. Über die Jahre war der Selbstschutz ihr zur zweiten Natur geworden; etwas, das sie, vorausgesetzt, sie verfügte über genügend eigenen Raum und Entfernung von Cowbridge, ohne weiteres in den Griff bekam. Guy zu beschützen aber war etwas ganz anderes. Zu Guys Schutz war wesentlich aktiveres Eintreten erforderlich, und wenn dies ein gebrochenes Versprechen und eine lautstarke verbale Auseinandersetzung bedeutete – wie sie ihr aus ihrer Jugend noch so lebhaft vor Augen standen –, dann sei's drum.

Merrion setzte sich aufrecht hin, band den Gürtel von Guys Bademantel fester zu und strich sich das Haar entschlossen aus dem Gesicht und hinter die Schultern. Dann griff sie nach dem Telefon, stellte es sich auf die Knie und wählte die Nummer ihrer Mutter.

»Es gibt bloß Pasta«, sagte Carrie.

Merrion lehnte an den Küchenschränken auf der anderen Raumseite. Carrie hatte ihr ein Glas Wein eingeschenkt. Sie hatte noch nichts davon getrunken, war aber froh, sich daran festhalten zu können.

»Ich mag Nudeln gern.«

»Ich auch. Aber manchmal hab ich es satt, dass sie so regelmäßig auf den Tisch kommen. Wir essen sie die ganze Zeit, die *ganze* Zeit, weil ich mir darüber nicht den Kopf zu zerbrechen brauche und weiß, dass es alle mögen.«

»Als ich meine Abschlussprüfungen zur Anwältin machte«, sagte Merrion, »habe ich mich so von gebackenen Kartoffeln ernährt. Jeden Tag.«

Carrie stellte einen Topf mit kochendem Wasser auf den Herd.

»Kann ich helfen?«, fragte Merrion. »Kann ich irgendwas klein schneiden?«

»Eigentlich ist alles fertig«, sagte Carrie. »Rachel hat sogar eine Soße gemacht –«

»Rachel –«

»Meine vierzehnjährige Tochter.«

»Kocht sie?«

»Nein. Nie. Aber sie hat eine Carbonara-Soße gemacht, weil Sie kamen.«

Merrion schaute nach unten.

»Ich weiß nicht, wie ich dazu komme.«

»Ich würde mir darüber keine Gedanken machen«, sagte Carrie. »Ich würde mich bloß darauf gefasst machen, dass sie ein wenig seltsam schmeckt.«

Im Flur jenseits der Küche krachte die Haustür ins Schloss, und jemand warf seine Schlüssel auf eine harte Oberfläche.

»Simon«, sagte Carrie.

Merrion stellte ihr Weinglas auf die Theke hinter sich. Carrie lächelte ihr aufmunternd zu.

»Tief durchatmen.«

Merrion nickte.

»Ja –«

Ein Mann tauchte in der Küchentür auf. Merrion gewann den Eindruck einer ziemlich groß gewachsenen Gestalt, dunkel, in einem zerknitterten Geschäftsanzug mit blauem Hemd.

»Hi«, sagte der Mann zu Carrie, mit Guys Stimme. Er neigte sich ein wenig hinab und küsste sie. »Alles okay?«

»Simon«, sagte Carrie, »das ist Merrion.«

Er drehte sich zu ihr um. Das Licht vom Fenster fiel hinter ihm herein, so dass sie ihn nicht sehr gut sehen konnte, gerade ausreichend, um festzustellen, dass die Gestalt mit Guy übereinstimmte, das Gesicht dagegen nicht.

»Hallo«, sagte er.

Sie bemühte sich um ein Lächeln.

»Hallo.«

Er griff hoch zu seinem Kragen, um sich die Krawatte zu lockern.

»Hat Carrie Ihnen schon etwas zu trinken angeboten?«

»Oh ja«, sagte sie, und dann, so ruhig wie möglich: »Ich freue mich, hier zu sein.«

Er nickte.

»Gut«, sagte er.

»Es war mutig von Carrie –«

»Nein, war es nicht«, sagte Carrie.

»Mich einzuladen.«

»Sie ist mutig«, sagte Simon. »Manchmal sogar waghalsig.«

»Ich mag das«, sagte Merrion.

Er musterte sie. Er zog sich die Krawatte unter dem Hemdkragen hervor und öffnete den obersten Knopf, und dabei musterte er sie. Sie hatte sich für schwarze Jeans und einen grauen Pullover mit U-Boot-Ausschnitt entschieden. Sie konnte die weiche, gerade Linie des Ausschnitts am Hals spüren.

»Meinen Bruder Alan haben Sie schon kennen gelernt –«

»Ja.«

»Und dann Carrie –«

»Ja.«

»Und jetzt mich.«

»Ja.«

»Gut gemacht«, sagte Simon.

Carrie schaute ihn über den Topf mit Nudeln hinweg an.

»Es reicht«, sagte sie.

Er sah sie an. Er lächelte ein wenig.

»Bloß ein Test.«

»Dann lass es. Spiel keine Spielchen.«

»Oder nur«, sagte Merrion, »wenn ich sie auch spielen kann.«

Von der Treppe her hörte man das Geräusch von Füßen, trappelnden Füßen, und dann den dumpfen Aufprall eines Sprungs in den Flur. Ein Mädchen stand in der Küchentür, ein kräftiges, kindliches Mädchen in Army-Hosen und einem knappen schwarzen Oberteil, das einen Streifen blassen, weichen, sehr jungen Bauchs zum Vorschein brachte. Ihr Haar war an einer Seite zu einem Tuft hochgerafft, wie das Obere einer Ananas, und mit einem elastischen Haarband aus Leopardenfellimitat umwunden.

»Merrion«, sagte Carrie, »das ist Emma.«

»Hallo, Emma«, sagte Merrion.

»Wann gibt's Abendessen?« meinte Emma zu Carrie.

»Sag erst Merrion guten Tag«, erwiderte Carrie.

Emma schaute rasch zu Merrion hinüber. Dann sah sie auf den Boden vor Merrions Füßen.

»Hi.«

»Ist schon okay«, sagte Merrion, »keiner von uns weiß so recht, wie er sich verhalten soll.«

»Das werden wir aber bald«, sagte Carrie. »Wir werden uns bessern. Wir werden uns daran gewöhnen.«

Simon zog sein Jackett aus und hängte es über die Rückenlehne des nächststehenden Stuhls.

»Kommen Sie, setzen Sie sich«, sagte er zu Merrion. Er zog einen anderen Stuhl ein wenig unter dem Küchentisch hervor und klopfte leicht auf die Sitzfläche.

»Vielen Dank«, sagte sie. Sie ging auf den Stuhl zu.

»Nehmen Sie doch Ihren Wein mit –«

»Oh –«

»Ich hol ihn schon«, sagte Emma.

Sie stellte das Weinglas vor Merrion hin und verschüttete dabei ein wenig. Auf ihrer Hand stand eine Telefonnummer geschrieben.

»Entschuldigung –«

»Macht nichts.«

»Hol einen Lappen«, sagte Simon.

»Wirklich, es macht nichts.«

Emma tupfte mit einem Papiertuch lustlos an der Weinlache herum.

»Dankeschön.«

Simon ging zum Kühlschrank und holte eine Flasche Wein heraus. Er wedelte sie in Carries Richtung.

»Hast du schon welchen?«

Sie nickte.

»Ems. Deckst du bitte den Tisch?«

»Das kann ich doch machen«, sagte Merrion.

Simon stellte die Flasche und ein Glas gegenüber von Merrion auf den Tisch.

»Nächstes Mal.«

Sie sah ihn an. Er lächelte nicht, aber er erwiderte ihren Blick, ohne mit der Wimper zu zucken.

»Oh –«

Er setzte sich und schenkte sich Wein ein. Dann hob er sein Glas.

»Prost.«

Emma legte geräuschvoll eine Handvoll Messer und Gabeln auf den Tisch.

»Rachs Tür ist zu.«

»Vielleicht«, meinte Carrie, »macht sie gerade ihre Biologieaufgaben.«

Emma schnaubte.

»Wo ist Jack?«

»Ausgegangen«, sagte Carrie.

Emma schnaubte noch einmal.

»Jack«, sagte Simon zu Merrion, »hat eine Freundin.«

»Es ist so jämmerlich«, sagte Emma. »Grauenhaft.«

Merrion lächelte ihr zu.

»Wart's nur ab.«

Emma warf ihren Haartuft zurück.

»Ich werde mich nicht so jämmerlich aufführen wie Jack.«

»Vielleicht«, sagte Simon, »wirst du gar nichts dagegen machen können.«

Merrion fing an, einzelne Gabeln aus dem Besteckstapel herauszusuchen.

»Wie viele Gedecke?«

Das Telefon läutete. Emma sagte sofort: »Ich geh ran.«

»Es klingelt fortwährend«, sagte Simon. »Fortwährend.«

»Und nie ist es für uns«, sagte Carrie.

»Hallo?« sagte Emma, mit dem Rücken zum Raum. »Oh. Oh – hi, Oma.« Sie schnellte herum und gestikulierte. »Ja«, sagte sie, »okay. Nein, nein, er ist da, ich hole ihn, ich – Moment mal, Oma.«

Sie legte ihre freie Hand über die Sprechmuschel. Simon war schon aufgesprungen.

»Oma ist dran, Dad –«

»Ja –«

»Schnell, Dad, es ist furchtbar, sie weint.«

Eine winzige Pause verstrich. Dann sagte Simon zu Carrie: »Ich nehm im Büro ab.«

»Okay –«

»Sag ihr, ich komme, Ems, sag ihr, ich gehe bloß gerade an den anderen Apparat.«

Er spurtete aus dem Zimmer. Emma nahm ihre Hand von der Sprechmuschel. Sie wechselte rasch einen Blick mit ihrer Mutter.

Dann sagte sie ins Telefon: »Es ist in Ordnung, Oma. Bleib dran. Dad kommt jetzt. Er geht bloß zum anderen Apparat. Er ist gleich dran, okay?«

11

Simon stand hinter seinem Schreibtisch, als sein Vater eintraf. Er hatte gerade um den Tisch herumgehen wollen, um Guy an der Tür zu seinem Büro in Empfang zu nehmen, das wenigstens, aber Guy war zu schnell für ihn. Aus Versehen machte Simon einen Schritt zurück Richtung Wand, als Guy hereinkam.

Sorgfältig schloss er Simons Bürotür hinter sich.

»Hallo«, sagte er.

Simon schluckte.

»Hallo, Dad.«

Guy schien eine Sekunde lang zu zögern, dann trat er entschlossen vor, ging um Simons Tisch herum und schloss ihn in die Arme.

Simon stand einfach da. Er fühlte den Körper seines Vaters, seinen Umfang; er roch den Geruch des altmodischen Aftershaves auf Zitronenbasis, das er seit Ewigkeiten benutzte, den Duft, von dem der Wäschekorb in Hill Cottage durchdrungen war, Guys Kleidung, seine Hemdkommode.

»Ganz ruhig«, sagte Guy.

»Bitte –«

»Was denn?«

»Lass los«, sagte Simon.

Guy trat ein Stückchen zurück. Er hielt Simon immer noch an den Oberarmen fest. Simon konnte die Wärme von Guys Händen durch den Baumwollstoff seiner Ärmel spüren.

»Lass es nicht an mir aus«, sagte Guy.

»Was –«

»Dass du in eine unmögliche Situation gebracht worden bist.«

Simon sagte laut: »Sie hat Angst. Sie kommt mit dem Unbekannten nicht klar. Sie leidet Höllenqualen.«

Guy drückte Simons Arme ein wenig und ließ dann seine Hände

fallen. Er kehrte wieder hinter Simons Schreibtisch zurück und zog sich einen Stuhl heran.

»Dann wird es ihr keine Hilfe sein, nur über dich zu kommunizieren; das wird ihr nicht zu der Erkenntnis verhelfen, dass sie zurechtkommen könnte, dass es eine Zukunft gibt –«

Simon sagte knapp: »Ich kann nur tun, was sie sich wünscht. Was sie in der Lage ist, sich zu wünschen.«

»Aber einen Anwalt, den du kennst, jemand, mit dem du sie bekannt gemacht hast –«

»Nein.«

»Hast du es versucht?«

»Das geht dich nichts an«, entgegnete Simon höflich. Er nahm gegenüber von Guy Platz.

»Ich habe dich so lange nicht gesehen«, sagte Guy.

»Richtig.«

»Fast drei Monate.«

»Dad –«

»Ich gebe dir nicht die Schuld«, sagte Guy. »Ich gebe niemandem die Schuld. Außer mir, vermutlich. Ich hätte dich jederzeit aufsuchen können. Ich hätte es dir jederzeit erzählen können. Aber ich hab's nicht getan. Ich habe es niemandem erzählt. Stattdessen habe ich mir eingeredet, irgendein Weg würde sich mir schon auftun.«

»Und das ist geschehen.«

Kurz huschte ein inniger Ausdruck heimlichen Glücks über Guys Gesicht.

»Das ist geschehen.«

Simon lehnte sich vor. Er griff nach einem gelben Kugelschreiber und schnippte mit dem Daumennagel daran herum.

»Hast *du* denn einen Anwalt?«

»Ja, eine Anwältin«, sagte Guy.

»Eine Freundin von – Merrion?«

»Ja.«

»Also werde ich mit einer Freundin von Merrion in Verhandlung treten. Der du vollen Einblick in die Finanzen gewährst.«

»Ja.«

»Dad –«

Guy lehnte sich nun auch vor. Er sagte: »Sollen wir einen Pakt schließen?«

»Was?«

»Nichts als die Fakten? Nur die Fakten? Keine Meinungen –«

»Falls wir uns daran halten können«, sagte Simon. »Aber es gibt da manches, was ich dir sagen muss.«

»Zum Beispiel?«

»Mum ist vollkommen am Boden zerstört darüber, dass das Haus verkauft wird. Ich meine, niedergeschmettert. Völlig außer sich.«

»Wenn ich es mir leisten könnte, sie dort wohnen zu lassen«, sagte Guy, »würde ich das tun.«

»Damit du dich besser fühlst?«

Guy sah ihn an.

Knapp sagte er: »Vielleicht damit *sie* sich besser fühlt?«

Simon nahm die Kappe von dem Kugelschreiber und fing an, auf dem Rand einer bedruckten Seite Papier vor sich herumzukritzeln.

»Es ist dreihundertfünfundzwanzigtausend wert.«

Guy stieß laut die Luft aus.

»Ich habe sechs dafür bezahlt. Sechstausendeinhundert. Vor dreißig Jahren.«

»Mums halbes Leben.«

»Auch mein halbes Leben.«

»Aber du hast ein neues *Ziel* vor Augen«, sagte Simon. »Du gehst *weiter*.«

Guy sagte leise: »Vielleicht hätte ich das sowieso getan.«

»Und sie nie?«

»Das habe ich nicht gesagt –«

»Aber gemeint hast du es.«

»Ja«, sagte Guy, »das habe ich gemeint.« Er schaute Simon wieder an. »Kommst du klar?«

»Natürlich.«

»Du siehst müde aus –«

»Ich sehe immer müde aus. Ich sehe müde aus, seit ich zwanzig bin, aus dem einfachen Grund, weil ich müde bin.«

»Und wütend«, sagte Guy.

Simon erwiderte nichts.

»Simon«, sagte Guy, »du bist mein Sohn genauso wie der deiner Mutter. Du bist auch mein Kind.«

Simon sagte mit gesenktem Kopf: »Und auf was erhebst *du* also Anspruch?«

»Das ist es nicht. Es ist bloß, dass ich nun einmal dein Vater bin und dir gegenüber nicht gleichgültig sein kann, deinen Ansichten, deinen Handlungen, deiner Einstellung gegenüber.«

Zwischen zusammengebissenen Zähnen stieß Simon hervor: »Das gilt auch für mich –«

»Ich bin froh, das zu hören –«

»Froh?«

»Froh, dass du letzten Endes doch ein Herz hast.«

Simon zog ein leeres Blatt Papier zu sich.

Er sagte: »Wie ist der Name deiner Anwältin?«

»Susan Dewar.«

»Ich kenne Susan Dewar.«

»Gut.«

»Der du und ich beide Vermögensaufstellungen vorlegen werden, die wir beide bereits kennen, um dann darüber zu streiten.«

»Ich werde nicht streiten«, sagte Guy.

Simon schleuderte den Kugelschreiber quer durchs Büro und traf den Monatskalender einer örtlichen Kfz-Werkstatt, der leicht schief an der gegenüberliegenden Wand hing.

»Das ist alles so eine verdammte *Farce*!«

»Ja.«

Simon funkelte seinen Vater an.

»Susan Dewar ist zäh.«

»Nicht zäher, als ich ihr gestatte. Ich *kämpfe* nicht gegen deine Mutter, Simon.«

Ohne nachzudenken sagte Simon: »Sie kämpft aber gegen *dich*.«

Guy stand auf.

»Daraus folgt noch nicht, dass auch *du* gegen mich kämpfen musst.«

Simon erwiderte unglücklich: »Ich weiß nicht –«

»Nein?«, sagte Guy. Seine Stimme hatte einen schärferen Klang. »Kennst du dich nicht einmal in deinem *eigenen* Kopf aus?«

Simon stand auf und ging langsam durchs Büro, um den Kugelschreiber zurückzuholen. Er bückte sich, um ihn aufzuheben. Aus seiner gebeugten Haltung sagte er ein wenig gedämpft: »Du solltest besser gehen.«

Guy ging Richtung Tür. Die Hand am Knauf drehte er sich noch einmal zu Simon um.

»Wenn wir Amerikaner wären, könnten wir uns jetzt sagen, dass wir einander lieben.«

»Würde das was nutzen?«

»Ich glaube, es könnte – eine Kluft überbrücken.«

»Müssten wir es auch ernst meinen?«

»Ach, Simon«, sagte Guy. Er drehte den Türknauf. Simon stand immer noch mit dem Gesicht zur Wand vor dem Kalender und schnippte wieder mit dem Daumennagel an dem Kugelschreiber herum.

»Mach's gut«, sagte Guy rasch und ging nach draußen.

Rachel stand vor dem Spiegel von Carries Kleiderschrank. Sie probierte gerade Klamotten an. Sie hatte ihre neuen extraweiten Jeans übergestreift – die äußerst zufriedenstellend auf ihren Hüften saßen –, darüber dann ein Minikleid aus schwarzer Spitze, das sie für zwei Pfund in einem Secondhand-Laden aufgetan hatte, und darüber einen grauen Wollpullover mit V-Ausschnitt, der ihrem Vater gehörte. Emma war nicht da – die Theatergruppe probte *Joseph and the Technicolor Dreamcoat*, und Emma war zu Rachels Entsetzen als Potiphars Weib gecastet worden –, also hatte Rachel sich Emmas neue dunkelblaue Clogs mit hohem Keilabsatz ausgeliehen. Die Gesamtwirkung war gut. Rachel drehte sich und betrachtete sich von der Seite. Ihr Busen – er würde ziemlich klein bleiben, genau wie Carries – war kaum auszumachen. Ihr Bauch (eine wahre Manie von ihr) fiel ebenso wenig auf, aber sie konnte ihn trotzdem sehen, wie er sich auf obszöne Weise unter dem Jeansstoff und der schwarzen Spitze und der grauen Wolle abzeichnete. An diesem Tag hatte sie bis auf zwei Möhren, ein Tütchen Chips mit Barbecue-Geschmack und zwei Handvoll Himbeer-Frühstücksflocken direkt aus der Packung noch nichts zu sich genommen. Das Abendessen würde sie auslassen. Oder zumindest würde sie sich davon nur die kalorienarmen Bestandteile herauspicken und den Rest liegen lassen. Carrie würde das im Moment nicht auffallen. Carrie war nach dem Tod ihrer Mutter drei Jahre lang magersüchtig gewesen, und dementsprechend hatte sie für Nicht-Esser ein wahres Argusauge. Aber Carrie beschäftigte derzeit vorrangig anderes, und sie war nicht so aufmerksam wie sonst. Wäre sie aufmerksam gewesen, hätte sie bemerkt, dass Emma sich von einer Schulfreundin den Nabel mittels einer Nadel, einem Stück Korken und ein paar Eiswürfeln hatte piercen lassen, dass Rachel kaum etwas aß und dass Jack in seinem Zimmer genug Kondome aufbewahrte, um die gesamte britische Armee auszurüsten.

Jack hatte den Sex entdeckt. Rachel war davon teils fasziniert, teils abgestoßen. An der Schule hieß es, Moll Saunders wüsste, was sie tue, und auch, wenn sie nicht gerade promisk war – *one-night stands* und zweigleisige Geschichten liefen bei ihr nicht –, war sie doch ziemlich erfahren. Und über welche Erfahrungen sie auch verfügen mochte, offenkundig weihte sie Jack darin ein, Sitzung für fesselnde Sitzung, so hingebungsvoll, dass Rachel – und vermutlich auch die halbe Schule – daraus folgern konnte, dass er an absolut nichts anderes mehr denken konnte. Wenn man ihn so ansah – Rachel tat das häufig, wenn auch verstohlen, weil ihre eigene Reaktion auf seinen Zustand so verwirrend war –, konnte man sehen, dass er schlichtweg benommen war, von Moll und vom Sex, vom Sex und von Moll. Als Rachel einmal heimlich ausgiebig in Jacks Zimmer herumstöberte, hatte sie erwartet, eine Menge pornografisches Zeug zu finden, Magazine und Videos, sogar ein paar jener Spielzeuge und Hilfsmittel, die Trudys Vater, ihren Worten zufolge, in einer alten Einkaufstüte unter seiner Seite des Ehebetts aufbewahrte. Abgesehen von den Kondomen aber fand sie nichts, keine Spur von Anrüchigem oder einsamen Träumen. Rachel dachte, dass sie enttäuscht war; ihr war klar, dass sie eigentlich mehr zu finden erwartet hatte; krudere Belege für Jacks unvermeidliche Obsessionen eines Halbwüchsigen. Als sie aber zurück in ihrem Zimmer war und im Dunkeln auf ihrem Bett lag und Brandy lauschte, wurde ihr klar, dass sie weniger enttäuscht als vielmehr eifersüchtig war. Sie empfand Eifersucht auf Jacks intensive Gefühle. Sie empfand Eifersucht auf Moll, weil sie jemanden hatte, der so an ihr interessiert war, so von ihr besessen. Rachel und Trudy hatten für Jungen nur Spott übrig, machten sich gemeinsam über sie lustig. Angesichts von Jack und Moll aber wusste Rachel, dass sie ihre Seele verkaufen würde, um jemanden zu haben – jemand Attraktives natürlich –, der so hinter ihr her war, dass er nicht mehr gerade gucken konnte. Während sie auf ihrem Bett lag und zur Decke hochstarrte, an der sich immer noch die fluoreszierenden Sterne befanden, die sie mit sieben dort hingeklebt hatte, ließ sie vor ihrem geistigen Auge langsam die Jungs aus der zehnten Klasse Revue passieren. Niemand unter sechzehn käme in Frage, niemand, der kleiner war als sie, niemand Blondes, niemand, der so von sich selbst überzeugt war, dass er sie auslachen würde (damit schieden die meisten von Jacks Freunden aus), niemand, mit dem sie bei Trudy nicht gehörig Eindruck schinden konnte. Trudys Meinung wäre hier von entscheidender Bedeutung. Es wäre wichtig, dass Trudy mindestens einen Anflug jener eifersüchtigen Sehnsucht empfand, die Rachel zu schaffen machte, als sie auf ihrem Bett lag und an Moll dachte.

Vor Carries Schlafzimmertür ließ sich eine Bewegung vernehmen.

»Rach?«, sagte Carrie.

»Ja –«

»Ich komme jetzt rein.«

»Klar«, sagte Rachel.

Die Tür ging auf. Rachel hielt einen Fuß hoch, an dem sich Emmas Clog befand.

»Sag nichts, sag nichts, ich stell sie ja gleich zurück.«

Carrie fasste sie ins Auge.

»Das Kleid und der Pulli gefallen mir ja, aber warum noch die Jeans?«

»Es ist cool.«

»Wirklich?«

»Das ist der Schichtenlook.«

»Aber kommt es denn gar nicht darauf an, was für Schichten?«

»Jeans sind okay, Mum.«

»Wenn du es sagst.«

Carrie ging an Rachel vorbei und öffnete die Tür von ihrem Schrank. Sie streifte ihre Kostümjacke ab – ziemlich matt, wie Rachel fand – und hängte sie schief auf einen Kleiderbügel. Sie hob ihn hoch, um ihn in den Schrank zu hängen, und prompt fiel die Jacke hinunter.

»Mist.«

Rachel bückte sich und hob sie auf. Sie war noch warm, weil Carrie sie angehabt hatte.

»Wo ist Dad?«

»Rat mal«, sagte Carrie. Sie nahm die Jacke und hängte sie wieder auf, das Gesicht abgewandt, so dass Rachel es nicht richtig sehen konnte. Rachel zögerte kurz, dann sagte sie: »Ich hab ganz vergessen, dass er weg ist. Er – er hat mich gefragt, ob ich mitkomme.«

Carrie starrte sie an.

»Zu Oma?«

»Ja.«

»Was hast du gesagt?«

»Na ja, ich konnte doch nicht, oder? Ich muss ja in die Schule.«

»Es sind Ferien«, sagte Carrie. Sie drückte die Schranktür zu.

»Hab ich vergessen.«

Carrie drehte sich um und sah sie an.

»Dann hätte er Gesellschaft gehabt«, sagte sie. »Auf der Fahrt.«

Rachel wand sich ein wenig. Sie zog einen Fuß aus Emmas Clogs und rieb ihn an der Rückseite ihres anderen Beins auf und ab.

»Ich fahr da nicht gerne hin.«

»Wieso nicht?«

»Der Frettchen-Mann«, murmelte Rachel.

»Rachel«, sagte Carrie, »das ist Jahre her. Da warst du neun.«

»Acht«, sagte Rachel.

Sie war ein paar Tage zu Laura geschickt worden, ganz allein mit Emma. Emma hatte sich pudelwohl gefühlt, wusste die pünktlichen Mahlzeiten zu schätzen, das breite Bett mit den dicken Kissen, das Ritual des Gemüseerntens und vor allem die Hunde. Sie hatte Laura so lange um Erlaubnis angebettelt, die Hunde einmal allein ausführen zu dürfen, bis Laura endlich nachgegeben hatte, unter der Bedingung, dass Rachel auch mitging. Laura hatte verfügt, dass sie nicht länger als zwanzig Minuten wegbleiben sollten. Sie lieh Rachel ihre Uhr, um ganz sicher zu gehen. Nach ungefähr sieben Minuten erst waren sie auf dem hügeligen Feld hinter dem Haus einem Mann mit zwei Jagdhunden begegnet. Er hatte eine flache Mütze auf und einen kleinen, nassen Mund, und von seiner einen Hand baumelte ein totes Kaninchen hinab. Emma hatte aufgeschrien.

Rachel fragte, beinahe im Flüsterton: »Haben Sie es geschossen?«

Er grinste ihr zu. Mit dem Kopf wies er auf seine Hunde.

»Sie hat es erwischt.«

Die Mädchen waren zurückgewichen und hielten krampfhaft Lauras Hunde – von der Gegenwart der Jagdhunde eingeschüchtert – an ihren Leinen fest.

Der Mann grinste erneut. Rachel sah, wie seine Zunge hervorschnellte und über seine Unterlippe leckte.

»Wird prima Futter für die Frettchen abgeben«, sagte er.

Sie waren fortgerannt. Sie hatten Lauras Hunde das Feld entlanggezerrt und waren wie von Furien gejagt gerannt, bis sie den Garten erreichten. Rachel hatte Laura nichts erzählen wollen, aber Emma erzählte es ihr natürlich, schluchzend und schniefend, um getröstet zu werden und ein Stück Schokolade zu bekommen. Laura dachte, Emma weine wegen des armen toten Kaninchens. Rachel beließ sie in dem Glauben. Es war ihr im Grunde gleichgültig, was Laura dachte. Ihr ging es nur darum, so schnell wie möglich dem verhassten Land zu entkommen und wieder nach London zurückzukehren.

Carrie zog den Reißverschluss an ihrem Wollrock auf und ließ den Rock zu Boden fallen. Darunter trug sie schwarze Strumpfhosen, und in einem Bein war eine schmale weiße Laufmasche zu sehen, die von Carries Knie aus ihren Oberschenkel hochlief. Sie stieg aus dem Rock und nahm sich ihre Jeans von dem Haufen Kleidung auf der Couch.

»Armer Dad«, sagte Carrie. Sie begann, ihre Jeans anzuziehen, und dabei hüpfte sie etwas unbeholfen auf einem Bein herum.

Rachel sah ihr zu. Ihre neu gemachte Entdeckung der Eifersucht brachte sie irgendwie auf den Gedanken, dass Carrie beim Jeansanziehen traurig aussah, richtig traurig, und nicht blöd oder ungeschickt oder typisch Mum-haft, wie sie sonst immer gedacht hätte. Verlegen krempelte sie die langen, weiten Ärmel von Simons Pulli hoch und sagte: »Die Arme bist doch du.«

Carrie hörte auf, sich den Reißverschluss hochzuziehen, und schaute Rachel an. Das Haar hing ihr in alle Richtungen. Auf dem Teppich lag ein Kämmchen.

»Bist du deswegen nicht mitgefahren?«

Rachel zuckte die Schultern.

Mit ein wenig bebender Stimme sagte Carrie: »Ich möchte nicht, dass du Partei ergreifen musst.«

Rachel murmelte mit gesenktem Kopf: »Das entscheide ich dann.«

»Du musst nicht glauben, dass ich kein Verständnis habe«, sagte Carrie. »Dass ich nicht sehe, wie schwierig es für ihn ist.« Sie zog ihren Reißverschluss ganz hoch und langte nach einem roten Sweatshirt. »Ich möchte ungern, dass du denkst –«

»Tu ich nicht«, sagte Rachel. Sie trat mit beiden Füßen aus Emmas Clogs und bückte sich, um sie aufzuheben.

»Das weiß ich doch«, sagte Carrie. Sie zog sich das Sweatshirt über den Kopf. »Weißt du, wo Jack steckt?«

»Nein.«

»Du meinst, du würdest es mir nicht sagen, auch wenn du's wüsstest.«

Rachel streckte Emmas Clogs vor und sagte: »Ich stell die mal besser zurück –«

»Ja«, sagte Carrie. Sie fuhr sich mit einer Hand durchs Haar und zog den letzten Kamm heraus. Dann trat sie rasch zu Rachel herüber und gab ihr einen sanften Kuss auf die Wange. »Vielen Dank«, sagte sie.

Rachel konnte ihr nicht ins Gesicht sehen. Auf einmal spürte sie vor Traurigkeit einen Kloß im Hals, hart und fest, wie eine Haselnuss.

»Ist schon okay«, sagte sie und ging hinaus.

Merrions Büro in der Kanzlei blickte auf einen schmalen Bürgersteig, der zum New Square führte. Den ganzen Tag spazierten Menschen diesen Weg entlang, Anwälte und normale Passanten, sichtbar und merkwürdig lautlos, da die Fenster Doppelverglasung hatten. Manchmal, wenn sie mit einem Anwaltskollegen telefonierte, ließ Merrion ihren Blick durchs Fenster hinabschweifen, um diese gestikulierenden, dahinwandelnden, redenden Menschen zu betrachten, und dabei überlegte sie, ob sie sich wirklich so lebhaft und zielstrebig vorkamen, wie sie wirkten.

Niemand aus ihrem persönlichen Umfeld hatte ihr Büro je zu Gesicht bekommen; nicht einmal Guy, und Gwen schon gar nicht. Gwen hätte es als äußerst unpersönlich, sogar als kalt empfunden, mit seinen weiß lackierten Regalen voll Gesetzeswerken, seinen gerahmten Hogarth-Kupferstichen der Law Courts und von Lincoln's Inn, der völligen Abwesenheit von Fotografien oder Blumen oder auch nur einer Plastiktüte, die auf ein paar Mittagseinkäufe hätte schließen lassen. Er war jedoch so, wie Merrion es am liebsten hatte: hier konnte sie nachdenken. Hier konnte diese Person, Miss Palmer, Rechtsanwältin, ein Leben führen, in dem die Regeln bekannt waren und befolgt wurden, wo jede Ungelegenheit, mit der sie zu tun hatte, zu bewältigen war, da sie Distanz wahren konnte und ihre Beziehung dazu, wie mitfühlend auch immer, nur über ihre bezahlte berufliche Funktion definiert war.

»Es macht dich kalt«, hatte Gwen am Telefon zu Merrion gesagt. »Das Gesetz verhärtet dir das Herz.«

»Das ist nicht der Punkt.«

»Was ist nicht der Punkt?«

»Was du sagst, ist nicht der Punkt dieses Anrufs.«

An Gwens Ende der Leitung war ein kurzes, beleidigtes Schweigen eingetreten.

»Du hattest nicht das Recht, Guy so zu attackieren«, sagte Merrion. »Mich, na gut, okay, wenn du unbedingt musst, obwohl ich dir deinen Text mittlerweile schon schreiben könnte. Aber es war nicht fair, über ihn herzufallen, und du hattest absolut kein Recht dazu. Du hast schamlos sein gutes Benehmen ausgenutzt. Er hätte dich vor die Tür setzen sollen.«

Gwen sagte, nicht ohne einen Anflug von Triumph: »Er fand nicht, dass es mich nichts angeht. Er hat gesagt –«

»Ich will gar nicht wissen, was er gesagt hat. Es ist passiert, es hat viel Kummer und Verwicklungen verursacht, aber es ist vorbei. Ich rufe bloß an, um dir zu sagen, dass es nicht mehr vorkommen wird. Nie wieder. In Zukunft wirst du dich um deinen eigenen Kram kümmern.«

»Ich verbitte mir diese Bevormundung«, sagte Gwen. »Ich lasse mir nicht sagen, was ich zu tun habe.«

Merrion verstärkte ihren Griff um den Hörer. »Das stimmt allerdings«, sagte sie. »Du lässt dir *überhaupt* nichts sagen.«

Danach hatte Gwen ihr geschrieben. Sie hatte einen Brief geschrieben, der demonstrativ an Merrions Kanzlei adressiert war. Auf dem Umschlag hatte sie »Streng vertraulich und persönlich« vermerkt, und einer der Anwaltspraktikanten hatte ihn Merrion mit einem Augenzwinkern ausgehändigt. Zuweilen kam es vor, dass Anwälte Fanpost bekamen. Ganz gelegentlich nahm diese Fanpost recht konkrete Formen an. Ein junger Mann, dessen Mutter Merrion mit Erfolg verteidigt hatte, war eine Zeit lang regelmäßig mit bescheidenen Blumensträußen – Chrysanthemen und Nelken mit dünnen Stielen – in der Kanzlei aufgetaucht und hatte darum gebeten, Merrion persönlich sehen zu dürfen, um sie ihr zu überreichen. Bei den Sachbearbeitern hatte er Anlass zu großer Heiterkeit geliefert, nicht zuletzt, weil er so unbeholfen war und einen Parka mit Kordelzug in der Taille trug.

»Der ist von meiner Mutter«, erklärte Merrion dem Praktikanten mit einigem Nachdruck.

Es war ein guter Brief, das musste Merrion zugeben. Er war sachlich und würdevoll und legte dar, dass Merrions Wohlergehen Gwen nicht so ohne weiteres gleichgültig lassen konnte, es sei denn, Gwen wäre ein Ungeheuer, und dass Gwens Grundsätze und Ansichten, wenn auch wesentlich weniger weltläufig als Merrions, aus diesem Grunde noch nicht ihre Berechtigung einbüßten. Es war nicht Guy als *Mensch*, gegen den sie etwas einzuwenden hatte, sondern die sich aus seinem Alter im Verhältnis zu dem Merrions ergebenden Folgen sowie die Intensität seiner emotionalen Wünsche, die, selbst wenn sie mit Merrions übereinstimmten, dessen ungeachtet einen Pfad vorschrieben, dessen langfristige Auswirkungen anscheinend keiner von ihnen offen und ehrlich ins Auge zu fassen bereit war.

Merrion zeigte Guy den Brief nicht. Sie erzählte ihm auch nicht, dass sie Gwen angerufen hatte, schließlich hatte sie ihm versprochen, es nicht zu tun. Ihr war bewusst, dass das für sie völlig untypisch war, dass ihr Instinkt und ihre Gewohnheit immer gewesen waren, ihm alles zu erzählen, nicht zuletzt weil er es so wunderbar verstand, ihren Sinn für Proportionen zurechtzurücken. Früher aber waren ihre Gefühle ihm gegenüber auch nicht von einem besonderen Beschützerinstinkt geprägt gewesen. Nie hatte er seiner Ehe wegen um ihr Mitgefühl geheischt, nie angedeutet, dass ihm seiner Ansicht nach etwa Wiedergutmachung oder ein Ausgleich zustand für die sonderbare, eisige, diffuse Natur der Kommunikation zwischen ihm und Laura – falls Kommunikation dafür auch nur annähernd das richtige Wort war. Von Anfang an hatte Merrion gemerkt, und das hatte sie entzückt, welches Vergnügen Guy daran empfand, dass er mit ihr reden konnte, freimütig und sogar noch von ihr ermuntert, doch bis vor kurzem hatte sie nie das Bedürfnis verspürt, ihn zu verteidigen und im Zuge dieser Verteidigung nicht nur ihre eigene Zunge zu hüten, sondern auch darauf zu verzichten, zu viele Fragen zu stellen. Was zwischen ihnen so klar gewesen war, was sie ihrem Empfinden nach immer leicht und gelassen hatte schildern können, war weniger fassbar geworden. Ein Schleier hatte sich herabgesenkt, eine ganze Reihe von Schleiern, wodurch der Liebe als solcher zwar kein Abbruch getan, sie aber wesentlich weniger einfach wurde.

Letzten Endes, dachte Merrion, während sie die Unterlagen auf ihrem Schreibtisch in die ordentliche Folge von exakten Stapeln sortierte, die ihr unverzichtbar war, um klar denken zu können, war dies alles nur auf all diese *Menschen* zurückzuführen. Diese Menschen, die zuvor Namen und Bilder gewesen waren, aber nicht mehr, Menschen, die für Guy eine Wirklichkeit besaßen, für sie jedoch über Jahre keine besondere Wirklichkeit zu haben brauchten. Jahrelang hatten Simon und Carrie und Alan und sogar Laura in Merrions Bewusstsein existiert, etwas weniger deutlich, die Ehefrau und Söhne und Schwiegertochter. Sie waren keine Feinde, man brauchte sie nicht einmal für sich zu gewinnen, aus dem einfachen Grund, weil sie nichts wussten, und eine ganze Weile hatten weder Guy noch Merrion das Bedürfnis oder den Wunsch, dass sie Bescheid wussten. Sie gehörten in ein geistiges Eingangskörbchen mit dem Vermerk »eines Tages«. Merrion gewöhnte sich sehr an die Existenz dieses Eingangskörbchen, an den Gedanken, dass die Zukunft so etwas wie Weihnachten war, unleugbar existent, nicht besonders bedrohlich, das sich beizeiten in aller Ruhe einstellen würde, begleitet von einer Reihe von Ritualen und Anleitungen.

Aber so war es nicht gekommen. Ganz und gar nicht. Einen Tag befand sich die Zukunft noch dort, wo sie immer gewesen war, in sicherer Ferne an einem entlegenen Horizont, und am nächsten Tag war sie da. Sie traf ohne Vorwarnung und ohne hilfreiche Instruktionen ein, und innerhalb weniger Stunden empfand Merrion, nach anfänglicher Akzeptanz des Ist-Zustandes, eine sehr reale, tiefe und schmerzliche Sehnsucht nach etwas mehr.

»Ich kann das nicht ertragen«, hatte Guy gesagt. »Ich kann es nicht mehr ertragen, mit dir dieses Teil-Leben zu führen. Ich kann diese Vergeudung nicht ertragen, die Tatsache, dass es so unverdient keine Anerkennung bekommt.«

Und fast schon bevor er die Worte zuende gesprochen hatte, war ihr klar geworden, dass sie sich verzweifelt gewünscht hatte, er möge genau das sagen, dass sie es satt hatte, sich nichts daraus zu machen – aus Weihnachten, aus Wochenenden, aus Lauras Geburtstag –, und dass (was am erstaunlichsten war) etwas, was sieben Jahre lang erregend und reich und wahrhaft wesentlich erschienen war, sich binnen weniger Augenblicke in etwas verwandelt hatte, das sich nur noch gezwungen und verstohlen und ekelerregend anfühlte. Innerhalb eines Tages büßte die Heimlichtuerei für Merrion jeden Zauber ein; ihre Reize (auf die sie so gebaut hatte) welkten vor ihren Augen dahin. Ihr schierer Stolz darauf, Guys *Geliebte* zu sein, verwandelte sich schlagartig in etwas, mit dem sie keinerlei Glanz mehr in Verbindung zu bringen vermochte.

Und dann kamen die Menschen ins Spiel. Die Namen nahmen

Gestalt an, die Persönlichkeiten entwickelten sich aus kleinen Listen von Adjektiven in fassbare Lebewesen, Lebewesen, mit denen man rechnen musste, die man mit berücksichtigen, mit denen man verhandeln musste. Guy – kein bisschen weniger liebevoll, kein bisschen weniger aufmerksam – schien sich trotzdem in den Dunstkreis dieser Menschen zurückzuziehen, die ihn seit drei oder vier Jahrzehnten kannten und noch mehr. Was er auch tat oder nicht tat, diese Menschen hatten Anspruch auf ihn, trugen ihn in ihrem Gedächtnis und erinnerten ihn daran, was er ihnen ihrer Ansicht nach schuldig war, was er auf gar keinen Fall ohne sie tun durfte. Und als Folge davon lähmte Guy und Merrion nun eine Art Hilflosigkeit; vor ihrem geistigen Auge sah sie sie manchmal vor sich wie Figuren aus einem Gemälde der deutschen Romantik, auf einem Feld oder einer Klippe aneinander geklammert, während ein mächtiger blauvioletter Sturm auf den Schwingen des Windes unaufhaltsam auf sie zurollte.

Sie sah auf ihre Uhr. Es war zwei Uhr. Um drei hatte sie eine Besprechung, auf die sie sich nur unzureichend vorbereitet hatte. Mit einigem Glück wäre sie um halb fünf vorbei, und dann würde sie Guy anrufen.

»Komm hoch nach London«, würde sie sagen.

»Was? Wie wundervoll. Ein Nicht-Freitag –«

Er sagte nie Nein. Sie wusste nicht, was sie tun sollte, falls er Nein sagte. Er würde den Fünfuhrzug nehmen und gegen halb sieben in der Wohnung ankommen, wo sie ihn schon erwarten würde, mit Abendessen, das sie unterwegs besorgt hatte, und Wein im Kühlschrank und in Hose und Pulli statt ihres schwarzen Kostüms, und mit ihrer Ankündigung. Sie würde verkünden – und er würde ihr zuhören; das tat er immer –, dass sie es satt hatte, sich mit dem zu begnügen, was gerade kam, sich aufs Geratewohl vorwärts zu tasten, sich von anderen Leuten das Tempo vorschreiben und von ihnen Hindernisse in den Weg legen zu lassen. Ob er nun geschieden war oder nicht, ob Laura sich dagegen stemmte oder nicht, ob Simon und Susan Dewar eine Einigung erzielt hatten oder nicht, sie würde einen Hochzeitstermin verkünden. Hatte er ihr zugehört? Sie wollte über ein Datum für ihre Hochzeit entscheiden.

12

»Drei Gebote!«, rief Wendy aus. »Das ist doch wunderbar. Sind die Menschen nicht komisch, immer im Frühjahr packt sie der Wunsch, auf dem Land zu leben, als würde es nie wieder Winter werden.«

Laura sagte: »Eins davon liegt recht beträchtlich über dem geforderten Preis –«

Wendy versetzte dem Gartentisch vor sich einen leichten Klaps.

»Na, wenn *das* kein Anlass zur Freude ist!«

»Ich müsste es ja mit Guy teilen«, entgegnete Laura spitz.

»Du hast gesagt, Simon würde ihn so weit bringen, dass er dir den Löwenanteil lässt –«

»Oh ja.«

»Wenn du also mehr Geld dafür bekommst, hast *du* am Ende mehr Geld –«

Lauras Blick schweifte den Garten hinab. In den Rabatten – jedesmal eine ungeheure Plackerei, dafür eine ebenso ungeheure Genugtuung – drängten sich helle Büschel frischer Blätter, die ersten Lebenszeichen von Lupinen, Akelei, Rittersporn, Fingerhut.

Sie antwortete: »Darum geht es nicht.«

Wendy sah ihren Kaffeebecher an. Dann sah sie die fast leere Kaffeekanne an. Dann betrachtete sie die Kübel voll großer blauer Stiefmütterchen neben sich und die Blaukissen und Schleifenblumen, die sich üppig über eine niedrige Mauer neben ihnen ergossen, und dann sah sie Laura an.

»Du könntest diesen Garten noch einmal anlegen.«

»Wozu?«

»Aus genau demselben Grund, aus dem du diesen angelegt hast. Weil du das gut kannst. Weil es dir Spaß macht.«

»Aber das hätte doch gar keinen Sinn –«

»Mach dir nichts vor.«

»Was meinst du?«

»Als ob *dieser* hier irgendetwas anderem als deinem eigenen Vergnügen gedient hätte. Guy ist kein großer Gartenfreund. Noch nie gewesen.«

Laura sagte, den Kopf gesenkt: »Ich hab mir immer gewünscht, er wäre es gewesen.«

Wendy schenkte sich etwas kalten Kaffee ein. Sie fügte Milch hinzu und, obwohl sie das sonst nie tat, noch einen Löffel voll braunen Zuckers. Sie rührte das Gebräu um. Es sah schlammfarben und wenig verlockend aus. Sie schob den Becher von sich weg.

»Laura –«

»Ja.«

»Diese Geschichte mit Guy –«

Laura hob den Kopf und sah Wendy an.

»Was ist mit Guy?«

»Ich frage mich bloß –« Sie verstummte.

Laura wartete.

»Hast du Guy je geliebt?«, fragte Wendy. »Oder wolltest du bloß, dass er dich liebt?«

Laura klammerte sich an den Armlehnen ihres grünen Kunststoffgartenstuhls fest.

»Wie kannst du's wagen –«

»Denk mal drüber nach«, sagte Wendy.

Laura sagte weinerlich: »Wieso sollte ich wollen, dass er mich liebt, wenn ich ihn gar nicht liebte?«

Wendy lehnte sich zurück. Sie hielt sich trotz ihrer Sonnenbrille schützend die Hand über die Augen und schaute zum Himmel hinauf. Drei Enten zogen gerade in ordentlicher Dreiecksformation über sie hinweg, wie Kunstflieger.

»Sag du es mir.«

»Er ist seit vierzig Jahren der Mittelpunkt meines Lebens, er ist der Angelpunkt, das Herzstück –«

Wendy sagte nichts. Sie nahm den Blick vom Himmel und betrachtete stattdessen ihre Hände. An der linken Hand trug sie ihren Ehering und den Ewigkeitsring, den Roger ihr geschenkt hatte, als sie zehn Jahre und drei Kinder und eine Affäre seinerseits mit der

Mannschaftsführerin des Tennisdamenteams von Stanborough überstanden hatten. Ihren Verlobungsring hatte sie vor Jahren verloren. Wahrscheinlich war er mit dem Müll verschwunden oder im Abflussrohr gelandet, bei der Wäsche oder zusammen mit dem Badewasser der Kinder. Er fehlte ihr nicht. Es war ein Amethyst, ein ziemlich großer Amethyst in einem Kranz von Diamanten, und er hatte früher Rogers Tante Lilian gehört. Wendy hatte immer gefunden, dass der Ring finster wirkte, genau wie Tante Lilian. Sie drehte an dem Ewigkeitsring herum. Der konnte mal wieder eine Säuberung vertragen, das arme Ding, eine frische Politur. Das würde sie später in Angriff nehmen, dachte sie, mit etwas Spülmittel und einer alten Zahnbürste. Sie sah Laura an.

»Du wirst damit aufhören müssen.«

»Womit aufhören?«

»Mit der ganzen Heuchelei. Mit diesem ganzen Selbstmitleid. Das ist niemandem gegenüber fair, besonders deinen Kindern gegenüber nicht.«

»Simon macht das nichts. Simon –«

»Du *erlaubst* Simon nicht, dass es ihm was ausmacht«, sagte Wendy. Sie blickte zur Uhr. »Ich muss gehen. Du behandelst Simon genauso, wie du Guy behandelt hast. Du nimmst nur die Stückchen, die du haben möchtest.«

»Ach!«, jammerte Laura und schlug die Hände vors Gesicht.

Wendy stand auf.

»Weißt du was –«

Laura wartete, das Gesicht immer noch in den Händen vergraben.

»Ich glaube, ein wenig Therapie könnte dir nicht schaden.«

Laura zog ruckartig die Hände weg.

»*Therapie*?«

»Ja.«

»Ich bin nicht verrückt!«, kreischte Laura. »Ich habe nicht den Verstand verloren!«

Wendy nahm ihre Tasche und rückte ihre Sonnenbrille mit dem gefleckten Gestell an der schwarzen Perlenkette zurecht.

»Das habe ich auch nicht behauptet.«

»Aber eine *Therapie* –«

»Um dich auszusöhnen. Was ein bisschen Therapie bewirken könnte, wäre, dich mit dem auszusöhnen, was passiert ist, und mit der Zukunft.«

Laura funkelte sie an. Sie stand abrupt auf und stieß dabei gegen den Tisch, so dass Wendys kalter Kaffee aus dem Becher schwappte. Sie schien innerlich zu brodeln vor lauter Dingen, die sie gern gesagt hätte, aber irgendwie nicht herausbekam. Wendy hängte sich ihre Tasche über die Schulter.

»Es sei denn natürlich«, sagte sie, »du hast wirklich nicht die Absicht, dich je mit irgendetwas auszusöhnen.«

Der Kanzleischreiber blickte auf seine Uhr. Dann sah er Alan an: »Miss Palmer dürfte in etwa einer Viertelstunde vom Gericht zurückkommen, Sir.«

Alan fragte: »Kann ich warten?«

»Gewiss, Sir. Haben Sie einen Termin?«

»Nein«, sagte Alan. »Ich gehöre zur Familie.« Er schwieg. Der Kanzleischreiber trug eine goldgefasste Brille und wirkte wie ein Mensch, der es gewohnt war, in Kenntnis gesetzt und informiert zu werden und dann seine Entscheidungen zu treffen.

»Ich werde in ihrem Zimmer warten«, sagte Alan. Es war alles sehr spontan gewesen, der Spaziergang nach New Square, nach einem ziemlich langen und fröhlichen Mittagessen mit Charlie, und der Entschluss, bei Merrion vorbeizuschauen, sie auf ihrem eigenen Terrain zu besuchen, in ihrer selbst gewählten Umgebung. Womöglich lag es am Chianti – sie hatten sich eine Flasche geteilt und beinahe der Versuchung einer zweiten nachgegeben; leider hatte Charlie um vier Uhr eine Operation –, aber Alan hatte keine Lust, sich von Goldbrille einschüchtern zu lassen. Er legte eine Hand auf den Tresen, der die Schreiber vom Rest der Welt trennte. »Wenn Sie mir wohl verraten könnten, wo es sich befindet?«

Der Schreiber zögerte kurz. Offenbar überlegte er gerade, ob er Alan zu Merrions Zimmer eskortieren oder ihm lediglich erklären sollte, wie er dorthin kam.

»Ihr Name, Sir?«

»Alan Stockdale. Mein Vater –«

»Richtig, Sir«, sagte der Schreiber. Er lehnte sich über den Tresen und deutete nach rechts. »Wenn Sie rechts die Treppe nehmen, Sir, bis zum ersten Stock, und dort dem Flur zu ihrer Linken folgen, finden Sie auf der rechten Seite Miss Palmers Zimmer, ganz am Ende.«

»Vielen Dank.«

»Ich werde ihr ausrichten, dass Sie hier sind, Mr. Stockdale.«

»Vielen Dank«, wiederholte Alan. Er warf sich das Jackett, das er bislang über dem Arm getragen hatte, über die Schulter. Er trug ein dunkelgrünes Hemd und Jeans. Goldbrille war in Schwarz und Weiß gekleidet. Alan grinste ihn an und durchquerte den Empfangsbereich bis zur Treppe.

Merrions Zimmer war seltsam still, fast wie hermetisch versiegelt. Ihr Trenchcoat hing hinter der Tür, und ihre Anwaltsperücke ruhte auf dem Knauf einer Stuhllehne. Alan sah sie sich genauer an. Komisches Ding, bizarr, diese ganzen adretten Röllchen und Reihen aus Rosshaar. Er schnupperte daran. Sie roch staubig und ganz schwach nach etwas, das womöglich Parfum war. Wenn das Ding hier hing, war Merrion vermutlich gar nicht in einer Verhandlung, was auch immer sie sonst hier zu tun haben mochte. Mit Leuten reden, Mandanten und so? Auf Richter einwirken, dass sie ihre Zustimmung zu außergerichtlichen Einigungen gaben? Er stellte sich vor, wie sie zäh und beharrlich auf aufgeregte Leute einredete, die auf ihre kühle Vernunft keinen Wert legten und die vernünftigen, praktischen Dinge nicht hören wollten, die sie zu sagen hatte. Er nahm die Perücke und setzte sie sich auf den Kopf. Sie war ihm ein bisschen klein. Hinter der Tür hing ein kleiner Spiegel. Er lehnte sich vor, um sich zu betrachten, mit der gekräuselten, grauweißen Perücke auf dem eigenen dunklen Haar, von dem sogar Charlie sagte – dem langes Haar gefiel –, dass es mal einen Schnitt nötig hätte. Er zog eine Grimasse. Die Perücke mochte zwar zu klein sein, war aber irgendwie auch kleidsam, vor allem die gerade Linie, die sie über seiner Stirn bildete. Sie verlieh ihm etwas Autoritäres, das ihm ziemlich gut stand. Ganz kurz ergötzte er sich an dem Gedanken, *nichts* als die Perücke anzuhaben.

Die Tür ging auf.

»Sie?«, sagte Merrion.

Alan setzte hastig die Perücke ab.

»Verzeihung –«

»Aber bitte, nur zu«, sagte sie. »Ist schon ein seltsames Teil, nicht wahr?«

Sie ging an ihm vorbei, ließ sich dabei die Tasche von der Schulter gleiten und wuchtete einen Arm voll Unterlagen auf ihren Tisch. Sie trug ein schwarzes Kostüm, und ihr Haar war zu einem adretten dicken Zopf geflochten, der fast am Scheitel anfing und unter ihrem Kragen aufhörte, wo er säuberlich mit einer schwarzen Schleife umwickelt war. Sie blickte ihn an.

»Welchem Anlass verdanke ich denn –«

»Gar keinem«, sagte Alan. »War nur ein Einfall, ein ganz spontaner Einfall. Ich war gerade auf dem Heimweg vom Mittagessen.«

Mit einem Lächeln sagte Merrion: »Arbeiten Sie nicht?«

Er zuckte die Achseln.

»Anfallsweise.«

»Möchten Sie einen Tee?«

»Würde das –«

»Umstände machen? Nein.« Sie warf ihm noch einen raschen Blick zu. »Es freut mich, Sie zu sehen.«

Er strahlte.

»Schön.«

»Setzen Sie sich«, sagte sie. »Der Wasserkessel lebt in einem Schrank auf dem Flur. Ein Designer würde es Kaffeeautomat nennen. Es dauert nicht lange.«

Sie ging aus dem Raum. Alan setzte sich in einen grünen Ledersessel gegenüber von ihrem Schreibtisch. Hier saßen vermutlich Merrions Mandanten immer, sahen sie über ihren Tisch hinweg an und dachten: Dies ist meine Anwältin, die mich retten wird und mich gleichzeitig zig Pfund die Stunde kostet. Was kostete Merrion die Leute wohl? Achtzig Pfund die Stunde? Einhundertzwanzig? Wie wurde so etwas überhaupt berechnet? Er betrachtete Merrions Tasche. Sie war aus schwarzem Leder, groß genug, um darin ein Buch oder einen Aktenordner zu transportieren. Alan fragte sich, was sie wohl außerdem darin hatte; Lippenstifte, Tampons, Fotografien? Wahrscheinlich befanden sich in dieser geschäftsmäßig aussehenden Tasche Fotos von Guy, Fotos, die Alan noch nie gesehen hatte, bei Anlässen aufgenommen, von denen er nie etwas gewusst hatte und über die er nie etwas erfahren würde. Merrion hatte an Guy Seiten zu sehen bekommen, die sonst noch nie jemand gesehen hatte, Seiten womöglich, die sonst noch nie jemandem aufgefallen waren. Das passierte, wenn man sich verliebte, genau darüber hatte Charlie beim Mittagessen gesprochen, wie man durch das Sich-Verlieben plötzlich imstande war, Orte in sich selbst zu entdecken, an denen man noch nie gewesen war, Orte, von denen man nichts ahnte, Orte, an die man sich ohne diese spezielle Person nie vorgewagt hätte. Weil er in Charlie verliebt war, empfand Alan Merrion gegenüber eine Art mitfühlende Solidarität. Er schaute erneut ihre Tasche an und hoffte, dass sie mit Andenken an Guy vollgestopft war, Fotos und Briefen und winzigen, transportablen Geschenken, Schlüsselanhänger, Stifte und so. Die Art kleiner, oft benutzter Gegenstände, die einem den Schenkenden am Tag dutzende Male in Erinnerung riefen.

Merrion kam mit einem kleinen Metalltablett in den Raum zurück, auf dem zwei Becher und ein Milchkarton standen.

»Haben Sie Zucker?«

»Nein.«

»Auch gut.«

Er stand auf und nahm ihr das Tablett ab. Er sagte: »Ich weiß, dass sie bei Simon und Carrie zum Abendessen waren.«

Sie schaffte auf ihrem Tisch etwas Platz, damit er das Tablett abstellen konnte.

»Ich kann mich nur schwer daran gewöhnen, wie schnell Neuigkeiten in einer Familie die Runde machen. Ich habe keine richtige Familie, nur meine Mutter, also erwarte ich immer, dass Dinge vertraulich bleiben, und das bleiben sie natürlich nicht.«

»Ich spreche oft mit Carrie«, sagte Alan.

»Ja.«

»Wir haben eine Art unausgesprochenen Pakt. Ich weiß nicht mehr, wie das angefangen hat.«

»Ich stell mir vor«, sagte Merrion, während sie Milch in ihre Teebecher kippte, »dass sie, wenn sie erst einmal auf jemandes Seite ist, auch dort bleibt.«

»So ungefähr«, sagte Alan. »Obwohl sie auch kein Blatt vor den Mund nehmen würde.«

Merrion schob Alan einen Becher hin.

»Ich mag sie.«

Er blickte in seinen Tee und sagte lächelnd: »Ich schätze, sie mag Sie auch.«

Merrion setzte sich in den ausladenden Bürosessel hinter ihrem Tisch.

»Aber so richtig die Karten auf den Tisch legen kann von Ihnen auch keiner, nicht wahr?«

»Was meinen Sie damit?«

»Ich meine«, sagte Merrion, »dass keiner von uns seine wirkliche, wahre Meinung sagen kann. Alle müssen wir uns vorbildlich benehmen, diplomatisch sein. Wir müssen unsere Worte gut abwägen, in einem fort.«

Er lehnte sich in seinem Sessel zurück.

»Was würden Sie denn gerne sagen?«

Sie sah ihn an.

»Sind sie bereit?«

»Bereit.«

»Gut«, sagte sie. »Tja, mir kommt es so vor, als wäre die Person, die momentan die meisten Schwierigkeiten macht, die mit großem Erfolg Menschen gegeneinander aufwiegelt, die sich unglaublich unvernünftig aufführt – Ihre Mutter.«

Alan blickte wieder auf seinen Tee hinab.

»Simon würde sagen, dass sie dazu das meiste Recht hat, weil sie am meisten verletzt ist.«

»Simon ist nicht hier«, sagte Merrion. »Und überhaupt, nach allem, was ich so mitbekomme, verhält sie sich Simon gegenüber auch nicht unbedingt fair.«

»Hat Carrie irgendwas gesagt?«

Merrion trank einen Schluck Tee.

»Das braucht sie gar nicht. Als ich zum Abendessen dort war, rief Ihre Mutter völlig hysterisch wegen des Hausverkaufs an. Natürlich hat niemand etwas *gesagt*. Weil das nicht nötig war.«

Alan meinte nachdenklich: »Meine Eltern sind jetzt länger verheiratet, als ich auf der Welt bin.«

»Gilt für mich auch.«

»Erhält nicht eine Situation allein durch ihre Langlebigkeit schon Vorrang?«

»Rechtlich gesehen nicht –«

»Moralisch?«

»Ich weiß nicht«, sagte Merrion. »Ich weiß nur, dass Ihr Vater sich nicht in mich verliebt hätte und mich nicht diese ganze Zeit weiter geliebt hätte, wenn er und Ihre Mutter alles hätten, was zu einer funktionierenden Ehe dazugehört.«

»Warum hat er sie nicht schon früher verlassen?«

Ruhig entgegnete sie: »Weil ich ihn nicht darum gebeten habe.«

»Haben Sie es jetzt?«

»Im Grunde nicht. Es fiel gewissermaßen mit seinem Antrag zusammen. Es war einfach ein gewisser Punkt erreicht.«

»Zwischen Ihnen?«, sagte Alan. »Oder zwischen ihm und meiner Mutter?«

Sie trank noch etwas Tee.

»Beides, würde ich annehmen. Aber so genau werden wir es nie wissen –«

»Es ist einfach passiert –«

»Ja.«

»Und jetzt kämpfen Sie gegen sie um meinen Vater.«

»Tue ich das?«

»Ich denke schon«, sagte Alan. »Und Carrie kämpft gegen sie um Simon.«

Merrion sagte nichts. Sie stand auf und lehnte sich ans Fenster. Unten auf dem gepflasterten Weg befanden sich zwei Männer, beide noch in ihrer Gerichtsrobe, und spähten auf das oberste Blatt eines Stapels Unterlagen, den der eine im Arm hielt. Den einen mit der Brille kannte Merrion. Er hatte sich einmal mit ihr auf einen Drink verabredet, vor Jahren, als sie noch Referendarin war, und dann vergessen, zu erscheinen. Wenn sie ihm danach später begegnete, tat er entweder so, als könnte er sich an diesen Vorfall nicht erinnern, oder er erinnerte sich tatsächlich nicht.

»Ich habe beschlossen, klar Stellung zu beziehen«, sagte Merrion Richtung Fensterscheibe.

»Aha?«

»Wir werden im Oktober heiraten. Irgendwann um meinen Geburtstag herum.«

»Oktober –«

»Ja.«

Ganz kurz trat Stille ein, dann sagte Alan: »In sechs Monaten.«

»Ja.«

»Angenommen, die Scheidung ist bis dahin noch nicht durch?«

»Das wird sie schon.«

»Wie können Sie da so sicher sein?«

»Kann ich nicht. Aber zuversichtlich kann ich sein.«

»Dad lässt sich von einer Freundin von Ihnen beraten.«

»Keine Freundin. Bloß eine Anwältin, mit der ich bekannt bin und der ich vertraue. Die Lage ist unglaublich heikel, weil Simon Ihre Mutter vertritt. Vor Gericht wäre das nicht zulässig, ein Sohn, der seine Mutter vertritt. Wir müssen einfach darauf hoffen, dass es nicht so weit kommt.«

»Sie klingen sehr entschlossen«, sagte Alan.

Merrion drehte sich vom Fenster weg. Mit veränderter Stimme, fast im Flüsterton, sagte sie: »Ich möchte ihn retten –«

»Dad?«

»Ja«, sagte Merrion. Ganz kurz legte sie sich eine Hand vor die Augen. »Ich möchte, dass er sieht, wie es sein kann, wie es sein sollte. Ich möchte, dass er sieht, dass er alles richtig macht, immer schon richtig gemacht hat, einfach, weil er ist, wie er ist, weil er der Mensch ist, der er ist –«

Sie brach ab. Abrupt nahm sie wieder auf ihrem Sessel Platz und legte die Ellbogen vor sich auf den Tisch. Alan beugte sich vor und stellte seinen Teebecher auf einem Stapel Papiere ab, und dann streckte er einen Arm aus und berührte sie sehr sanft.

»Viel Glück«, sagte er.

Guy war spät dran, als er das Gerichtsgebäude erreichte. Seine Verspätung war nicht sehr groß – gerade einmal zehn Minuten –, aber es war ihm seit jeher zuwider, nicht frühzeitig zur Arbeit zu kommen. Der Morgenzug von London war in Reading ein wenig aufgehalten worden – irgendein typisches, vorhersehbares Problem mit den Signalen –, und es regnete, was immer einen akuten Mangel an Taxis am Bahnhof in Stanborough bedeutete. Als er endlich eines fand, setzte es ihn am Haupteingang des Gerichtsgebäudes ab, nicht am Seiteneingang, den er und die übrigen Richter immer zu benutzen pflegten, und als er sich darüber beschwerte, machte ihn der Taxifahrer voll Genugtuung darauf aufmerksam, dass die Einfahrt zum Parkplatz durch einen riesigen Lastwagen blockiert wurde, der halb auf dem Bürgersteig abgestellt war, der Fahrer nicht in Sicht.

So schnell wie möglich hastete er durch die öffentliche Lobby und das Treppenhaus hinauf bis zu dem Stockwerk, in dem sich die Gerichtssäle befanden. Ihm war bewusst, dass er vor den Augen der Gerichtsbediensteten eine Reisetasche mit sich führte und sich außerdem in Teilen des Gebäudes aufhielt, in denen sie ihn sonst nie zu Gesicht bekamen. Zwei Wachleute standen an den für die Öffentlichkeit bestimmten Türen zum Gerichtssaal zwei und rasselten mit ihren Schlüsseln, so wie die meisten Männer mit ihrem Kleingeld rasseln.

»Ich hab heute Morgen drei von denen da unten –«, sagte der eine gerade. »Voll wie Bierfässer, und dabei ist nicht mal Freitag. Morgen, Herr Richter.«

»Morgen«, sagte Guy.

»Martin sucht nach Ihnen«, sagte der Wachmann. »Kann sein, dass er Sie schon in Ihrem Büro erwartet.«

Guy stieß die Tür zum Richterkorridor auf. Dort war es still wie immer, und leicht stickig; die Luft roch nach staubigem Teppich. Vor der Tür zu Guys Räumlichkeiten stand Martin. Er trug kein Jackett, wie üblich, und seine Manschetten waren hochgekrempelt.

»Martin«, sagte Guy. »Habe ich Sie warten lassen?«

»Nein«, sagte Martin. Er öffnete die Tür zu Guys Zimmer und hielt sie auf, während er Guy den Vortritt ließ. »Ich hatte ja keinen Termin, oder?«

»Ich bin sonst immer um viertel vor neun hier –«

»Außer, wenn die Züge Verspätung haben«, sagte Martin.

Guy zögerte. Er stellte seinen Aktenkoffer auf seinem Schreibtisch ab und hörte, wie Martin die Tür hinter sich schloss.

»Ja«, sagte er.

»Ich schnüffele nicht herum, Herr Richter –«

»Nein«, sagte Guy. »Natürlich nicht.« Er drehte sich um. »Es ist ziemlich schwierig, die Zeitplanung richtig hinzubekommen.«

Martin griff hoch und rückte seine Krawatte zurecht.

»Deswegen dachte ich mir, ich suche Sie mal auf –«

Guy wies auf einen Sessel.

»Nehmen Sie doch Platz.«

Martin setzte sich. Er schlug die Beine übereinander. Er faltete die Hände auf dem Schoß.

Guy lehnte sich an die Schreibtischkante. Mit einer jähen Befangenheit, gegen die er offenkundig machtlos war, setzte er an: »Ich denke mir – Sie haben es wohl schon vermutet –«

Martin wartete.

»Meine Frau und ich haben uns getrennt«, sagte Guy. Er legte die Hände an die Schreibtischkante, links und rechts von sich, und starrte auf seine Schuhe. »Wir werden uns scheiden lassen. Wenn wir geschieden sind, werde ich wieder heiraten.«

Martin fragte: »Miss Palmer?«

Guy nickte.

»Wenn ich in London bin, halte ich mich in Miss Palmers Wohnung auf. Wenn ich in Stanborough bin, habe ich eine Bleibe draußen in Pinns Green. Gewöhnlich beschränke ich meine Besuche in London auf die Wochenenden. Falls Sie diese Telefonnummern zusätzlich zu meiner Mobil-Nummer benötigen, werde ich Sie Ihnen selbstverständlich geben.«

»Vielen Dank, Herr Richter.«

Guy verlagerte seinen Blick von seinen eigenen auf Martins Schuhe.

»Wollten Sie mich deswegen sprechen?«

»Ich brauchte bloß die Fakten«, sagte Martin. »Wegen der Gerüchte.«

»Wird – viel geredet?«

Martin sagte ruhig: »Sie wissen doch, wie das ist, Herr Richter.«

»Tja, das weiß ich eben nicht, verstehen Sie«, sagte Guy. »Das ist ja das Ärgerliche. Für so einen Fall kann man nicht proben, nicht wahr.«

Martin lehnte sich vor. Er stützte die Ellbogen auf die Knie.

»Ich bin vor acht Jahren geschieden worden.«

»Das wusste ich ja gar nicht –«

»Konnten Sie auch nicht, Herr Richter. Das war, bevor ich diese Stelle antrat, damals habe ich noch in London gearbeitet.« Er blickte zu Guy hoch. »Leicht ist es nie.«

»Vielen Dank, Martin. Hat – hat es viel Gerede gegeben?«

»Nur wenn sie gerade nicht mit Fußball beschäftigt waren.«

»Haben Sie Kinder?«

Martin ging auf die Tür zu.

»Drei, Herr Richter. Vielen Dank für Ihre Zeit und für Ihr Vertrauen.«

»Und sehen Sie sie auch mal?«, fragte Guy.

Martin öffnete die Tür. Im Hinausgehen sagte er: »Meine Wochenenden, Herr Richter, verbringe ich wie Sie in London«, und dann schloss er die Tür hinter sich.

Guy stand auf. Er ging um seinen Tisch herum ans Fenster und schaute dort auf den Parkplatz hinab, auf die vertrauten Autos all seiner Kollegen, durch deren Heckscheiben man auf vertraute Dinge blickte, Karten und Matten und Plastikwasserflaschen, stumme Belege für ein Leben, das eine Autoreise entfernt von diesem Gebäude und all seinen Geschäften gelebt wurde. Armer Martin, armer Mann, vermutlich lebte er, genau wie Guy derzeit, in einem seltsam unbehausten Niemandsland, in dem das so untrennbar mit dem Familienleben verbundene Zugehörigkeitsgefühl fortgerissen war und stattdessen nur ein Gefühl völliger Desorientierung herrschte.

»Es ist sonderbar«, hatte Guy vor gar nicht langer Zeit zu Merrion gesagt, »aber manchmal, wenn ich nicht bei dir bin, wenn ich nicht im Gericht bin, kommt es mir vor, als wäre ich unsichtbar geworden. Als wäre ich verschwunden.«

Das hatte sie verwirrt. In ihren Augen waren sein Status, seine berufliche Position mehr als ausreichend, um ihm eine unverrückbare Identität zu verleihen. Er sah, dass sie kein Verständnis für jene subtileren, weniger augenfälligen Grade von Einzigartigkeit oder Besonderheit aufbrachte, für jene spezifische Prägung des Ich, die man erhielt, wenn man durch Blutsbande mit anderen Menschen verbunden war – weil sie dies selbst nie wirklich erfahren hatte. Schließlich gab es in Merrions Leben so gut wie keine Verwandten: sie gehörte zu niemandem außer zu ihrer Mutter und wurde andererseits auch von niemandem von ihrer Mutter beansprucht. Diese Sachlage bedeutete fraglos Freiheit, zugleich aber auch ein merkwürdiges Fehlen von menschlichem Umfeld, ein Umfeld, das Guy – wie er jetzt wusste – einfach stets als selbstverständlich erachtet hatte, als natürlichen Hintergrund für alles, was er auch immer erreichen mochte. All die Jahre, an jedem dieser für selbstverständlich gehaltenen Morgen, war er, vermutlich genau wie der arme Martin, aus diesem menschlichen Hintergrund herausgetreten, um zur Arbeit zu fahren, und abends zurückgekehrt, um sich wieder zuversichtlich hineinzufügen. Er hatte das immer für gegeben genommen, für unhinterfragbar, so sehr Teil von ihm, dass er nie einen Gedanken daran verschwendet hatte, höchstens einen ganz flüchtigen, praktischen, wenn er genervt war. Und jetzt war das nicht mehr da. Es existierte noch, aber nicht mehr in derselben Beziehung zu ihm; die Dynamik hatte sich verändert. Er dachte an Hill Cottage; er dachte an das steil ansteigende Feld dahinter und an die wohlvertrauten Eigenarten der beiden Orte – dunkle Winkel und plötzlich auftauchende Stufen und unebene Pfade. Es war nicht so sehr, dachte er, während er stumpf auf die staubigen Autodächer unter sich starrte, dass er sich nach dem Ort sehnte, dass ihm Hill Cottage fehlte, sondern vielmehr empfand er – und das schon seit einigen Wochen – eine schmerzliche Leere, wo sich ehedem sein einfaches Gefühl häuslicher und familiärer Zugehörigkeit befunden hatte.

Die Tür zu seinem Zimmer öffnete sich im selben Moment, wie ein kaum hörbares Klopfen erklang. Penny streckte den Kopf herein. In letzter Zeit trug sie ihr Haar immer straff mit kleinen Metallclips aus dem Gesicht geklemmt, wodurch sie aussah, als erdulde sie irgendeine Art obskurer Marter.

»Noch fünf Minuten, Herr Richter«, sagte sie. »Gerichtssaal eins.«

Laura jätete Unkraut. Beim Unkrautjäten war sie äußerst gewissenhaft, kauerte auf den Knien und zupfte von Hand, wobei sie eine kleine, leichte Aluminiumforke zu Hilfe nahm, die Guy ihr vor zwei Jahren zu Weihnachten geschenkt hatte. Er schenkte ihr fast immer etwas für den Garten. Zu Anfang ihrer Ehe hatte er ihr Bücher und Schmuck geschenkt, doch die Bücher entsprachen nur selten ihrem Geschmack, und der Schmuck war ausnahmslos zu auffällig. Sie bewahrte Etuis voll davon in den Schubladen ihrer Frisierkommode auf, zusammen mit den Karten, die Guy dazu geschrieben hatte. Erst neulich Abend hatte Laura sich ein paar dieser Karten angesehen. »Für meine geliebte Laura«, stand darin, Jahr für Jahr. »In Liebe, Guy.« Vor sieben oder acht Jahren, fiel ihr jetzt auf, war es mit dem Schmuck vorbei gewesen, und stattdessen gab es fortan immer Gartenzubehör. Tatsächlich ungefähr der Zeitraum, den sein Verhältnis mit Merrion Palmer währte. Simon hatte zu ihr gemeint, er sei sicher, dies sei nur ein Zufall, dass Guy bloß endlich eingesehen hatte, wie sinnlos es war, einer Frau große goldene Kreolen zu schenken, die ohnehin immer nur die Perlenohrstecker trug, die sie zu ihrem einundzwanzigsten Geburtstag bekommen hatte. Laura vermochte ihm nicht zu glauben. Sie wertete es als weiteren Beweis, dass den Gartenforken nie Karten beigefügt waren, in denen von ungeteilter Liebe die Rede war. Vermutlich waren irgendwelche Karten dabei gewesen, aber Laura hatte sie nicht aufbewahrt. Sie hätte sie bestimmt aufbewahrt, erklärte sie Simon, wenn sie es wert gewesen wären.

Ein Auto kam die Straße entlanggefahren. Der Motor hatte einen vertrauten Klang. Laura ließ sich auf ihren Hacken nieder und schaute durch den Obstgarten zu der Hecke hinüber, die Hill Cottage von der Straße abschirmte. Ein grauer Wagen näherte sich. Guy hatte ein graues Auto, einen älteren grauen Volvo, den er schon seit Jahren fuhr, seit er ihn damals, als er selbst zum Richter berufen wurde, einem Richter abkaufte, der in den Ruhestand ging.

»Es ist ein wenig albern«, hatte er zu Laura gesagt. »Im Grunde so eine Art Pseudo-Seriosität.«

Der graue Wagen verlangsamte seine Fahrt, während er auf die Tore vor der Einfahrt zurollte und einbog. Laura rührte sich nicht vom Fleck und blieb auf ihren Hacken sitzen, die Aluminiumforke in der Hand. Es war Guys Wagen, und Guy saß am Steuer. Er fuhr die Auffahrt hinauf und kam gerade außer Sichtweite zum Stehen, dort, wo er immer angehalten hatte, an der Hintertür. Laura hörte die Hunde bellen und winseln. Sie hörte, wie Guy die Autotür ins Schloss warf. Sie betrachtete die Stelle, wo sie Unkraut gejätet hatte, die feuchte, krümelige, dunkle Erde, die so sorgfältig bearbeitet worden war, dass sie aussah wie Schokoladenkuchenkrümel. Sie wartete.

»Laura!«, rief Guy.

»Hier«, antwortete sie fast flüsternd.

Sie hörte seine Stimme, während er um die andere Seite des Hauses herumging und nach ihr rief, und dann kamen die Hunde herbeigerannt, um ihr die freudige Botschaft von Guys Heimkehr zu verkünden. Sie waren extrem aufgeregt, sprangen um sie herum, trampelten ihr über den Schoß und beleckten sie schwanzwedelnd.

»Nicht«, sagte sie und hielt sich schützend die Hände vors Gesicht. »Nicht.«

»*Da* bist du«, sagte Guy, der den Hunden gefolgt war.

Laura hielt beharrlich den Blick zu Boden gesenkt. Er kam über das Gras auf sie zu und ließ sich einen halben Meter von ihr hinab in die Hocke.

»Laura«, sagte er.

Sie sah ihn nicht an.

»Was machst du denn hier?«

»Ich bin gekommen, um dich zu sehen«, sagte er. »Um Hill Cottage zu sehen.«

»Warum?«

»Aus ein paar einfachen Gründen, und ein paar etwas weniger einfachen.«

»Typisch«, sagte Laura. Sie beugte sich vor und steckte ihre Forke in die Erde, unter ein üppig sprießendes Büschel Kreuzkraut.

»Laura«, sagte er, »könnten wir miteinander sprechen, was meinst du?«

»Du weißt, wie ich dazu stehe. Ich habe es dir gesagt.«

»Ja. Das hast du. Aber so geht es nicht. Das macht die Dinge nur noch schwerer.«

Laura zuckte die Achseln. Sie schüttelte etwas Erde von den Wurzeln des Kreuzkrauts.

»Und es ist extrem unfair Simon gegenüber«, sagte Guy.

»Lass bitte Simon aus dem Spiel.«

»Das kann ich nicht«, sagte Guy. »Ob es dir nun gefällt oder nicht, er ist auch mein Sohn. Du kannst ihn nicht so vereinnahmen, und wenn du ihm solche Anweisungen gibst, wie du es getan hast, ist er automatisch mit beteiligt.«

Laura sagte nichts. Guy kniete auf dem Gras nieder, um näher zu ihr zu rücken. Sie konnte die Falten an den Knien seines dunklen Anzugs sehen. Sie konnte ganz schwach den Duft seines Aftershaves riechen, den Duft, der immer noch so hartnäckig im Wäscheschrank haftete, in der kleinen Kammer neben ihrem Bad, wo Guy seine Kleidung aufbewahrt hatte.

»Sieh mal«, sagte Guy, »ich werde dir so viel von allem überlassen, wie ich nur kann. Mir selbst werde ich gerade so viel lassen, dass ich über die Runden komme.«

»Fühlst du dich dann besser?«

»Simon hat mich das auch gefragt«, sagte Guy. »Und meine Antwort ist bei dir dieselbe wie bei ihm. Ich hoffe, dass du dich dann besser fühlst.«

»Dinge«, sagte Laura bitter.

»Vielleicht.«

»Geh bitte«, sagte Laura.

»Das werde ich, aber zuerst muss ich dich fragen, ob du bitte, bitte Simon freigibst und ihn einen Anwalt für dich finden lässt?«

Laura zog ihre Forke aus der Erde und wischte die Zinken am Gras neben sich sauber.

»Das ist nicht die richtige Art von Kontrolle«, sagte Guy. »Die

Kontrolle, die du nötig hast, ist die Fähigkeit, dein eigenes Leben zu führen, nicht andere Leute zu manipulieren.«

»Warum bist du hergekommen?«, fragte Laura erneut.

»Das sagte ich dir schon. Ich wollte Hill Cottage sehen. Ich wollte dich sehen und bitten, dir deine Vorgehensweise noch einmal durch den Kopf gehen zu lassen. Ich wollte – ich wollte sehen, ob es dir gut geht.«

Laura steckte die Forke in die Tasche ihrer Gartenschürze. Dann stand sie auf, ein wenig unbeholfen und steif. Sie hatte zu lange auf den Knien zugebracht. Guy erhob sich ebenfalls und streckte eine Hand aus, um sie zu stützen. Sie ignorierte es.

»Verschwinde«, sagte sie.

»Laura«, sagte er. »Ach, Laura, dir zuliebe, wenn schon sonst für niemanden, bitte.«

Zum ersten Mal sah sie ihn an. Dann schaute sie wieder fort.

»Wenn du Heimweh hast«, sagte sie, »dann musst du zusehen, wie du damit fertig wirst, genau wie ich. Und erwähne mir gegenüber Simon nicht mehr. Ich zwinge Simon zu nichts, was er nicht tun will, was er nicht *mit Freuden* tut. Wenn du einsam bist, dann weißt du ja, wem du dafür die Schuld zu geben hast.«

Und dann drehte sie sich um und trat gemächlich ihren Weg über den Rasen an, leicht gebeugt, aufs Haus zu und fort von ihm.

13

Carrie begutachtete das Stück Lammfleisch im Bräter. Es sah nicht groß genug aus. Für fünf Personen mochte es vielleicht reichen, aber nicht für sieben, und so viele würden sie beim Mittagessen sein, da sie Guy und Merrion eingeladen hatte. Sie hatte es aus einem Impuls heraus getan, hatte nicht einmal Simon von ihrer Absicht in Kenntnis gesetzt. Nach ihrem komischen, rührend stockenden Gespräch mit Rachel hatte sie merkwürdigerweise an Zuversicht gewonnen und kam sich weniger hilflos vor. Sie hatte nicht mehr das Gefühl, ohnmächtig zu sein, und glaubte, dass sie einen kleinen Vorstoß in eigener Sache unternehmen konnte. Also hatte sie Merrion angerufen und eine Nachricht auf ihrem Anrufbeantworter hinterlassen.

»Kommen Sie zum Mittagessen«, hatte sie gesagt. »Am Sonntag. Im Familienkreis. Bloß Sie und Guy und wir.«

Guy hatte schließlich zurückgerufen und gemeint, sie kämen für ihr Leben gern. Er klang erfreut, aber müde.

»Das ist eine sehr nette Idee –«

»Es wird nichts Großes werden. Bloß Sonntag.«

Als sie es Simon erzählte, hatte er nur genickt.

»Okay.«

»Du wirst mir also nicht den Kopf abreißen?«

»Dazu fehlt mir die Energie.«

»Oh, *wundervoll*«, sagte Carrie.

»Kein Grund, sarkastisch zu werden –«

»Kein Grund, sich selbst zu bemitleiden. Manchmal habe ich –« Sie verstummte.

Er sah sie an.

»Manchmal hast du das Gefühl, ich sei genau wie meine Mutter?«

»Ja«, sagte Carrie.

Dies hatte er mit einem Achselzucken quittiert. Sie hörte, wie er nach oben ging, und kurz darauf das Geräusch von laufendem Wasser. Dann war er wieder nach unten gekommen, nur um das Haus für eine der kostenlosen Rechtsberatungen zu verlassen, die er zusammen mit Ted abhielt.

»Musst du?«

Er küsste sie.

»Ja«, hatte er geantwortet.

Wie sie jetzt das zu kleine Stück Lammfleisch musterte, ging ihr durch den Kopf, dass sie ihn besser wecken sollte. Sie hatte ihn schlafen lassen – gütiger Himmel, sie hatte sie alle ausschlafen lassen –, aber Guy und Merrion würden in anderthalb Stunden eintreffen, und außerdem stieß sie langsam an die Grenzen ihrer Bereitschaft, sich für die Familie aufzuopfern. Den Tisch decken und das Essen kochen, in Ordnung. Darüber hinaus noch das Wohnzimmer aufräumen, einen Wein auswählen, den Schulkrempel aus der Diele beseitigen, die Gästetoilette im Ergeschoss noch einmal auf Hochglanz bringen – ganz und gar nicht in Ordnung. Sie mahlte Salz und Pfeffer über das Lamm und öffnete die Ofentür. Es hätte auch noch Knoblauch daran gehört, aber Emma hatte die letzte Knolle mit in die Schule genommen, für irgendeine Hauswirtschaftsstunde, und natürlich vergessen, Bescheid zu sagen oder sich selbst um Ersatz zu kümmern. Carrie stellte den Bräter in den Ofen und schloss die Klappe.

Sie stieg die Treppe hoch. Rachels Zimmertür war zu, und aus Emmas Zimmer drang Musik, obwohl die Vorhänge noch zugezogen waren. Sie spähte die Treppe zum zweiten Stock hinauf, die zu Jacks Zimmer führte. Ein schwarzes T-Shirt lag darauf, dazu ein einzelner Basketballturnschuh und eine zerknitterte Zeitschrift. Carrie seufzte. Mit Jack würde sie sich später befassen. Sie ging weiter zu ihrem eigenen Schlafzimmer und öffnete die Tür. Simon lag auf ihrer Seite des Betts und schlief, und dabei hielt er das Kissen an sich gedrückt, als sei es ein Mensch.

Sie ging durchs Zimmer und zog die Vorhänge zurück. Dann trat sie ans Bett und ließ sich auf der Kante nieder, neben Simon.

»Si«, sagte sie.

Er löste eine Hand vom Kissen und streckte sie ihr entgegen. Sie griff danach.

»Zeit zum Aufstehen.«

»M-hm«, brummelte er.

»Zeit, aufzustehen und der lieben, geduldigen Ehefrau zu helfen.«

Er lächelte ein wenig, ohne die Augen zu öffnen.

»Du bist wundervoll«, sagte er.

»Weiß ich. Und im Begriff, gleich wundervoll sauer zu werden.«

Er gähnte.

»Wo sind denn die Kinder?«

»Rat mal.«

Voll plötzlicher Tatkraft schleuderte er die Bettdecke beiseite und schlug die Augen auf.

»Okay«, sagte er. »Dann also einen Sprint ins Bad, bevor sie mir zuvorkommen.«

Vom oberen Flur her hörte Jack das Ächzen und Grummeln der Wasserleitungen, als die Dusche aufgedreht wurde. Der Gedanke an eine Dusche war ihm jetzt schon ein ganzes Weilchen immer wieder durch den Kopf gegangen. Es war schon komisch, aber wenn man in dem T-Shirt schlief, das man den ganzen Tag über angehabt hatte, fühlte man sich morgens nicht ganz so wie sonst. Nicht, dass man sich schmutziger vorgekommen wäre, vielmehr fühlte man sich müder. Jack drehte sich auf die Seite und starrte auf den Boden. Dort lagen seine zerknüllten Jeans und dicht daneben ein Turnschuh. Seine Socken und die Boxershorts, stellte er fest, hatte er noch an.

Er war zu müde gewesen, fiel ihm wieder ein, um sie noch auszuziehen. Dann war er fast zu müde gewesen, um einzuschlafen. So müde war er schon lange nicht mehr gewesen, eher das Gegenteil, eine unerschöpfliche, großartige Energie hatte ihn beflügelt, eine unbändige Lust, zu rennen und zu laufen, über Tore und Zäune zu setzen und immer gleich drei Stufen auf einmal zu nehmen. Und dann hatte Moll gestern, aus heiterem Himmel, soweit er das beurteilen konnte, verkündet, am Samstagabend hätte sie schon etwas vor.

»Soll das heißen, ich kann dich nicht sehen?«, fragte er.

Sie lächelte ihn geradeheraus an.

»Ja.«

»Was machst du denn?«

»Etwas mit meiner Mum«, sagte Moll.

»Deiner Mum –«

»Wir unternehmen immer eine Menge zusammen«, sagte Moll. Sie lächelte immer noch. »Bloß in letzter Zeit nicht. Wegen dir.«

»Oh.«

Sie gab ihm einen flüchtigen Kuss seitlich auf den Hals, einen ihrer Spezialküsse, bei dem auch ihre Zungenspitze mit beteiligt war.

»Ein einziger Samstag«, sagte sie.

»Aber es ist ein *Samstag* –«

»Deswegen möchte Mum ja auch mit mir ausgehen.«

Natürlich hatte er gelächelt. Natürlich hatte er keine Einwände erhoben. Sie hatte ihn mit einem ihrer langen, ruhigen Blicke bedacht, ganz aus der Nähe, ihr Gesicht nur eine Handbreit von seinem entfernt, und war dann davongeschritten, und er war einfach sitzen geblieben, hatte ihr nachgesehen, ihren Po und ihr Haar betrachtet und wie sie ihre Tasche über der Schulter trug, als hätte sie nicht das geringste Gewicht. Er war so daran gewöhnt, sie jeden Tag zu sehen, an die Gewissheit, sie zu sehen, dass er sich ziemlich verloren vorkam, als sei sein Leben auf einmal mit dem eines anderen vertauscht worden. Er schlug leicht mit den Fäusten gegen die Bank, auf der er gerade saß.

»Reiß dich zusammen«, redete er sich zu. Es war ein Satz, den Carrie häufig gebrauchte. »Reiß dich *zusammen.*«

Stattdessen ging er also am Samstag mit Adam und Rich ein paar Bier trinken. Marco hatte irgendeine Verabredung. Sie besuchten erst zwei Pubs und versuchten dann, in einen Club hineinzukommen, wo sie ihrer Jugend wegen von einem Türsteher abgewiesen wurden, der keinen Zweifel daran ließ, wie sehr es ihn langweilte, sich mit Minderjährigen wie ihnen herumschlagen zu müssen, wodurch dem Abend ein ziemlicher Dämpfer versetzt wurde. Adam schlug vor, noch bei einem Freund von ihm vorbeizugehen, bei dem immer was Interessantes lief, aber Jack merkte, dass er nicht mehr so richtig bei der Sache war.

»Geht ihr mal«, sagte er.

Die beiden anderen wechselten vielsagende Blicke.

»Na los, Kumpel –«

Er schüttelte den Kopf.

»Ich bin erledigt. Ich geh nach Hause.«

Er hatte sie dort stehen gelassen, auf dem Bürgersteig vor dem Club mit dem gelangweilten Türsteher, und hatte sich heimwärts getrollt. Es war ein Fußmarsch von fünfundzwanzig Minuten, und unterwegs gab es Momente, in denen er sich ebenso einsam wie verletzlich fühlte. Während jener zurückliegenden, euphorischen Wochen, in denen er mit Moll zusammen war, hatte er ganz vergessen, wie man sich als Außenseiter fühlte, wie es war, keine Rolle im gesellschaftlichen Gefüge zu haben, keinen angestammten Platz, keine Bedeutung. Als er heimkam, hastete er schnurstracks zum Telefon, für den Fall, dass sie angerufen hatte. Versprochen hatte sie es nicht, aber vage angedeutet, dass sie das tun würde. Drei Nachrichten waren eingegangen, zwei für Simon und eine von Emmas Freundin Sonia, bei der es um die Theatergruppe ging. Jack schlich sich aus der Küche und die Treppe hinauf. Es war fast Mitternacht. Die Tür zum Schlafzimmer seiner Eltern war geschlossen, ebenso wie die Zimmertüren seiner Schwestern. Er setzte sich auf die unterste Stufe der Treppe, die zu seinem Zimmer hochführte, zog einen Schuh aus und ließ ihn achtlos irgendwohin fallen. Dann streifte er sein oberes T-Shirt ab – das schwarze –, und dabei fiel ihm seine Ausgabe von *Loaded* aus der Jeanstasche. Ihm kam es vor, als würde er es vor Müdigkeit nicht mehr in sein Zimmer schaffen.

Die Dusche wurde zugedreht. Er hörte, wie die Leitungen ein letztes Mal grummelten und Stille einkehrte. Dann hörte er seine Mutter rufen: »Nein, jetzt, Rachel, *jetzt.*« Er wartete. Er hatte keine Lust auf den Tag, keine Lust, wieder dieses Gefühl der Müdigkeit zu verspüren.

»Jack!«, rief Carrie.

Sie stand am Fuß der Treppe. Er konnte sie sich vorstellen, eine

Hand gegen die Wand gestützt, das Gesicht zu seiner noch dunklen Etage emporgereckt.

»Jack!«, rief sie nochmals. Diesmal war ihre Stimme lauter. »Jack, könntest du jetzt *bitte* aufstehen?«

»Worüber sollen wir uns denn unterhalten?«, fragte Simon. Er entkorkte gerade eine Weinflasche. Er trug nun ein blaues Jeanshemd, und seine Haare waren noch feucht vom Duschen. Carrie verspürte große Lust, zu ihm zu gehen und sich an ihn zu schmiegen, aber sie ließ es. Sie blieb auf ihrer Seite des Küchentisches, schnitt Äpfel in Scheiben und legte sie in eine Kuchenform.

»Wir könnten mit dem Verkauf von Hill Cottage anfangen und den Konsequenzen außerehelicher Affären.«

»Sehr komisch.«

»Also wirklich«, sagte Carrie, »wovor hast du denn Angst? Es wird schon glatt gehen. Die Kinder sind doch auch dabei. Emma und Rachel sind jetzt schon seit Stunden im Bad.«

Simon zog den Korken mit einem Ruck aus der Flasche.

»Wegen *ihr*?«

»Rachels Aufmerksamkeit ist nicht entgangen«, sagte Carrie, »dass Merrion einen Pulli von agnès b. anhatte, als sie zum Abendessen hier war.«

Simon fuhr mit einem Papiertuch innen am Flaschenhals entlang.

»Wer ist agnès b.?«

»Eine Modemarke«, sagte Carrie. »Klassisch, dabei aber auch cool.«

Simon schüttelte den Kopf.

»Wenn Mum jetzt dahinter kommt –«

»Sie kommt nicht dahinter. Außer, *du* erzählst ihr davon.«

»Ich fühle mich entsetzlich –«

»Krank? Oder illoyal?«

Simon warf das zusammengedrehte Stück Küchenpapier ungefähr in Richtung Mülleimer.

»Illoyal.«

»Ach *Simon* –«

Er sagte: »Sie ist so verletzlich –«

»Ach ja?«

»Du hast sie nicht gesehen.«

»Ich hab's versucht«, sagte Carrie. »Ich habe sie eingeladen, herzukommen. Ich habe deinen Vater eingeladen. Der Unterschied ist, dass er zugestimmt und sie abgelehnt hat.«

Simon ging durch die Küche und hob das Küchenpapier auf.

»Das kann man überhaupt nicht vergleichen.«

»Nein«, sagte Carrie. »Stimmt.« Sie schnitt sehr flink die Äpfel klein. »Der andere Unterschied ist, dass dein Vater immer sehr nett zu mir gewesen ist und deine Mutter noch nie.«

»Carrie –«

»Ich hab's satt«, sagte Carrie. Sie legte das Küchenmesser hin und schlug die Hände vors Gesicht. »Ich hab's satt, dass du jedesmal springst, kaum, dass sie auch nur eine Augenbraue hebt. Ich hab's satt, wie sie sich auf höfliche, aber entschlossene Weise weigert, zur Kenntnis zu nehmen, dass ich deine *Ehefrau* bin. Ich hab's satt, dass du dich weigerst, deine wahren Prioritäten anzuerkennen. Ich habe es satt, satt, *satt*, immer nur an zweiter Stelle zu kommen.«

Kurze Zeit trat Stille ein.

»Ich denke –«, fing Simon an und verstummte.

Sie wartete. Sie nahm die Hände vom Gesicht und griff wieder nach ihrem Messer.

»Übertreibst du nicht ein wenig?«, sagte Simon.

Sie erwiderte nichts. Simon warf das Papier in den Mülleimer. Mit dem Rücken zu ihr sagte er: »Warum bist du mir böse? Warum bist du nicht böse auf meinen Vater?«

»Immer mehr«, stieß Carrie zwischen zusammengebissenen Zähnen hervor, »empfinde ich nichts als Sympathie für deinen Vater.«

»In dem Fall –«

»Halt die Klappe!«, schrie Carrie.

Er sah sie an.

»Carrie –«

»Mir reicht's einfach! Mir reichen deine Ausflüchte und deine

Feigheit und deine Ichbezogenheit und deine verdammte Scheiß-*Mutter*!«

Simon blickte gepeinigt drein.

»*Bitte* –«

Sie schüttelte heftig den Kopf. Tränen der Wut und Frustration schossen ihr in die Augen.

»Du bist so *unzugänglich*.«

»Ja«, sagte er, »das bin ich wohl. Zusätzlich zu all meinen anderen Fehlern.« Er nahm die Weinflasche. »Es ist ein Wunder, dass du bei mir bleibst.«

Sie funkelte ihn wütend an. Vorhin hatte sie ihr Haar sorgfältig hochgesteckt, und jetzt fing es an, sich wieder zu lösen. Sie konnte spüren, wie ihr die eine oder andere Strähne den Nacken hinabglitt.

»Denk mal drüber nach«, zischte sie.

»Worüber?«

»Darüber, *warum* ich bleibe.«

Er blickte zu Boden. Carrie rammte das Messer mit der Spitze voran in ihr Schneidebrett.

»Denk drüber nach, Simon. Denk drüber nach, solange ich noch hier bin, warum ich mich damit abfinde, wie sehr die Arbeit dich beansprucht, mit deinen Verpflichtungen deiner Mutter gegenüber, mit der ganzen Hausarbeit, mit *allem*. Ich bin wohl kaum die Sorte Mensch, die nur der Kinder wegen bleibt. Wenn ich wegginge, würde ich sie mitnehmen. Das tue ich aber nicht. Ich bleibe. Warum wohl, du blöder, blöder Simon Stockdale, *glaubst* du, dass ich bleibe?«

Er warf ihr einen raschen Blick zu. Dann blickte er hinab auf die Weinflasche in seiner Hand.

»Ich schätze –«, sagte er und brach ab.

Es klingelte an der Tür. Entsetzt sahen sie sich an.

»Oh mein Gott«, sagte Carrie. »Das müssen sie sein.«

Während des Mittagessens behielt Jack seinen Großvater im Auge. Seine Schwestern, fiel ihm auf, beobachteten Merrion, wenn auch verstohlen. Sie trug ihr Haar heute offen – das letzte Mal, zum Abendessen, war es zu einer Art Zopf geflochten –, und er konnte sehen, wie Rachel es musterte und sich fragte, wie man Haare dazu bringen konnte, so auszusehen. Rachel hatte die gleichen Haare wie Carrie, glatt und widerspenstig, mit einer Tendenz, sich über ihren Ohren zu teilen. Merrions Haare schmiegten sich hinter ihre Ohren und wirkten kein bisschen widerspenstig. Ihr Haar war sehr dick. Jack hatte früher nie so richtig auf Mädchenhaar geachtet. Das heißt, vor Moll.

Oberflächlich betrachtet, dachte Jack, wirkte Opa in Ordnung; normal, wie immer. Aber nach einem Weilchen konnte man sehen, dass er ein wenig gereizt war, dass er sich betont entspannt gab, es aber nicht wirklich war. Er saß neben Carrie und hörte ihr zu. Wenn er nicht gerade aß, ruhten seine Hände und Handgelenke auf dem Tisch, und man konnte sehen, dass seine Hände exakt mit Simons Händen übereinstimmten, dieselbe Form, dieselben Fingernägel. Opa trug ein kariertes Hemd mit aufgeknöpftem Kragen, unter einem dunkelgrünen Pullover. Er lächelte Carrie häufig an. Sie erzählte ihm von ihrer Arbeit. »Du bist erstaunlich«, sagte er mehrmals. »Ich weiß nicht, wie du das aushältst.« Manchmal, wenn er nach seinem Weinglas griff, warf er Merrion über den Tisch hinweg einen ganz flüchtigen Blick zu, und dabei durchfuhr Jack jedesmal ein leichtes Zucken, ein schmerzliches Wiedererkennen. Er hätte erwartet, Opa lächerlich zu finden; er hatte sich eingeredet, dass er bloß ein armseliger alter Knabe sei, der sich zum Narren gemacht hatte. So aber wirkte er gar nicht, kein bisschen. Er mochte zwar angespannt sein, aber er heischte nicht um Verzeihung, wirkte nicht jämmerlich, sondern gab – ohne Worte, aber unmissverständlich – zu erkennen, dass er sich in diesem Raum so wohl fühlte, weil Merrion auch hier war. Das erfüllte Jack mit Ehrfurcht und tiefer Qual. Außerdem verging ihm dabei gründlich der Appetit, und er war erstaunt, als er auf seinen Teller hinabschaute und feststellte, dass er leer gegessen war.

Sein Vater, bemerkte er, unterhielt sich mit Merrion über Rechtsfragen. Dabei sah er sie nicht an, sondern hielt den Blick auf den Tisch geheftet, direkt vor ihren Teller, auf die stumpfe Stelle, wo Jack eben beim Einschenken in ihr Glas etwas Wasser verschüttet und vergessen hatte, es wegzuwischen. Auf Jack machte sein Vater einen reichlich sarkastischen Eindruck; um seine Lippen spielte ein Lächeln, das nicht besonders herzlich wirkte. Merrion wiederum hatte offenbar keine Probleme damit, Simon anzuschauen. Sie sah ihn ganz ruhig an. Jack fragte sich, was ein Mädchen wohl von seinem Vater hielt, wenn sie ihn als Mann betrachtete und nicht als Vater. Er fragte sich, was Merrion wohl gerade dachte, ob es nicht komisch war, einen Sohn anzuschauen und in ihm etwas von dem Vater zu erkennen, in den man eigentlich verliebt war. Verliebt. Jack schluckte. Er nahm sein Messer und zeichnete damit Muster in die Soße, die sich noch auf seinem Teller befand. Moll hatte gesagt, sie würde anrufen. »Ich ruf dich Sonntag an, wenn es Samstagabend nicht klappt, okay?«, hatte sie gemeint. Das Telefon war den ganzen Vormittag über stumm geblieben, niemand rief an, nicht einmal Trudy oder Sonia oder einer von Dads Klienten, die immer sonntags anriefen, weil sie sich dann eine bessere Chance ausrechneten, ihn anzutreffen. Er schob seinen Stuhl zurück.

»Jack?«, sagte Carrie.

Er sah sie nicht an.

»Ich muss was erledigen –«

»Könntest du es vielleicht gleich erledigen? Nachdem du das Geschirr abgeräumt hast?«

Jack zögerte. Er stand auf. Opa sah ihn mit einem Ausdruck an, der ihm auf seltsame Weise Mut einflößte.

»Sofort«, sagte er. »Ich muss bloß kurz telefonieren.«

»Ist mit Jack alles in Ordnung?« fragte Guy.

Er und Simon standen im Garten, die Hände in den Hosentaschen. Der Garten war auffällig verwahrlost. Weder er noch Simon hatten diesen Umstand kommentiert, aus dem einfachen Grund, weil sie es beide nicht so recht zur Kenntnis genommen hatten, und falls doch, wären sie dadurch rasch Gefahr gelaufen, auf das Thema Laura zu kommen.

»Alles bestens«, sagte Simon.

»Wirklich?«

Simon hob den Blick, um ein vorbeiziehendes Flugzeug zu betrachten.

»Er hat eine Freundin. Die erste richtige. Er ist völlig hin und weg.«

Guy schaute aufs Gras hinab. Mit der Schuhspitze stupste er an einem Löwenzahn herum.

»Beim Mittagessen sah er nicht gerade hin und weg aus«, sagte Guy. »Er wirkte unglücklich. Er hat kaum ein Wort gesagt.«

»Das tut er selten. Jedenfalls nicht in Gegenwart Erwachsener.«

»Und allen anderen geht es gut? Schule und so?«

»Ich denke schon«, sagte Simon. »Da fragst du besser Carrie.«

»Warum kann ich nicht dich fragen?«, sagte Guy. »Der Junge ist doch auch dein Sohn, oder?«

»Sie ist diejenige –«

»Nun, das sollte sie aber nicht sein.«

»Halt mal«, sagte Simon leicht hitzig. »Halt, jetzt fall nicht über *mich* her. Überhaupt, woher nimmst du dir das Recht? Wer wusste denn außer Mum über meine schulischen Angelegenheiten Bescheid?«

»Eben«, sagte Guy. »Und das bereue ich auch.«

»Also willst du jetzt dein Gewissen beschwichtigen, indem du mir die Hölle heiß machst?«

Guy stupste wieder gegen den Löwenzahn.

»Carrie ist nicht glücklich«, sagte er. »Du bist nicht glücklich. Jack ist nicht glücklich. Und sag mir nicht, das sei alles meine Schuld, denn das ist weder fair noch zutreffend.«

»Bist du hergekommen, um mir einen Vortrag zu halten?«

»Ich halte dir keinen Vortrag.«

»Dad«, sagte Simon, »es war Carries Idee, euch beide einzuladen, und bis jetzt ist doch alles gut gelaufen. Also fang jetzt nicht mit mir an.«

Guy sagte: »Ich habe versucht, deine Mutter zu besuchen.«

»Ich weiß.«

»Meine eigene Erfahrung«, sagte Guy, »meine Instinkte *und* Susan Dewar raten mir, euch beide zu bitten, deiner Mutter einen unabhängigen Rechtsbeistand zu suchen.«

Simon blickte wieder zum Himmel empor.

»Das haben wir alles schon mal besprochen.«

Guy legte Simon eine Hand auf den Arm.

»Aber du *leidest* doch, Simon. Und Carrie leidet deinetwegen.«

Simon ließ den Arm sinken, so dass Guys Hand abglitt.

»Ich kann nur tun, was ich für richtig halte.«

»Herrgott«, sagte Guy und schloss kurz die Augen.

»Hier geht es auch um Gewissensfragen«, sagte Simon. »Nicht bloß um Gefühle. Was einem das Gewissen aufträgt, welches Vorgehen man als *richtig* empfindet.«

»Jedem gegenüber?«

»Jedem kann ich es unmöglich recht machen.«

»Also entscheidest du dich dafür, es einer Person recht zu machen, auf Kosten aller anderen?«

»Dad«, sagte Simon. »Dad. Genau das ist der Punkt. Ich entscheide mich nicht. Mir bleibt keine Wahl.«

Guy schwieg. Mittlerweile hatte er den Löwenzahn losgetreten und bückte sich, um ihn komplett mit seiner langen weißen Wurzel aus dem Rasen zu ziehen. Auf halbem Weg riss die Wurzel entzwei.

»Verdammt.«

»Ich sollte nicht mit dir hier sein«, sagte Simon. »Ich sollte gar nicht mit dir reden. Ich sollte nur durch Susan Dewar mit dir reden.«

Verärgert sagte Guy: »Sei nicht so ein Idiot.«

Simon zuckte die Achseln.

»Ich muss dir etwas sagen«, sagte Guy.

Simon schaute ihn an.

»Rechtlich gesehen sollte Susan dir das vermutlich mitteilen, aber ich bin immer noch dein Vater, egal, was du sagst, und so teile ich es dir lieber selbst mit.«

»Merrion ist schwanger«, sagte Simon.

»Nein. Merrion ist nicht schwanger.«

»Was dann?«

»Wir haben einen Hochzeitstermin festgelegt.«

»Das könnt ihr nicht.«

»Wir haben es aber getan.«

»Dad«, sagte Simon, »wir haben ja noch nicht einmal vollständige Eigentumsaufstellungen. Es wird noch Wochen dauern, Monate womöglich. Wir benötigen zu *allem* Mums Einverständnis.«

»Dein Job«, sagte Guy.

»Was?«

»Ich beabsichtige, Merrion am zwanzigsten Oktober zu heiraten. Ich beabsichtige, einige Zeit vor diesem Termin geschieden und damit frei für die Heirat zu sein.«

»Aber das kannst du nicht, es ist nicht praktikabel, wir haben ja noch nicht einmal völlige Einigung über das Haus erzielt –«

Guy trat einen Schritt zur Seite.

»Das liegt ganz bei dir.«

»Dad –«

»Du bestehst darauf, keine Wahl zu haben«, sagte Guy. »Das sind die Folgen. Wir können alle erstaunlich unvernünftig sein, wenn man uns genug unter Druck setzt. Ich nehme nichts davon zurück, was ich über Großzügigkeit deiner Mutter gegenüber geäußert habe, aber ich werde nicht ewig warten, während sie ihre Spielchen mit mir treibt. Es ist dein Job, Simon, diese Scheidung so rasch wie möglich zu regeln. Du sagst, dir bliebe wegen deiner Mutter keine Wahl. In diesem Fall bleibt dir dann auch mit mir keine Wahl.« Er schaute den zerfledderten Löwenzahn in seiner Hand an und schleuderte ihn dann in die Sträucher am Rand des Rasens. »Und jetzt werde ich mal nachsehen, wo die Mädchen stecken.«

Merrion lag mit weit geöffneten Augen in der Dunkelheit da. Neben ihr ruhte Guy, auf der Seite, in einer für ihn typischen Haltung, die linke Wange auf den rechten Handrücken geschmiegt, und schlief. Wenn sie dachte, dass er unbequem lag – das hatte sie herausgefunden –, und sanft seine Hand wegzog, murmelte er höflich etwas im Schlaf und legte sie wieder zurück. Er wirkte sehr zufrieden. Vor einer Stunde hatte er mit ihr geschlafen und schlief nun den behaglichen, gesättigten Schlaf, wie er für Männer nach dem Sex so typisch ist. Sie streckte die Hand aus und strich mit einem Finger über seine obere Wange, und dann drehte sie den Kopf weg und sah hoch zur Decke.

Sie war ebenfalls glücklich, glücklicher als seit Wochen. Die Aussicht auf das Mittagessen bei Simon und Carrie hatte sie mit einiger

Unruhe erfüllt, aber als es dann stattfand, lief alles gut. Nicht gerade einfach, abgesehen vom Geschirrspülen, als sie mit Carrie allein war, aber gut. Die Kinder waren natürlich eine Hilfe, sie redeten zwar nicht viel, waren aber anwesend und eindeutig nicht feindselig, vermittelten ihr nicht das Gefühl, ihre Anwesenheit sei unerwünscht oder unnormal. Offenkundig war sie für sie ein Gegenstand der Neugierde, aber keine Bedrohung, kein Eindringling. Als sie ihre Schuhe in der Küche auszog, damit Rachel sie anprobieren konnte, war ihr jäh zu Bewusstsein gekommen, wie das Leben in einer Familie aussehen könnte, wie es tatsächlich auch ausgesehen hatte, vor all diesen Jahren in Cowbridge, wenn Schulfreundinnen sie mit zu sich nach Hause genommen hatten und sie deren Brüder sah und die vollgestopften Küchenschränke und die vielen Zahnbürsten im Badezimmer.

»Die stehen dir gut«, hatte sie zu Rachel gesagt.

Rachel klemmte sich das Haar hinter die Ohren. Sie spähte hinab auf ihre Füße, unter dem schwarzen Spitzenkleid und den Jeans.

»Die sind toll«, sagte sie.

Auf der Rückfahrt nach Bayswater erzählte Guy ihr, er hätte Simon über den Hochzeitstermin in Kenntnis gesetzt. Merrion hatte gelernt, sich die Frage: »War er wütend?«, zu verkneifen. Stattdessen antwortete sie: »Oh, gut.«

»Ich habe ihm gesagt, dass es sein Problem sei. Vielleicht ist er so dumm, es seiner Mutter zu erzählen, aber daran kann ich nichts ändern.«

Insgeheim dachte Merrion, Guy hätte selbst ein wenig dumm gehandelt, als er Simon einweihte, aber Guy empfand die Kluft zwischen Simon und sich so schmerzlich und litt so sehr unter Lauras wirksamer, unnachgiebiger Taktik, mit der sie Vater und Sohn gegeneinander ausspielte, dass kleine Ausrutscher in eigener Sache wie dieser nur zu verständlich waren. Sie seufzte. Sie hielt ihre Hände im Dämmerlicht hoch und befühlte den Finger, an dem sich der Ehering befinden würde. Vielleicht würde sie letzten Endes doch einen Ring tragen. Vielleicht hätte sie Lust, zu zeigen, dass sie verheiratet war, aller Welt. Sie stellte sich vor, wie sie in Carries

Küche stände und Rachel und Emma ihren Ring zeigte, wie sie ihn abstreifen würde, damit sie ihn anprobieren könnten, genau wie ihre Schuhe, um zu sehen, wie es aussah, wie es sich anfühlte, einen Ehering zu tragen. Sie merkte, dass sie lächelte. Es war ein guter Tag gewesen, ein unerwartet guter Tag. Selbst Simon war kein so großes Problem gewesen; der arme Simon, den auf Schritt und Tritt das Gespenst seiner Mutter verfolgte. Natürlich brachte er es nicht fertig, sie anzusehen, aber er unterhielt sich mit ihr; es schien ihm sogar Spaß zu machen, sich mit ihr zu unterhalten, als hätte er wirklich Interesse an ihr. Wenn sie erst einen Ehering trüge, hätte er sich mittlerweile vielleicht so an die Vorstellung gewöhnt, dass er auch in der Lage wäre, sie anzuschauen. Diese Vorstellung gefiel ihr. Sie hatte Simon gern. In dieser Nacht, in diesem Moment nur, hatte sie fast jeden und alles gern.

14

»Alles klar, Kumpel?«, fragte Adam.

Das fragte er an diesem Morgen nun schon zum dritten Mal. Beim ersten Mal hatte er Jack einen Arm um die Schultern gelegt. Jack hatte ihn unwirsch abgeschüttelt.

»Finger weg –«

»Tschuldige«, sagte Adam. Er schien nicht beleidigt. Er sah Jack beharrlich an, als warte er auf irgendetwas. Rich sah ihn ebenfalls an, obwohl er nichts sagte, aber Rich sagte ohnehin nie sehr viel. Er kam aus einer siebenköpfigen Familie, mit einer Mutter, die unentwegt redete, wie ein Wasserfall, und einem völlig stummen Vater. Rich kam ganz auf seinen Vater.

»Mir geht's gut«, sagte Jack. Er brach ein Stück von dem Hot Dog ab, den er gerade aß, und zog mit den Zähnen einen schlaffen Streifen gebratene Zwiebel heraus. »*Echt*, alles klar.«

»Gutes Wochenende?«, fragte Adam.

Jack hörte auf zu kauen und starrte ihn an.

»Was bitte?«

Adam grinste. Er tat sich an Maischips aus einer Tüte gütlich.

»Ich sagte, hast du ein gutes Wochenende gehabt –«

»Ich hab's gehört.«

»Und?«

»Was für eine Frage ist das denn?«, sagte Jack. »Bist du plötzlich zu meiner Mutter mutiert, oder was?«

Er betrachtete die Überreste seines Hot Dogs. Auf einmal fand er ihn ekelhaft; fetttriefend und gummiartig und unecht. Er wollte jetzt eine Zigarette, keinen Hot Dog. Er erhob sich von der Bank, auf der sie saßen, und ließ den restlichen Hot Dog in einen Mülleimer aus Metalldraht fallen.

»Heh«, sagte Rich, »den hätte ich noch gegessen.«

Jack drehte sich nicht um.

»Zu spät«, meinte er.

Er zog seine Zigaretten aus der Hosentasche, die ersten Zigaretten, die er seit jenem unglaublichen Moment gekauft hatte, als er und Moll seine letzte Packung zusammen weggeworfen und dabei gelacht hatten, und als sie ihn das erste Mal geküsst hatte, kein sehr heftiger Kuss, nicht so wie die Küsse, zu denen sie sich gesteigert hatten, aber trotzdem mitten auf den Mund, mitten drauf. Ihn kam eine jähe Sehnsucht an, als er an diesen Kuss dachte, diese drei Sekunden, neben dem Mülleimer am Rand des Basketballfelds, wo die kleineren Kinder sich in den Pausen aufhielten. Er zog eine Zigarette aus seiner neu gekauften Packung und zündete sie an. Dann sog er tief einen Mund voll Rauch ein. Es schmeckte großartig, aber nicht so großartig, wie er eigentlich gehofft hatte. Er drehte sich zu den anderen um.

»Sollten mal besser los.«

Adam schüttelte sich gerade die letzten Krümel aus der Maischipstüte in den Hals.

»Hey! Wieso denn so eilig –«

»Doppelstunde Physik.«

»Und seit wann scherst du dich einen Dreck um eine Doppelstunde Physik?«

Jack ließ seine Zigarette zu Boden fallen und trat sie energisch mit der Hacke aus.

»Es war doch deine Idee, rauszugehen«, sagte Adam.

»Ich wollte Fluppen holen –«

»Und die hast du auch geholt. Und wir sind mit dir mitgekommen –«

»Musstet ihr doch nicht.«

»Mussten wir wohl«, sagte Rich.

Jack sah ihn an.

»Wieso?«

»Wieso was?«

»Wieso musstet ihr mit mir mitkommen?«

»Um zu sehen, ob mit dir alles okay ist«, sagte Adam.

»Warum sollte mit mir nicht alles okay sein?«

Adam knüllte seine Chipstüte zu einer Kugel zusammen und

schleuderte sie in Richtung Mülleimer. Sie traf auf der Kante auf und fiel zu Boden.

»Du – du wirktest eben einfach nicht so«, sagte Adam.

»Bei uns war am Wochenende 'ne Menge los«, sagte Jack. »Familienkram. Hat voll geschlaucht.«

Adam sagte: »Das Wochenende ist jetzt drei Tage her.«

Jack versetzte Adams Chipstüte einen wüsten Tritt.

»Weiß ich.«

Adam stand auf.

»Also dann los.«

Jack beäugte ihn aufmerksam.

»Was weißt du, was ich nicht weiß?«

»Nicht viel –«

»Es geht mir nicht um viel«, sagte Jack. »Ich möchte bloß irgendwas wissen.«

Rich stand auch auf.

»Komm, rennen«, sagte er.

»Was?«

»Ich hab gesagt, lass uns um die Wette rennen.«

»Warum?«, fragte Jack. »Warum sollte ich mit dir um die Wette rennen wollen?«

Rich zuckte die Achseln.

»Rich«, sagte Jack. »Sag's mir einfach.«

Rich sah Adam an. Er steckte die Hände in die Taschen und zog die Schultern hoch.

»Wahrscheinlich ist es gar nichts –«

»Rich, erzähl's mir«, sagte Jack. Er trat einen Schritt vor und legte Rich die Hände auf die Schultern.

»Moll?«, fragte er.

Rich nickte. Jack schüttelte ihn leicht.

»Was? *Was?*«

»Samstag«, murmelte Rich.

»Samstag? Was war am Samstag?«

Rich duckte den Kopf. Er hielt den Blick angestrengt auf Jacks Schulkrawatte geheftet.

»Marco«, sagte er.

Jack nahm die Hände von Richs Schultern. Er sah Adam an.

»Moll war mit Marco aus? Am Samstag?«

Adam nickte.

»Und Sonntag?«, sagte Jack.

»Keine Ahnung –«

»Und Montag und Dienstag und Mittwoch? Nie zu Hause, um ans Telefon zu gehen, weil sie mit Scheiß-*Marco* aus ist? Nicht in der Schule, angeblich weil sie ihre Tage hat, nur damit sie mich nicht *sehen* muss?«

»Keine Ahnung«, sagte Adam.

»Ihr wusstet Bescheid.«

»Ja.«

»Am Samstag schon?«

»So ungefähr«, sagte Rich.

Jack schüttelte den Kopf. Tonlos meinte er: »Sie sagte, sie sei mit ihrer Mum aus.«

»Ja. Tja –«

»Sie sagte, sie würde anrufen.«

Adam streckte eine Hand aus und versuchte, Jack am Arm zu erwischen.

»Also los, Kumpel. Doppelstunde Physik.«

»Verpiss dich!«, schrie Jack.

Er machte seinen Arm los.

»Cool bleiben, Kumpel –«

Er starrte sie wutentbrannt an.

»Verpiss dich, hab ich gesagt.«

»Okay, okay –«

Sie traten einen Schritt von ihm weg. Richs Augen sahen eigenartig aus, als zwinkerte er oder so etwas.

»Ihr habt es *gewusst* –«

Sie sagten nichts. Jack hätte sich am liebsten auf sie gestürzt, sie gegen die Mauer hinter der Bank gestoßen und richtig mit den Köpfen dagegen geknallt, Schädel gegen Backstein, *deng deng deng*. Er steckte die Hände in die Taschen. Sie waren es nicht wert. Nichts war es wert. Nichts.

»Scheiß drauf«, sagte Jack. Seine Stimme war heiser. »Scheiß auf euch beide«, und dann drängte er sich an ihnen vorbei und stürmte über den Bürgersteig davon, durch die Scharen von Passanten, die an diesem Donnerstagmittag die Einkaufsstraße bevölkerten.

Emma war in ihrem Zimmer. Sie hatte Kopfschmerzen. Sie hatte jetzt seit zwei Tagen Kopfschmerzen, aber als sie Carrie davon erzählte, gab Carrie ihr ein Paracetamol und meinte, sie solle viel Wasser trinken.

»Ich hatte gestern schon Kopfschmerzen«, sagte Emma.

Carrie meinte nur: »Ich auch.«

»*Seit* gestern«, sagte Emma. Sie beäugte unfroh das Paracetamol. »Die mag ich nicht.«

»Schluck es«, sagte Carrie. Sie hatte ihr Kostüm an, das sie immer zur Arbeit trug. »Schluck's runter und mach dich auf zur Schule. Du kommst noch zu spät.«

Das Paracetamol betäubte Emmas Kopfschmerzen, aber es beseitigte sie nicht. Es kam ihr vor, als könnte sie förmlich mit ansehen, wie sie zurückkehrten, bis ihr ganzer Schädel voll schwarzer Tentakel zu sein schien, die alle auf etwas hinabdrückten, bis es wehtat. Emma ertrug die schwarzen Tentakel während Mathe und Französisch und Religion und in der Pause, dann ließ sie sich von Sonia begleiten, um die Schulschwester aufzusuchen.

»Ich habe seit gestern Kopfschmerzen.«

Die Schulschwester füllte gerade Formulare aus. Sie blickte Emma kaum an.

»Warum bist du dann in der Schule?«

»Ich dachte, es wäre besser geworden.«

Die Schulschwester notierte etwas und unterstrich es.

»Hast du deine Periode?«

Emma sah Sonia an. Sie hatte sie erst zweimal gehabt. Bei Sonia hatte es schon mit elf angefangen. Sie bekam ihre Tage mittlerweile regelmäßig.

»Nein«, sagte Sonia.

»Hast du deine Augen schon einmal überprüfen lassen?«

»Ja«, sagte Sonia.

Emma war nach Kichern zumute. Sie betrachtete das Haar der

Schulschwester, das mit Hilfe eines Gummibands zu einem schief sitzenden Knödel zusammengewurstelt war.

»Ist deine Mutter zu Hause?«

Sonia stupste Emma an.

»Ja«, sagte Emma.

Die Schulschwester griff nach einem Block.

»Ich schreibe jetzt eine Mitteilung für deinen Klassenlehrer«, sagte sie, während sie geschwind etwas notierte. »Dann gehst du nach Hause und sagst deiner Mutter, dass, wenn deine Kopfschmerzen morgen nicht weg sind, du besser mal zum Arzt gehen solltest.«

Sie riss den Zettel von dem Blöckchen ab und reichte ihn Sonia. »Bitte sehr.«

Sonia hätte Emma gern nach Hause begleitet.

»Es wäre besser. Deine Mum ist doch nicht da.«

»Ich komm schon klar.«

»Bitte, Emma«, sagte Sonia. »Dann kann ich mich vor Englisch drücken.«

»Das möchte ich nicht«, sagte Emma. »Ich habe keine Lust zu reden.« Sie versetzte Sonia, die immer noch den Entschuldigungszettel hielt, einen leichten Klaps auf die Hand. »Gib du den für mich ab.«

»Okay«, sagte Sonia. Sie gab immer nach, hatte Emma herausgefunden; erst versuchte sie es mit Streiten, und dann gab sie nach. Das mochte Emma unter anderem an ihr, außerdem noch, wie sehr ihr Dad sie verwöhnte. Sonias Dad hatte Sonias Mum wegen einer Cousine von Sonias Mum verlassen, also musste er Sonia Sachen schenken, um das wettzumachen. Manchmal legte Sonia auf die Sachen, die ihr Dad ihr geschenkt hatte, keinen Wert und schenkte sie an Emma weiter. Auf die Weise war Emma an ihre dunkelblauen Clogs gekommen. Sonia wollte sie nicht tragen, weil die Cousine von Sonias Mum – die erst siebenundzwanzig war – genau die gleichen hatte.

»Bis dann«, sagte Emma zu Sonia.

»Bis später dann«, sagte Sonia. Das sagte sie immer, auch wenn sie Emma erst Tage später wiedersah.

Emma schloss auf und betrat das Haus. Es wirkte merkwürdig;

nicht gerade leer, eher so, als warte es. Sie steckte ihre Hausschlüssel in die mit einem Reißverschluss versehene Tasche an ihrem Schulranzen und ging in die Küche. Das Frühstück stand teilweise noch auf dem Tisch, wie immer, wenn Carrie das Haus nicht als Letzte verließ; benutzte Schüsseln und Löffel und eine Schachtel mit Frühstücksflocken, aus der die Innentüte noch herausragte, so dass Luft eindringen konnte und der Inhalt weich wurde. Emma verabscheute weiche Frühstücksflocken. Auch weiche Kekse waren ihr zuwider. Sie mochte überhaupt nichts, was nicht mehr frisch war.

Sie ging hinüber zum Kühlschrank und öffnete ihn. Sie hatte nicht direkt Hunger, aber ihr war danach, einen Blick hineinzuwerfen und nachzusehen, was es so gab. Sie nahm sich einen Joghurt heraus und eine in Plastikfolie gewickelte Portion Käse und zwei Pralinen aus der Schachtel, die Merrion Carrie am Sonntag mitgebracht hatte, als sie zum Mittagessen gekommen war. Emma ordnete die Reihen in der Schachtel ein wenig um, damit es nicht so ins Auge fiel, wo sich die fehlenden Pralinen befunden hatten. Dann öffnete sie den Schrank neben dem Kühlschrank und fand eine Tüte Chips mit Schinkengeschmack und eine Büchse gesalzene Mandeln, die Carrie für Sonntag besorgt und ganz vergessen hatte. Emma stellte alles auf den Tisch, während sie in der Kiste darunter nach einer Dose Coca-Cola kramte. Sie fühlte sich genau wie immer, wenn sie und Rachel den Kühlschrank plünderten, nachdem Simon und Carrie schon zu Bett gegangen waren, eine ziemlich aufregende Mischung aus der Angst, erwischt zu werden, und dem festen Entschluss, Trotz zu bieten.

»Es ist doch unser Zuhause, oder?«, sagte Rachel immer. »Es ist doch unser Kühlschrank und unser Essen, oder?«

Emma hob ihren Schulrock am Saum hoch, bis sie eine Art improvisierten Beutel hatte, in den sie dann das Essen und die Dose Cola packte. Sie fügte noch eine Banane hinzu; keine von den braunen, fleckigen, die nach Carries Worten als erste gegessen werden mussten, sondern eine glatte, gelbe, frische. Carrie meinte, die Frischen schmeckten nach gar nichts, aber Emma fand, sie schmeckten sauber. Langsam ging sie nach oben, ihren Rockbeutel sorgsam festhaltend, und ließ den Inhalt auf ihr Bett fallen.

Sie hatte am Morgen ihr Bett gemacht, Kopfschmerzen hin oder her. Sie machte ihr Bett immer, nicht weil Carrie es ihr sagte, sondern weil es sich abends schmutzig anfühlte, wenn sie ins Bett ging, ohne es gemacht zu haben. Wenn man das Bettlaken stramm zog, hatte Emma festgestellt, fühlte es sich sauberer an, neuer. Sie schleuderte ihre Schuhe von sich und zog ihre Socken aus. Auf ihren Zehnägeln klebten winzige pinkfarbene Sticker in Blumenform. Darüber hatte sie noch Klarlack aufgetragen, wodurch es so wirkte, als befänden die Blumen sich unter Wasser. Emma hasste ihre Füße. Sie waren zu fett, sogar ihre Zehen waren fett, wie kleine Würstchen. Es war eine wirkliche Heimsuchung, fand Emma, fette Füße zu haben.

Sie zog den Reißverschluss an ihrem Schulrock auf und ließ ihn zu Boden fallen, danach ihre Schulstrickjacke. Ihre Strickjacke hatte früher Rachel gehört, und die Ellbogen waren schon dünn gewetzt und die Ärmelbündchen waren ausgeleiert und hatten ausgefranste Stellen, wo Rachel daran herumgekaut hatte. Emma hatte heftig um eine neue Schuluniform gekämpft, dabei aber nur einen neuen Rock herausgeschlagen. Carrie blieb eisenhart, was den Rest anbelangte, absolut eisenhart. Und es würde nichts nützen, zu Simon zu gehen. Simon wäre von dem Thema, dass Emma Rachels abgelegte Schuluniform tragen musste, so gelangweilt, dass er nicht einmal imstande wäre, ihr zu folgen. Er hätte sie angesehen, als wäre sie nicht nur komplett übergeschnappt, sondern rede auch in einer unverständlichen Fremdsprache. Er hätte ihr das Gefühl gegeben, dass sie sich närrisch aufführte.

Emma legte sich in ihrer Unterhose und ihrer Schulbluse ins Bett. Vorsichtig ließ sie sich auf ihrem Kissen nieder und spürte, wie die verschiedenen Nahrungsmittel auf ihrer Bettdecke herumpurzelten, während sie ihre Beine lang ausstreckte. Sie kam zu dem Schluss, dass ihre Kopfschmerzen immer noch da waren, sich aber nicht verschlimmert hatten. Wenn sie ganz reglos dalag und sehr langsam aß, gingen sie vielleicht weg. Wenn sie mit geschlossenen Augen äße, gingen sie vielleicht sogar noch schneller weg. Sie langte die Bettdecke hinunter und tastete darauf herum, auf der Suche nach einem ihrer Beutestücke. Sie fand den Joghurt. Joghurt, fiel ihr auf, konnte man im Liegen und mit geschlossenen Augen nicht direkt aus dem Becher essen. Dabei würde er einem in die Augen laufen. Sie legte den Joghurt wieder hin und tastete weiter. Ihre Finger fanden das kleine, praktische Käserechteck in seiner glänzenden Plastikhülle. Sie hob es auf und steckte sich die Ecke der Verpackung zwischen die Zähne, um sie aufzureißen.

Unter ihr, im Erdgeschoss, wurde die Haustür geöffnet und krachend zugeworfen. Emma erstarrte. Man hörte den dumpfen Aufprall einer fallen gelassenen Tasche und das Klimpern von Schlüsseln. Dann ging jemand in die Küche. Emma setzte sich aufrecht hin. Sie legte den Käse auf ihren Nachttisch. Dann ließ sie sich aus dem Bett gleiten und schlich hinaus auf den Treppenabsatz, um hinab in den Flur zu schauen. Es war Jacks Tasche, die im Flur lag, und seine Schlüssel lagen auf dem Boden daneben. Emma schlich in ihr Zimmer zurück und suchte die lila-weiß gestreifte Radlerhose hervor, die Sonia ihr geliehen hatte – »Die ist aber nur geliehen«, hatte Sonia betont. »Nur bis Freitag.« –, und zog sie unter ihrer Schulbluse an. Dann tappte sie auf ihren bloßen, mit pinkfarbenen Aufklebern verschönten Füßen die Treppe hinunter und quer durch den Flur in die Küche.

Jack stand neben dem Küchentisch und aß Weißbrot direkt aus der Packung.

»Was machst du denn hier?«, fragte Emma.

Er zuckte leicht zusammen. Mit dem Brot im Mund erwiderte er: »Und du?«

»Ich habe Kopfschmerzen«, sagte Emma. »Ich habe einen Entschuldigungszettel.«

Jack brummte kurz.

»Ich dachte nicht, dass jemand hier wäre –«

»Ich auch nicht«, sagte Emma. Sie sah ihn an. Er sah schrecklich aus, fast grau und leblos. »Bist du nach Hause geschickt worden?«

»Nein.«

Sie ging auf den Tisch zu und schnappte sich die Brotpackung. Carrie hasste es, wenn sie Sachen direkt aus der Packung oder dem Karton aßen. Es würde ihr gar nicht gefallen, dass Emma für ihren Joghurt keinen Löffel mit nach oben genommen hatte.

»Was machst du denn dann hier?«

Jack schnellte vor und riss Emma die Brotpackung wieder aus der Hand.

»Ich fahr weg –«

»Lass das!«, sagte Emma. »Mum mag das nicht! Mum findet es nicht gut, wenn man direkt aus der Packung isst!« Sie lehnte sich auf den Tisch. »Und wo willst du überhaupt hin?«

»Spielt keine Rolle.«

»Und ob. Du musst es Mum sagen. Sag's mir, dann sage ich es Mum.«

»Nein«, sagte Jack.

Emma seufzte.

»Warum fährst du denn weg?«

»Spielt keine Rolle.«

»Heute ist doch Schule«, sagte Emma. »Du kannst nicht einfach wegfahren, wenn Schule ist.«

»Pass auf«, sagte Jack. Er verdrückte den Rest der Scheibe Brot, die er gerade aß. »Pass auf. Es geht dich nichts an, wohin ich fahre und was ich tue.«

»Und ob«, sagte Emma. »Ich bin deine Schwester.«

»Und?«

»Also muss ich Bescheid wissen.«

Jack ging wortlos an ihr vorbei. Sie hörte, wie er den Flur durchquerte und zur Gästetoilette im Erdgeschoss ging, die sie nie benutzte, weil es da so dunkel war und nach Gummistiefeln roch, und weil Simon und Jack sie benutzten und die Klobrille immer offen stehen ließen. Sie hörte ihn pinkeln, und dann die Wasserspülung. Jack kam wieder in den Flur.

»Du hast dir nicht die Hände gewaschen!«, rief Emma.

Er hob seine Schlüssel auf. Deutlich hörte sie das wetzende Geräusch, als sie dabei über die Bodenfliesen streiften. Dann tauchte er in der Küchentür auf. Er hatte seine Schulkrawatte abgelegt, trug aber immer noch seine grauen Schulhosen und den schwarzen Schulblazer.

»Bis dann«, sagte er.

Sie fragte: »Ziehst du dich denn nicht um?«

Er schüttelte den Kopf.

»Nein.«

»Wann kommst du zurück?«, fragte Emma.

»Keine Ahnung –«

Sie langte über den Tisch und griff nach dem Brot, das sie ihm in der Plastikpackung hinhielt.

»Willst du das mitnehmen?«

Er schüttelte wieder den Kopf.

»Nein.«

»Okay«, sagte Emma. »Was soll ich Mum erzählen?«

»Sag ihr, dass ich zurückkomme.«

»Wann?«

»Irgendwann«, sagte Jack. Er senkte den Blick und rasselte mit seinem Schlüsselbund, und dann drehte er sich wortlos um und ging wieder durch den Flur zur Haustür. Emma hörte, wie die Tür wieder ins Schloss krachte. Emma fand, dass er ausgesehen hatte wie einer, der richtig den Marsch geblasen bekommen hatte, so wie Leute aussahen, wenn die Prüfungsergebnisse ausgehängt wurden und sie entdeckten, trotz allen Beteuerns, wie gleichgültig ihnen ihre Noten waren, dass sie richtig schlecht abgeschnitten hatten, nicht so, dass es noch cool war, sondern wirklich schwachsinnig schlecht. Emma ging um den Küchentisch und legte das Brot wieder in den großen braunen Brotkasten aus Kunststoff, in dem sich unten weiche, grünliche Krümel ansammelten, wenn Carrie vergaß, ihn auszuwaschen. Ihre Kopfschmerzen, merkte sie auf einmal, waren völlig verschwunden.

»Bitte erheben Sie sich!«, sagte der Gerichtsdiener.

Guy stand von seinem Sessel auf dem kleinen Podium in Gerichtssaal eins auf und ging nach draußen. Es war ein langer, banaler Nachmittag gewesen, gefüllt mit Anträgen von Gerichtsvollziehern wegen diesem und jenem.

»Euer Ehren, wie Ihnen bekannt sein dürfte, hat Mr. Simmons es versäumt, der Aufforderung nachzukommen –«

»Bei allem Respekt, Euer Ehren, gebe ich zu bedenken, dass dieses Verfahren sich ohne Verfügung endlos hinziehen könnte –«

»Die Kläger, Euer Ehren, haben beschlossen, sich vorläufig zurückzuziehen. Ihre Beweggründe sind, wie Euer Ehren feststellen werden, unter den gegebenen Umständen nicht zulässig.«

Mrs. Weaverbrook war auch wieder da, mehr denn je von der Aufgabe überfordert, Ausreden für das anhaltende Nicht-Erscheinen Mr. Weaverbrooks vor Gericht zu finden, während er gleichzeitig weiter in aller Ruhe landwirtschaftliches Gerät ankaufte, über dessen Herkunft er keine klaren Angaben zu machen vermochte.

»Mein Problem«, sagte Mrs. Weaverbrook verzweifelt, den Blick auf Guy gerichtet, »ist die Rechtshilfebehörde.«

Guy hatte sich zu ihr vorgelehnt. Freundlich sagte er: »Ich glaube nicht, Mrs. Weaverbrook, dass die Rechtshilfe irgendetwas hiermit zu tun hat.«

Vor Gerichtssaal eins erwartete Martin ihn.

»Könnte ich Sie kurz sprechen, Herr Richter?«

Guy blieb stehen.

»Selbstverständlich –«

Martin reckte sich ein wenig hoch, bis sein Gesicht dicht neben Guys war.

»Ihr Enkel ist hier«, sagte Martin.

»Mein Enkel!«

»Ja, Herr Richter. Ich habe ihn in Ihre Räumlichkeiten geführt. Penny hat ihn vor ungefähr einer halben Stunde in der Lobby vorgefunden.«

»Geht es ihm gut?«

»Ich glaube schon. Penny hat ihm Tee gebracht. Er ist ein wenig niedergeschlagen, würde ich sagen. Das sieht man bei Schulschwänzern nicht selten –«

»Himmel«, sagte Guy. »Himmel.« Kurz schaute er Martin an. »Ich danke Ihnen. Ich danke Ihnen wirklich sehr.«

Jack saß an Guys Schreibtisch und überlegte, ob er wohl den Computer ans Laufen bekäme. Es war ein altes Modell, ein alter Dell, die Art vorsintflutlicher Computer, deren Bedienung einiges an Fachwissen erforderte, um ihn überhaupt benutzen zu können.

Jack fragte sich, ob Opa dieses Kunststück wohl beherrschte. Bislang hätte er seinen Opa nie in Zusammenhang mit Computern gebracht, ebenso wenig wie er sich je überlegt hatte, wie sein Büro wohl aussehen mochte, wie es an seinem Arbeitsplatz zuging, was die Menschen dort wohl von ihm hielten.

»Dein Großvater ist gerade in Verhandlung«, hatte das Mädchen mit den Haarspangen, das Penny hieß, gesagt. »Das wird bis halb fünf dauern. Heute Nachmittag ist alles dicht.«

Sie hatte Jack gefragt, ob er einen Tee wollte. Er hatte höflich verneint, aber sie hatte ihm trotzdem welchen gebracht, in einem Becher auf einem Plastiktablett mit zwei in Zellophan verpackten Butterkeksen daneben. Er hatte die Kekse gegessen und den Tee nicht angerührt. Seiner Auffassung nach war Tee ein unsagbar armseliges Getränk, wie Kakao oder Horlicks, ein Getränk für Leute, die krank oder alt waren, oder beides, und nur pürierte Babykost schlucken konnten.

Nachdem er die Kekse verzehrt hatte, sah er sich ein wenig in Guys Zimmer um. Es war ein langweiliger Raum. Die Wände waren beige gestrichen, der Teppich war braun, das Mobiliar aus grauem Kunststoff. Es gab Regale voller Akten und Regale voll Rechtsliteratur sowie ein paar Fotografien, die oben auf einer Vitrine standen, Fotos von Simon und Carrie, und von Alan, Fotos von ihm und Rachel und Emma – alle vor langer Zeit entstanden, alle ziemlich peinlich –, und ein Foto von Oma mit den Hunden und eines von Merrion, auf dem sie mit wehenden Haaren vor einem weiten Himmel zu sehen war. Merrions Foto streifte er als einziges nur mit einem flüchtigen Blick. Ihm wurde elend zumute, als er es ansah, zutiefst elend, aus Gründen, die mit Merrion selbst nichts zu tun hatten. Er setzte sich in Opas Drehsessel und drehte sich ein paar Mal herum. Er betrachtete Opas Robe, die an der Tür hing. Er musterte seine Perücke, die auf einem komischen Gestell ruhte, das einem riesigen Lutscher ähnelte. Zaghaft befühlte er sie mit einem Finger. Sie fühlte sich steif an, beinahe hart, und man konnte die Nähte deutlich sehen. Es war ein seltsames Gefühl, Opas Perücke anzuschauen, als würde man einen Teil von jemand Totem anschauen, einen Teil, der nicht mehr funktionierte oder kein Leben mehr in sich barg. Er setzte sich gerade hin. Auf einmal fühlte er sich ziemlich nervös, ein bisschen zittrig. Er ging quer durchs Zimmer und setzte sich in den Sessel hinter Opas Schreibtisch, einen mit grauem Tweed bezogenen Sessel. Auf dem Schreibtisch befand sich ein Tintenlöscher, mit Gekritzel auf dem Löschpapier, und auf der einen Seite ein Stapel Akten in Ordnern aus dünner Pappe, auf der anderen der Computer.

Die Tür ging auf. Jack setzte sich aufrecht hin.

»Jack«, sagte Guy. Er hatte einen dunklen Anzug mit einer blauen Krawatte an und trug einen dicken Aktenordner unter dem einen Arm. »Mein lieber Junge –«

Jack empfand eine jähe Scheu. Er stand auf und schlurfte zur Seite, von Guys Schreibtisch weg.

»Du hast ja deine Perücke gar nicht auf –«

»Die brauchte ich heute Nachmittag nicht. Es ging bloß um eine Reihe kleinerer Zivilsachen.« Er legte die Akte auf den nächststehenden grauen Kunststofftisch. »Ist alles in Ordnung mit dir?«

Jack nickte. Er hielt den Blick gesenkt. Er hörte, wie Guys Füße leise über den Teppich kamen, und dann legte sich Guys Arm fest um seine Schulter.

»Befindest du dich in Schwierigkeiten?«

Jack schüttelte den Kopf. Ihm war, als sollte er sich nicht gegen Opa lehnen, aber er kam nicht dagegen an.

Guy sagte: »Aber irgendetwas ist vorgefallen.«

»Ich wollte irgendwohin fahren –«

»Ja.«

»Tut mir Leid«, sagte Jack.

»Gab's Streit?«, fragte Guy. »Irgendetwas in der Schule? Oder etwas mit deinen Eltern?«

»Nein.«

»Wie ich sehe, hat Penny dir Tee gebracht.«

»Entschuldigung, ich hab ihn gar nicht –«

»Nein. Das macht nichts. Hast du Durst? Möchtest du irgendetwas anderes?«

»Nein«, flüsterte Jack.

»Hör mal«, sagte Guy, »ich glaube, du solltest dich besser hinsetzen.«

Sanft zog er Jack zur Seite.

»Hier, setz dich.«

»Das ist doch dein Stuhl –«

»Das macht nichts. Setz dich.«

Jack setzte sich. Es war ihm unmöglich, den Blick zu heben. Er fühlte sich schlimmer denn je. Er hatte gedacht, wenn er herkam, wenn er zu Opa kam, würde irgendetwas geschehen, würde es irgendwie leichter werden. Aber dem war nicht so. Nichts hatte sich geändert. Er hatte bloß das Haus verlassen und London durchquert und einen Zug genommen und eine Frau mit einem Kleinkind in einem Kinderwagen nach dem Weg zum Gericht gefragt und war hergekommen, und das war alles.

In Richtung seiner Knie sagte er: »Ich weiß nicht, warum ich hergekommen bin. Ich weiß es nicht – tut mir Leid.«

Guy hatte sich einen anderen Stuhl herausgezogen, ihm gegenüber, auf der anderen Seite des Schreibtischs. Er sagte: »Es freut mich, dass du hier bist. Obwohl es mir natürlich Leid tut, dass du keinen anderen Ausweg gesehen hast.«

»Es war nach dem Sonntag –«

»Was war da?«

»Als ich euch sah, als ihr da wart, als –«

»Jack«, sagte Guy und lehnte sich über den Tisch dichter zu ihm. »Jack, geht es um deine Freundin?«

Jack sagte nichts. Er starrte seine Knie an.

»Hat sie dich verlassen?«

Jack zuckte bloß die Achseln.

»Ist es das, Jack? Hat sie dir gesagt, sie will dich nicht mehr sehen?«

Jack hob den Kopf wenige Millimeter.

»Gesagt hat sie es mir nicht –«

»Oh«, sagte Guy, »ich verstehe. Sie hat es einfach getan.«

Jack starrte die Tischplatte an.

»Sie sagte, sie würde am Samstag mit ihrer Mutter ausgehen. Aber das stimmte nicht. Sie ist mit Marco aus gewesen. Sie sagte, sie würde anrufen.«

»Aber sie hat nicht angerufen.«

»Sie ist diese Woche nicht einmal in der Schule gewesen –«

»Und hat es dir überlassen, selbst dahinter zu kommen?«

»Ja«, sagte Jack.

Guy seufzte. Jack sah ihn kurz an. Er sah wirklich traurig aus, wirklich bekümmert.

»Armer Junge«, sagte er. »Mein armer Junge. Ich könnte dir erzählen, dass es beim ersten Mal immer am schlimmsten ist, aber das wäre nicht die Wahrheit. Es ist furchtbar, jedesmal. Nichts schmerzt so sehr wie Verrat.«

Ohne zu überlegen, sagte Jack: »Dad sagt –«. Er verstummte.

»Dein Vater sagt, dass ich genau das Oma angetan habe?«

»Das wollte ich nicht –«

»Ich weiß. Aber du hast Recht. Dein Vater hat Recht. Jack –«

»Ja?«

»Warum bist du nicht zu deinen Eltern gegangen? Warum hast du es nicht ihnen erzählt?«

Jack verzog das Gesicht.

»Konnte ich nicht.«

»Wegen des Gespötts, wegen deiner Schwestern?«

»Nein«, sagte Jack, um dann unsicher hinzuzufügen: »Denen ist das egal.«

»Nicht, wenn es um dein Glück geht.«

»Für die war das keine große Sache, sie fanden, das war bloß – na ja, Kinderkram. Jedenfalls –«

»Jedenfalls was?«

»Momentan kann man mit ihnen nicht reden. Man kann ihnen rein gar nichts erzählen.«

Guy blieb stumm. Er schaute auf seine Hände hinab, die vor ihm auf dem Schreibtisch lagen. Er schien in Gedanken versunken. Nach einem Weilchen sagte er: »Wir müssen ihnen Bescheid geben, wo du bist.«

»Emma wird ihnen sagen, dass ich zurückkomme –«

»Weiß Emma denn, wo du bist?«

»Nein«, sagte Jack.

»Dann musst du sie anrufen.«

»Willst du mich zurückschicken –«

»Morgen früh«, sagte Guy. Er stand auf. »Ich muss nur kurz ein Telefonat führen, und dann rufst du zu Hause an.«

Jack stand ebenfalls auf. Unbeholfen fragte er: »Soll ich rausgehen?«

»Nein«, sagte Guy. »Nein. Es wird nicht lange dauern. Du kannst hier bleiben.«

Jack entfernte sich von Guys Schreibtisch und lehnte sich gegen die Regale, in denen die Rechtsbücher standen. Ein grünes Taschenbuch war nach vorn gekippt. Es hieß *The County Court Practice Supplement*. Jack nahm es heraus und blätterte die Seiten durch. Es schien, nun ja, höflicher, nicht nichts zu tun, nicht zuzuschauen.

Guy wählte eine Nummer auf dem Telefon auf seinem Schreibtisch. Er saß aufrecht auf der Tischkante, mit dem Rücken zu Jack, die Schultern genau im Licht, das durchs Fenster einfiel.

»Hallo?«, sagte er. »Hallo, meine Liebe, ich bin's.«

Jack heftete den Blick auf eine Seite und las eine Menge Wörter, ohne sie wirklich wahrzunehmen.

»Pass auf«, sagte Guy, »ich komme heute Abend doch nicht. Ja, das habe ich, weiß ich, aber es ist etwas passiert. Nein, nein, nicht Laura. Es geht um Jack. Er befindet sich in einer kleinen Krise und ist vor einer Stunde hierher gekommen. Ja. Ja, werde ich, aber erst morgen früh. Ich werde mit ihm etwas zu Abend essen und ihn mit in die Wohnung nehmen. Morgen früh kann er dann einen Frühzug nehmen.« Es trat eine Pause ein. Jack spähte zu Guys Rücken hinüber. Er hielt den Kopf geneigt, als höre er angestrengt zu. »Liebling«, sagte Guy, »ich würde unsere Pläne nicht über den Haufen werfen, wenn es *nicht* wichtig wäre. Es *ist* wichtig. Allein die Tatsache, dass er zu mir gekommen ist, ist wichtig.« Darauf trat eine weitere Pause ein. Guy hob den Kopf und sah zum Fenster hinaus. Ganz leise klappte Jack das grüne Taschenbuch zu und schob es wieder zurück ins Regal, zwischen die anderen Bücher. »Ich rufe dich später an«, sagte Guy, »dann erzähle ich dir mehr. Nein, nicht jetzt. Später. Ich rufe dich von der Wohnung aus an«, und dann war es kurz still, bevor er sagte: »Wiedersehen, Liebling«, und auflegte. Dann saß er reglos da, mit dem Rücken zu Jack.

Jack räusperte sich.

»Tut mir Leid«, sagte er.

»Nicht nötig«, sagte Guy. »Du hast nichts getan, was dir Leid tun müsste.« Er drehte sich um, wobei er einen Schenkel über die Tischkante schwang, um Jack anzusehen.

»Du solltest eigentlich in London sein –«

»Ich kann auch morgen hinfahren«, sagte Guy. »Und dann kann ich Freitag fahren. Ich fahre ohnehin immer freitags hin, übers Wochenende.«

»Danke«, sagte Jack. Irgendwo zeigte sich schwach ein kleiner Lichtstreif, ein winziger Schimmer der Erleichterung. Er trat einen Schritt vom Buchregal weg. »Danke, Opa.«

Guy sah ihn an. »Da ist nichts, wofür du mir danken müsstest. Und jetzt ruf deine Eltern an. Mit etwas Glück erwischst du sie, bevor sie überhaupt anfangen, sich Sorgen zu machen.«

15

Miriam hatte wie üblich Simons Kaffee verschüttet. Im Zuge der hilflosen Sparmaßnahmen, die das Büro zum neuen Jahr beschlossen hatte, schickten sie Miriam nicht mehr jeden Morgen zum Kaffeeholen in die exquisite italienische Espressobar um die Ecke, sondern hatten stattdessen ihr die Aufgabe des Kaffeekochens übertragen. Da sie aber außerstande schien, selbst die einfachste Kaffeemaschine zu bedienen, war sie nach zwei Tagen halbherzigen Experimentierens dazu übergegangen, löslichen Kaffee zu servieren, meistens mit synthetischem Kaffeeweißer, weil sie vergessen hatte, Milch einzukaufen. Dies sorgte bei allen jeden Morgen erneut für Irritation, und hatte schon so manche aufreibend fruchtlose Debatte ausgelöst. Denn die Kaffeequalität würde zwar fraglos angehoben, wenn sie ihn wieder aus der Espressobar bezögen, allerdings gäbe das Miriam wieder Gelegenheit, ihren Botengang zur Bar für eigene Besorgungen ungebührlich auszudehnen. Die Trostlosigkeit des löslichen Kaffees wurde noch dadurch gesteigert, dass Miriam alle drei Becher auf einmal balancierte, wenn sie sie im Büro verteilte, mit dem Ergebnis, dass sie auf ihrem Rundgang kontinuierlich Kaffee verschüttete, und das meiste immer am Schluss, wenn sie den Becher auf den Schreibtisch stellte. Ted meinte, dass ihn nicht nur der Umstand an sich wahnsinnig mache, sondern vor allem die Zwangsläufigkeit, mit der er sich jeden einzelnen Morgen darauf gefasst machen könne.

Simon hob seinen Kaffeebecher hoch und benutzte ein Werbeschreiben, das am Morgen mit der Post gekommen war, um die Kaffeelache darunter zu trocknen. Heute Morgen fiel es ihm schwer, sich zu konzentrieren, so schwer, dass er unwillkürlich sogar den Werbebrief überflog, zerstreut und unaufmerksam, bevor er ihn unter seinen Kaffeebecher schob. Natürlich hatte er nicht besonders gut geschlafen. Carrie ebenso wenig. Sie hatten Seite an

Seite im Bett gelegen und sich beide, jeder für sich, im Stillen den Kopf darüber zerbrochen, weshalb Jack nach dem Schlag, den Molls Treuebruch ihm versetzt hatte, seinen Großvater aufgesucht hatte und nicht einen von ihnen.

Carrie, das wusste Simon, gab ihm die Schuld. Nachdem Jack aus Stanborough angerufen und mitgeteilt hatte, dass er dort übernachten und am nächsten Morgen zurückkommen würde, hatte Carrie Simon einen langen Blick zugeworfen. Sie hatte kein Wort gesagt, ihn bloß angesehen.

Nachdem mehrere Minuten verstrichen waren, sagte Simon: »Wird er rechtzeitig zur Schule zurück sein?«

»Ja«, antwortete Carrie. Sie starrte Simon immer noch an. »Guy setzt ihn in den Zug um sieben Uhr fünfzehn.«

»Holst du ihn ab?«

»Ich dachte eigentlich, das würdest du tun.«

Er zog ein Gesicht. »Ich habe um acht ein Meeting –«

»Verstehe.«

»Er ist bestimmt imstande, allein von einem Ende der Stadt ans andere zu fahren –«

»Darum geht es doch wohl nicht«, sagte Carrie. »Oder?«

Simon ballte die eine Hand zur Faust und umfasste sie mit der anderen. »Ich sehe nicht ganz ein, warum ich nun auch an dieser kleinen Episode schuld sein soll.«

»Wirklich nicht?«

»Nein«, erwiderte Simon.

»Ah.«

»Jack ist außer sich, weil Moll sich einen anderen gesucht hat, also kneift er aus der Schule aus. Einfach nach Hause gehen ist nicht dramatisch genug, also fährt er nach Stanborough. Wirklich ein origineller Einfall.«

»Ist dir nicht der Gedanke gekommen, dass er sich womöglich für Stanborough entschieden hat, weil er sich dort eine Chance auf Anteilnahme ausrechnete?«

»Also bitte«, sagte Simon. »Wann hatten Jack und mein Vater sich denn je schon mal viel zu sagen?«

»Es hat sich einiges geändert«, sagte Carrie. Ihre Miene, das entging ihm nicht, drückte unmissverständlich Ärger aus. »Eine Krise wie diese hier ändert alles, die ganze Dynamik. Bloß, dass du das nicht wahrhaben willst.«

Dann war sie aus dem Zimmer gegangen. Sie war verletzt, das konnte er sehen, tief verletzt, dass Jack sich eine andere Vertrauensperson gesucht hatte als sie. Aber es war Simon unbegreiflich, warum sie immer noch ihm böse war, und nicht seinem Vater. Er hätte ja Verständnis, dachte er, wenn Carrie es Guy verübelt hätte, dass er Jack nun an ihrer Stelle tröstete. Offenbar aber empfand sie nichts dergleichen, vielmehr schien sie der Auffassung, Simon hätte Jack irgendwie den Weg nach Hause verbaut, als er eine Zuflucht bitter nötig hatte. Zweimal hatte Simon in der Nacht zaghaft die Hand ausgestreckt, um Carrie zu berühren, in dem Versuch, seine Anteilnahme, wenn nicht gar eine Bitte um Verzeihung, auf diese wortlose Weise zum Ausdruck zu bringen. Beim ersten Mal ignorierte sie seine Hand; beim zweiten Mal stieß sie sie fort.

Nach seinem Meeting um acht Uhr hatte Simon Jacks Schule angerufen, um sich zu vergewissern, dass er dort erschienen war. Das war er tatsächlich und hatte nun eine Doppelstunde Wirtschaftswissenschaften vor sich. Simon sagte der Schulsekretärin: »Richten Sie ihm bitte aus –«, und brach dann ab. Was um alles in der Welt könnte er Jack unter diesen Umständen ausrichten lassen, von Mrs. Pritchard im Schulsekretariat, deren Sohn er juristisch in einer Streitsache mit einem Unruhe stiftenden Nachbarn beriet? »Sagen Sie ihm von mir, bis bald«, sagte Simon. »Sagen Sie ihm – ich bin froh, dass es ihm gut geht.«

Er nahm einen Schluck Kaffee. Es war eine lauwarme, dünne Brühe, auf der oben Klümpchen des künstlichen Kaffeeweißers schwammen, die aussahen wie Flöckchen saurer Milch. Er stellte den Becher wieder auf die feuchte Werbebriefunterlage und schob alles zusammen von sich weg. Eine dumpfe Niedergeschlagenheit senkte sich über ihn, zusammen mit dem festen und etwas nervösen Wunsch, Jack zu sehen. Er sah zum Telefon. Vielleicht sollte er Carrie anrufen; vielleicht sollte er sie anrufen, bevor sie in ihre Zehn-Uhr-Besprechung ging, und ihr sagen, dass er nachmittags zur Schule fahren und Jack dort abholen würde. Im selben Moment, als er zum Telefon greifen wollte, begann es zu läuten. Er hob den Hörer ab.

»Simon Stockdale.«

»Simon«, sagte Laura.

Er schloss die Augen.

»Hallo, Mum.«

»Simon«, sagte Laura. »Was um Himmels willen hat das zu bedeuten?«

Er holte tief Luft und öffnete die Augen.

»Was –«

»Dieser Brief«, sagte sie. Ihre Stimme klang hoch und angespannt. »Dieser grauenhafte, förmliche Brief, in dem mir der Rat erteilt wird, das Angebot für das Haus anzunehmen.«

»Er muss so förmlich sein, Mutter. Ich bin dein Anwalt –«

Sie sagte nichts. Dadurch entstand eine Spannung, die er durch die Leitung förmlich spüren konnte, wie ein Summen. So geduldig wie möglich erklärte er: »Mutter, du hast mich gebeten, dich als Rechtsbeistand zu vertreten. Ich muss deine Angelegenheiten auf adäquate, professionelle Weise behandeln, weil ich in dieser Sache noch mit einer anderen Anwältin zu tun habe, und da gilt es, gewisse Verhaltensregeln zu beachten.«

»Das akzeptiere ich ja«, sagte Laura in einem Tonfall, der dieser Behauptung Hohn sprach, »aber wieso musst du mir in einer solchen Sprache schreiben?«

»Weil ich deutlich machen muss, dass ich dich in angemessener Weise vertrete –«

»Aber *trotzdem* musst du mir doch nicht schreiben, als wärst du kaum mit mir *bekannt*! Simon, behandle mich bitte nicht wie eine Idiotin. Ich habe mein Leben lang mit Anwälten gelebt. Juristensprache verstehe ich, natürlich. Aber es besteht ein Unterschied zwischen Juristensprache und kalter Gleichgültigkeit.«

Simon hielt den Hörer vom Ohr weg und legte ihn vor sich auf den Tisch. Ein leises Quäken drang heraus. Er zählte bis zehn und hielt ihn sich dann wieder ans Ohr.

»Mutter.«

Sie weinte.

»Es wird immer schlimmer, jeden Tag wird es schlimmer, jeden Tag denke ich, dass mir hier nur noch wenige Monate bleiben, vielleicht sogar nur Wochen, es ist doch das Letzte, was ich habe, das *bin* ich doch, es ist –«

»*Bitte*«, sagte Simon.

Am anderen Ende der Leitung trat ein kurzes, unsicheres Schweigen ein. Dann sagte Laura mit kläglicher Stimme: »Ich habe solche *Angst.*«

»Ich weiß.«

»Ich kann mir nicht vorstellen, wie ich leben soll, wie ich existieren soll.«

»Ich weiß.«

»Mir kommt es einfach so vor, als hätte ich keine Identität mehr.«

»*Hast* du aber«, sagte Simon. »Die haben wir alle. Einfach dadurch, dass wir wir selbst sind. Unsere Identität definiert sich nicht darüber, wo wir leben, wie wir leben –« Er verstummte.

Laura sagte: »Dann bin ich vielleicht anders.«

Simon wickelte einen Bleistift in das Telefonkabel.

»Mum, hör mal. Es tut mir Leid wegen dem Tonfall des Schreibens, aber ich muss dir in dieser Form schreiben. Ich muss deutlich machen, dass ich dich auf bestmögliche Weise juristisch berate. Und der beste Rat, den ich dir als dein Anwalt und als dein Sohn geben kann, ist, dieses Angebot für das Haus anzunehmen. Es ist ein ausgezeichnetes Angebot.«

Kurz blieb es still. Dann sagte Laura leise, fast flüsternd: »Verstehe.«

»Das wird bedeuten, dass du ein anderes Haus kaufen kannst. Ein schönes Haus, mit Garten.«

»Simon –«, sagte Laura.

»Was?«

»Kannst du kommen?«

»Was, jetzt?«

»Ja«, sagte Laura.

»Mum –«

»Bitte«, sagte Laura. »Bitte. Ich weiß, dass ich damit fertig werde, wenn du einfach kommst und mit mir darüber sprichst. Ich werde dazu ein anderes Gefühl habe, wenn du hier bist. Das weiß ich genau.«

»Mum«, sagte Simon, »heute ist ein Werktag, ein Wochentag.«

»Heute Nachmittag, komm heute Nachmittag. Bloß für ein Stündchen.«

»Ich kann nicht«, sagte Simon.

»Warum kannst du nicht? Es kann doch bestimmt jemand anderes für dich einspringen?«

»Es ist nicht wegen der Arbeit«, sagte Simon. »Wegen Jack.«

»Was ist mit Jack?«

»Er ist sehr durcheinander wegen einer Sache.«

»Wegen was für einer Sache?«

»Das spielt keine Rolle –«

»Tut es wohl«, sagte Laura. Ihre Stimme wurde wieder lauter. »Worum geht es denn? *Drogen*?«

»Nein«, sagte Simon etwas zu laut. »Nein, um so was überhaupt nicht. Sondern um seine erste – na ja, er hat gerade den Laufpass bekommen. Das setzt ihm ziemlich zu.«

»Den Laufpass?«

»Ja. Seine erste Freundin –«

»Soll das etwa heißen«, giftete Laura mit sich fast überschlagender Stimme, »du willst mich nicht besuchen kommen, weil Jack gerade irgendwelchen – irgendwelchen Liebeskummer hat?«

»Das ist es nicht allein. Es geht noch um mehr –«

»Worum denn?«

»Damit meine ich, es ist etwas komplizierter, emotionaler –«

»*Wichtiger*?«, schrie Laura. Simon atmete sehr tief durch.

»Ja«, sagte er und legte auf.

Merrions Verhandlung war abgesagt worden. Die Schreiber hatten sie nicht erreicht, bevor sie sich von zu Hause auf den Weg in die Kanzlei machte, und sie hatte vergessen, ihr Mobiltelefon anzustellen, und so fand sie bei ihrer Ankunft einen leeren Terminkalender vor.

»Bitte vielmals um Verzeihung, Miss Palmer«, sagte der Kanzleivorsteher.

Gereizt sah sie ihn an. Warum konnte er nicht einfach »Entschuldigung« sagen, wie jeder andere?

»Es ist nicht so schlimm, Michael«, sagte sie, sorgsam jedes Wort betonend. »Ich habe eine Menge zu tun, Vorbereitungen für Montag.«

Er sagte: »Da ist gerade etwas hereingekommen, ein Fall von angedrohtem Kindesraub, in Reading –«

»Geben Sie das jemand anderem«, sagte Merrion knapp und ging an ihm vorbei durch die Flügeltür.

Erwartungsgemäß befand sich ihr Zimmer in genau dem Zustand, in dem sie es hinterlassen hatte, auf ihrem Schreibtisch lag die Akte für die abgesagte Verhandlung bereit, ihre Perücke hing über dem Stuhlknauf, im Papierkorb lag die Zeitung von gestern. Sie ließ Tasche und Aktenkoffer zu Boden fallen und trat hinüber ans Fenster. Es war ein sonniger Tag, ein greller, herzloser, alles sehender sonniger Tag, und das Licht fiel gleißend hell zwischen ihr Gebäude und das gegenüber und brachte unbarmherzig die dicke Schicht hellen Staub auf dem äußeren Fensterbrett zum Vorschein. Merrion seufzte und trommelte mit den Fingern einen kurzen Rhythmus auf der doppelverglasten Fensterscheibe. Ihrer Stimmung hätte es eher entsprochen, wenn es geregnet hätte.

Sie drehte sich um und ging an ihren Schreibtisch. Telefonische Mitteilungen lagen keine vor. Guy hatte sie heute Morgen in der Wohnung angerufen, um ihr wie immer mitzuteilen, dass er mit dem gewohnten Zug käme und dass er sie gerne als Entschädigung für den gestrigen Abend zum Abendessen ausführen würde. Beinahe hätte sie gesagt: »Spar dir die Mühe.« Erst im letzten Moment hatte sie sich besonnen und gesagt: »Wunderbar.« Sie traf nicht ganz den Tonfall, den sie hatte treffen wollen, aber zumindest sagte sie es.

»Liebling«, sagte Guy. Er klang, als wollte er sie ein wenig aufziehen. »Liebling, jetzt verlier bitte nicht deinen Sinn für Humor. Es war doch nur ein Abendessen.«

»Ja«, sagte sie. Viel lieber hätte sie gesagt: »Nein, es war *nicht* nur irgendetwas.« Nichts, so schien es, war im Moment nur irgendetwas, alles spielte jetzt eine Rolle, war von Bedeutung, hatte

Konsequenzen, zog Verwicklungen nach sich. Sie hatte das Gefühl – und dafür hatte sie sich unzählige Male selbst gerüffelt –, auf einmal um etwas kämpfen zu müssen, das ihr sieben Jahre lang ohne jede Anstrengung ganz selbstverständlich zugefallen war. Sie bemerkte an sich das verstärkte Bedürfnis, mit Guy *aus*zugehen, mit Guy *gesehen* zu werden, öffentlich an Guys Leben Anteil zu haben. Genau darum war es bei dem für gestern geplanten Abendessen gegangen, sie wollten ein Restaurant aufsuchen, wo es nicht nur keine Rolle spielte, wenn man sie dort zusammen sah, sondern von dem sie sich insgeheim erhoffte, *dass* man sie dort sah, damit so der langsame Prozess ihrer öffentlichen Etablierung als Paar beginnen könnte.

Sie setzte sich an ihren Schreibtisch und schob die Akte beiseite. Sie schämte sich für diese Empfindungen, für ihr Verhalten, für ihre Unfähigkeit, wirkliches Mitleid für den armen, unbeholfenen, liebeskranken Jack aufzubringen. Sie mochte Jack. Beinahe *weil* er so unfertig war, fand sie ihn anziehend, und weil er eine gewisse Weichheit in seinem Naturell nicht verleugnen konnte, die bei aller wohl einstudierten Nonchalance seines Auftretens immer wieder zu Tage trat. Gestern Abend aber hatte sie Eifersucht auf ihn empfunden. Schlichte, unbeherrschte Eifersucht. Als Guy das zweite Mal anrief – Jack war gerade unter der Dusche –, hätte sie sich gewünscht, dass er zerknirscht klang, voller Bedauern, tief enttäuscht darüber, sie nicht sehen zu können, keine Gelegenheit zu haben, sich mit ihr in der Öffentlichkeit zu treffen. In seiner Stimme schwang Bedauern mit, gewiss, aber es klang recht gedämpft. Sein Hauptanliegen war Jack gewesen, ihr gemeinsamer Abend und ihr Gespräch, das außerordentlich und unerwartet erfolgreich verlaufen war. Es war wirklich leicht, meinte Guy, sich mit Jack zu unterhalten, mit einem Sechzehnjährigen immerhin, der allein schon wegen des Altersunterschiedes von fünfundvierzig Jahren eine völlig andere Sicht der Dinge als er haben musste. Doch so war es gar nicht. Es war eine Offenbarung gewesen.

»Wie schön«, sagte Merrion.

»Anscheinend nimmt er es mir auch gar nicht übel«, sagte Guy. »Kannst du dir vorstellen, was das für eine Erleichterung ist?«

»Oh ja.«

»Er hat sich mehr Gedanken gemacht, als man annehmen sollte. Ich nehme an, das ist wohl typisch Junge. Mädchen scheinen immer beides gleichzeitig zu tun, reden und denken. Jungen tun nur das eine, und manche von ihnen auch das andere, später. Komischerweise ist er Simon gar nicht ähnlich.«

»Oh.«

»Jetzt muss ich ihn unter der Dusche wegholen und ins Bett schicken. Die Wohnung sieht aus, als wäre eine Bombe eingeschlagen. Wie kann ein einzelner Junge, der bis auf das, was er am Leibe trägt, nichts dabei hat, so ein Chaos anrichten?«

Merrion blickte hinab auf ihren Tintenlöscher. Er war über und über mit Kritzeleien bedeckt, mit den typischen asymmetrischen, eckigen Formen, die sie, seit sie klein war, ständig überall auf Zettel und freie Ränder krakelte. Hinzu kamen noch die Buchstaben. Sie malte mit Vorliebe Buchstaben, die sie dann mit Schnörkeln versah. Wiederholt hatte sie »M« geschrieben, in verschiedenen Schrifttypen und Größen. Am unteren Rand des Löschblatts befand sich eine Reihe von paarweise hingemalten Buchstaben, durch eine grob skizzierte Kette miteinander verbunden: »MS, MS, MS, Merrion Stockdale.« Sie betrachtete die Zeile. Guy war ein Stockdale. Ebenso Jack. Ebenso Alan und Simon und Carrie. Und Laura. Sie alle waren Stockdales. Und sie hatte sie beneidet, hatte Teil dieser Stockdale-Sache sein wollen, das Abzeichen tragen, das zu Guy gehörte, durch das sie die Seine würde. Aber wollte sie das wirklich? Wollte sie Guy jetzt triftige Gründe geben, sie zu einem Teil dieser seiner Stockdale-Sippe zu machen, sie gar mit ihnen in einen Topf zu werfen? Hätte das nicht womöglich mehr Ähnlichkeit mit einer Kapitulation als mit einem freiwilligen Eintritt? Könnte es sein, dass sie dadurch am Ende das Recht einbüßte, durchfuhr es sie plötzlich, bei Guy Vorrang vor Jack zu beanspruchen, vor Simon, selbst vor Laura, falls Laura einmal erkrankte? Falls sie eine Stockdale würde, was würde dann aus Merrion Palmer? Wäre sie am Ende nur noch Anwältin, Berufstätige, Expertin für die speziellen Begleitumstände von Kindesentführungen und deren rechtliche Konsequenzen, und könnte nicht die Frau, die seit sieben Jahren

Guy Stockdales Geliebte gewesen war, seine angebetete und bevorzugte Geliebte, am Ende dabei ihre Konturen verlieren und mit Merrion Stockdale verschmelzen, bis es so war, als hätte es sie nie gegeben? Merrion saß ganz reglos da. Sie stellte ihre Füße unter dem Tisch zusammen und legte die Hände in den Schoß. Denk nach, redete sie sich zu, denk darüber nach. Denk gründlich über alles nach. *Denk nach*.

Als Charlie Alan gefragt hatte, ob er kochen könne, hatte Alan gedacht, er meine genau dies: »Kannst du kochen?«

»Klar kann ich kochen.«

»Oh prima«, sagte Charlie, »ich kann's nämlich nicht.«

Er hatte Alan angegrinst, als amüsiere er sich über einen Witz, der Alan verborgen blieb.

Er sagte: »Und eine Waschmaschine bedienen?«

»Ja –«

»Und bügeln?«

»So la-la. Was soll das Ganze?«

»Ich wollte bloß sicher gehen –«

»Inwiefern?«

»Was deine häuslichen Fähigkeiten betrifft, bevor du einziehst.«

Alan hatte es die Sprache verschlagen.

»Charlie –«

»Tust du das? Ziehst du zu mir?«

Er erinnerte sich an seine ekstatische Freude dabei. Dass Charlie in ihn verliebt war, hatte er gewusst, dass er Zeit mit ihm verbringen wollte, aber Charlie hatte etwas so Unbeschwertes, Ungebundenes, dass er, Alan, nie recht zu hoffen gewagt hatte, aus Charlies Mund den Vorschlag zu hören, den er sich so von ihm ersehnte. Er konnte nur nicken, erinnerte er sich, *nick, nick*, wie ein hirnloses mechanisches Spielzeug.

Und hier war er nun, eines frühen Abends in Charlies Küche, und mistete den ganzen Müll aus Charlies Schränken aus, all die Päckchen und Dosen und Tuben und Flaschen, die ihr Verfallsdatum längst überschritten hatten. Es war ein Riesenspaß. Es war ein Gefühl, ging es Alan durch den Kopf, als er gerade eine angebrochene Schachtel uralter Poppadoms in den Mülleimer warf, als würde er Charlies Vergangenheit wegwerfen, all die Menschen, die Charlie vor Alan geliebt hatte, all die Menschen, die er gekannt hatte, bevor Alan auch nur ahnte, dass er sich auf demselben Planeten befand. Er beseitigte all den Kram, der nicht mehr zählte, all den Kram, der vorbei war, um Platz für etwas zu schaffen, das nicht nur neu, sondern auch von Bestand war. Dieses Gefühl, dass es von Bestand war, erfüllte Alan mit einer Art Ehrfurcht; ein Gefühl, als sei er nach Jahren der Suche auf genau das gestoßen, wonach er gesucht hatte, auf genau den Menschen, der allem einen Sinn verleihen könnte. Neulich abends hatte er leicht beschwipst zu Charlie gemeint, er frage sich, ob sie nicht seit Jahren aufeinander zugesteuert seien, behindert von ständigen Ablenkungen oder Schwierigkeiten, aber trotzdem unbeirrt Kurs haltend, weil – weil es, na ja, irgendwie *vorbestimmt* war. Und Charlie, der sich sonst so gern über alles lustig machte, der noch über die ernstesten Dinge Witze riss, hatte bloß gesagt: »Ich weiß.«

Charlie hatte die ausgefallensten Nahrungsmittel gehortet. Darunter waren Gläser mit eigenartigem Gemüse aus Osteuropa und Büchsen voll Babybrei und zerfledderte Packungen voll obskurer Hülsenfrüchte und Gewürze. Es sah aus, als hätte er das alles aus einem Impuls heraus gekauft und dann sofort vergessen, denn Alan wusste nur zu gut, dass Charlie bis zu ihrem Kennenlernen von einer wahrhaft haarsträubenden Diät gelebt hatte, die aus wahllosen Imbissgerichten und Hamburgern bestand.

»Ich esse auch Gemüse«, hatte Charlie erklärt. »Klar. Ich mag sogar *gern* Gemüse. Leider kreuzt es nur so selten meinen Weg.«

Alan freute sich schon darauf, diesen Missstand zu beheben, Charlies Ernährung durch regelmäßiges Frühstück und Gemüse und Olivenöl und Vollkornbrot zu verbessern. Er griff nach einem Glas mit graugrünlichem eingemachtem Kohl und ließ es voll Genugtuung in den Müll plumpsen.

Vom Wohnzimmer aus ließ sich das schrille Gepiepse seines Mobiltelefons vernehmen. Sofort lief er hin, ein erwartungsvolles Lächeln im Gesicht, ganz und gar auf Charlie eingestellt, darauf, ihn gnadenlos aufzuziehen, falls er ihm mitteilen sollte, dass seine Operation sich wieder einmal in die Länge gezogen hatte und er zwei Notfälle im Krankenhaus hätte.

»Hal*lo*«, sagte er mit der speziellen Betonung, die er allein Charlie vorbehielt.

»Alan«, sagte Laura.

Seine Miene wechselte.

»Hi, Mum –«

»Bist du beschäftigt?«

»Nicht besonders –«

»Wo bist du?«

Alan sah zu Charlies Sofa mit der wackligen Rückenlehne hinüber, auf dem sich Zeitungen und achtlos hingeworfene Sweatshirts türmten. Laura wusste nichts von Charlie.

»Zu Hause.«

»Oh«, sagte Laura.

»Was ist los, Mum?«

Laura erwiderte knapp: »Simon hat einfach aufgelegt.«

»Was –«

»Vorhin. Ich rief an, um ihn zu fragen, weshalb er mir neuerdings in diesem grässlich unpersönlichen Tonfall schreibt, und er behauptete, er sei im Moment zu sehr von irgendeiner familiären Krise beansprucht und hat einfach aufgelegt.«

Alan ging durchs Wohnzimmer und setzte sich auf das Sofa. Er legte sich eins von Charlies Sweatshirts über die Knie und strich darüber, als wäre es eine Katze.

»Was für eine Krise?«

»Ach«, erwiderte Laura gereizt, »irgendein Sturm im Wasserglas zwischen Jack und einem Mädchen.«

»Moll?«, fragte Alan.

»Keine Ahnung. Woher soll ich das wissen? Jack ist sechzehn und wird vermutlich bis Weihnachten noch ein Dutzend Mal glauben, er sei verliebt.«

Alan strich einen Ärmel des Sweatshirts glatt und legte ihn ordentlich zusammen.

»Ich glaube, es war was ziemlich Ernstes, Mum. Für Jack jedenfalls. Das erste Mal, das er –«

»Aber nicht zu vergleichen«, sagte Laura.

»Nicht –«

»In gar keiner Weise vergleichbar dem, womit ich fertig werden muss!«

Alan erwiderte nichts. Er griff nach dem zweiten Ärmel und faltete ihn über den anderen.

»Bist du noch da?«, fragte Laura.

»Ja –«

»Simon will, dass ich das Angebot für das Haus annehme. Er hat mich *instruiert*, das Angebot anzunehmen. Er hat mir einen absolut grauenhaften, förmlichen Brief geschickt, der mir buchstäblich befiehlt, das zu tun.«

»Es ist ein guter Preis, Mum. Und er ist dein Anwalt.«

»Ich weiß. Das weiß ich doch.«

»Du hast ihn gebeten, als dein Anwalt zu agieren.«

»Weil ich geglaubt habe, er hätte Verständnis. Ich könnte nie zu einem Anwalt gehen, der unsere Vorgeschichte nicht kennt, der nicht versteht, wie es zwischen eurem Vater und mir stand. Ich könnte nie bloß eine statistische Größe sein, eine Reihe von Zahlen, ein typischer Fall. Ich habe Simon gebeten, weil er Bescheid wusste. Weil die Sache ihm *am Herzen* lag. Ich brauchte einen Beistand, Alan, jemand, an den ich mich wenden kann, jemand, der meine Empfindungen nachvollziehen kann, jemand, der sich in mich hineinversetzt. Kannst du das denn nicht verstehen?«

Alan legte das Sweatshirt beiseite und streckte sich auf dem Sofa aus, um seine Wange dagegen legen zu können. Mit geschlossenen Augen sagte er: »Du hast ihn um seinen Rat gebeten, Mum. Er berät dich, so gut es irgend geht. Und dann weigerst du dich, seinen Rat anzunehmen.«

»Ja, das tue ich«, sagte Laura.

Alan machte die Augen wieder auf.

»Was?«

»Ich nehme dieses Angebot nicht an. Ich verkaufe Hill Cottage nicht.«

Abrupt richtete Alan sich auf.

»Mum, das *musst* du aber.«

»Warum muss ich das?«

»Weil es den Löwenanteil von Dads und deinem Besitz darstellt und dieser Besitz aufgeteilt werden muss.«

»Das«, sagte Laura, »ist das Problem eures Vaters.«

Geduldig beharrte Alan: »So geht das nicht.«

»Was soll das heißen?«

»Das soll heißen, dass du die Dinge letzten Endes nicht aufhalten kannst. Du kannst sie aufschieben, aber verhindern kannst du sie nicht.«

Im Schloss ließ sich das leise Geräusch eines Schlüssels vernehmen. Die Wohnungstür ging auf und fiel krachend zu.

»Ich bin wieder da!«, rief Charlie.

»Wer ist das?«, fragte Laura.

Charlie tauchte in der Wohnzimmertür auf. Sein Haar war zerzaust, sein Schlips halb gelockert. Alans Herz tat einen freudigen Sprung.

»Ein Freund –«

»Ich möchte, dass du etwas für mich tust«, sagte Laura.

Charlie kam auf Zehenspitzen zum Sofa und setzte sich neben Alan. Er zeigte aufs Telefon und zog fragend die Augenbrauen hoch.

»Meine Mutter«, gab Alan ihm per Lippensprache zu verstehen.

Charlie grinste und griff nach Alans freier Hand. Dann nahm er seine Finger in den Mund.

»Was denn?«, fragte Alan.

»Ich möchte, dass du Simon mitteilst, dass ich das Angebot für Hill Cottage ausschlage. So lasse ich mich nicht behandeln. Von *keinem* von euch.«

Charlie versetzte Alans Fingern einen sanften Biss.

»Okay –«

»Hörst du mir zu?«

»Ja«, sagte Alan schwach, ohne den Blick von Charlies Gesicht zu wenden.

»Dann ruf Simon an«, sagte Laura. »Ruf ihn an und ruf mich dann zurück.«

»Okay. Mum, ich muss jetzt Schluss machen –«

»Was?«

»Ich muss Schluss machen«, sagte Alan. Er nahm das Telefon vom Ohr. Charlie nahm es ihm aus der Hand und stellte es aus. Er zwinkerte Alan zu.

»Es sei denn, sie wäre gern mit von der Partie?«

Als Jack Simon auf dem Bürgersteig vor der Schule stehen sah, ergriff ihn sofort Panik. Simon holte ihn sonst nie von der Schule ab, nicht seit Kindergartentagen, und als er ihn dort am Rand des Bürgersteigs stehen sah, ein wenig angespannt, die Hände in den Taschen seines wie üblich zerknitterten Anzugs, kam Jack sofort der Gedanke, etwas Schlimmes sei passiert. Er ließ Adam und Rich stehen, die ihm derzeit wie ein Paar treuer Spaniel nicht von der Seite zu weichen schienen, und rannte auf ihn zu.

»Was ist passiert?«

»Nichts«, sagte Simon. Er versuchte ein Lächeln.

»Wo ist Mum?«

»Bei der Arbeit«, sagte Simon. Er streckte eine Hand aus, um Jack zu berühren, schien aber unschlüssig, wo. »Was dachtest du denn, wo sie wäre?«

»Geht es ihr gut?«

»Ja, natürlich –«

»Und Rach und Ems?«

Simons Hand streifte leicht Jacks Schulter und glitt wieder fort.

»Es geht allen gut, Jack. Keinem fehlt was. Ich bin nicht wegen schlimmer Neuigkeiten hier. Es ist nichts passiert, versprochen.«

Jack sah seinen Vater argwöhnisch an.

»Warum bist du dann hier?«

Simon zuckte leicht die Achseln. Stockend sagte er: »Ich hatte ein schlechtes Gewissen. Ich hatte das Gefühl – na ja, dich hängen gelassen zu haben –«

Jack spähte über seine Schulter. Adam und Rich standen in zweieinhalb Metern Entfernung da und taten so, als hätten sie mit nichts was zu tun. Jack drehte sich rasch zu ihnen um.

»Also dann«, sagte er zu ihnen.

Adam schaute hoch.

»Bis nachher?«, fragte er.

»Nee«, sagte Jack. »Bis morgen.«

Stumm hoffte er, Adam würde nicht fragen: »Alles klar bei dir?«

»Alles klar bei dir?« fragte Adam.

Jack nickte. Rich zupfte Adam am Ärmel.

»Bis dann«, sagte er. Jack nickte erneut. Sie zogen zusammen ab, und dabei schlugen ihre Schultaschen gegeneinander.

»Deine Freunde?«, meinte Simon.

»Ja. Zwei von ihnen –«

»Sie kümmern sich um dich?«

Jack zuckte nur die Achseln.

»Sieht ganz so aus –«

»Tut mir Leid«, sagte Simon.

»Was denn?«

»Tut mir Leid, dass ich das nicht getan habe. Oder Mum.«

Jack fragte: »Könnten wir jetzt gehen?«

Er trat an Simon vorbei vom Bürgersteig und begann, die Straße entlangzugehen. Simon lief ihm nach, um ihn einzuholen.

»Ich wollte dich nicht vor deinen Freunden in Verlegenheit bringen –«

»Hast du nicht.«

»Ich wollte dich bloß sehen, um dir zu sagen, dass es mir Leid tut.«

Jack senkte den Kopf. Er ging schneller.

»Das hast du nun. Es ist *okay*. Hab ich doch schon gesagt.«

»Darf ich«, sagte Simon, während er anderen Leuten am Straßenrand auswich, um mit Jack Schritt zu halten. »Darf ich dich was fragen?«

Jack nickte.

»Als – als es passiert ist, als du dahinter gekommen bist –« Er brach ab.

Jack blieb stehen.

»Was?«

»Als du dahinter gekommen bist«, sagte Simon, blieb ebenfalls stehen und sah ihn direkt an, »warum bist du damit dann nicht zu mir oder Mum gekommen?«

Jack seufzte. Er wechselte seine Schultasche von einer Schulter auf die andere.

»Das ging nicht.«

»Warum nicht? Wir kannten Moll, wir haben gesehen, was sie dir bedeutet hat –«

»Dad«, unterbrach Jack ihn.

»Was denn.«

»Du wolltest nicht zuhören«, sagte Jack.

Mit ernster Stimme erwiderte Simon: »Aber du hast es ja gar nicht mit uns *versucht.*«

»Das ging nicht.«

»Das ging nicht? Weshalb denn nicht?«

»Es hatte keinen Zweck«, sagte Jack und setzte sich wieder in Bewegung.

»Kannst du mir sagen –«

»Es ist schon seit einiger Zeit sinnlos. Seit dieser Sache mit Opa. Du bist immer zu müde oder zu beschäftigt oder weg oder sonstwas.«

»Und Mum?«

»Dasselbe«, sagte Jack knapp.

An einer roten Ampel blieben sie stehen. Simon legte Jack eine Hand auf den Arm.

»Jeden Tag«, sagte Jack, »überquere ich schätzungsweise zwanzigmal ganz allein die Straße.«

»Ich aber nicht«, sagte Simon. Er war darauf gefasst, dass Jack seine Hand abschüttelte. Aber es geschah nicht. Die Ampel wurde grün, und sie gingen gemeinsam hinüber, während Simon noch immer Jacks Arm hielt.

»Also bist du zu Opa gefahren.«

»Ja.«

»Kannst du mir sagen, warum?«

Jack verzog ein wenig das Gesicht.

»Er ist in Ordnung.«

»Könntest du dir etwas mehr Mühe geben?«

Jack blieb erneut stehen. Er schaute an Simon vorbei und sagte: »Er hat mit mir gesprochen.«

»Das ist alles?«

»Er hat zugehört«, sagte Jack, »er hat sich Zeit für mich genommen.« Kurz sah er Simon an. Langsam fügte er hinzu: »Er hat mir nicht das Gefühl gegeben, ich wäre bloß ein lästiger, dummer Teenager.«

In Simons Gesicht zuckte es.

»Verstehe.«

»Er sitzt da in dieser miesen Bude«, sagte Jack. »Er hat da nur seine Kleidung und ein paar Bücher. Aber er hat mich nicht ein Mal –«

»Was hat er nicht?«

»Er hat mich nicht ein Mal gebeten, ihn zu bedauern. Er hat nur mich bedauert.«

»Ja.«

»Weil er Bescheid wusste«, sagte Jack laut. »Er weiß Bescheid.«

Zaghaft fragte Simon: »Und bei mir ist das nicht so?«

Jack senkte rasch den Blick. Er stupste mit dem Fuß gegen eine hervorstehende Pflastersteinkante.

»Keine Ahnung, was du weißt«, sagte er. »Woher auch? Du redest ja nie darüber.«

16

Rachel hatte ihre Zimmertür ein Stückchen offen gelassen. Das Flurlicht war wie üblich an, und Rachel konnte quer über den Treppenabsatz schauen und erkennen, dass Emmas Zimmertür zu war. Emma war mitten im Abendessen zu Bett gegangen, weil sie, wie sie sagte, Kopfschmerzen hatte.

»Dieselben Kopfschmerzen?«, meinte Carrie. Carrie sah aus, als hätte sie selbst auch Kopfschmerzen.

»Weiß ich nicht«, sagte Emma.

»Tut es an derselben Stelle weh?«

Emma hatte ein paar Spaghetti zu einer Art Nest zusammengedreht und dann ihre Gabel herausgezogen und die Gabel neben ihren Teller gelegt.

»Ich weiß es nicht mehr.«

Carrie hatte in der Küchenschublade eine Packung Paracetamol gefunden und Emma eine schlucken lassen. Dann hatte sie Emma nach oben ins Bett gebracht, als sei sie erst sechs.

Als sie wieder runterkam, sagte sie zu Rachel: »Ich frage mich, ob es wohl von ihren Augen kommt –«

»Du kriegst sie nie dazu, eine Brille zu tragen. Sie würde ausflippen.«

»Warum hat sie dann ständig Kopfschmerzen?«

Rachel las gerade die Wochenendbeilage der Abendzeitung. In einem Artikel ging es darum, warum sich manche Mädchen unter Stress zu Ballons aufblähen, während andere klapperdürr werden.

»Stress«, sagte sie.

»Weshalb sollte Emma gestresst sein?« sagte Carrie.

Rachel zuckte nur die Achseln. Wenn Carrie nicht fand, dass der ganze Abend stressig gewesen war, und zwar wegen Simon, der sich bei Jack erst ständig als Supervater anbiederte und dann noch darauf bestand, mit ihm etwas trinken zu gehen, dann würde sie das nicht extra erwähnen. Jack reagierte darauf ziemlich ratlos, als hätte er nicht die geringste Ahnung, was von ihm erwartet wurde. Er hatte seine Spaghetti auch nicht gegessen, bloß ein paar Schinkenstückchen aus der Soße gefischt und die restliche tomatige Pampe liegen gelassen, wie Emma. Rachel hatte ihre Portion aufgegessen. Sie wünschte, sie hätte es nicht getan, aber es war nicht zu ändern. Sie versuchte nicht daran zu denken, wie ihr Bauch unter der Dusche aussehen würde. Sie schob die Wochenendbeilage fort.

»Ich wasche ab«, sagte sie zu Carrie.

Carrie hatte einen Becher Kräutertee vor sich stehen. Ihr Haar hing ihr strähnig über die Schultern. Es hätte mal eine Wäsche nötig, dachte Rachel, oder wenigstens ein paar gründliche Bürstenstriche.

»Würdest du das tun?«

Rachel stand auf.

»Ja.«

»Weißt du was«, sagte Carrie, »spar dir die Mühe. Es ist sehr lieb von dir, aber ich mach das schon. Ich brauche irgendeine hirnlose Ablenkung, während ich auf Dad und Jack warte.«

»Okay.«

»Hast du deine Hausaufgaben schon –«

»Frag doch nicht«, sagte Rachel. »*Frag* doch bitte nicht immer.«

»Entschuldige. Bloß so ein Reflex.«

Rachel sah auf den Tisch. Sie war entsetzt, als ihr dämmerte, dass sie leicht noch Jacks und Emmas Reste hätte vertilgen können. Sie zog die Bauchmuskeln ein und blieb so.

»Bis später dann«, sagte Rachel.

Carrie hob das Gesicht.

»Gib mir einen Kuss.«

»Du willst doch sonst nie einen Kuss –«

»Jetzt aber schon.«

Rachel beugte sich hinab und küsste Carrie auf die Wange. Sie fühlte sich trocken und ein wenig rau an. Trudy meinte, Carrie sei hübsch, mache aber zu wenig aus sich.

»Was soll das heißen, zu wenig?«, meinte Rachel. »Sie macht *überhaupt nichts* aus sich.«

Oben in ihrem Zimmer legte Rachel sich auf ihr Bett. Sie hob das ausgestreckte Bein an, erst das linke, dann das rechte, dann beide zusammen, und spürte zufrieden das Ziehen in ihrem Bauch. Diese Übungen, das war ihr klar, musste man eigentlich auf dem Boden machen, aber abends war das zu viel verlangt von jemandem, der so viel um die Ohren hatte wie Rachel. Sie drehte sich auf die Seite und blickte durch ihre offene Tür auf Emmas geschlossene. Kurz überlegte sie, ob sie hinübergehen und sich zu Emma aufs Bett setzen und die Schmetterlingshaarspangen ausprobieren sollte, die Sonia ihr geschenkt hatte. Aber das gäbe nur Ärger. Emma würde es nicht zulassen, aus purem Eigensinn, und losschreien, wenn Rachel die Spangen auch nur anfasste, und dann käme Carrie nach oben und es würde eine Szene geben und Emma würde behaupten, ihre Kopfschmerzen wären schlimmer geworden.

Unten läutete das Telefon. Rachel spitzte die Ohren.

»Hallo?«, hörte sie Carrie sagen. »Hallo?«, und dann, mit veränderter Stimme: »Ach, hallo, Laura.«

Rachel ließ sich lautlos vom Bett auf den Boden gleiten. Dann robbte sie hinaus auf den Treppenabsatz und presste sich gegen das Geländer, um von dort aus in den Flur und zur offenen Küchentür zu spähen.

»Nein«, sagte Carrie. »Nein, ist er nicht.«

Rachel hörte das Scharren von Stuhlbeinen auf dem Küchenboden, als ziehe Carrie sich einen der hohen Hocker an die Theke, auf der das Telefon stand.

»Er ist ausgegangen, Laura«, sagte Carrie. Ihre Stimme war ziemlich laut, lauter, fand Rachel, als für eine normale Unterhaltung nötig gewesen wäre. »Er ist mit Jack unterwegs. Sie sind zusammen was trinken gegangen. Nein. Nein, ich weiß nicht, wann sie zurück sind, ich habe nicht gefragt, Laura. Ich habe nicht *gefragt.*«

Es trat eine Pause ein. Rachel stellte sich vor, wie Carrie auf dem Hocker saß, die Ellbogen auf der Theke, während ihr das Haar nach vorn über die Hand fiel, in der sie den Hörer hielt.

»Ich glaube nicht«, sagte Carrie, »dass dich das irgendetwas angeht, oder, Laura? Wenn Simon und sein Sohn beschließen, zusammen auszugehen, sind sie eigentlich nicht verpflichtet, dir über ihre Gründe Rechenschaft abzulegen, oder? Ja, Jack war diese Woche ein bisschen durcheinander, aber das geht nur die Familie etwas an –«

Sie verstummte. Rachel hob ein wenig den Kopf. Emmas Zimmertür öffnete sich einen Spalt, und Emma kam zum Vorschein, in ihrer pinkfarbenen Jogginghose und einem weißen T-Shirt mit einem Strassherz auf der Brust.

»Oma?«, fragte Emma in Lippensprache.

Rachel nickte.

»Nein!«, sagte Carrie unten in der Küche mit einigem Nachdruck.

Emma öffnete ihre Tür ein Stück weiter und hockte sich auf die Schwelle. Sie trug die Kopfhörer ihres Walkmans um den Hals.

»Ist sie –?«, flüsterte Emma.

»Sch-sch!«, zischte Rachel.

»Ja, du hast recht gehört«, sagte Carrie. »Du hast es klar und deutlich gehört. Ich habe Nein gesagt. Ich habe gesagt – oder gemeint –, nein, ich werde Simon nicht sagen, dass er dich anrufen soll, wenn er heimkommt. Vielleicht sage ich ihm nicht einmal, dass du angerufen hast.«

Der Hocker scharrte über den Küchenboden. Carrie gestikulierte wohl.

»Weil er genug hat!«, schrie Carrie. »Weil ich genug habe! Wir haben alle genug von deinen Forderungen und deinem Gejammer und deiner totalen Weigerung, die Schuld an allem auch bei dir zu suchen! Du machst uns das Leben unerträglich, du übst einen solchen Druck auf Simon aus, und dann lässt er das an uns aus, und wir haben *alle* darunter zu leiden!«

Wieder verstummte sie abrupt. Emma rutschte vor, bis sie am Geländer gegenüber von Rachel saß.

»Das ist mir egal!«, brüllte Carrie. »Es ist mir inzwischen einfach *scheißegal*! Von mir aus kannst du dir die Augen ausheulen, von meinem Mitgefühl für dich ist nichts mehr übrig. Und ich will dir noch was sagen. Ich sage dir noch etwas, Laura, etwas, das ich dir schon vor Monaten hätte sagen sollen, vor Jahren sogar. Wenn du vorhast, mit mir um Simon zu kämpfen, Laura, werde ich mich nicht nur mit Zähnen und Klauen verteidigen, sondern auch gewinnen. Hast du gehört? Ich werde *gewinnen*!«

Dann wurde der Hörer geknallt. Rachel und Emma richteten sich auf.

»Wow«, flüsterte Emma. Rachel gab keine Antwort. Sie kroch zur Treppe hinüber und kauerte dort, als wäre sie unschlüssig, ob sie hinuntergehen sollte. Sie hörten, wie Carrie vom Hocker glitt und durch die Küche tappte, und dann hörten sie, wie ein Stück von der Küchenrolle abgerissen wurde, die an einem Holzhalter neben dem Herd hing. Dann hörten sie noch etwas anderes, einen kleinen, krampfhaften, kläglichen Laut, wie von einem kleinen Tier, das Schmerzen litt.

»Oh Gott«, flüsterte Emma. »Rach, sie weint.«

Guy vermochte keine Ruhe zu finden. Er hatte versucht, einzuschlafen; er hatte sogar geglaubt, einschlafen zu können, aber die grünen Leuchtziffern auf Merrions Radiowecker zeigten erst zehn nach zwei an, dann fünf vor drei, schließlich viertel vor vier. Vorsichtig stand Guy auf und schlich sich in die Küche, ohne Licht zu machen, damit Merrion davon nicht aufwachte und ihn fragte, ob alles in Ordnung sei. »Alles bestens«, würde er erwidern, und sie würde sagen: »Nein, das ist nicht wahr«, und dann würde alles wieder von vorne anfangen.

Leise zog er die Küchentür zu und knipste die Lampe an, die in der Ecke der winzigen Küchenanrichte stand und so ein interessantes Spiel von Licht und Schatten erzeugte. Früher hatte Guy Licht nie als gestaltendes Element der Inneneinrichtung wahrgenommen: In Hill Cottage war es ihm immer nur darauf angekommen, ob die Beleuchtung gedämpft genug zum Fernsehen oder hell genug zum Lesen oder Rasieren war. Merrion aber machte sich Gedanken über die Beleuchtung. Ihre Blenden und Lampen und Strahler schufen bestimmte Zonen und Muster und Abstufungen von Licht, wodurch Stimmungen und Atmosphäre erzeugt wurden. Wie so vieles an Merrion hatte auch ihre visuelle Wahrnehmung der Welt ihm ganz neue Horizonte erschlossen, faszinierende, erhellende Horizonte.

Er ließ Wasser in den Kessel laufen und stöpselte ihn ein. Er war nicht sicher, ob er wirklich etwas trinken wollte, hatte aber das Gefühl, das Ritual des Teekochens könnte ihn ein wenig beruhigen. Seine Mutter hatte unter chronischer Schlaflosigkeit gelitten und dieses Problem mit einer Reihe von Ritualen bekämpft, wie als trotzige Auflehnung gegen dieses Los, das heißt, sie hatte nachts dutzende Male ihr Bett neu gemacht, die Vorhänge aufgerissen und wieder zugezogen, war energisch die Treppen hinauf- und hinabgegangen. Guy musste daran denken, wie sie daran auch mit über achtzig noch festgehalten hatte, wenn sie bei ihnen zu Besuch war und im alten Pyjama seines Vaters über die Treppe in Hill Cottage geisterte, während sie vor sich hinzählte.

»Es müssen fünfzig sein. Fünfzig Stufen. Mit neunundvierzig funktioniert es nicht, und mit einundfünfzig auch nicht.«

Eine unverwüstliche Energie hatte sie beseelt, bis zum Schluss, und noch zwei Monate vor ihrem Tod war sie Laura dabei behilflich, schubkarrenweise Dünger in den Gemüsegarten zu befördern. Der Garten war das Einzige, was Laura und seine Mutter miteinander verband, das einzige Teilterritorium, in dem Laura sich nicht unzulänglich vorkam und Guys Mutter zumindest ein wenig vom Naturell ihrer Schwiegertochter begriff.

»Gut, dass sie den Garten hat«, hatte Guys Mutter bemerkt und nach einer kleinen Pause fast nachdenklich angefügt: »Blutarmes Mädchen, deine Laura.«

Auf der Suche nach einem Teebeutel öffnete Guy diverse Schranktüren und wünschte sich dabei im Stillen, seine Mutter könnte Laura jetzt sehen. Oder auch Merrion. Was würde sie wohl von der ganzen Geschichte halten? Was würde sie über einen Sohn denken, der mit über fünfzig, als Großvater bereits, die Liebe – wahre Liebe – gefunden hatte? Was würde sie von Lauras Reaktion halten, von der Art und Weise, wie sie Simons Hilfe einforderte? Sie war Lehrerin gewesen, Guys Mutter, Biologielehrerin, und so war das Herz in ihren Augen in erster Linie ein lebenswichtiges und ausgeklügeltes Organ gewesen, nicht der Sitz aller Freuden und Ängste. Guy und seine Brüder hatten angenommen, ohne den Dingen je wirklich auf den Grund zu gehen, die Ehe ihrer Eltern sei nicht nur das Zusammentreffen zweier äußerst fähiger, professioneller Köpfe gewesen, sondern auch von gegenseitiger Liebe getragen. Doch so sicher konnten sie da natürlich nie sein, oder? In der Generation ihrer Eltern war es unüblich, Erklärungen abzugeben oder sich zu beklagen, und falls der stetige Herzschlag jener Ehe einmal ins Stocken geraten war – was doch zuweilen durchaus vorgekommen sein musste –, so würde nie mehr jemand davon erfahren. Arme alte Mum, dachte Guy, während er kochendes Wasser in einen von Merrions weißen Bechern goss, in den er einen Teebeutel gehängt hatte, aber auch wiederum glückliche alte Mum. Feste Regeln mochten einen Käfig bilden, zugleich aber auch eine Struktur.

Guy schaltete die Lampe aus und schob die Tür zum Wohnzimmer wieder auf. Die Nacht war klar, und vom Himmel und der Straße drang ein diffuser Schein ins Zimmer, das von großen, weichen Schatten erfüllt war. Guy setzte sich aufs Sofa – die Kissen, wo sie vorhin halb gesessen, halb gelegen hatten, waren noch zerknautscht – und stellte seinen Becher auf dem Tisch ab. Er lehnte sich zurück und schaute zur Decke hoch, über die sich quer eine schmale Spur kleiner, schimmernder Halogenstrahler hinzog, die, wenn man sie anschaltete, die erstaunlichsten Effekte erzeugten. Das erschien ihm wie eine Analogie zu ihm und Merrion, wie sie mal im Halbdunkel herumtappten oder die Dinge in ganz neuem Licht sahen, mal zusammen oder allein waren. Wenn sie nur verhindern könnten – er schloss die Augen und verzog im Dämmerlicht gequält das Gesicht –, dass diese Neuheit sich in Fremdheit wandelte, dass sie mit anderen Dingen kollidierte, dass sie sich einer Koexistenz verweigerte.

»Ich könnte das Gefühl nicht ertragen, dich in irgendeiner Weise einzuschränken«, hatte er beim Abendessen gesagt.

Sie war vollauf mit dem Verzehr eines verzwickten Salats beschäftigt. Sie blickte nicht auf, da sie gerade versuchte, ein langes Stück Rucola nur mit der Gabel zusammenzufalten.

»Dieses Gespräch hatten wir schon mal.«

»Damit ist die Sache aber nicht erledigt«, sagte Guy. »Als ich Jack neulich Abend so ansah, wurde mir erst bewusst, wie *jung* du bist. Vom Alter her stehst du ihm weit näher als mir. *Weit* näher.«

Sie schob sich das Rucolablatt in den Mund, wobei sie beim Stengel noch mit der Gabel nachhelfen musste.

»Sind wir wieder beim Thema Kinder?«

»Ich nehme an, das gehört auch dazu –«

»Vielleicht möchte ich gar kein Kind.«

Sanft mahnte Guy: »Sei nicht kindisch.«

»Ich habe es so satt«, sagte Merrion, »dass du ständig Schwierigkeiten aufs Tapet bringst. Das hast du früher nie getan.«

»Und du hast immer gesagt, es gäbe welche.«

»Die gibt es ja auch. Aber deswegen muss man nicht ständig den Teufel an die Wand malen.«

»Man darf sie aber auch nicht ignorieren.«

Sie spießte ein Stück rote Peperoni auf, besah es sich näher und legte es dann auf dem Tellerrand ab.

»Ich ignoriere gar nichts«, sagte sie. »Ich finde es nur sehr schwierig, mit deinen fixen Ideen klarzukommen. Es setzt mir ziemlich zu, Guy, wenn ich sehe, wie du in Gedanken meilenweit von mir entfernt bist. Ich weiß, dass du eine schwere Zeit durchmachst, ich weiß, dass Laura sich unmöglich aufführt und die Wohnung grauenhaft ist und der Umgang mit deinen Kindern bestenfalls problematisch, aber mir kommt es vor – das muss ich schon sagen –, als würde dich das magnetisch anziehen, fast als würdest du zu etwas zurückkehren, das du lange vor mir kanntest, als hättest du dich an einen Ort zurückgezogen, wohin ich dir nicht folgen kann.«

Er drehte unablässig den Stiel seines Weinglases zwischen den Fingern.

»Ich habe noch nie jemanden so sehr geliebt wie dich.«

»Ich weiß«, sagte sie. Sie legte ihre Gabel ab. »Aber darum geht es ja auch gar nicht, oder?«

Er starrte auf seinen Teller.

»Du hast etwas gefunden«, sagte Merrion, »nicht wahr? Du hast deine Familie wiedergefunden.«

Guy sagte: »Aber ich möchte doch, dass du zu dieser Familie dazugehörst –«

In schärferem Tonfall als beabsichtigt versetzte sie: »Und wäre das gut?«

Er hob den Kopf.

»Gut?«

»Für mich«, sagte Merrion. »Ist es gut für mich, so in deine Familie *eingegliedert* zu werden? Ist das der Sinn unserer Beziehung? Hattest du es etwa darauf abgesehen, all die Jahre?«

Er schüttelte den Kopf. Beinahe unhörbar sagte er: »Nein.« Und dann sagte er: »Wir wussten doch nicht, was auf uns zukam, oder –«

»Nein«, sagte sie. Sie schob ihren Teller fort. »Ich habe keine Lust, weiterzureden. Ich habe keine Lust, gewisse Dinge zu sagen. Ich bin noch nicht so weit, diese Dinge auszusprechen. Manche jedenfalls nicht.«

Jetzt öffnete er die Augen und griff nach seinem Tee. Er schmeckte nach nichts: er hatte den Teebeutel nicht lange genug drin gelassen. Was er beim Abendessen hatte sagen wollen und nicht über die Lippen bekommen hatte, war, dass er, aus Gründen, die auch ihm unerfindlich waren, sich schlicht nicht vorstellen konnte, wie ihr gemeinsames Leben künftig aussehen sollte. Früher hatte er es immer vor sich gesehen: es schwebte vor seinem geistigen Auge, ein deutliches Bild, das in ebenso deutlichem Kontrast zu dem Halbleben stand, das er mit Laura teilte. Eine Wohnung in der Stadt hatte er vor sich gesehen, eine geräumige Wohnung, voll mit seinen Büchern und ihren Sachen. Oder auch ein Haus irgendwo, womöglich sogar ein Stadthaus, mit Terrassentüren, die in einen kleinen Sommergarten führten, und dazu hörte er Musik spielen. Hin und wieder hatten sie sogar gemeinsam in diesen Bildern geschwelgt, sich den Luxus gegönnt, sich vorzustellen, wie die Dinge sein könnten, wenn sie freie Hand hätten. Und nun, da die Freiheit langsam näher rückte, unter Überwindung unglaublicher Hindernisse, und er sie immer klarer vor sich sah, schien es, als trübe sie ihm den Blick auf die Zukunft. Noch verstörender war, dass er den Verdacht hegte, auch Merrions Blick würde dadurch getrübt, dieser Blick, der immer so ungetrübt gewesen war, aus dem er stets Halt und Beruhigung geschöpft hatte.

Er fasste das Wohnzimmer ins Auge. Hier könnten sie nicht bleiben, das stand fest. Alles war zu klein, zu feminin, zu sehr auf das Leben einer allein stehenden Person ausgerichtet. Er versuchte, wie so häufig schon, sich eine andere Umgebung vorzustellen, die ihnen eher gemäß war; das Bild von der Wohnung, vom Haus ihrer Träume heraufzubeschwören, wo sie dieses Gefühl völliger Zusammengehörigkeit ausleben konnten, das sie miteinander empfanden. Kein Bild wollte sich einstellen. So sehr er seine Phantasie anstrengte, er sah nur bereits Bekanntes vor sich; diese Wohnung, Hill Cottage, die trostlose Bude in Pinns Green.

Er stand auf. Das Licht wurde heller, die Morgendämmerung triumphierte über die Straßenlaternen. Leise ging er durchs Wohnzimmer und öffnete die Tür zum Schlafzimmer.

»Du warst ja ewig weg«, sagte Merrion.

»Wirklich? Ich dachte, du schläfst.«

Sie drehte sich zu ihm um. Auf dem Kissen konnte er die dunkle Fülle ihrer Haare ausmachen.

»Mindestens eine Stunde. Geht es dir gut?«

Er setzte sich auf die Bettkante, mit dem Rücken zu ihr. Sie streckte eine Hand aus und legte sie ihm flach gegen den Rücken, auf die Wirbelsäule unterhalb seiner Schulterblätter.

»Ich weiß es nicht«, sagte er.

»Komm her«, sagte sie.

Er schwang sich herum und steckte die Beine wieder unter die Bettdecke.

»Guy«, sagte sie. »Was ist?«

Er schaute zur Decke. Er sagte: »Es kommt mir vor, als wäre mir der Blick nach vorn verstellt. Sonst habe ich immer klar gesehen, aber im Moment gelingt mir das nicht.«

Sie tastete unter der Bettdecke nach seiner Hand und umschloss sie mit beiden Händen.

»›Im Moment‹, darauf kommt es an«, sagte sie. »Das musst du dir immer wieder sagen.«

Ihre Stimme klang beschwörend, beinahe ängstlich. Mit der anderen Hand bedeckte er ihre, und so klammerten sie sich unter der Bettdecke verzweifelt aneinander fest.

»Bloß nicht aufgeben«, sagte Merrion.

Der Pub, den Alan gewählt hatte, betrieb auf dem Bürgersteig eine kleine Terrasse. Als Guy näher kam, saß Alan schon da, mit all den Utensilien vor sich auf dem Tisch, die Guy mittlerweile als wesentliche Bestandteile urbanen Lebens identifizierte – ein Mobiltelefon, eine Zeitung und ein Getränk. Alan trug eine Sonnenbrille und ein blaues Leinenhemd. Als Guy auf ihn zukam, erhob er sich und breitete die Arme aus.

»Hi, Dad.«

Guy umarmte ihn.

»Wie nett –«

»Alles klar?«, fragte Alan. Er machte seine Arme los und legte seinem Vater die Hände auf die Schultern.

»Ich bin etwas müde –«

»Das überrascht mich nicht«, sagte Alan.

Guy lächelte. Er sah auf Alans Glas.

»Was trinkst du?«

»Campari.«

Guy verzog das Gesicht.

»Ich glaube, ich besorg mir ein Bier.«

Alan übte sanften Druck auf Guys Schultern aus.

»Du setzt dich. Ich hol dir eins.«

Guy setzte sich in einen weißen Kunststoffsessel, mit dem Rücken zur Pubwand. Er fühlte sich tatsächlich müde, müde an Körper und Seele.

»Sehe ich so alt aus, wie ich bin?«, hatte er an jenem Morgen zu Merrion gemeint. Sie hatte geduscht und machte gerade Kaffee, in ein Badetuch gehüllt.

»Keine Ahnung«, sagte sie und küsste ihn.

Alan kam mit einem großen Glas Lager zurück.

»Ist das das richtige?«

»Ausgezeichnet«, sagte Guy.

»Dad –«

»Ja?«

»Ich muss dir was erzählen.«

Guy sah ihn an. Er hatte sich wieder hingesetzt und stützte die Ellbogen auf den Tisch.

»Ich bin mit jemandem zusammengezogen«, sagte Alan.

»Mit jemandem –«

»Er heißt Charlie Driver. Er ist Arzt.«

Guy hob sein Bierglas.

»*Pri*ma.«

»Das klang ja beinahe etwas *zu* herzlich –«

»So war es nicht gemeint.«

»Es ist eine solche Wohltat«, sagte Alan, »wieder verliebt zu sein.«

Guy lächelte ihm zu.

»Natürlich.«

»Am liebsten würde ich es der ganzen Welt erzählen –«

Guy blickte auf sein Bier hinab.

»Das kenne ich auch noch.«

»Dad. Mum werde ich nichts davon erzählen.«

»Nein –«

»Um ehrlich zu sein, bin ich mir gar nicht so sicher, ob ich im Moment überhaupt mit Mum rede.«

Bekümmert sagte Guy: »Offenbar ist niemand dazu imstande –«

»Das ist die andere Sache, wegen der ich dich sehen wollte.«

»Abgesehen von Charlie.«

»Ja.«

Guy streckte eine Hand aus und umfasste Alans Handgelenk.

»Das mit Charlie freut mich sehr. Solange er gut zu dir ist.«

»Einen Besseren kann es gar nicht geben«, sagte Alan. Er trank einen Schluck Campari. »Aber Mum –«

»Ja.«

»Sie weigert sich jetzt, Simons Rat anzunehmen.«

»Ich weiß.«

»Ich glaube, ich muss mir Simon wohl noch mal vorknöpfen.«

Mit jäher Heftigkeit sagte Guy: »Alan, das alles fängt an, mir an die Substanz zu gehen. Ich kann kaum noch daran denken, geschweige denn etwas unternehmen. Das alles flößt mir nur noch Widerwillen ein, die Schwierigkeiten und ewigen Weigerungen und Komplikationen. Es graut mir vor den Entscheidungen. Der Abend neulich mit Jack war eine solche Wohltat. Mal die Probleme eines anderen, das Leben eines anderen –« Er verstummte.

Alan wartete.

»Entschuldige«, sagte Guy.

»Wieso entschuldige?«

»Die Komplikationen habe ich ja selbst verursacht«, sagte Guy, während er an Alan vorbei auf den Bürgersteig starrte, »und da ist es wohl das Mindeste, dass ich die Konsequenzen auf mich nehme und mich nicht beklage.«

»Aber du konntest doch nicht wissen, was sich für Konsequenzen ergeben würden –«

»Das dachte ich aber. Ich dachte, ich könnte sie ungefähr absehen. Und dass ich damit fertig würde.«

»Aber das gelingt dir nicht –«

»Nein«, sagte Guy. Er schob sein Glas fort. »Eine Zeit lang kam es mir vor, als wüsste ich genau, was ich tat, als müsste ich nicht einmal eine Wahl treffen. Und jetzt muss ich eine Wahl nach der anderen treffen.«

»Wirklich?«, sagte Alan. Er griff nach seinen Zigaretten.

»Ja«, sagte Guy. Er schaute Alan an. »Von einer Wahl kann nicht mehr die Rede sein. Es ist ein Dilemma.«

Es war beinahe halb zehn, bevor Rachel hörte, wie Carrie nach unten ging. Sonntagmorgens war es sonst immer Simon, der als erster hinunterging, einen Jogginganzug überstreifte, die Zeitungen besorgte und sie Carrie dann zusammen mit einer Tasse Tee nach oben brachte. Als sie noch klein waren, erinnerte Rachel sich, wurde Simon sehr böse mit ihnen, wenn sie versuchten, sonntags zu Carrie ins Bett zu klettern. Samstag war in Ordnung, aber Sonntag war verboten. Doch während der letzten paar Monate war es sonntags immer umgekehrt. Carrie ging als Erste nach unten und kochte Tee. Die Zeitungen holte sie erst, nachdem sie sich vollständig angekleidet hatte, und den Tee kochte sie in dem alten Kimono mit den aufgedruckten Kranichen und Blumen, den Rachel schon ihr Leben lang kannte. Simon hatte Carrie einmal einen neuen Morgenrock gekauft, einen weißen aus dickem Waffelpikee, doch Rachel wusste, dass er noch unausgepackt oben auf Carries Kleiderschrank lag und Carrie lieber weiter ihren Kimono trug.

Rachel pellte sich langsam aus ihrer Decke. Simons grauer Pulli lag noch dort auf dem Boden, wo sie ihn gestern Nacht hingeworfen hatte, und sie hob ihn auf und streifte ihn über das viel zu große T-Shirt, in dem sie geschlafen hatte. Dann raffte sie ihr Haar zurück, ungekämmt, wie es war, und band es mit einem Haargummi zusammen.

Auf dem Treppenabsatz war es still. Emmas Tür war zu, ebenso Simons und Carries Schlafzimmertür, und auch aus Jacks Zimmer war kein Laut zu vernehmen. Rachel stapfte nach unten. Carrie stand in Jeans und kariertem Hemd und einer Jacke aus Flauschgewebe in der Küche und hatte die Hand auf den Wasserkessel gelegt, als würde er dadurch schneller kochen.

»Hi«, sagte Rachel.

Carrie drehte sich um.

»Morgen, Schatz.«

Rachel ging zu ihr und lehnte sich neben dem Kessel gegen die Theke.

»Gehst du die Zeitungen holen?«

»Ja«, sagte Carrie. »Warum fragst du?«

»Nur so.«

Rachel gähnte. Sie fasste hoch und kratzte sich durch das T-Shirt am Schlüsselbein. Sie fragte: »Ist das für Dads Tee?«

»Ja«, antwortete Carrie.

»Ich kümmer mich drum.«

»Machst du das?«

»Ja.«

»Er schläft noch –«

Rachel sah auf die Uhr.

»Es ist zwanzig vor zehn.«

»Danke dir«, sagte Carrie. Sie nahm die Hand vom Kessel. »Dann will ich mal die Zeitungen holen.«

Sie griff nach ihrer Handtasche und ging aus der Küche. Rachel hörte, wie die Haustür leise geschlossen, nicht zugeworfen wurde.

Sie blickte zum Wasserkessel. Alles nur, um Dad nicht zu wecken, alles nur … Rachel ging durch die Küche und holte einen Becher aus dem Schrank. Sie knallte die Tür geräuschvoll zu. Wenn Simon davon nicht aufwachte, würde sie ihn eben gleich wecken.

Sie trug den Becher Tee die Treppe hoch und über den Absatz. Emmas Tür war immer noch zu. Rachel blieb an der Schlafzimmertür ihrer Eltern stehen, nahm den Becher in die linke Hand und drehte den Türknauf herum. Im Zimmer herrschte Halbdunkel, da die Vorhänge noch zugezogen waren. Simon lag als länglicher Wulst im Bett.

Rachel stellte den Becher auf der Kommode ab und ging quer durchs Zimmer. Energisch zog sie alle Vorhänge auf.

»Ich weiß, ich weiß«, ließ sich Simons gedämpfte Stimme von unter den Kissen her vernehmen.

»Ich bin's«, sagte Rachel.

Sie kehrte zur Kommode zurück und nahm den Teebecher herunter. Simon hob den Kopf vom Kissen und starrte sie an.

»Das ist aber lieb –«

»Ja«, sagte Rachel.

Sie umrundete das Bett, bis sie vor ihm stand, und hielt ihm den Becher hin.

»Da.«

Simon richtete sich langsam auf. Er hatte seinen jämmerlichen dunkelblauen Pyjama an, und sein Haar war zerzaust. Viele von Rachels Freundinnen hatten Väter, die langsam kahl wurden. Das zumindest war bei Simon nicht der Fall. Er streckte eine Hand aus, und sie reichte ihm den Becher.

»Was hab ich denn angestellt?«, fragte Simon.

Rachel erwog kurz, sich auf die Bettkante zu setzen, entschied sich dann aber dagegen. Sie zog am Saum ihres T-Shirts, bis es ein ganzes Stück unter Simons Pulli hervorhing.

Sie sagte: »Du musst dich mal rasieren.«

Simon trank einen Schluck Tee.

»Das muss ich jeden Morgen. Und manchmal sogar abends noch einmal. Bei dunklen Typen ist das so.«

»Jack rasiert sich auch manchmal. Um seine Pickel herum.«

»Rachel«, sagte Simon, »könntest du jetzt sagen, was du auf dem Herzen hast?«

Rachel studierte aufmerksam die Nagelhaut an ihrer rechten Hand.

»Es ist wegen Mum.«

»Was ist mit Mum?«

»Sie ist durcheinander«, sagte Rachel.

Simon trank noch etwas Tee und drehte sich von Rachel weg, um den Becher auf dem überquellenden Nachttisch abzustellen.

»Natürlich ist sie das. Das sind wir alle. Und dass Jack so unglücklich ist, steckt alle an.«

»Das ist es nicht«, sagte Rachel. Sie entdeckte einen eingerissenen Nagel und steckte den Finger zwischen die Zähne.

»Was ist es nicht?«

»Mum ist nicht wegen Jack durcheinander«, sagte Rachel, während sie an dem Nagel herumkaute. »Ich meine, das natürlich auch, aber das ist nicht das Schlimmste. Es ist wegen dir.«

Simon wuchtete sich hoch, schleuderte die Bettdecke beiseite und stellte die Füße auf den Boden.

»Ach, ich *weiß* doch, dass es wegen mir ist –«

»Nicht was du denkst«, sagte Rachel.

»Was soll das heißen?«

»Sie ist nicht durcheinander, weil du so nervst. Sie ist wegen Oma durcheinander.«

Geduldig sagte Simon: »Ich muss Oma helfen.«

Rachel betrachtete eingehend ihre andere Hand.

»Sie hat neulich geweint.«

Simon wandte sich um und sah Rachel an.

»Geweint?«

»Sie sagte, wenn Oma mit ihr um dich kämpfen wollte, würde sie gewinnen. Dann hat sie geweint.«

Simon stand auf.

»Das hat sie zu dir gesagt?«

»Nein«, sagte Rachel. »Sie war am Telefon. Ich habe gelauscht. Sie ist schon ewig durcheinander.«

»Wusste sie, dass du zuhörst?«

Rachel ließ die Hände sinken und behielt sie unten. Wenn sie noch weiter kaute, käme bald Blut.

»Nein.«

»Warum hast du nichts gesagt?«

»Es hatte keinen Sinn«, sagte Rachel. »Ich weiß, was sie denkt. Ich weiß, was sie fühlt. Du bist derjenige, der er es wissen sollte.«

Simon schluckte. Er blickte nach unten und zog seine Pyjamahose hoch.

»Verstehe«, sagte er.

»Eben nicht«, versetzte Rachel grob.

Simon schaute sie an. Einen flüchtigen Moment lang konnte Rachel sich ein Bild davon machen, wie er früher einmal ausgesehen hatte, als er in Jacks Alter gewesen war. Unsicher fragte er: »Was verstehe ich denn nicht?«

Rachel stemmte die Hände in die Hüften. Fast verächtlich sagte sie: »Dass sie dich gern hat.«

17

Laura hatte zwei Dutzend neue Rittersporne gekauft. Es waren prachtvolle Pflanzen, kräftig und mit vielen Blättern. Sie wollte entlang der Mauer, wo früher der Kuhstall gewesen war, eine neue Rabatte anlegen, eine blaue, die von provenzalischem Lavendel gesäumt würde. Der Lavendel könnte sich dann in den Backsteinpfad hinein ergießen, den sie vor sieben Jahren mit Hilfe eines Jungen aus dem Dorf selbst gepflastert hatte. Er hatte einen Ferienjob gesucht, egal, was, weil er für ein Motorrad sparte. Drei Wochen lang im August – Guy befand sich, wie sie sich erinnerte, auf einem Rechtskongress in Kuala Lumpur – hatte der Junge Laura geholfen, Backsteine zu schleppen und auf einer schwarzen Kunststoffmembrane auszulegen, damit von unten kein Unkraut durchwuchern konnte. Sein Name fiel ihr nicht mehr ein, was ziemlich peinlich war. Steve oder Gareth oder so. Er war sehr dünn und sprach kaum, aber es schien ihm nichts auszumachen, Anweisungen entgegenzunehmen. Wenn sie den Pfad jetzt betrachtete – ein säuberliches, hübsches Fischgrätmuster –, empfand sie ein jähes Aufwallen von Sehnsucht nach der Stimmung, in der sie es gelegt haben musste, nach der Sorglosigkeit und Unbeschwertheit, mit der sie ganz in dieser einfachen, kreativen Aufgabe aufgegangen war. Wenn die blaue Rabatte erst gepflanzt wäre, kam ihr die Idee, könnte sie dazu passend die Vorhänge im Esszimmer austauschen, da die Esszimmerfenster über eine kleine Rasenfläche weg zur früheren Kuhstallmauer hinausgingen. Eigentlich könnte sie gleich eine Runde durchs ganze Haus machen, sich vorstellen, jede Fensteraussicht wäre ein Bild, und sich Gedanken machen, wie sie es sozusagen einrahmen könnte.

Sorgfältig setzte sie die Rittersporne in die umgegrabene – und gedüngte – Erde und trat ein wenig zurück, um zu prüfen, ob der Abstand zwischen ihnen hinsichtlich Größe und Farbe stimmte. So etwas konnte sie gut. Das sagten alle. Wie ihr auch alle nachsagten, ein besonderes Händchen beim Beschneiden zu haben, wodurch ihr Garten länger und prächtiger blühte als alle anderen. Selbst Wendy musste ihr das zugestehen, und Wendy war selbst ziemlich stolz auf ihren Garten und überdies, wie viele Menschen mit vielseitigen Begabungen, nicht besonders freigebig mit Lob, wie Laura fand. Wenn, dann durfte man ihr keine Wahl lassen; keine falsche Scheu haben, klarmachen, dass die eigene Methode, obwohl nicht Wendys, auch ganz achtbare Erfolge erzielte. Neulich erst war es wieder so weit gewesen, als Wendy mit einer Flasche Wein vorbeikam und sie energisch auf den Küchentisch stellte.

»Jetzt trinken wir *den* hier. Ich hab die Nase voll von Tee und dem ewigen Trübsalblasen.«

Laura hatte beschlossen, den Anstand zu wahren. Zusammen mit einem Korkenzieher und einem Schälchen glasiert aussehender japanischer Reisknabbereien stellte Laura die Flasche und zwei Gläser auf ein Tablett und trug es ins Wohnzimmer. Mit dem Rücken zu Wendy sagte sie: »Ich nehme an, du bist hergekommen, um mir wieder mal die Leviten zu lesen.«

»Genau das habe ich vor«, sagte Wendy. Sie machte es sich in einem Sessel bequem und nahm die Brille ab. »Was hast du denn sonst erwartet? Man bietet dir zwanzigtausend Pfund mehr für dieses Haus als veranschlagt, und du schlägst das aus!«

Laura drehte sehr penibel den Korkenzieher in den Flaschenhals.

»Woher weißt du das?«

»Lieber Gott, Laura, das weiß *jeder*! Alle sind sich einig, dass du völlig übergeschnappt bist! Nur ich weiß, dass du den Starrsinn sozusagen *erfunden* hast.«

Laura goss beide Gläser exakt halbvoll. Sie setzte ein winziges Lächeln auf und trug ein Glas zu Wendys Sessel hinüber. Daneben stand ein glänzend poliertes Tischchen mit einem Tablett, auf dem eine gemalte Kamelie prangte. Sorgfältig setzte Laura das Weinglas genau in der Mitte der Kamelie ab.

»Wie wär's, wenn wir mal nicht darüber reden?«

Wendy hauchte schwer auf ihre Brillengläser, um sie dann zu polieren. Mitten im Ausatmen hielt sie abrupt inne.

»Bitte?«

»Wie wär's«, sagte Laura, während sie das Schälchen mit den japanischen Crackern neben Wendys Weinglas stellte, »wenn wir nicht wieder von Anfang an durchkauen, was ich deiner Meinung nach alles nicht richtig mache.«

»Und?«, fragte Wendy.

»Uns lieber auf die Dinge konzentrieren, die ich *richtig* mache.«

»Himmel«, sagte Wendy. Sie trank hastig etwas Wein.

Laura nahm in dem Sessel gegenüber Platz, wobei sie Knie und Füße artig zusammenrückte. Breiter als eben lächelte sie Wendy an.

»Was mache ich richtig?«

Wendy fuchelte wild mit der Hand, in der sie die Brille hielt.

»Nun ja, du hast dich nicht gehen lassen –«

»Nein.«

»Du siehst, na ja, wie aus dem Ei gepellt aus, wie immer, und das gilt auch für den Garten und das Haus –«

»Ja.«

»Und du hast Guy nicht öffentlich schlecht gemacht, nehme ich an. Bei mir vielleicht schon, ganz privat, aber öffentlich –«

»Ja«, sagte Laura.

Wendy setzte ihre Brille wieder auf.

»Also, gut gemacht. Was das betrifft, gut gemacht.«

»Vielen Dank«, sagte Laura.

Wendy beugte sich im Sessel vor.

»Aber das heißt noch nicht, dass du für alles gute Noten bekommst.«

Lauras Haltung wurde starr.

»Nicht schon wieder die alte Leier –«

»Doch«, meinte Wendy, »allerdings.«

»Ich rede nicht mehr über dieses Haus«, verkündete Laura. »Das habe ich beschlossen.«

»Das kannst du nicht beschließen. Du kannst keinen einseitigen Beschluss treffen. Die Hälfte gehört Guy. Rechtlich gesehen. Sie gehört ihm.«

Laura blickte starr geradeaus. Sie reckte ihr Kinn hoch, höher als normal, so hoch, dass es trotzig wirkte.

»Ich habe meinen Standpunkt ziemlich deutlich gemacht«, sagte Laura. »Und ich werde darüber nicht weiter diskutieren. Sie können gern alle kommen, wenn sie alles auseinander sortiert haben, aber ich hänge mich da nicht mehr rein. Ich kümmmere mich stattdessen um mein neues Leben.«

»Dein neues Leben?«

»Alleine wohnen«, sagte Laura. »Allein hier wohnen und was daraus machen.« Sehr zurückhaltend nippte sie an dem Wein. »Möglich, dass ich Pensionsgäste reinnehme. Ich habe gelesen, man kann Gästen bis zu fünfundzwanzig Pfund pro Nacht berechnen. *Vielleicht* mache ich das. Ich weiß noch nicht.«

Wendy hatte sich kurz darauf verabschiedet. Ihr Aufbruch gestaltete sich unbeholfen und überstürzt, nicht einmal ihren Wein trank sie aus, was ärgerlich war, denn so war es im Grunde eine Vergeudung gewesen, ihn überhaupt aufzumachen. Laura steckte den Korken wieder in die Flasche und stellte sie in den Kühlschrank. Vielleicht mochte Simon ja was, wenn er das nächste Mal vorbeikam. *Wenn* er das nächste Mal vorbeikam.

Während sie die Rittersporne prüfend betrachtete und überlegte, ob sie die Blautöne von dunkel nach hell abstufen oder lieber bunt mischen sollte, ging Laura auf, dass ihr Gespräch mit Wendy einer Art kleinem Triumph gleichkam. Es war schon verblüffend festzustellen, wenn man sein Leben nach einem schlimmen Schock wieder in den Griff bekommen hatte, dass man wieder wählen konnte, Entscheidungen treffen, die Dinge neu ordnen, zur eigenen Zufriedenheit und wie es den eigenen Bedürfnissen entsprach. Gewiss, eine schreckliche Zeit lang, als sie zusehen musste, wie ihre gesamte Identität aus ihr herausgeschmolzen und weggegossen wurde, von Leuten, die einfach blind dafür waren, zu erkennen, wo der Kern, die Triebfeder ihrer Existenz lag, hatte sie gedacht, sie *müsste* Hill Cottage verlassen. Sie war völlig verzagt gewesen damals, der Verzweiflung nahe. Es hatte Momente gegeben, als sie, ihrer Angst vor dem Londoner Verkehr zum Trotz, beinahe in ihr Auto gestiegen und zu Simons Büro in jenem schrecklichen Teil Süd-Londons, wo er unbedingt arbeiten musste, gefahren wäre und sich ihm einfach an den Hals geworfen hätte. Vor ihrem geistigen Auge hatte sie sich schon an ihn klammern sehen, schluchzend und ihn zu der Einsicht *nötigend*, dass er buchstäblich der Einzige war, der sie davor bewahren konnte, einfach so ausradiert, ausgelöscht zu werden. Dann aber war etwas Erstaunliches geschehen, eine seltsame neue Kraft war ihr zugewachsen, und zwar unerklärlicherweise nach Simons fürchterlichem Brief, in dem ihr mehr oder weniger befohlen wurde, Hill Cottage zu verkaufen. Es war, als hätte eine Stimme in ihrem Kopf gesagt: »Tu's nicht«. Sie hatte Erleichterung empfunden, einen ungeheuren Trost nach all den Kränkungen. »Willige nicht ein. Gib nicht nach. Rühr dich nicht vom Fleck.«

»Ich muss nicht«, sagte sie laut und fast verwundert zu den Hunden. »Ich *muss* nicht! Ich muss hier nicht weg!«

Danach schien es, als könnte ihr nichts mehr etwas anhaben, als sei sie immun gegen die unerhörten Schmerzen, die alles ihr bis dahin bereitet hatte. Simons Ungeduld, Alans Gedankenlosigkeit, sogar Guys Verrat schienen viel leichter zu ertragen, eine Aussöhnung mit all dem möglich. Statt kläglich hinter ihnen allen herzulaufen und um Mitgefühl und Verständnis zu betteln, hatte sie sich irgendwie an die Spitze des Zugs gesetzt, und nun mussten alle ihr hinterherlaufen. Und sie würde dafür sorgen, dass sie tüchtig laufen mussten. Genau dafür würde sie sorgen, bis sie am Ende bekam, was sie wollte.

Im Haus läutete das Telefon. Sekunden darauf stimmten die Hunde lautes Gebell an, eine grässliche Unart, auf die sie in letzter Zeit verfallen waren, um sie darauf aufmerksam zu machen, dass das Telefon läutete; dabei konnte sie das Telefon sehr gut hören, denn sie hatte einen extra lauten Klingelton für den Garten einrichten lassen. Sie streifte ihre Gartenhandschuhe ab, ließ sie neben das Werkzeug auf den Weg fallen und lief nach drinnen.

»Hallo?«, sagte sie. »Hallo?«

»Mum«, sagte Simon.

Sie lächelte freudig in den Hörer.

»Liebling!«

»Du klingst ganz außer Atem.«

»Ich war im Garten.«

»Ach –«

»Um eine neue Rabatte anzulegen.«

»Eine neue –«

»Sie wird zauberhaft aussehen. Ganz in Blau und Grau. Neben der alten Kuhstallmauer.«

Kurz blieb es still, und dann sagte Simon: »Ich wollte fragen – könnte ich kommen und dich besuchen?«

»Natürlich!«, versicherte Laura erfreut. Sie dachte an die Flasche Wein im Kühlschrank. Sie überlegte, ob er wohl gern etwas kalten Schinken hätte, oder einen Braten, Lamm vielleicht, eine halbe Lammkeule. »Das wäre mir sehr lieb. Wann?«

»Morgen?«, sagte er.

»Perfekt. Wunderbar. Zum Mittagessen?«

»Mittagessen ist eigentlich nicht nötig«, sagte Simon. »Ich muss dich bloß ein halbes Stündchen sehen –«

»Zum Essen also«, beharrte Laura unbeirrt. »Halb eins.« Sie lächelte in den Hörer und machte eine Handbewegung, um sich das Haar zurückzustreichen. »Fahr vorsichtig.«

»Das ist das letzte Mal«, sagte Ted zu Simon. Simon nickte.

»Nicht, dass ich kein Mitgefühl hätte, aber so geht's einfach nicht weiter; du bist in Gedanken so von deinen familiären Problemen beansprucht, dass du nur halb anwesend bist.«

Simon nickte erneut. Ted war acht Jahre älter als Simon, und wenn er einem Argument Nachdruck zu verleihen wünschte, führte er sich auf, als mache der Altersunterschied fast eine Generation aus, als sei er ein Vater, der seinen Sohn zurechtweist. Meistens ließ Simon das klaglos über sich ergehen. Erstens mochte er Ted, und zweitens bearbeitete Ted im Büro sämtliche Fälle von Körperverletzung. Von den Versicherungsgesellschaften wurde die Bearbeitung solcher Fälle mit einem Stundensatz von ungefähr einhundertzwanzig Pfund honoriert. Wenn man dagegen, wie Simon und Philip, vorwiegend mit Arbeitsrecht, Asylrecht und Mietrecht zu tun hatte, wurde man nach den Tarifen der Rechtshilfe bezahlt, was so ungefähr einem Viertel dessen entsprach. Ted wies nie ausdrücklich darauf hin, dass er derjenige war, der für die meisten Rechnungen aufkam, aber unausgesprochen schwang das in seinem ganzen Auftreten immer mit. Simon griff nach seinem Jackett.

»Ich bin um vier zurück.«

»Um vier!«

»Hin und zurück brauche ich jeweils wenigstens anderthalb Stunden.«

Ted stieß die Luft zwischen den Zähnen hervor. Er schüttelte den Kopf.

»Jetzt ist es gerade mal halb zehn –«

»Ich kann mich nicht konzentrieren«, sagte Simon. Er nahm seine Autoschlüssel und steckte sie sich in die Hosentasche. »Heute Morgen bringe ich hier nichts zuwege.«

»Ich habe meine Mutter wirklich gern«, sagte Ted. »Aber grundsätzlich tut sie das, was ich ihr sage.«

Simon ging an ihm vorbei zur Tür.

»Hast du ein Glück.«

Sein Wagen stand in dem verwahrlosten Hof hinter dem Bürogebäude. In dem Hof befanden sich außerdem noch die Autos von Ted und Phil sowie die überquellenden Mülltonnen von der Kebab-Bude im Erdgeschoss. Simon hatte an diesen Tonnen schon oft Ratten gesehen. Eigentlich hätte er das örtliche Gesundheits- und Ordnungsamt verständigen wollen, aber die Brüder, denen der Imbiss gehörte, waren beides Hünen von gut einsneunzig und begegneten den Anwälten, die in den Büros über ihren Räumlichkeiten arbeiteten, auch so schon argwöhnisch genug. Im Geiste hatte er sich schon ausgemalt, wie er daheim die Haustür öffnete und sich einem Trupp rachsüchtiger Griechen gegenüber sah, und so hatte er beschlossen, sich nicht weiter um die Ratten zu kümmern. Schließlich bestand ein himmelweiter Unterschied zwischen Ärger schlichten und ihn provozieren.

Er steuerte den Wagen aus dem Hof und fuhr dann Richtung Westen. Es war ein warmer, drückend feuchter Tag, und die Klimaanlage blies verbrauchte, staubige Luft ins Wageninnere. Zumindest wusste nur Ted, wo er hinfuhr. Carrie war ahnungslos, genau wie Rachel. Heute Morgen vor der Arbeit hatte er sie beide kurz gesehen, doch keine hatte ihn eines richtigen Blickes gewürdigt. Womöglich war es besser, wenn sie nicht wussten, dass er zu Laura fuhr; besser, sie waren ahnungslos, bis er vollendete Tatsachen geschaffen hatte.

Laura sah besser aus. Es war auffällig, wie viel besser sie aussah. Sie trug ein blassgelbes Hemd, dunkelblaue Baumwollhosen und ihre Perlenohrringe. Fast glücklich sah sie aus; mädchenhaft geradezu. Sie begrüßte ihn ohne eine Spur der dumpfen Niedergeschlagenheit, mit der sie ihn seit Monaten begrüßt hatte, nahm seinen Arm und führte ihn ums Haus herum zu der Stelle, wo sie dabei war, ihre neue Rabatte anzulegen. Entlang der gesamten Rückseite war Rittersporn in die penibel umgegrabene Erde gesetzt, und auf dem Weg stand ein ganzes Regiment von Töpfen mit Lavendel, bereit zum Einpflanzen.

»Zauberhaft«, sagte Simon. Er setzte seine Sonnenbrille auf.

»Ich wusste, dass es dir gefallen würde«, sagte Laura. »Du hast dich immer für meinen Garten interessiert.«

Simon blinzelte zum Himmel hoch. Er bezweifelte, je sonderliches Interesse an Gärten überhaupt gehabt zu haben. Sein eigener war eine Katastrophe. Da brauchte man bloß Carrie zu fragen.

Laura führte Simon ums Haus zur Terrasse und ließ ihn in einem Gartenstuhl unter einem dunkelgrünen Sonnenschirm Platz nehmen. An den Sonnenschirm konnte Simon sich nicht erinnern.

»Ist der neu?«

»Ja«, sagte Laura. »Ist er nicht hübsch?«

Simon schaute hoch. Das Stück war solide gearbeitet, mit Speichen aus Holz und Messingbeschlägen.

»Teuer?«

»Ein bisschen. Aber dafür hält er auch was aus. Ich werde dir ein Glas Wein holen.«

Simon lächelte sie flüchtig an.

»Danke nein, Mum.«

»Aber zur Feier, weil du hier bist –«

»Ich muss noch fahren.«

»Bloß ein Glas –«

»Mum, vielen Dank, nein. Und außerdem bin ich nicht zum Feiern hergekommen.«

Laura setzte sich in den Sessel neben Simon.

»Was soll das heißen?«

Simon nahm die Brille ab. Stockend sagte er: »Es freut mich – wirklich – festzustellen, dass du so viel besser aussiehst.«

»Oh ja!«, sagte Laura. Sie lächelte ihn an. »Sicher sehe ich besser aus! Ich konnte einfach die Ungewissheit, was mit mir geschehen würde, nicht ertragen. Aber als ich erst mal wusste, dass ich hier bleibe, ging alles wie von selbst.«

Simon lehnte sich vor. Er legte die Ellbogen auf die Knie. Er ließ den Blick über die Wiese und die Rabatten und das Treibhaus zu dem Feld schweifen, das steil hinter dem Haus anstieg, und sagte: »Ich bin mir nicht sicher, dass du davon ausgehen kannst.«

In scharfem Ton sagte Laura: »Simon, ich hoffe sehr, dieser ganze Unfug geht nicht schon wieder von vorne los.«

Simon schaute sie über die Schulter weg an. »Unfug?«

»Dass du mich herumkommandierst, als hätte ich nichts im Kopf, als hätte ich in der Angelegenheit nichts mitzureden.«

Simon sagte langsam: »Ich werde dir keinerlei Ratschläge mehr erteilen.«

»Ausgezeichnet«, sagte Laura. »Jetzt lass mich dir erst mal etwas zu trinken holen.«

»Nein«, sagte Simon. »Nein. Ich bleibe nicht länger.«

»Aber du bist doch zum Mittagessen hier! Du hast gesagt, du kämst zum Essen!«

»Das stimmt nicht«, sagte Simon. »Das hast *du* gesagt.« Er richtete sich auf und drehte sich zu ihr. »Ich muss dir etwas sagen.«

Laura legte den Kopf leicht schräg. Sie lächelte, dasselbe kleine, würdevolle Lächeln, das sie bei Wendy benutzt hatte.

»Etwas Erfreuliches hoffentlich, Liebling.«

»Ich vertrete dich nicht länger«, sagte Simon.

»Vertreten?«

»Ich kann nicht länger dein Anwalt bleiben«, sagte Simon.

»Was?«

Simon sah sie direkt an.

»Ich werde mit dir nicht mehr fertig. Es überfordert mich, in dieser Sache dein Anwalt zu sein. Ich hätte von vornherein nicht einwilligen dürfen, aber ich hab's getan, und jetzt muss ich damit Schluss machen, bevor noch mehr Schaden angerichtet wird.«

Laura schlug die Hände vors Gesicht. Ihre Augen waren weit aufgerissen.

»Ich bin nicht sicher, ob –«

»Es ist mir ernst«, sagte er. »Du hast mir Leid getan, du tust mir auch immer noch Leid, aber du hast mich ausgenutzt und deine Spielchen mit mir gespielt und mich gegen meine eigene Familie aufgehetzt, und ich fürchte, jetzt reicht es mir. Ich werde dir helfen, einen neuen Anwalt zu finden, aber das werde mit Sicherheit nicht ich sein.«

Mühsam die Beherrschung wahrend sagte Laura: »Verstehe ich dich recht –«

»Ich bin immer noch Simon«, sagte Simon. »Aber ich bin nicht länger dein Anwalt, und ich kann dich nicht für Dinge entschädigen, die Dad getan oder unterlassen hat.«

»Verstehe«, sagte Laura. Sie machte eine klägliche Handbewegung. »Das klingt ganz und gar nicht so, wie ich es von dir gewohnt bin. Da hat Carrie wohl –«

»Die weiß nicht mal, dass ich hier bin. Keiner weiß davon, nur meine Kollegen. Und die wissen nicht, *warum* ich hier bin.«

Mit bebender Stimme sagte Laura: »Ich kann das noch nicht glauben.«

Simon sagte nichts. Er schlug die Beine übereinander. Ihm fiel auf, dass seine linke Schuhsohle im Begriff war, ihre Gemeinschaft mit der oberen zu kündigen.

»Es fällt schwer zu glauben, dass ich mir so etwas ausgerechnet von dir anhören muss. Vielleicht war ich dumm; gewiss, ich mag in vieler Hinsicht dumm sein, aber ich dachte wirklich, du verstehst mich – dass du dir, nun ja, Gedanken um mich machst.«

Simon starrte seinen Schuh an.

»Das tue ich ja.«

»Ach ja?«, sagte Laura. Sie hob merklich die Stimme. »Du sagst mir, du willst mich im Stich lassen, hast mich aber immer noch gern?«

»Ja«, erwiderte Simon.

»Oh, Simon«, sagte Laura, »wer hat dich nur so herzlos gemacht?«

»Du selbst.«

»Ich –«

»Du hast mich zum Äußersten getrieben, und weiter.«

»Sprich nicht in diesem Tonfall mit mir –«

»Mutter«, sagte Simon. »Ich liebe dich. Als meine Mutter. Das wird auch immer so sein. Ich werde dir beistehen, so gut ich kann, soweit du es zulässt. Aber du kommst bei mir nicht an erster Stelle. Früher sicherlich, als ich noch klein war. Das ist bei allen Müttern und ihren Kindern so. Aber das hat sich geändert. Spätestens seit meiner Heirat.«

»Ich *wusste* doch, dass Carrie ins Spiel kommt!«

»Nicht weil sie irgendetwas zu mir gesagt hat«, sagte Simon. »Nicht weil sie irgendwelchen Druck auf mich ausgeübt hat. Sondern weil –«

»Sag es nicht!«

Er zuckte die Achseln. Er machte einen Schritt zurück, unter dem neuen Sonnenschirm hervor.

»Okay. Wenn du darauf bestehst.«

Laura näherte sich ihm.

»Was soll ich tun? Was tue ich denn jetzt?«

Simon setzte seine Sonnenbrille wieder auf.

»Such dir einen neuen Anwalt.«

»Wie geht das? Woher soll ich wissen, wen ich nehmen soll? Wem kann ich denn vertrauen?«

»Ich schicke dir eine Liste zu«, sagte Simon. Er entfernte sich weiter.

»Geh nicht!«, jammerte Laura. »Simon, geh nicht! Ich tu ja alles, ich –«

»Tut mir Leid«, sagte Simon. Er drehte sich um und warf ihr eine flüchtige Kusshand zu. Dann zog er seine Autoschlüssel aus der Tasche. »Ich muss los.«

Laura rief ihm nach: »Du kannst doch nicht einfach so gehen!«

Er sah sich nicht mehr um. Er sagte: »Tschüss, Mum«, fast schon mit dem Rücken zu ihr, und lief dann rasch über die Terrasse und aus ihrem Blickfeld um die Hausecke herum zu seinem Auto.

Rachel stand am Küchentisch und aß Knäckebrot direkt aus der Packung. Der ganze Tisch war mit Krümeln übersät. Sie schaute hoch, als Simon hereinkam.

»Was machst du denn hier?«

Er ließ sein Jackett über die nächstbeste Stuhllehne fallen und lockerte seine Krawatte.

»Danke, mein Schatz, für die herzliche Begrüßung –«

»Es ist zehn nach vier«, sagte Rachel. Sie steckte sich einen Finger in den Mund, um etwas Knäckebrot loszustochern. »Warum bist du nicht im Büro?«

»Ich war ja im Büro.«

»Warum bist du jetzt zu Hause?«

»Weil mir danach war«, sagte Simon. Er ging zur Spüle und drehte den Hahn auf. Dann bückte er sich und trank mit schräg gelegtem Kopf direkt aus dem Hahn, die Krawatte sorgfältig beiseite haltend.

»Du kommst nie so früh nach Hause«, sagte Rachel.

Simon richtete sich auf und wischte sich den Mund am Hemdärmel ab.

»Dann ist es heute eben mal anders, nicht wahr? Kann ich eins haben? Ich komme um vor Hunger.«

»Die sind ziemlich fad.«

Er biss hinein und kaute knuspernd. Sie beobachtete ihn.

»Wo warst du?«

»Geht dich nichts an«, sagte Simon.

»Warum erzählst du's mir nicht?«

»Das tue ich schon noch. Alles zu seiner Zeit. Wo ist Mum?«

»Sie ist noch nicht zurück.«

Simon griff über den Tisch nach der Packung Knäckebrot.

»Wann kommt sie denn wieder?«

Rachel sah zur Uhr.

»Bald.«

Simon nahm sich zwei Knäckebrote aus der Packung.

»Ich werde eine Dusche nehmen. Bevor sie kommt.«

»Die Glückliche.«

»Rachel«, sagte Simon, »wenn Mum kommt, sagst du ihr dann, dass ich hier bin?«

»Okay.«

»Vielen Dank«, sagte er.

Sie sah ihm nach, wie er den Raum verließ, und hörte seine Füße, die die Treppe raufgingen, ziemlich schnell, als würde er rennen. Dann wurden verschiedene Türen geöffnet und geschlossen, gefolgt vom dumpfen Geräusch seiner Schritte auf dem Boden über ihr, und darauf das unverwechselbare Ächzen und Grummeln, als die Dusche aufgedreht wurde. Rachel duschte nie. Sie badete lieber. Am liebsten lag sie bei voll aufgedrehter Musik hinter abgeschlossener Tür in der Badewanne, so dass sie wirklich nichts hören konnte, wenn jemand von außen gegen die Tür bummerte und sie zur Beeilung aufforderte.

Notdürftig faltete sie die aufgerissene Packung Knäckebrot zusammen und stellte sie in einen Schrank. Dort holte sie eine kleine Pappdose mit Rosinen heraus und schüttete sich ein paar in die Hand. Dann nahm sie noch einen runzligen Apfel aus der Obstschale – Carry kaufte nie frisches Obst, bevor nicht auch das älteste Obst aufgegessen war – und setzte sich an den Tisch, wo sie bedächtig den Apfel kaute, während sie mit der freien Hand über das grob gemaserte Holz der Tischplatte fuhr. Simon hatte eigentlich ganz okay ausgesehen. Zwar nicht direkt glücklich, aber auch nicht müde und übellaunig. Sie hörte, wie die Dusche abgestellt wurde. Jetzt würde er sich ein Handtuch umwickeln und unabgetrocknet ins Schlafzimmer hinüberlatschen, eine Spur feuchter Abdrücke auf dem Teppich hinterlassend. Jack machte das auch immer. Männer konnten vielleicht nicht anders. Rachel betrachtete Simons Jackett über der Stuhllehne. Es sah ebenfalls männlich aus, auch wenn Simon nicht drinsteckte. Rachel seufzte. Wenn sie über Männer nachdachte, musste sie gleichzeitig an Frauen denken, und danach stand ihr im Moment gar nicht der Sinn. Seit Jahren, so kam es ihr vor, dachte sie jetzt schon über die Liebe nach. Im Grunde war sie das einzige Thema, über das Trudy und sie sich je unterhielten. Jetzt aber – oder zumindest vorläufig – stellte sie fest, dass sie nicht darüber nachdenken wollte. Wenn sie ihre Familie so sah, wirkte das Ganze weniger wie ein Abenteuer und mehr wie ein einziger Schlamassel.

Ein Schlüssel drehte sich im Haustürschloss, und die Tür ging auf.

»Hi!«, rief Carrie.

»Hi«, nuschelte Rachel, während sie die letzten Reste von ihrem Apfel nagte.

Carrie tauchte in der Küchentür auf. Sie trug ihre Tasche, ihren Aktenkoffer und ihre Jacke.

»Hi, Rach. Puh, ist das heiß.«

Rachel legte das Apfelgehäuse auf den Tisch.

»Dad ist zurück.«

»Was, hier?«

»Ja.«

»Ist er krank?«

»Nein«, sagte Rachel. »Er nimmt eine Dusche. Sollte ich dir ausrichten.«

Carrie beugte sich vor und ließ ihre Sachen auf den Tisch plumpsen.

»Himmel.«

»Hab gerade schon gehört, wie die Dusche abgestellt wurde –«

Carrie richtete sich auf. Sie fasste sich ans Haar und ließ die Hände wieder fallen.

»Dann kommt er ja gleich runter.«

»Er möchte, dass du hochkommst«, sagte Rachel.

»Was ist denn los?«

»Weiß nicht«, sagte Rachel. Sie stand auf und hob ihr Apfelgehäuse auf. »Warum schaust du nicht mal nach?«

Simon stand bloß mit Boxershorts bekleidet in ihrem Schlafzimmer und rieb sich das Haar mit einem Handtuch trocken. Carrie blieb in der Tür stehen und lehnte sich gegen den Rahmen. Sie zog einen Schuh aus und dehnte ihre Zehen.

»Hallo«, sagte Simon.

Carrie trat auch aus dem zweiten Schuh.

»Du bist früh dran.«

»Ich konnte mich nicht konzentrieren. Ich bin noch ins Büro zurück, aber ich war einfach zu aufgewühlt.«

»Zurück?«

»Ja«, sagte Simon. »Nachdem ich aus Stanborough zurück war. Ich habe Mum besucht.«

»Oh«, meinte Carrie. Sie bückte sich und hob ihre Schuhe auf. Mit vorsichtiger Stimme fragte sie: »Und wie geht's ihr so?«

»Am Boden zerstört«, sagte Simon.

Carrie sah ihn nicht an. Auf ihren bestrumpften Füßen ging sie langsam an ihm vorbei und ließ die Schuhe neben das Sofa fallen.

»Worum ging es denn diesmal?«

»Um mich«, sagte Simon.

Carrie drehte sich um und sah ihn an. Er hörte auf, sich die Haare zu trocknen, und warf das Handtuch aufs Bett.

»Ich bin hingefahren, um ihr etwas mitzuteilen.«

Carrie setzte sich aufs Sofa und bückte sich vor, um sich die Füße zu massieren.

»Und zwar«, sagte Simon, »dass ich sie nicht länger vertrete.«

Carrie unterbrach ihre Massage. Sie starrte auf das Stück Teppich direkt unter ihrem Fuß. Ein Fleck befand sich dort, ein kleiner, gräulicher Fleck von der Größe eines Fünfzig-Pence-Stücks. Es hätte alles sein können, Tee, Kaffee, Wimperntusche, Tinte, Matsch. Wenn sie eine Musterhausfrau wäre, die ihren Haushalt stets tipptopp hatte, hätte sie sich schon längst darum gekümmert, lange bevor der Fleck sich so im Teppich festgesetzt hatte, dass er nicht mehr zu entfernen war.

»Ich habe ihr gesagt, dass sie jetzt allein dasteht«, sagte Simon. »Dass ich immer ihr Sohn bliebe, aber auch nicht mehr als das sein könnte. Und dass ich die Nase voll davon hätte, mich manipulieren zu lassen. Eigentlich hatte ich vor, auch noch eine Menge über die Natur der Liebe zu sagen, über Großzügigkeit als Element der Liebe, aber dazu kam ich nicht mehr. Schade eigentlich. Ich hatte mir im Auto so einiges zurechtgelegt.«

Carrie starrte auf den Fleck. Es schien zwei oder drei von der Sorte zu geben. Je genauer sie hinsah, desto mehr schienen sie sich zu vermehren. Sie merkte, wie Simon zu ihr kam und sich neben sie setzte. Er war feucht und warm. Aus dem Augenwinkel konnte sie seinen Oberschenkel und seine Wade sehen.

»Carrie«, sagte Simon.

Sie drehte den Kopf und legte das Gesicht seitlich auf ihre Knie, so dass sie von ihm fortschaute.

»Es tut mir Leid«, sagte Simon. »Es tut mir so Leid, wirklich.«

Durch den Baumwollstoff ihrer Bluse spürte sie seine Hand an ihrem Rücken. Sie stellte sich vor, wie ihr Rücken sich unter seiner Hand wohl anfühlte, knochig und wenig hilfreich.

»Könntest du dich wohl gerade hinsetzen?«, sagte er. Seine Hand fuhr zu ihrem Arm hinüber. Er war ihr beim Aufrichten behilflich. Sie hatte das Gefühl, aus eigener Kraft nicht dazu in der Lage zu sein.

»Ich habe sie besucht, um ihr zu sagen, dass du an erster Stelle kommst«, sagte Simon.

Sie sah seine Brust an. Sie war ihr wohl vertraut, die Art, wie das Haar darauf wuchs, die Leberflecken und flachen Wölbungen aus Fleisch und Knochen. Er legte seine Arme um sie. Sie schmiegte ihr Gesicht an seine Schulter. Er griff hoch und drückte ihren Kopf fest an sich.

»Das hätte ich schon vor Jahren tun sollen«, sagte Simon. »Als ich dich kennen lernte.«

Er drückte ihr einen Kuss aufs Haar. Sie hob die Hände und legte sie ihm zaghaft um die Seiten. Dann umschlang sie seinen Rücken und hielt ihn fest umarmt.

»Keine Ahnung, ob ich es nicht sehen konnte oder nicht sehen wollte«, sagte Simon. »Aber die Sache ist, jetzt sehe ich klar.«

Carrie nickte. Sie dachte: Gleich muss ich weinen. Ich will nicht weinen, ich *hasse* Weinen. Simon lockerte seinen Griff, machte seine Arme von ihr los, und dann schob er einen Arm unter ihre Schenkel und einen um ihren Rücken und hob sie sich auf den Schoß. Direkt vor ihrem Gesicht sagte er zu ihr: »Gehört jetzt alles dir. Alles nur dir. Falls du mich noch willst.«

Sie schloss die Augen. Sie spürte, wie er mit der Zunge darunter entlangfuhr, wo die Tränen hervorquollen. Sie nickte noch einmal. »Okay«, sagte sie. Ihre Stimme klang winzig, als käme sie aus weiter Ferne. »Okay.«

18

Penny hatte den üblichen Stoß Akten auf Guys Schreibtisch hinterlassen. Er hatte sie gebeten, sie nicht einfach dort hinzulegen, ohne ihn zumindest vorab über die anstehenden Verhandlungstermine zu informieren, aber da sie außerstande schien zu tun, worum man sie gebeten hatte, klebten stattdessen gelbe Haftnotizen auf den Mappen, vollgekritzelt in ihrer kleinen, schrägen, ungeformten Handschrift. Sie hatte die Schrift einer Zwölfjährigen, und es war unwahrscheinlich, dass sich das je ändern würde. Selbst als verhutzelte Achtzigjährige würde sie immer noch schreiben wie mit zwölf.

Er ließ sich an seinem Schreibtisch nieder. Heute Morgen war er um sechs Uhr aufgestanden, damit er einen Zug nach Stanborough bekam, der es ihm erlaubte, um acht Uhr dreißig in seinem Büro zu sein. Als er aufgestanden war, war auch Merrion wach geworden, sie hatten umeinander herum geduscht und sich angekleidet, schweigsam, wie es der leicht gedrückten Stimmung eines weiteren Montagmorgens entsprach, aber auch, weil beide nur zu gut wussten, dass es besser war, wenig zu sagen, als womöglich zu viel, wenn weder die knappe Zeit noch die Atmosphäre ein richtiges Gespräch zuließen. Er war vor ihr aus der Wohnung gegangen. Sie hatte ihm einen Kuss gegeben. Aber selbst in dem Moment hatten sie kaum ein Wort gesprochen. »Lass uns später telefonieren«, mehr nicht. Unendlich langsam war er die zahllosen roten Teppichstufen hinabgegangen, als laste ein Gewicht auf ihm, groß und betäubend.

Er ging flüchtig die Akten durch. Mr. Weaverbrook war auch wieder dabei. Guy war nicht nach Mr. Weaverbrook zumute. Ihm war nach gar nichts, was ihn an die Widerborstigkeit und Zähigkeit menschlicher Belange erinnerte. Er griff in seine Westentasche und zog die Uhr seines Vaters hervor. Zehn nach neun. Unwahrscheinlich, dachte Guy, dass sein Vater je auf diese Uhr geschaut und sich eingestanden hatte, dass er keine Lust hatte, sich dem vor ihm liegenden Arbeitstag zu stellen. Solche Gedanken hätte er als unprofessionell und disziplinlos abgetan. »Es macht mir nichts, wenn ihr zu etwas keine Lust habt«, pflegte Guys Vater, nur halb im Scherz, zu seinen Söhnen zu sagen. »Es macht mir nur was, wenn ihr es nicht tut.«

Das Telefon läutete. Das könnte Merrion sein. Sie hatte um halb zehn eine Konferenz. Er hob den Hörer ab und wartete, gespannt schmunzelnd.

»Dad?«

»Simon!«

»Hallo«, sagte Simon. Es klang schüchtern.

»Selber Hallo. Das ist aber eine nette Überraschung.«

»Wirklich?«

»Ich dachte gerade über den bevorstehenden Tag nach und überlegte so –« Er verstummte und fuhr übertrieben munter fort: »Montagmorgen eben. Du kennst das ja.«

»Ja –«

»Wie geht's Jack?«

»Etwas besser. Glaube ich. Wenigstens hat er am Wochenende was gegessen.«

»Kein Lebenszeichen von dem Mädchen?«

»Nein«, sagte Simon. »Allerdings glaube ich, Jack möchte sie auch gar nicht unbedingt sehen.«

»Wen wundert's.«

»Dad –«, sagte Simon.

Guy sah zur Decke hoch. Vom Beleuchtungskörper hing eine alte Spinnwebe herab. Sie bewegte sich leicht in der schwachen Zugluft. Bei genauerem Hinsehen hingen da sogar zwei.

»Hat Mum schon mit dir gesprochen?«, fragte Simon.

»Dumme Frage.«

»Bloß weil – na ja, ich bin Ende letzter Woche bei ihr gewesen.«

»Ja«, sagte Guy ruhig.

»Nein«, sagte Simon. »Nicht deswegen.«

»Weswegen dann?«

»Ich habe sie besucht, um ihr zu sagen, dass ich sie nicht länger vertreten kann. Als ihr Anwalt, meine ich. Es hat nur Probleme gemacht, es –« Er brach ab und sagte dann: »Ich hätte mich gar nicht erst darauf einlassen dürfen.«

Guy blickte auf seinen Tintenlöscher hinab. Mit der freien Hand griff er nach einem Kugelschreiber und schrieb »Simon« auf das Löschpapier. Dann machte er einen Kasten drumrum.

»Das ist gut«, sagte er.

»Ich dachte mir«, sagte Simon ein wenig zögerlich, »du solltest das wissen. Ich sollte es dir sagen.«

»Vielen Dank. Das war sehr mutig von dir, deiner Mutter das zu sagen.«

»Sie –«, fing Simon an und verstummte dann.

»Ich kann's erraten. Aber du hast es überlebt.«

»Ja!«, bestätigte Simon. Seine Stimme wurde etwas lauter. »Ja, das habe ich. Tatsächlich habe ich – nun, dadurch scheinen sich eine ganze Menge Dinge geklärt zu haben.«

»Das freut mich sehr. Was wird Mum jetzt unternehmen, in Sachen Anwalt?«

»Ich weiß nicht. Natürlich werde ich ihr ein paar Namen vorschlagen –«

»Damit wären wir also wieder am Anfang.«

»Dad, weiter zurück als im Moment könnten wir sowieso nicht sein.«

»Vermutlich nicht.«

»Hör mal«, sagte Simon, »hast du am Wochenende schon was vor?«

»Weiß nicht«, sagte Guy. Er merkte, dass seine Stimme überrascht klang. »Ich weiß noch nicht. Wieso –«

»Würdest – na ja, würdest du gern vorbeikommen? Sonntag, zum Abendessen oder so?«

»Das ist sehr lieb von Carrie –«

»Es ist nicht Carries Idee«, sagte Simon. »Ich meine, ich weiß, dass sie dich gern sehen würde, aber die Idee stammt von mir. Ich frage dich.«

Plötzlich fühlte Guy sich ein wenig zittrig. Er hielt den Hörer umklammert, als müsste er sich daran festhalten.

»Vielen Dank –«

»Lass es dir durch den Kopf gehen –«

»Werde ich.«

»Und Merrion ist natürlich mit eingeladen.«

»Vielen Dank.«

»Ruf mich an«, sagte Simon. »Zum Ende der Woche?«

Guy nickte.

»Werde ich. Vielen Dank. Danke für deinen Anruf. Und dass du es mir erzählt hast –«

»Ist schon in Ordnung«, sagte Simon. Eine kurze Pause trat ein, und dann sagte er linkisch: »Mach's gut, Dad«, und legte auf.

Jack konnte sie sehen, ganz am unteren Ende des Hauptkorridors. Sie stand in einem Grüppchen weiterer Mädchen vorm Schwarzen Brett und las den Aushang mit Reglementierungen zum Halbjahresende. Die seitlichen Partien ihrer Haare waren straff zurückgekämmt und hinter dem Kopf mit einem Gummi zusammengefasst. So hatte Jack sie noch nie gesehen. Es gefiel ihm nicht. Sie wirkte dadurch sehr streng. Adam fand, Jack solle sie einfach ignorieren.

»Tu so, als sähest du sie nicht. Als hättest du noch nie von ihr gehört.«

»Das beendet es auch nicht«, sagte Jack.

»Aber es *ist* beendet«, sagte Adam. »Diesen Sommer fährt sie sogar mit Marcos Familie nach Italien –«

»Für *mich* ist es nicht beendet«, sagte Jack. »Ich hab nie was gesagt. Ich bin einfach abserviert worden.«

»Na ja, das willst du doch wohl kein zweites Mal erleben –«

»Zweites Mal geht gar nicht. Es ist ja schon geschehen.«

In diesem Moment blickte er den Korridor hinab und dachte nach. Sie kehrte ihm jetzt den Rücken zu. Der Rock ihrer Schuluniform über ihrem Po und ihre Beine sahen genauso aus, wie er sie in Erinnerung hatte, glatt und leicht gebräunt. Hin und wieder schüttelte sie leicht den Kopf, wodurch der seidige Vorhang ihrer Haare in zitternde Bewegung geriet. Jack atmete tief durch. Er wechselte die Schultasche auf die rechte Schulter und setzte sich den Korridor hinab in Bewegung.

Die Mädchen um sie herum erblickten ihn als erste. Er sah ihre Augen groß werden. Eine von ihnen, ein stämmiges Mädchen mit dicken schwarzen Locken, das sich immer in Molls Nähe aufhielt, streckte die Hand aus und berührte Moll am Arm. Jack sah außerdem, wie sie etwas sagte. Moll drehte sich um und starrte ihm entgegen. Er fragte sich, ob sie wohl einfach ihr Haar in den Nacken werfen und weggehen würde. Das hatte sie schon dreimal getan, als Marco mit dabei war. Aber Marco war jetzt nicht hier, nur die anderen Mädchen.

Jack blieb vor ihr stehen.

»Hi«, sagte er.

Sie warf erst der Stämmigen einen Seitenblick zu und streifte dann Jack mit einem flüchtigen Blick.

»Hi.«

»Hast du kurz Zeit?«, fragte Jack.

Sie reckte das Kinn hoch.

»Ich habe nichts zu sagen –«

»Ich aber«, sagte Jack.

»Ich möchte aber nicht hören, was du zu sagen hast.«

Die Mädchen kicherten leise.

»Dann hören es eben die anderen«, sagte Jack. »Ich bin nicht wählerisch.«

Moll lächelte kurz und verstohlen. Sie blickte an sich herab und entfernte einen imaginären Fussel von ihrem Rock.

»Abserviert zu werden, hat mir eigentlich nichts ausgemacht«, sagte Jack.

Die Mädchen starrten ihn an. Er schulterte seine Tasche etwas höher.

»Ich meine«, sagte Jack, »niemand wird gern einfach abserviert, aber das passiert halt. Erst findet man jemanden toll, und dann nicht mehr. Kommt vor.«

Moll zuckte die Achseln. Sie hielt den Blick auf Jacks Füße gesenkt.

»Schlimm fand ich«, sagte Jack, »dass ich nichts davon erfahren habe. Du konntest es mir nicht einmal *sagen*, nicht wahr? Du hast es einfach getan.«

»Gab nichts zu sagen«, sagte Moll. Hilfesuchend sah sie das stämmige Mädchen an. Die aber schaute Jack an.

»Ach ja?«

Sie schüttelte den Kopf. Jack neigte sich etwas vor.

»Also«, sagte er, »wenn du Marco abservierst, dann versuch dran zu denken, es ihm zu sagen, ja? Versuch wenigstens, *so* viel Mumm zu haben, okay?«

»Verpiss dich«, sagte Moll.

Jack trat einen Schritt zurück.

»Oh, ich geh ja schon«, sagte er. »Mehr wollte ich dir sowieso nicht mitteilen.«

Sie schauten ihm nach. Er entfernte sich den Korridor hinunter, wie er gekommen war, mit weiten, elastischen Schritten.

»Er sieht aus wie Steve«, sagte eines der Mädchen. »Findet ihr nicht?«

»Welcher Steve?«

»Steve von Boyzone«, sagte das Mädchen. »Du *weißt* schon.«

Moll drehte sich wieder zum Schwarzen Brett um. Mit beiden Händen hob sie ihr Haar an und ließ es sich geschmeidig auf den Rücken fallen.

»Träum weiter«, sagte sie.

Alan hatte ein Curry gekocht, ein rezeptgetreues, scharfes bengalisches Curry. In einer Sonntagszeitung hatte er einen Artikel gelesen, in dem es hieß, die Briten hätten sich so daran gewöhnt, indisches Essen in indischen Restaurants zu essen, dass sie sich nicht mehr die Mühe machten, es zu Hause zu kochen. Alan hatte sich eines von Madhur Jaffreys indischen Kochbüchern besorgt und beschlossen, alles genau nach Vorschrift zu machen, bei einem indischen Gemüsehändler einkaufen, die Gewürze selbst zerkleinern, alles. Als er fertig war, sah das Curry köstlich aus, feucht glitzernd und exotisch. Die Zubereitung hatte den ganzen Nachmittag in Anspruch genommen, da er nun einmal alles ganz authentisch machen wollte, aber das war nur gut, denn es hatte seine Gedanken von Laura abgelenkt. Sie hatte ihm vier Nachrichten auf die Mailbox seines Mobiltelefons gesprochen, und jetzt hatte sie sogar geschrieben. Sie hatte ihm einen Brief an die alte Adresse geschickt; er hatte ihn dort abgeholt und zum Lesen mit in Charlies Wohnung genommen, denn ein Instinkt sagte ihm, dass er das besser in einer vertrauten Umgebung täte.

Der Brief lag noch dort, wo er ihn liegen gelassen hatte, auf der Couch in Charlies Wohnzimmer. Während er in der Küche hantierte, Zutaten klein schnitt und flach klopfte und zerstieß, hob er immer mal wieder den Blick von dem roten, braunen und gelben Inhalt in den Schüsseln und sah das weiße Rechteck des Briefs dort liegen, auf den zerknautschten Kissen. Sie schrieb, Alan sei der einzige Verbündete, den sie noch auf der Welt habe. Alan wollte nicht, dass sie solche Dinge sagte. Um ehrlich zu sein, wollte er nicht einmal, dass Charlie so was sagte. Nach Alans Philosophie sollten Menschen einander nicht derartig unter Druck setzen, nicht versuchen, einem anderen die Bürde ihrer selbst aufzuerlegen. So wurden die Dinge nur verzerrt, ruiniert. Man konnte unmöglich Fortschritte machen, wenn jemand anderes versuchte, sich einem vollkommen auszuliefern.

Nach dem Brief hatte Alan viel über Simon nachdenken müssen. Während er mit einem scharfen Messer die steifen kleinen graugrünen Kardamomschoten entzweischnitt, grübelte Alan darüber nach, ob diese Situation ungefähr der entsprach, in der Simon sich sein Leben lang auf die eine oder andere Weise mit Laura befunden hatte. Als er klein war, kam ihm vermutlich ganz von selbst die Rolle des Schutzbedürftigen zu, und dann kam die heikle Zeit, in der er erwachsen wurde, Carrie kennen lernte und Schritt für Schritt versuchte, seine Unterwerfung rückgängig zu machen. In den darauf folgenden Jahren hatte Laura ganz unmerklich die Gewichte verschoben und selbst die Rolle der Abhängigen angenommen, als wolle sie die Schulden der Vergangenheit einfordern, die Schulden seiner Kindheit. Waren das in etwa die Mechanismen? Das Muster? In jeder zwischenmenschlichen Beziehung, das war Alan klar, waren tagtäglich Verhandlungen erforderlich, doch konnte es auch sein, dass solche unausgesprochenen Abkommen schleichend im Laufe von Jahren zustande kamen? Und konnten sie auch einseitig geschlossen werden, so dass man, ohne je in etwas eingewilligt zu haben, sich verstrickte und in der Schuld befand, nur durch das *Tun* eines anderen? Bei dem Gedanken überlief Alan ein Schauer. In all den Jahren war er, zugegebenermaßen, immer mal wieder eifersüchtig auf Simon und Laura gewesen, doch jeder Anflug von Eifersucht wurde blitzschnell von der Furcht vor einer aufgezwungenen Gegenleistung verdrängt, einer Pflicht, die nicht in freier Wahl wurzelte. Und diese Furcht wurde durch ein jähes, bedingungsloses Mitgefühl für Simon abgelöst, die spontane, intuitive Erkenntnis, durch was für einen Gefühlssumpf Simon sein ganzes Leben lang gewatet war, einen Sumpf aus geschuldeten und eingeforderten und erwarteten Leistungen, im Gegensatz zu Liebesdiensten, die man aus freien Stücken erbrachte.

Und dann war da noch Carrie. Auch Carrie gegenüber hatte Alan gemischte Gefühle. Sie hatten sich immer über Laura unterhalten, klar, sie hatten sich über alles Mögliche unterhalten, aber es war leichter gewesen – für Alan zumindest –, das Verhältnis zwischen Carrie und Laura als Witz aufzufassen: als abgestandenen Witz, als einen typischen, konventionellen, klischierten Witz, aber nichtsdestotrotz als Witz und deshalb kein Grund zur Sorge. Doch womöglich hatte dies alles Carrie viel tiefer getroffen, richtig tief, bis zu einem Punkt, wo sich ein kleines Ärgernis in eine Bedrohung verwandelte, eine Gefahr, gegen die man sich nicht wehren konnte, gegen die einem anscheinend keine Waffen zu Gebot standen. Natürlich hatte er Carrie zugehört, gerade neulich, als sie ziemlich heftig wurde, was Laura betraf, ziemlich deutlich, aber wenn er sich recht erinnerte, war seine Reaktion darauf eher unverbindlich ausgefallen, »Na, na« oder so. Das war sehr von oben herab, wie er jetzt einsah, gefühllos. Er schämte sich dafür. Aber erst jetzt, erst heute, in dieser neuen Situation, wo er sich Laura ohne den schützenden Schirm Simon ausgesetzt sah, konnte er klar sehen. Er sah, wohin der auf dem Sofa liegende Brief alles führen könnte. Er sah, in welche Lage Laura versuchen könnte, ihn zu bringen, und wenn sie damit Erfolg hätte – was nicht der Fall sein würde, redete er sich ein, er würde es nicht zulassen –, wo bliebe dann Charlie? Bei der Vorstellung, was mit Charlie wäre, wenn er nun für Laura Partei ergriff, mit ihm und Charlie, musste er an

Carrie denken. Und wenn er an Carrie dachte, musste er sich eingestehen, dass er ihr überhaupt keine Hilfe gewesen war.

»Hallo!«, rief Charlie von der Wohnungstür her.

»In der Küche«, antwortete Alan.

»Ich riech's«, sagte Charlie. »Junge, und *wie* ich das rieche. Was hast du denn da gezaubert?«

»Curry«, sagte Alan. Er blickte nicht auf.

Charlie legte Alan einen Arm um den Hals. In der Hand hielt er noch die Autoschlüssel. Er vergrub sein Gesicht in Alans Hals und biss ihn zärtlich.

»Was ist denn los?«

»Ich hab einen Brief bekommen«, sagte Alan. »Der ist mir wohl ein wenig auf die Nieren geschlagen –«

Charlie sah ihn an.

»Was ist denn das Gelbe da in deinem Gesicht?«

Alan fasste hoch und wischte sich über die Wange.

»Kurkuma –«

»Wo ist dieser Brief?«

»Da drüben«, sagte Alan. »Auf dem Sofa.«

Charlie ließ Alans Hals los. Er ging quer durchs Wohnzimmer, warf die Autoschlüssel auf den Couchtisch und nahm sich den Brief. Mit dem Rücken zu Alan stand er breitbeinig da und las. Alan beobachtete ihn.

»Tja«, sagte Charlie, nachdem er die Lektüre beendet hatte. »Da hat aber jemand das heulende Elend.«

»Mein Bruder kriegt das seit Jahren ab«, sagte Alan. »Sein ganzes Leben.«

»Mamas Liebling?«

»Immer gewesen.«

»Ich war nie der Liebling von irgendjemandem«, sagte Charlie, als er in die Küche zurückkam, den Brief noch in der Hand. Er gab Alan einen flüchtigen Kuss. »Bis jetzt.«

»Du stehst dir zu sehr im Weg«, sagte Alan. »Und du bist geradezu kriminell unordentlich.«

»Ich *weiß*.« Charlie sah ihn an. Er sagte: »Verstehe ich recht, hat dein Bruder sie jetzt fallen gelassen?«

»Ja.«

»Oh je. Dann bist du also jetzt dran.«

»Ja«, sagte Alan. »Aber ich kann nicht. Ich kann das nicht machen.«

»Du musst ja nicht«, sagte Charlie. Er steckte den Zeigefinger in eine Schüssel und leckte ihn ab. »Was ist das?«

»Lassi.«

»Wie der Hund?«

»Wie der Joghurt. Ich will einfach nicht so verfolgt werden. Ich möchte nicht einmal *gebeten* werden.«

»Sie ist allein«, sagte Charlie. »Sie weiß nicht, wie sie klarkommen soll, sie weiß nicht, wie sie ihr Leben bewältigen soll. Vielen Frauen in ihrem Alter geht es so. Und Männern.«

»Auf wessen Seite stehst du? Du kannst doch unmöglich wollen, dass ich mich ihrer annehme, oder?«

»Nein«, sagte Charlie. Er spähte in eine andere Schüssel. »Wir werden uns ihrer gemeinsam annehmen.«

»Das kann nicht dein Ernst sein –«

»Durchaus«, sagte Charlie. »Mit Müttern kann ich gut umgehen. Frag meine.«

»Aber du kennst sie nicht –«

»Umso besser.«

»Und«, sagte Alan, »sie weiß nichts von dir.«

Charlie kam um den Küchentisch herum. Er legte die Arme um Alan.

»Das wird sie bald.«

»Charlie«, sagte Alan an Charlies Schulter, »ich will nicht, dass du da mit reingezogen wirst. Ich will nicht, dass du damit irgendwas zu tun hast.«

»Wenn es unangenehm wird, steige ich aus. Und nehme dich mit.«

»Bist du dir sicher?«

»Natürlich.«

»Du hast doch gar keine Zeit –«

»Wenn es dir hilft, nehme ich mir die Zeit einfach«, sagte Charlie.

»Oh Gott –«

»Wir machen alles zusammen. Ausnutzen ist nicht gestattet, unmöglich sogar.« Er versetzte Alan einen Klaps auf den Rücken und fasste ihn an den Schultern. »Klar?«

Alan grinste.

»Klar.«

»Na ja«, sagte Charlie, »warum rufst du jetzt nicht einfach an?«

»Soll ich?« fragte Alan.

»Klar doch. Du rufst deine Mutter an und sagst ihr, dass du sie am Sonntag besuchen kommst. Und dass du noch einen Freund mitbringst.«

»Ich finde, wir sollten etwas spazieren gehen«, sagte Guy.

Merrion, die unter einem knisternden Berg von Sonntagszeitungen lag, rührte sich ein wenig.

»Ich dachte«, sagte sie, »du wolltest zu Simon und Co.«

»Erst später.«

»Ach so.«

»Ich wünschte wirklich, du kämst mit.«

Sie schloss die Augen. »Es ist nicht unfreundlich gemeint, ich hab sie alle gern, wirklich, aber ich kann irgendwie nicht.«

»Was heißt das, irgendwie?«

»Das weiß ich selber nicht so genau.«

Er griff nach dem nächstliegenden Zeitungsteil und faltete ihn zusammen.

»Es ist nichts Großes, Liebste. Bloß ein Abendessen.«

»Für dich ist es schon was Großes«, erwiderte Merrion. »Weil Simon dich eingeladen hat.«

»Ja –«

»Also geh hin. Ich komm ein andermal mit.«

Guy stand auf.

»Na los. Spaziergang.«

Sie räkelte sich.

»Kann nicht.«

Er bückte sich, ergriff ihre Hände und zog sie hoch.

»Musst aber.«

»Tyrann«, sagte sie. Sie machte ihre Hände frei und ging Richtung Schlafzimmer. »Ich hol mir nur kurz Schuhe.«

Guy bückte sich und hob die Zeitungen auf, jeden Teil einzeln, glättete das Papier und faltete sie zusammen. Er legte sie in einem säuberlichen Stapel auf den Tisch. Dann schüttelte er die Kissen neu auf.

Merrion erschien in der Schlafzimmertür. Sie hatte Turnschuhe angezogen.

»Fertig«, sagte sie.

Er lächelte und streckte ihr die Hand entgegen.

»Hast du den Schlüssel?« fragte sie.

Schweigend gingen sie die Treppen hinunter. In der Eingangshalle hatte jemand einen Zwillingskinderwagen mit einer kunststoffumhüllten Fahrradkette an das Geländer gebunden. In einem der Sitze lag ein grüner Plüschfrosch. Merrion warf im Vorübergehen einen Blick drauf. Er hatte riesige gelbe Plastikaugen und ein breites Maul aus rotem Filz. Wie konnte man einem Kind nur etwas so Hässliches zum Spielen geben?

»Grauenhaft«, sagte Guy, der ebenfalls hinschaute.

Sie nickte. Er ging an ihr vorbei und öffnete die schwere Haustür, um sie ihr aufzuhalten.

»Danke schön«, sagte sie.

Sie schlenderten nebeneinander den Gehweg entlang, auf den Park zu. Er nahm ihre Hand, wie immer, und schlang seine Finger in die ihren. Es war warm und klar und an den Bäumen grünte frisches, zartes Laub, und im Rinnstein und am Fuß der Gitterzäune lagen Häufchen abgefallener Blütenblätter. Überall waren Menschen unterwegs, Pärchen und Familien und Leute mit Hunden, lagen im Gras und saßen auf den Bänken. Im ganzen Park, auf den Fußwegen und den Grünflächen und im Schatten unter den Bäumen und im hellen Sonnenschein konnte man diese kleinen Figuren sehen, die joggten und Rad fuhren und spazieren gingen und dasaßen und dalagen. Bei diesem Anblick fühlte Merrion sich entsetzlich einsam. Sie dachte an ihre Hand, die in Guys Hand lag, und sie fühlte sich an, als gehöre sie nicht zu ihr.

Sie wählten eine verschlungene Route durch den Park, am Reformer's Tree vorbei und um den Teepavillon herum und zurück zur Serpentine, wo es am vollsten war und die Besucher in entspannter Wochenendstimmung ziellos dahinschlenderten. Auf dem See schwammen Enten umher sowie drei große Schwäne und dunkle, schnatternde Grüppchen von Moorhühnern. Guy führte Merrion fort vom Wasser und von den Leuten und herumrennenden Kindern, auf die nächststehende Baumgruppe zu.

»Setz dich«, sagte er.

Sie schaute aufs Gras hinunter.

»Hierhin?«

»Ich glaube, hier ist in Ordnung.«

Sie löste ihre Hand und ließ sich im Gras nieder, wobei sie ihre Knie umfasst hielt. Er setzte sich neben sie, ihr zugedreht. Auch ohne hinzuschauen, konnte sie sich vorstellen, wie er aussah, in welcher Haltung er sich niedergelassen hatte.

Er sagte: »Ich hatte nicht geplant, dieses Gespräch heute Nachmittag zu führen. Ich habe mir nicht überlegt, was ich sagen werde. Ich wusste bloß, dass ich es irgendwann sagen müsste.« Er streckte eine Hand aus und legte sie auf ihre gefalteten Hände. »Ich denke – ach, mein Liebling, ich *weiß* –, dass ich dich nicht heiraten sollte.«

Sie blickte starr geradeaus. Leise sagte sie: »Und los geht's.«

»Es ist nicht wegen deines Alters«, sagte Guy. »Sondern wegen meinem.«

»Und angenommen, dein Alter stört mich nicht nur nicht, sondern gefällt mir sogar?«

»Jetzt«, sagte er, »jetzt vielleicht. Aber später nicht mehr. In acht Jahren bin ich siebzig, und du noch nicht mal vierzig.«

Sie ließ ihre Knie los und lagerte sie seitlich aufs Gras, um ihn direkt anzusehen. Ihre Hände zitterten fürchterlich. Sie verbarg sie unter den Oberschenkeln.

»Wirst du –« Sie verstummte.

»Werde ich was?«

»Wirst du zu Laura zurückkehren?«

»Auf gar keinen Fall.«

»Hast du darüber nachgedacht?«

»Nur insoweit, dass ich weiß, dass ich das nie könnte.«

Sie sagte, den Blick ins Gras neben ihren Knien geheftet: »Ich wusste immer, dass es nicht leicht würde. Ich wusste immer, dass es kompliziert und schmerzhaft würde, aber – aber ich ahnte nie, dass es *so* würde.«

»Wie auch?«, sagte er. »Wie auch? Du hattest so etwas noch nie getan. Ich genauso wenig.«

Sie rückte ein Stück vor und lehnte sich mit dem Kopf bei ihm an.

»Ich weiß nicht – ob ich das ertragen kann.«

Er legte eine Hand auf ihren Kopf, auf ihr dickes, starkes Haar.

»Ich auch nicht.«

»Guy –«

»Ja?«

»Bitte –«

Ganz außer sich sagte er: »Mein Schatz, wenn es eine Möglichkeit *gäbe*, unsere Zukunft zu gestalten, meinst du nicht, wir hätten sie dann mittlerweile gefunden?«

Sie nickte.

»Stell dir mal vor«, sagte er, »mit dir geht es beruflich verdientermaßen aufwärts, ich gehe bald in den Ruhestand, all diese unmöglichen Hürden und Balanceakte, all die Dinge, die du wegen mir womöglich nicht sagen oder tun würdest, all die Gefühle, die ich vielleicht hätte, aber deinetwegen nicht aussprechen könnte. Wir haben doch bereits gesehen, wie es ist, sich all den Dingen zu stellen, die wir sonst immer ausgeklammert hatten. Da kommt noch mehr. Es wird schwieriger. Du wirst mich immer noch lieben, daran habe ich keinen Zweifel, aber diese Liebe wird sich im Lauf der Zeit verändern. Zwangsläufig. Wegen der Sicherheit wird sie sich verändern, weil sie dann gesellschaftlich akzeptiert ist. Sie wird sich verändern, weil wir dann der Norm entsprechen und nichts Verbotenes mehr tun.« Er fuhr mit der Hand herum, bis sie sachte über ihren Augen und ihrem Mund ruhte. »Ich könnte es nicht ertragen, wenn deine Liebe zu mir *mütterliche* Züge annähme.«

Leise sagte sie hinter seiner Hand: »Ich weiß nicht recht, ob ich viel Mutterliebe in mir habe –«

»Du hast es noch nicht ausprobiert. Und ich darf nicht derjenige sein, der dich von diesem Versuch abhält. Nicht ich, ausgerechnet ich.«

Sie griff mit beiden Händen nach seiner Hand, nahm sie von ihrem Gesicht und umklammerte sie.

»Ich würde es trotzdem riskieren.«

Er schaute kurz weg.

»Ausgeschlossen«, sagte er, »ich kann *dich* keinem Risiko aussetzen.«

»Aber all diese Liebe –«

»Ist nicht vergeudet«, sagte er. Er blickte ins Gras hinab. Mit aufsteigenden Tränen in der Stimme fuhr er fort: »Das war sie nie. Nichts Wundervolles ist je vergeudet, ob Menschen, ob Gefühle –«

Wild begehrte sie auf: »Ich fürchte einfach, dass ich das nicht überstehe!«

»Ich weiß.«

»Ich ertrage das nicht, ich halte es nicht aus, ich kann nicht –«

Er drehte sich herum und schlang die Arme um sie und hielt sie fest an sich gedrückt.

»Du kannst. Du wirst.«

»Du bist mein Ein und Alles«, sagte Merrion, das Gesicht an seiner Schulter. »Zu dir bin ich immer nach Hause gekommen –«

»Überall gibt es ein Zuhause«, sagte er. »Das Leben ist ein Nachhausekommen nach dem anderen. Bloß weißt du jetzt vielleicht, von wo aus du losgehst.«

»Ich war so unausstehlich«, flüsterte sie, »die letzten paar Monate über. Einfach unmöglich auszuhalten.«

»Nein, warst du nicht.«

»Ich hatte Angst –«

»Zu Recht«, sagte er traurig.

Sie rückte ein Stückchen weg.

»Wo willst du jetzt hin?«

»Weiß ich nicht. Und du?«

Sie sagte: »Ich habe mich noch nie so verloren gefühlt –«

»Nein«, sagte er, »noch nie. Das hat keiner von uns.«

Sie kniete sich hin und fing an, Gras auszurupfen. Mit kindischer Stimme beharrte sie: »Ich *will* mein Leben nicht ohne dich leben.«

»Nein.«

»Es wird sein, als wäre ich verwundet, als würde ich nur halb leben –«

»Nicht für ewig.«

»Und du?«

»Ich weiß nicht«, sagte er. »Im Moment weiß ich wirklich gar nichts, nur, was ich tun muss. Ich weiß nicht, wie ich es schaffen werde, ebenso wenig wie du.«

Langsam erhob er sich, ein wenig steif. Dann bückte er sich und streckte ihr eine Hand hin.

»Na komm«, sagte er. »Steh auf.«

Sie nahm seine Hand und ließ sich von ihm hochziehen. Einen Augenblick hielt er sie fest, dann griff er wie immer nach ihrer linken Hand, schlang seine Finger in die ihren und trat langsam mit ihr den Heimweg durch den Park zu ihrer Wohnung an.

19

Zwei Monate, rechnete Gwen nach, war es jetzt her, seit sie mit Merrion gesprochen hatte; zwei Monate und drei Tage. Vor genau zwei Monaten und einem Tag hatte sie den Brief aufgegeben. Merrion hatte darauf nicht geantwortet, aber damit hatte Gwen auch nicht gerechnet. Sie bereute es nicht, den Brief abgeschickt zu haben, und sie hätte sich auch kein bisschen anders ausgedrückt, wenn sie mit dem Schreiben noch etwas gewartet hätte, bis sich ihre Gefühle ein wenig abgekühlt hatten. Sie hatte Dinge gesagt, die gesagt werden mussten, die sie hatte sagen müssen, und sie hatte versucht, das in einer Weise zu tun, an der Merrion kaum Anstoß nehmen konnte, weil sie ihr dadurch unmissverständlich bewiesen hatte, dass sie sie liebte und sich um ihr Wohlergehen sorgte.

Die zwei Monate zogen sich in die Länge. Es war vorgekommen, dass Gwen schon fast die Hand auf dem Telefon hatte und bereits Merrions Nummer wählte, ungeachtet, wer am anderen Ende dran ging. In manchen Momenten war sie versucht gewesen, eine Postkarte zu schicken – mit einem Motiv aus der Gegend vielleicht, das Merrion von früher kannte – und auf die Rückseite einfach zu schreiben, dass sie an sie denke. »Ich denke an dich. In Liebe, Mum.« Aber sie hatte es nicht getan. Sie hatte keins von beiden getan. Stattdessen ahnte sie wie ein junges Mädchen, das von einem Jungen den ersten Schritt erwartet, dass es besser wäre, auf Merrion zu warten. Sie musste Merrion das Gefühl geben, dass sie am Zug war, das Tempo bestimmte. Merrion musste selbst spüren, dass sie nicht länger in der Rolle des Kindes war, und nicht mehr jede Konfrontation mit Türenknallen enden würde.

Sie suchte Ablenkung in Beschäftigung. Sie hatte Urlaubsvertretungen übernommen und so zusätzliche Zeit an ihrer Arbeitsstelle verbracht. Von einem ernsthaften jungen Mann, der gerade als

Auszubildender eingestellt worden war, hatte sie sich Grundkenntnisse am Computer vermitteln lassen. Er besuchte Abendkurse für Informatik an der örtlichen Fachhochschule, und jede Woche bemühte er sich, das Gelernte an Gwen weiterzugeben.

»Warum heißt das hier Maus?«, fragte sie dann. »Wieso ist das ein Icon?«

»Das ist der Name«, sagte der Junge dann. »So nennt man es eben.«

Sein Name war Ivor. Er las ihr lange, unverständliche Passagen aus seinem Computerhandbuch vor, und sie tippte auf der Tastatur rum und war von der Leichtigkeit verblüfft.

»Toll, wie schnell das geht«, sagte sie oft. »Ist das nicht genial?«

Zu Hause wusch sie sämtliche Vorhänge, stärkte die Tüllgardinen und bepflanzte ihre Blumenampeln mit Petunien und Hängelobelien. Sie kletterte auf den Dachboden und sah Kisten und Koffer durch und stieß dabei auf einen ganzen Haufen Fotos, die noch aus der Zeit in Frankreich stammten, mit Ray und Merrion. Merrion zog auf vielen Bildern ein böses Gesicht, mal in die Sonne blinzelnd, mal in die Kameralinse.

Wie konnte ich nur?, dachte Gwen, während sie sich Merrions Grimassen ansah. Wie konnte ich ihr das alles nur zumuten?

Sie nahm die Schachtel mit hinunter in die Küche. Wäre es nur nach ihr gegangen, hätte sie sie weggeworfen, einen kleinen Scheiterhaufen schmerzlicher Erinnerungen auf dem Boden des alten metallenen Mülleimers entzündet. Aber sie hatte das Gefühl, sie vorher noch Merrion zeigen zu müssen, um ihr dadurch vor Augen zu führen, dass auch sie, Gwen, nicht glaubte, ihr eigenes Leben richtig hinbekommen zu haben. Nicht annähernd. Nicht im geringsten. Aber natürlich konnte sie Merrion gar nichts zeigen, bevor es nicht zu einem Wiedersehen kam; sie konnte höchstens Pläne schmieden, was sie tun würde, sobald die Kommunikationskanäle wieder offen wären. Sobald Merrion beschlossen hatte, sie wieder zu öffnen.

Sie stellte die Schachtel auf den Küchentisch. Vielleicht sollte sie die Bilder zumindest durchsehen, alle Landschaftsaufnahmen aussortieren, all die Berge und Täler und Plätze kleiner Städte, die sie aufgenommen hatte, als wären sie von Bedeutung gewesen. Vielleicht war das damals der Fall gewesen oder vielleicht hatte sie auch einfach nur gehofft, sie würden eine Bedeutung bekommen, wenn sie sie fotografierte. Sie nahm den Deckel von der Schachtel – es war ein alter Schuhkarton, braune Kindersandalen von Merrion, Größe 32, mit, wie sie sich erinnerte, einem Gänseblümchenmuster vorn an den Zehen – und kippte die Fotos auf die Kunststofftischdecke.

Das Telefon läutete. Gwen fuhr zusammen. Sie ließ den Karton fallen und lief eilig um den Tisch herum zum Telefon.

»Hallo?«

»Mrs. Palmer?«

»Ja –«

»Mrs. Palmer«, sagte Guy. »Hier ist Guy Stockdale.«

»Oh«, sagte Gwen. Es klang, als würde sie nach Luft schnappen.

»Störe ich Sie?«

»Nein, nein, ich habe nur gerade –«

»Mrs. Palmer«, sagte Guy, »ob ich wohl vorbeikommen und mit Ihnen reden dürfte?«

Gwen holte tief Luft. Sie hielt den Telefonhörer umklammert und starrte auf die Wand, auf die Tapete, die sie bei ihrem Einzug in das Haus ausgesucht hatte, eine abwaschbare Küchentapete, auf der Trauben durch Spaliere wuchsen, blaue und grünliche Trauben mit eng gewundenen Ranken, die wie Sprungfedern aussahen.

»Weshalb?«, fragte sie in scharfem Tonfall.

»Da ist etwas, was ich Ihnen gerne mitteilen würde –«

»Sagen Sie es mir jetzt«, sagte sie. »Sagen Sie's mir am Telefon.«

»Ich würde Sie lieber besuchen. Ich möchte Sie gern sehen.«

»Ist es Merrion? Ist Merrion krank?«

»Nein«, sagte er, »Merrion ist nicht krank. Merrion geht es gut.«

»Warum ruft *sie* mich nicht an?«

»Weil ich das tun wollte. Weil ich sie darum gebeten habe, das tun zu dürfen.«

Gwen streckte die freie Hand aus und fuhr mit dem Finger über eine Weinranke.

»Nun gut«, sagte sie. Das hatte sie im Büro gehört. »Nun gut«, sagte ihr Chef mehrmals am Tag am Telefon: »Nun gut.« Es klang würdevoll, ein wenig von oben herab. Viel besser, fand Gwen, als »In Ordnung«.

»Vielen Dank«, sagte Guy.

Gwen sah sich in ihrer Küche um. Sie versuchte, sich vorzustellen, wie Guy in seinem Anzug an ihrem Küchentisch mit der Plastikdecke saß und aus ihrem Küchenfenster auf ihre Vogelfutterstellen starrte, auf die fröhlichen bunten Pflanzen, die in ihrem Garten wuchsen, die Ringelblumen und Kapuzinerkresse und Geranien.

»Treffen wir uns in Cardiff«, sagte sie.

»Natürlich –«

»Ich seh Sie dann am Freitag. Im Angel Hotel.«

»Vielen Dank.«

Sie hielt sich den Hörer vom Ohr weg und schaute ihn an. Es schien unmöglich, auf Wiedersehen zu sagen, dieses Gespräch zu beenden. Nach kurzem Nachdenken legte Gwen den Hörer leise zurück auf die Gabel und trat wieder an den Küchentisch. Die Fotos lagen immer noch da, wo sie sie ausgekippt hatte, Ansichten und Landschaften aus der französischen Provinz, Ray in den Hawaiihemden, die sie so scheußlich fand, Merrion in ihren Sommerkleidchen und Sandalen, mit dicken Zöpfen und bösem Gesicht. Gwen bückte sich und schob die Fotos zu einem unordentlichen Haufen zusammen, um sie wieder in den Schuhkarton zu packen. Bei ihrem Anblick war ihr auf einmal nach Weinen zumute.

Laura hatte sämtliche Fenster im Wohnzimmer geöffnet. Sie hatte sie sofort geöffnet, nachdem Alan und Charlie aufgebrochen waren, um so irgendwie den Zigarettenqualm loszuwerden. Alan hatte ziemlich ungeniert geraucht, ziemlich, na ja, entspannt eigentlich, in ihrer Gegenwart. Natürlich hatte sie immer gewusst, dass er rauchte, aber nie einen Zweifel daran gelassen, dass von einer Sache wissen und sie gutheißen für sie zwei völlig verschieden Dinge waren. Wenn er früher nach Hill Cottage gekommen war, hatte er in ihrer Gegenwart nie geraucht. Manchmal hatte sie draußen im Kies ausgedrückte Kippen gefunden, nachdem er wieder fort war, über die sie aber großzügig hinweggesehen hatte, waren sie doch der Beweis für Alans Rücksicht. Nun jedoch schien er keine Rücksicht mehr nehmen zu wollen. Er schien neues Selbstvertrauen auszustrahlen, fast schon Übermütigkeit. Er kam förmlich ins Haus stolziert, lachend und mit einer brennenden Zigarette in der Hand. Mit Charlie.

Laura war in keinster Weise auf Charlie vorbereitet. Wie beim Rauchen ahnte sie, ohne sich das offen einzugestehen, dass es einen Grund dafür gab, warum Alan nicht verheiratet war, warum er nie eine Freundin gehabt hatte. Aber sie war noch nie damit konfrontiert worden. Noch nie war es dazu gekommen, dass der sichtbare Beweis für Alans sexuelle Präferenzen in ihrer Küche stand, völlig ungezwungen, mit den Autoschlüsseln klimpernd.

»Hallo«, hatte Charlie gesagt. Er streckte ihr die Hand entgegen. Er lächelte. Er wirkte, genau wie Alan, geradezu unanständig gelassen.

Laura hatte ihm zögerlich die Hand gegeben. Seine Hände waren riesig, riesige Hände an diesem groß gewachsenen, schlaksigen, rothaarigen Mann mit Segelohren und einem breiten Lächeln. Sie fragte sich, ob er wohl über sie lachte und sich über ihr Zögern lustig machte.

»Ich bin Charlie«, sagte er. »Ich bin Arzt. Das hat Ihnen Alan vermutlich schon erzählt.«

Sie sah Alan an. Er hatte sich an die Tischkante gelehnt.

»Nee«, sagte er fröhlich. »Ich habe ihr gar nichts erzählt.«

Laura versuchte, ihre Hand zurückzuziehen. Charlie ließ sie nicht los.

»Dann gibt's ja eine Menge zu bereden«, sagte Charlie.

Er hatte eine Flasche Wein und ein Buch mitgebracht. Keine Blumen oder Pralinen oder etwas ähnlich Konventionelles, sondern ein Buch.

»Es geht um eine Frau, die ein Haus in der Toskana renoviert«, sagte Charlie. »Eine Amerikanerin. Meiner Mutter hat es sehr gut gefallen.«

»Danke sehr«, sagte Laura schwach.

Sie entkorkten den Wein und schenkten großzügige Gläser ein.

Laura sah ihnen dabei zu. Alan holte nicht ihre hübschen, zierlichen Weingläser mit Kristallschliff aus dem Schrank, sondern die großen aus dickem grünem Glas, die Guy einmal während eines Spanienurlaubs gekauft hatte. Dann füllte er sie beinahe bis zum Rand. Als er fertig eingeschenkt hatte, war nur noch ein Fingerbreit in der Flasche.

»Das kann ich niemals alles trinken«, sagte Laura.

Charlie lächelte ihr erneut zu.

»Doch, können Sie«, sagte er. »Das ist gesund. Vertrauen Sie mir.«

Sie gingen mit ihren Gläsern in den Garten. Die Hunde fanden Charlie ganz wundervoll, und er warf Stöckchen für sie und kraulte sie unterm Kinn, und sie legten sich ihm hechelnd zu Füßen und begeiferten ihn voll Ehrerbietung. Er erzählte Laura von seiner Kindheit in Devon und wie sehr er die See vermisste und das Segeln und die Wanderungen durch das Exmoor. Sein Vater war Schiffbauer, erzählte er, und seine Mutter hielt Kurse in Kunsthandwerk, für Leute, die töpfern und selbst Schmuck herstellen wollten.

»Sie sollten mal hinfahren«, sagte Charlie zu Laura. Sein Weinglas war bereits fast leer. »Sie sollten mal hinfahren und einen ihrer Töpferkurse mitmachen. Die sind sehr gefragt. Die Leute sind begeistert davon. Sie kommen jedes Jahr wieder.«

Alan hielt ihr sein Handgelenk hin. Daran befand sich ein dünnes schwarzes Armband, auf das eine einzelne rote Perle gefädelt war.

»Das hat sie mir geschickt.«

Laura starrte es an.

»Seine – seine Mutter?«

»Ja.«

»Hast du – hast du sie schon kennen gelernt?«

»Nein«, sagte Alan. »Aber als Charlie ihr von mir erzählt hat, hat sie das für mich gemacht.«

Charlie beugte sich vor.

»Trinken Sie aus«, sagte er zu Laura.

Sie fühlte sich leicht benommen, als sie in die Küche ging, um das Mittagessen aufzutragen, benommen und verwirrt. Sie konnte ihr

Gelächter hören, von draußen von der Terrasse her, sie lachten und *kreischten* fast. Sie betrachtete das Hühnchen, das sie gegrillt hatte. Es sah klein und zahm aus. Charlies Töpfermutter hätte kein Hühnchen gegrillt, da war sie sich sicher: die hätte etwas viel Gewagteres, Künstlerisches aufgetischt, etwas Buntes und Mexikanisches voll Chilipfeffer und Knoblauch. Laura dachte an Alans schwarzes Armband. Es war ein Geschenk, ein anscheinend Sympathie bekundendes Geschenk von einer Person, die er noch nie gesehen hatte, eine Person, die ihn offenbar in einer Familie willkommen hieß, die er ebenfalls noch nie zu Gesicht bekommen hatte. Von Charlie abgesehen. Laura goss das Hühnchenfett aus der Bratform. In die Soße sollte sie wohl besser etwas Wein geben. Oder?

Die Männer ließen sich das Essen sichtlich schmecken. Charlie zu beköstigen war, als hätte man es mit einem riesigen Halbwüchsigen zu tun. Er aß alles: zwei, drei, vier Portionen von allem. Alan beobachtete ihn voll Stolz. Nach dem Essen brachten sie Laura in einem Sessel im Garten unter und trugen ihr einen Kaffee nach draußen, in einem Becher. Es schien einigermaßen unhöflich, darauf hinzuweisen, dass ihr eine Tasse lieber gewesen wäre, aber sie konnte sich die Bemerkung trotzdem nicht verkneifen.

»Zu spät«, sagte Charlie fröhlich. Er zwinkerte ihr zu und ging wieder hinein, um Alan beim Spülen zu helfen, so dass sie mit dem Becher allein zurückblieb. Sie lehnte sich im Sessel zurück, betrachtete den Garten und bemühte sich, nicht auf die beiden Zigarettenkippen zu achten, die Alan auf den Rasen hatte fallen lassen.

Dann war sie wohl eingenickt. Als sie wieder zu sich kam, war der Kaffee kalt und die Hunde waren fort und keine Abwaschgeräusche mehr zu vernehmen. Sie erhob sich und ging ins Haus. Die beiden hatten abgewaschen, ohne Frage, und auf dem Küchentisch war das Ergebnis zu bestaunen, ein kunterbuntes Durcheinander von Tellern und Löffeln und feuchten Geschirrtüchern, die über Stuhllehnen und Arbeitsplatten drapiert waren. Laura schaute in die Spüle. Der Ausguss war mit Möhrenschalen verstopft, und unter dem tropfenden Wasserhahn stand ein schmutziger Aschenbecher. Suchend sah sie sich nach ihren Spülhandschuhen um.

»Gut, aber nicht gut genug?«, ließ Alan sich von der Tür her vernehmen.

Sie drehte sich zu ihm um.

»Ich habe bloß –«

»Wir haben die Hunde ausgeführt«, sagte Alan. »Den Hügel hoch.«

Charlie tauchte hinter ihm auf, im Türrahmen.

»Herrliches Plätzchen«, sagte er. Er hatte die Hand auf Alans Schulter gelegt, ließ sie nicht einfach dort ruhen, sondern hielt sie fest umfasst. »Herrliche Aussicht, wenn man so da oben steht.«

Sie kamen gemeinsam in die Küche. Laura hielt sich an ihren Handschuhen fest.

»Freut mich sehr«, sagte Charlie, »dass Sie dafür ein so gutes Angebot bekommen haben.«

Laura öffnete den Mund. Sie standen auf der anderen Seite des Küchentisches, schauten sie an und lächelten.

»Ich –«

»Es ist schlimm, einen Ort wie diesen hier verlassen zu müssen«, sagte Charlie. »Etwas, das Sie gestaltet haben. Aber es muss unwahrscheinlich befriedigend sein, zu wissen, welchen *Wert* Sie dem Haus über die Jahre verliehen haben.«

Laura sagte: »Ich glaube nicht, dass Sie das wirklich verstehen können –«

»Und ob«, sagte Alan. Er sah verstohlen zu Charlie hinüber. »Er versteht es vollkommen.«

Charlie lehnte sich vor. Er stützte die riesigen Hände zwischen die Haufen Besteck und Geschirr auf den Tisch. Ganz beiläufig sagte er: »Wir sind hier, um Ihnen zu helfen, wissen Sie.«

»Wir?«

»Oh ja«, sagte Charlie. »Wir.«

Alan zog seine Zigarettenschachtel aus der Tasche.

»Wir werden dir helfen, was anderes zu finden, Mum«, sagte er. »Und beim Umzug.«

»Ich weiß nicht –«

»Wir aber«, sagte Charlie.

Laura blickte zu Alan. Er zündete sich gerade eine Zigarette an.

»Alan –«

Er nahm einen tiefen Zug und stieß den Rauch aus. Durch die transparente blaue Wolke sah er sie an.

»Wir sind uns ganz sicher, Mum«, sagte er.

Guy traf eine halbe Stunde vor der mit Gwen vereinbarten Zeit im Angel Hotel ein. Er entschied sich für ein Ecksofa in der Lounge, ein Sofa mit einem Sessel gegenüber, und einem niedrigen Tisch dazwischen mit einem Aschenbecher drauf und einer dreieckigen Speisenkarte, in der die Angebote zum Nachmittagstee und Cocktails aufgelistet waren. Guy setzte sich so auf das Sofa, dass er die Tür im Auge behalten konnte, durch die Gwen kommen würde, und bestellte Tee für zwei, indischen Tee mit einer Auswahl von so genannten Finger-Sandwiches. Was sollten Sandwiches denn sonst ähneln, ging es ihm durch den Kopf. Füßen etwa?

Er holte seine neue, wenig geliebte Lesebrille und ein Fachblatt für Juristen hervor, das er aus Pflichtbewusstsein jeden Monat bezog und nur selten las. Er schlug die Beine übereinander und legte sich das Blatt aufs Knie. Ein Junge in dunklen Hosen mit weißem Hemd und einer kastanienbraunen Krawatte traf mit einem riesigen metallenen Tablett ein und begann unglaublich umständlich, die Last von Tassen und Tellern und Kannen und Kännchen abzuladen, wobei er zur Vorsicht Papierservietten um heiße Griffe schlang und Messer und Teelöffel in genau ausgerichteten Winkeln anordnete.

»Wäre das alles, Sir?«

»Ja«, sagte Guy. »Ja. Vielen Dank, das ist alles.«

Er setzte die Lesebrille ab. Der Junge entfernte sich quer durch die Lobby und hielt dabei das Metalltablett vor der Brust wie einen Schild. Im Eingangsbereich blieb er stehen, trat dann einen Schritt zurück und drehte sich mit einer kunstvollen Bewegung zur Seite, um eine Frau eintreten zu lassen. Gwen betrat ausgesprochen zaghaft das Innere der Hotelhalle, blieb stehen und blickte um sich. Sie trug ein bunt bedrucktes Sommerkleid mit einer hellen Jacke darüber und hielt mit beiden Händen eine Handtasche umklammert. Guy erhob sich von seinem Sofa und ging durch die Lounge auf sie zu.

»Mrs. Palmer –«

Sie sah zu ihm hoch. Mit leiser Stimme sagte sie: »Oh, ja.«

Er wies auf die Ecke, in der er gesessen hatte.

»Ich habe uns etwas Tee bestellt.«

»Oh, ja«, wiederholte Gwen.

Er streckte eine Hand aus, wie um ihren Arm zu ergreifen, doch dann fiel ihm ein, dass eine Berührung vielleicht nicht erwünscht war; also begnügte er sich damit, sie mit hinter ihrem Rücken ausgebreiteten Arm durch den Raum zu geleiten.

»Möchten Sie gern im Sessel sitzen?«

»Danke sehr«, sagte sie.

Er ging um den niedrigen, mit Teegeschirr vollgestellten Tisch herum und nahm wieder auf dem Sofa Platz. Gwen stellte ihre Handtasche auf den Boden neben den Sessel. Sie lehnte sich nicht zurück, sondern saß mit geradem Rücken da, als säße sie auf einem Stuhl, und schaute in seine Richtung, ohne ihn anzusehen. Guy griff nach der Teekanne und goss Tee in eine der Tassen.

»Ist der zu stark?«

Gwen spähte hinein.

»Nein. Nein, der ist genau richtig.«

»Ich bin Ihnen für Ihr Kommen sehr dankbar.«

Er reichte ihr die Tasse. Sie klapperte leicht, als sie sie in Empfang nahm.

»Ist schon in Ordnung«, sagte Gwen.

Guy schenkte sich nun selbst Tee ein. Den aufsteigenden Dampf beobachtend sagte er: »Ich möchte Ihnen versichern, dass es Merrion gut geht. Ich bin nicht gekommen, weil irgendetwas –« Er stockte und sagte dann: »– irgendetwas mit Merrion wäre. Körperlich, meine ich. Seien Sie unbesorgt.«

Er stellte die Teekanne hin.

»Ich wäre wohl kaum gekommen«, sagte Gwen, »ich hätte einem Treffen mit Ihnen wohl kaum zugestimmt, wenn ich mir keine Sorgen machen würde. Oder?«

Er hielt den Blick auf seine Tasse gesenkt. Es war beunruhigend, wie Schüchternheit und plötzliche Schärfe sich bei ihr abwechselten.

»Nein«, sagte er. Er stützte die Ellbogen auf die Knie und schlang die Finger ineinander. »Mrs. Palmer –«

»Ja?«, sagte Gwen.

»Sie erinnern sich an unser letztes Treffen –«

»Oh ja«, sagte sie. In ihrer Stimme schwang ein triumphierender Unterton mit. »Ich erinnere mich.«

»Und wissen Sie auch noch, was Sie zu mir gesagt haben?«

Er sah zu, wie sie ihrer Tasse zwei Stück Zucker und einen großzügigen Schuss Milch hinzufügte.

»Das weiß ich noch«, sagte sie. Sie nickte.

Er dehnte seine Finger. Langsam fuhr er fort: »Sie sagten mir, ich sei gierig und selbstsüchtig. Sie sagten mir, dass ich, wenn ich an der Beziehung zu Ihrer Tochter festhielte, sie um all die natürlichen menschlichen Freuden eines herkömmlichen Familienlebens brächte, weil ich in meinem Alter all diese Dinge schon hätte und keinen weiteren Wunsch danach verspürte.«

Gwen rührte energisch in ihrem Tee. Mit Nachdruck stellte sie klar: »Ich bin mir sicher, dass ich es nicht ganz *so* ausgedrückt habe.«

»Nein«, sagte Guy. »Nein, das ist richtig. Aber ich glaube, das haben Sie gemeint.«

Gwen reckte trotzig den Kopf.

»Kann schon sein.«

Guy lehnte sich vor. Er sah sie direkt an und sagte: »Mrs. Palmer, Sie hatten vermutlich Recht. Sie *haben* vermutlich Recht. Natürlich kommen da noch andere Faktoren ins Spiel, aber ich habe Ihre Worte nicht vergessen, ich wollte nie, hatte nie vor –« Er verstummte und senkte den Kopf. Plötzlich war es ihm physisch unmöglich, weiterzusprechen. Er schaute angestrengt auf seine gefalteten Hände und kämpfte gegen den Widerstand in seinem Hals. Er konnte spüren, dass Gwen ihn beobachtete, gespannt und aufmerksam.

»Was versuchen Sie mir zu sagen?«, fragte sie.

Er schüttelte den Kopf. Er wusste nicht, ob er dazu in der Lage war, den Blick zu heben oder zu sprechen.

»Mr. Stockdale«, sagte Gwen mit einer Stimme, deren schriller

Klang jetzt mehr Furcht als Vorwurf ausdrückte, »was versuchen Sie mir mitzuteilen?«

Guy schluckte schwer. Er zwang sich, hochzusehen. Sie starrte ihn mit weit aufgerissenen Augen an, wie jemand, der auf das Schlimmste gefasst ist.

»Ich werde sie nicht heiraten«, sagte Guy undeutlich.

»Was?«

»Ich werde Merrion nicht heiraten«, sagte Guy. »Es ist nicht fair, ich hätte nie – ich kann sie nicht bitten, mich –«

Gwen stieß einen kleinen Schrei aus.

»Oh nein«, sagte sie. »Oh *nein*!«

Guy streckte fast unwillkürlich eine Hand in ihre Richtung aus. »Mrs. Palmer, ich dachte –«

»Oh!«, sagte sie. »Oh!« Sie legte sich beide Hände ans Gesicht und starrte ihn aus weit aufgerissenen Augen an. »Oh!« jammerte sie völlig aufgelöst. »Was haben Sie denn *jetzt* bloß angestellt?«

»Da wäre dann nur noch Mrs. Akimbi«, sagte Miriam. Sie stand in Simons Bürotür und hielt einen Aktenhefter aus Karton in der Hand, ganz an der Kante, als fände sie ihn widerlich. Auf ihren Fingernägeln befand sich eisblauer Nagellack. Ted sagte, er könne gar nicht hinschauen: irgendwie drehe sich ihm dabei der Magen um.

»Danke«, sagte Simon. Er stand auf und langte über den Schreibtisch nach der Akte. »Ist sie hier?«

»Ja«, sagte Miriam. »Sie ist vor zehn Minuten gekommen.«

Simon setzte sich wieder. Mit über die Akte gesenktem Kopf sagte er: »Warten Sie bitte noch einen Moment, bevor Sie sie reinschicken, ja?«

»Okay«, sagte Miriam. Sie war es gewohnt, dass vorne bei ihr Leute warteten. Manchmal saßen drei oder vier Leute auf den schäbigen, polyester-tweed-bezogenen Stühlen im Empfangsbereich und warteten, starrten den Ficus an, den sie nur unregelmäßig goss, oder auf die Broschüren und Zeitschriften älteren Datums, die sie selten ordnete, und sie nahm von ihnen ebenso wenig Notiz, als ständen nur die Stühle dort und nicht etwa wirkliche Menschen, die dort saßen. »Ich schicke sie Ihnen dann in ein paar Minuten rein.«

Simon schlug Mrs. Akimbis Akte auf. Mrs. Akimbi war vierundvierzig. Sie arbeitete seit fünfzehn Jahren als städtische Angestellte und hatte kein leichtes Leben, da ihr Ehemann sie verlassen hatte und sie ihre drei Kinder allein großziehen musste, und auf einmal war ihr aufgefallen, dass sie in all diesen fünfzehn Jahren nicht ein einziges Mal befördert worden war.

»Ich bin gewissenhaft«, erklärte sie Simon. »Ich bin eine gute Arbeitskraft. Ich komme nie zu spät, ich feiere nie krank. Seit 1985 bin ich zuverlässig wie ein Uhrwerk in dieses Büro gekommen.«

Er schaute sie an. Sie trug eine metallgefasste Brille in ihrem breiten schwarzen Gesicht und Ohrringe, die wie winzige Goldkruzifixe aussahen.

»Haben Sie sich schon um eine Beförderung bemüht?«

»Aber ja«, sagte sie. Sie nickte energisch, und dabei schaukelten ihre Ohrringe wie wild. »Aber ja. Jedes Jahr bewerbe ich mich um eine Beförderung, und nie erhalte ich sie. Und ich will Ihnen mal sagen, Mr. Stockdale, was mir aufgefallen ist, und zwar jedes Jahr.«

»Und zwar?«

»Immer wird ein Mann befördert«, sagte Mrs. Akimbi. »Jedesmal ist es ein Mann, der die Beförderung bekommt, um die ich gebeten habe. Ein Mann. Und jedesmal ist es ein weißer Mann. Weiße Männer kriegen meinen Job.«

Jetzt hob Simon den Blick. Mrs. Akimbi stand in seiner Bürotür. Sie trug eine cremefarbene Tunika und dazu passende Hosen, und statt der goldenen Kruzifixe baumelten heute silberne an ihren Ohren. Simon erhob sich und streckte ihr die Hand entgegen.

»Mrs. Akimbi.«

Gravitätisch ergriff sie seine Hand.

»Ich denke, ich weiß, wie Sie vorgehen können.«

»Gut«, sagte sie. Sie lächelte nicht.

»Ich habe mich entschlossen«, sagte Simon, »dass ich Ihren Fall beim Arbeitsgericht Süd-London in Croydon vorbringen kann. Leider steht Ihnen keine Rechtshilfe zu.«

»Ich kann nichts bezahlen«, sagte Mrs. Akimbi. »Ausgeschlossen.«

»Ich weiß«, sagte Simon. »Ich verstehe. Ich schlage also ein Erfolgshonorar vor.«

»Ein was?«

»Kein Erfolg, kein Honorar. Aber falls wir gewinnen, zahlen Sie mir ein Drittel von dem, was Sie bekommen.«

Mrs. Akimbi schaute ihn ruhig an.

»Das wäre?«

»Wenn ich Ihnen eine Entschädigung von zehntausend Pfund erstreite, zahlen Sie mir ein Drittel davon.«

»Zehntausend!«

»Ich verspreche nichts«, sagte Simon. »Versprechen kann ich gar nichts. Ich kann nur mein Bestes für Sie tun. Ich kenne die Leute von Ihrer Gewerkschaft, mit denen werde ich mich mal unterhalten.«

»Okay«, sagte Mrs. Akimbi. Sie drehte den Kopf ein wenig und sah ihn von der Seite an. »Und worauf berufen wir uns?«

Simon warf noch einen Blick in ihre Akte.

»Ich werde das Arbeitsgericht aus zwei Gründen anrufen, Mrs. Akimbi. Diskriminierung wegen Rasse und Geschlecht.«

Sie nickte.

»Das ist wahr.«

»Ich werde den Fall selbst übernehmen, keinen weiteren Anwalt hinzuziehen. Ich werde Sie vertreten.«

»Das ist wahr«, sagte sie wieder. »Geschlecht und Rasse.«

»Ich werde den Antrag vorbereiten, und dann fechten wir das gemeinsam durch.«

»Ja.«

»Lassen Sie sich davon nicht allzu sehr stressen«, sagte Simon. »Es wird nur einen Tag dauern.«

»Stressen!«, sagte Mrs. Akimbi. »Stressen! Sie haben ja keine Ahnung. Ich bin schon genug gestresst.«

Simon hielt ihr erneut die Hand hin.

»Ich werde mein Bestes für Sie tun.«

»Ja«, sagte sie. Sie nahm seine Hand. »Geschlecht und Rasse. Diskriminierung.«

»Genau.«

Sie drehte sich zur Tür.

»Zehntausend Pfund!«

»Im günstigsten Fall. Wenn wir gewinnen.« Er ging um den Tisch herum, um ihr die Tür zu öffnen. Dabei sah er, dass davor noch jemand stand und wartete, jemand in einem schwarzen Kostüm und mit hinter dem Kopf zusammengebundenem langem Haar.

»Merrion!«, sagte Simon.

Sie sagte: »Ich möchte nicht stören.«

»Tun Sie nicht«, sagte Simon. »Meine Klientin wollte gerade gehen.«

»Wir sind fertig«, sagte Mrs. Akimbi. Sie sah Merrion kaum an. »Fürs Erste.«

»Auf Wiedersehen«, sagte Simon.

Mrs. Akimbi bewegte den Kopf, sagte aber nichts. Sie ging an ihnen vobei durch den kurzen Flur zum Empfang.

»Ich hätte vorher anrufen sollen«, sagte Merrion.

»Nicht so schlimm.« Er hielt die Tür auf. »Kommen Sie rein.«

Sie ging an ihm vorbei und setzte sich in den Sessel, in dem eben Mrs. Akimbi gesessen hatte.

»Geht es Ihnen gut?«, fragte Simon.

Sie schaute auf ihren Schoß hinab.

»Nicht so sehr.«

Er ließ sich auf der Tischkante nieder, dicht neben ihr. Er sagte: »Ich bin ziemlich überrascht, Sie zu sehen, das muss ich zugeben.«

Sie blickte zu ihm hoch. Mit einem schwachen Lächeln sagte sie: »Die Höhle des Löwen und so?«

»Kommt hin, glaube ich –«

»Ich hatte einfach das Gefühl, vorbeikommen zu müssen. Persönlich, meine ich. Manche Dinge kann man nur von Angesicht zu Angesicht sagen.«

»Oh je«, sagte Simon und bemühte sich, einen flapsigen Tonfall zu treffen. »Was kommt denn jetzt?«

»Es wäre wahrscheinlich leichter gewesen, bei Carrie vorbeizugehen«, sagte Merrion, ohne ihn anzusehen. »Was vermutlich der Grund ist, warum ich es nicht getan habe. Wie Guy jetzt sagen würde: Typisch Büßergewand. Er ist der Ansicht, ich sei schon mit einem zur Welt gekommen.« Sie verstummte.

Simon betrachtete ihr teilweise abgewandtes Profil. Sie sah nicht sehr gut aus, nicht besonders glücklich. Besorgt fragte er: »Was ist denn los?«

Sie drehte ihm den Kopf zu. Sie sah ihm in die Augen und sagte: »Wir werden nicht heiraten.«

Er erwiderte nichts. Er fühlte, wie eine außerordentliche Stille sich in seinem Kopf ausbreitete, wie ein Frost.

»Es ist ziemlich gegenseitig«, sagte sie. »Das heißt, es hat keine große Szene gegeben, bei der einer von uns den anderen angebettelt und angefleht hätte, es sich noch mal anders zu überlegen. Wir wussten es irgendwie. Vermutlich wussten wir es schon seit langem.«

»Was wussten Sie?«, fragte Simon leise, fast flüsternd.

»Dass – dass das, was wir hatten, was wir gefühlt haben, in einer Ehe womöglich nicht überleben könnte. Dass – dass diese Veränderung es töten würde. Dass wir nicht ertragen könnten, was eine Ehe – mit uns anstellen würde.«

»Oh mein Gott«, sagte Simon.

»Wir könnten es nicht ertragen«, sagte Merrion, »uns gegenseitig zu verletzen. Wir dürften solchen Schmerz nie riskieren.« Sie senkte ihren Blick wieder und sagte mit so leiser Stimme, dass er sie kaum verstehen konnte: »Obwohl ich mir im Moment keinen Schmerz vorstellen kann, der schlimmer wäre als dieser jetzt. Er ist mein ganzes Leben gewesen, mein –« Sie verstummte wieder.

Simon drückte sich ein wenig gegen den Tisch. Er sah auf ihren gesenkten Kopf hinab, auf ihre hängenden Schultern.

»Es ist also vorbei?«, fragte er.

Sie nickte.

»Sind Sie sicher?«

»Ja«, sagte sie, »es geht nicht anders. Man kann nie zurück, nicht wahr?«

»Nein.«

»Nur immer weiter vorwärts«, sagte sie kaum hörbar. Ihre Schultern zuckten ein wenig.

»Kommen Sie her«, sagte Simon.

Sie hob den Kopf.

»Was?«

»Kommen Sie.«

Unsicher stand sie auf. Er streckte die Arme aus.

»Hierher«, sagte Simon. Er stand aufrecht da und zog sie zu sich, um sie dann in die Arme zu schließen, sein Gesicht an ihrem.

»Armes Mädchen«, sagte er. »Armes, armes Mädchen.«

Er spürte, wie sie sich an ihn drückte; wie sie leicht zu zittern begann, wie ihr Körper nachgab. Sachte drückte er ihr einen Kuss auf die Wange.

»Weinen Sie ruhig«, sagte Simon. Auch seine Stimme bebte ein wenig. »Wenn Sie möchten, weinen Sie.« Er rückte mit dem Kopf herum, bis seine Wange an ihrem Haar ruhte. »Hier können Sie das, Merrion. Hier. Wenn Ihnen danach ist.«

20

Die Schatten, bemerkte Jack, wurden allmählich länger. Der längste, der zum Schornstein auf dem Dach gehörte, reichte jetzt zu dreiviertel über den Rasen und zog den dunklen, mächtigeren des Hauses hinter sich nach. Wenn der Schatten den gesamten Rasen bedeckte, hatte er beschlossen, würde er aus dem Liegestuhl aufstehen und jemanden suchen. Egal, wen.

Er besah sich seine Hände. Sie waren voller Erde, besonders unter den Nägeln. Er war nicht sicher, jemals zuvor Erde an den Händen gehabt zu haben: Öl, Dreck, Farbe, das schon, aber Erde noch nie. Mit dem Nagel des rechten Mittelfingers fuhr er sich unter den Nägeln der Linken entlang und förderte ansehnliche Mengen trockener Erde zutage, die dann als spröder Staub auf sein T-Shirt rieselten. Gedankenverloren klopfte er ihn ab. Sein Rücken tat ein bisschen weh, genau wie seine Schultern, aber das bereitete ihm eine gewisse Genugtuung. Dieselbe sonderbare Genugtuung empfand er, wenn er die Rabatte anschaute, die er von Unkraut befreit hatte, die gesamte Rabatte, die sich an dem Holzzaun entlangzog, der ihren Garten von dem des Nachbarhauses trennte.

Als Jack an diesem Samstagmittag verkündet hatte, er wolle den Garten ein wenig auf Vordermann bringen, hatte Simon mitten in seinem Tun innegehalten (er setzte gerade eine neue Sicherung in den Staubsaugerstecker ein) und ungläubig gefragt: »Was?«

Jack trat von einem Fuß auf den anderen.

»Es macht mir nichts. Ich kann da draußen ein bisschen was tun, wenn du willst.«

»Im *Garten*?«, fragte Simon.

»Da sieht's total chaotisch aus –«

»Ich weiß«, sagte Simon. Er legte Stecker und Schraubenzieher aus der Hand. Ein wenig unbeholfen fragte er: »Du meinst, ein bisschen im Garten arbeiten als – als *Job*?«

»Nein«, sagte Jack. Er stupste mit dem Fuß gegen eine Blende. »Nein, einfach so, wenn du willst.«

»Danke«, sagte Simon. Er klang leicht verdattert.

»Halb so wild –«

»Nein. Danke schön. Danke schön, Jack.«

Sie waren zusammen in den Garten gegangen und hatten die Rabatte in Augenschein genommen. Jack kam sie vor wie ein einziges ungeheures grünes Gewirr.

»Was ist jetzt das Unkraut?«

Simon kratzte sich am Hinterkopf.

»Bin mir nicht so sicher.«

»Das hier ist welches«, sagte Jack und stieß mit dem Fuß gegen ein Büschel. »Das ist Kreuzkraut. Daran kann ich mich noch erinnern, aus der Grundschule.«

»Dann fang damit an«, sagte Simon. »Und als nächstes nimmst du dir das Zeug vor, von dem du meinst, es gehört hier nicht hin. Schmeiß alles auf einen Haufen.«

»Okay.«

»Opa kommt später noch vorbei«, sagte Simon.

»Wirklich?«

»Er weiß im Moment nicht so recht weiter –«

Jack senkte den Kopf.

»Ja.«

»Ich hab ihn eingeladen. Vielleicht geh ich mit ihm was trinken.«

Jack musterte den mächtigen Fliederbusch, an dem sich noch immer die mittlerweile welken Blüten befanden, zu traurigen rostfarbenen Büscheln verdorrt.

»Kann ich auch Zeug abschneiden?«

»Ich wüsste nicht, was dagegen spricht.«

»Ob Mum was dagegen hat?«

»Mum wird hocherfreut sein.«

»Okay«, sagte Jack.

Er ging quer über den Rasen zu dem Schuppen, in dem die Werkzeuge aufbewahrt wurden; früher hatte er dort auch sein Rad abgestellt, bevor er zu der Überzeugung gelangt war, Rad fahren sei kindisch, und es viel zu billig an Richs jüngeren Bruder verkauft hatte. Jetzt wünschte er sich im Stillen, er hätte nicht ganz so vorschnell gehandelt und es nicht verkauft. Die Kinderfahrräder von Rachel und Emma standen noch da, mit Aufklebern auf den Schutzblechen und typischen kleinen Mädchenkörben vorne am Lenker. Emma hatte sogar Glöckchen an ihrem Rad. Jack erinnerte sich nur zu gut daran, wie entsetzlich peinlich es war, mit Emma und ihrem Körbchen und ihren Glöckchen herumfahren und auf sie aufpassen zu müssen. Natürlich war er an der Aufgabe gescheitert. Auf Emma konnte niemand aufpassen; sie war schon unmöglich zur Welt gekommen.

Über den Fahrrädern hing ein schiefes Bord, auf dem spinnwebenüberzogene Dosen mit Farbe und Rasenmäheröl standen, daneben ein Haufen Gartenwerkzeuge, die achtlos gegen die Schuppenwand gepfeffert worden waren. In die Wand waren rostige Nägel eingeschlagen, die zum Aufhängen der Geräte dienen sollten, aber daran hielt sich keiner, und die Werkzeuge lagen so da, wie sie hingeworfen worden waren, in einem heillosen Durcheinander zusammen mit Draht- und Holzresten. Jack kannte sich mit Gartenwerkzeug nicht besonders gut aus. Unschlüssig kramte er in dem Haufen herum und entschied sich für einen Spaten, eine Forke, verschiedene Messer und große, scherenartige Geräte, die er dann alle hinaus auf den Rasen trug. Schwer zu sagen, wo er anfangen sollte. Er trat ein Stück zurück und fasste das grüne Gewirr ins Auge. Von vorne nach hinten? Oder von links nach rechts? Er griff nach einer Baumschere und löste den Sicherungshaken. Vielleicht sollte er erst einmal ein wenig herumschnippeln; er hatte das Gefühl, Schnippeln könnte äußerst befriedigend sein.

Warum er sich erboten hatte, im Garten zu arbeiten, war ihm selbst nicht ganz klar. Es war gar nicht geplant, er hatte es einfach so gesagt, es angeboten, und dann, nachdem es heraus war, war er irgendwie ganz froh darüber gewesen. Möglicherweise hatte es was mit der veränderten Stimmung im Haus zu tun, damit, dass die Mädchen sich nicht länger ständig hinter verschlossenen Türen in ihren Zimmern verschanzten und Carrie die Mahlzeiten nicht mehr auf den Tisch knallte, als hätte sie das Kochen so satt, dass es ihr im Grunde egal war, ob jemand etwas aß oder nicht. Sie hatte sich außerdem auch Strähnchen machen lassen. Nicht viele, bloß ein paar ums Gesicht herum, aber das machte einiges aus. Es war ihnen allen aufgefallen. Rachel wollte wissen, wie viel es gekostet hatte, und als Carrie ihr die Antwort schuldig blieb, meinte sie: »Also zu viel.« Aber man konnte sehen, dass Rachel fand, sie sah prima aus, und dass sie es auch selbst wusste. Es waren auch ein paar neue Kleidungsstücke aufgetaucht, nichts Großes, aber auf jeden Fall ein paar neue Oberteile und ein Paar Sandalen, die er Emma hatte anprobieren sehen, oben im Flur. Emma und Rachel trugen nie ihre eigenen Sachen, wenn sie die von anderen mit Beschlag belegen konnten.

Und dann hatte Simon angekündigt, dass sie in Urlaub fahren würden. Darauf hatten sie alle mit großem Erstaunen und völliger Verblüffung reagiert.

»Urlaub?«, meinte Rachel, als wüsste sie kaum, was das Wort bedeutet.

»Ja«, sagte Simon. Er grinste breit. »Ich dachte mir, wir fliegen nach Mallorca.«

Jack riss einen weiteren Ast vom Fliederstrauch ab und warf ihn hinter sich auf den Rasen. Sie waren nie in Urlaub gefahren. Bis jetzt. Hin und wieder ging es auf Klassenfahrt, und alle Jubeljahre fuhren Simon und Carrie mal für ein Wochenende weg und blieben über Nacht, aber Simon sagte immer, für Urlaub sei kein Geld da, es reiche ja so schon kaum, von Urlaub ganz zu schweigen, und dann ließ er diese Bombe platzen. Es war eine solche Bombe, dass Jack erst gar nicht sicher war, ob er überhaupt mit wollte.

»Natürlich willst du mit«, sagte Adam.

»Mit meinen kleinen Schwestern? Mit meinen Eltern?«

»Vergiss sie einfach«, meinte Adam. »Denk an all das andere.«

»Und zwar?«

»Sonne«, sagte Adam. »Saufen.«

»Mädchen«, sagte Rich.

»Mädchen!«

»Du kannst jeden Abend auf die Rolle gehen«, sagte Adam.

Rich versetzte Jack einen Stoß in die Rippen.

»Jetzt hast du doch das nötige Grundwissen –«

»Du kommst voll auf deine Kosten«, sagte Adam. Er schloss die

Augen. »Stell dir das bloß mal vor. Sonne und Saufen und jede Menge Mädchen. Den ganzen Tag, die ganze Nacht. Worauf zum Henker wartest du da noch?«

Jack trat zurück und betrachtete den Flieder. Gewiss, er war jetzt beträchtlich ausgedünnt, aber leider ziemlich unregelmäßig. Er sah ein wenig nackt und jämmerlich aus, wie jemand, den man beim Umziehen erwischt. Jack warf die Baumschere aufs Gras und hob die Forke auf. Er stieß sie in die Erde, trieb sie mit einem Tritt tief hinein und hob sie an. Die Erde war hart, fest zusammengebacken. Etwas zu plötzlich kam die Forke voll Erde wieder heraus, und Sand und Steinchen sowie ein langer, unregelmäßig dicker Wurm prasselten zu Boden. Jack besah sich den Wurm. Er dachte an Mallorca und an Adams Worte. Er wollte gar nicht jeden Abend ein Mädchen abschleppen, egal, welches, nachdem ein gewisser Alkoholpegel erreicht war. Er hätte aber nichts dagegen, vielleicht eins kennen zu lernen, ein nettes Mädchen, das ihm gefiel, das ihm als Person in Erinnerung bliebe und nicht nur als Gestalt.

»Jack«, ließ Guy sich hinter ihm vernehmen.

Jack drehte sich um. »Hi, Opa.«

Guy kam näher und legte Jack die Hand auf die Schulter. Er schaute den Fliederstrauch an.

»Kommst du klar?«

»Nicht so richtig«, sagte Jack.

»Kann ich dir vielleicht helfen?«

Jack schob mit der Schuhspitze den Wurm außer Sichtweite.

»Kennst du dich damit aus?«

»Möglich«, sagte Guy. »Ein bisschen besser als du.«

»Okay.«

»Das hier könnten wir noch ein wenig angleichen.«

»Okay«, wiederholte Jack. Er bückte sich nach der Baumschere und reichte sie Guy. Guy sah ihn kurz an.

»Wie geht's dir?«

Jack sah zu Boden. »Geht so –«

»Besser?«

»Ja«, sagte Jack. Er griff wieder nach der Forke. »Ich bin deinem Rat gefolgt.«

»Wirklich?«

»Ich hab's ihr gesagt.«

»Gut gemacht«, sagte Guy. Er trat in die Rabatte und fing an, den Fliederstrauch beizuschneiden. Jack schaute seinen Rücken an. Er trug eines seiner üblichen karierten Hemden und hatte die Ärmel hochgekrempelt. Von hinten sah er genau wie immer aus, wie man ihn kannte und immer schon gekannt hatte. Von vorne aber sah er anders aus. Jack konnte es nicht genau benennen, aber es war, als wäre hinter seinem Gesicht etwas eingefallen und hätte tiefe Höhlen und Falten und Schatten hinterlassen. Vielleicht sah er jetzt auch einfach alt aus. Jack war sich nicht ganz sicher. Er *war* alt, natürlich war er das, aber Jack wusste jetzt, dass man, bloß weil einer jung war – oder alt –, keine Schlüsse über das Alter, das Aussehen, die Gefühle oder sonst irgendetwas ziehen konnte. Ein Blick auf Carrie genügte. An manchen Tagen wirkte Rachel derzeit älter als Carrie.

»Opa«, sagte Jack.

Guy drehte sich um und kam mit einem Arm voller Zweige aus der Rabatte.

»Sieht das besser aus?«

»Was geht vor?« fragte Jack.

Guy ließ die Schere ins Gras fallen.

»Ich dachte«, sagte er, »ihr fliegt nach Mallorca.«

»Ja, stimmt.«

»Simon hat mich eingeladen mitzukommen –«

»Dann komm doch mit«, sagte Jack.

Guy sah ihn an.

»Das – das ist sehr lieb von dir. Auch von ihm. Aber ich glaube, ich komme eher nicht mit. Nicht dieses Jahr. Ein andermal vielleicht.«

»Vielleicht gibt es kein andermal.«

»Ach, ich denke schon«, sagte Guy. »Ganz bestimmt. Jetzt ja.«

Jack fragte erneut: »Was ist denn los?«

Guy griff hinüber und nahm Jack die Forke aus der Hand.

»Ich ziehe in den Norden.«

»Wieso?«

»Da oben gibt es einen Richter, am Crown Court, genau wie ich, und er hat Krebs, der Ärmste. Deshalb muss er vorzeitig in den Ruhestand, und ich werde dorthin versetzt, als Ersatz. Distriktrichter. Genau wie in Stanborough.«

Er wandte sich ab und fing an, die Forke in die von Wurzelwerk durchsetzte Erde rings um den Fliederbusch zu treiben. Jack beobachtete ihn, verfolgte seine Bewegungen, einen steten Rhythmus von Graben, Innehalten und Wenden.

»Geh nicht«, sagte Jack. Es rutschte ihm einfach so heraus. Er kam sich sehr dumm vor, kaum, dass er es ausgesprochen hatte.

Guy hielt lange genug inne, um ihm einen raschen Blick zuzuwerfen.

»Ich muss, alter Junge.«

Jack setzte sich aufs Gras. Plötzlich fühlte er sich wie ein kleines Kind, wie ein Kind, das sich verirrt hat.

»Warum musst du?«

Guy hörte auf zu graben. Er wandte sich ganz zu ihm um.

»Weil ich mich von Oma scheiden lasse und deshalb besser nicht in Stanborough bleiben sollte. Weil ich Merrion nicht heirate und deshalb besser nicht in London bleiben sollte.«

Jack musste schwer schlucken. Er fing an, Grashalme rings um seine Knie auszurupfen.

»Ich erhole mich schon wieder«, sagte Guy. »Genau wie du. Bei mir wird es etwas länger dauern, und vielleicht komme ich nie darüber hinweg, aber eins will ich dir sagen.«

»Was –«

»Ich hätte es nicht ertragen, wenn es nicht geschehen wäre. Ich hätte es nicht ertragen, Merrion nicht gekannt zu haben. Ich hätte es nicht ertragen, sie nicht geliebt zu haben.«

Jack stand auf. Er bückte sich und hob eine kleine Handforke auf. »Entschuldige.«

»Wofür entschuldigst du dich denn?«

»Dafür, dass ich so ein blöder *Halbwüchsiger* bin«, sagte Jack.

»Niemand verhält sich perfekt«, sagte Guy. »Wir tun alle einfach unser Möglichstes.«

Jack kniete sich an der Rasenkante nieder und fing an, mit seiner Forke in der Rabatte herumzustochern.

»Was wird sie tun?«

»Merrion?«

»Ja –«

»Sie wird sich ihre Sporen als äußerst erfolgreiche Anwältin für Familienrecht verdienen und vermutlich in ungefähr zehn Jahren die Seidenrobe überstreifen und Staatsanwältin werden. Und ich hoffe, dass sie auch heiratet und Kinder bekommt.«

»Hoffst du das wirklich?«

»Ich arbeite daran«, sagte Guy. »Hör mal. Darf ich dir zeigen, wie das geht?«

Jack überließ ihm die Forke. Guy kniete sich neben ihn.

»Im Leben schließen sich manche Türen«, sagte Guy, »und manche öffnen sich. Das tun sie nicht immer zur gleichen Zeit, und sie tun es nicht immer genau dann, wenn man es sich wünscht. Aber sie tun es immer wieder. Jetzt sieh her. Du musst beim Graben die Erde durch die Forke sieben, um die Klumpen aufzubrechen und Luft einzulassen.«

»Luft?«

»Ja, du Dummkopf. Luft.«

Jack reckte sich jetzt und spürte hinter seinem Kopf und den Oberschenkeln die unnachgiebigen Holzstreben des Liegestuhls. Sie hatten danach die gesamte Rabatte gejätet, Meter für widerspenstigen Meter, und am Ende hatte Guy ihn noch das Gras am Rand der Rabatte mit der Gartenschere kürzen lassen, als sauberen Abschluss. Dem hatte er sich mit großer Sorgfalt gewidmet, sich wirklich Mühe gegeben, und dann war Simon nach draußen gekommen und hatte ihr Werk bewundert und Opa mitgenommen, um irgendwas zu erledigen, Jack wusste nicht mehr, was genau, und danach noch irgendwo vor dem Abendessen einen trinken zu gehen. Später war Carrie mit einem Glas Limonade für Jack rausgekommen und hatte eine Menge Dinge gesagt, die Jack von Carrie nie erwartet hätte. Er hatte nicht so recht gewusst, wie er darauf reagieren sollte. Er hatte die neuen Strähnchen in ihrem Haar bewundert, und wie viel dicker und glänzender es dadurch irgendwie wirkte, und ihm fiel auf, dass sie es womöglich sogar durchgebürstet hatte, denn es sah glatt und beinahe wie ein Vorhang aus, genau so, wie es ihm, das wusste er jetzt, bei Mädchen gefiel. Als sie fertig geredet hatten und er seine Limonade ausgetrunken hatte, trug sie das leere Glas zurück ins Haus und Jack streckte sich in dem alten Liegestuhl aus, den er im Schuppen hinter den Mädchenrädern entdeckt hatte, und betrachtete sein Werk. Es war ziemlich armselig, das spürte er, sich eine Rabatte anzuschauen, eine Gartenrabatte, aber schließlich war niemand in der Nähe, der ihn dabei hätte sehen können, der ihm sein bizarres und wunderliches Vergnügen hätte verderben können.

Er blickte hinauf zum Himmel. Er war klar und blassblau, und das Sonnenlicht fiel nun schräger ein und hatte eine mehr goldene Färbung. Er dachte an Carrie in der Küche, die vermutlich mit schwingenden, gesträhnten Haaren Schranktüren öffnete und schloss. Er dachte an Mallorca und ans Meer und an ein Mädchen im Meer, das genau solche Haare hatte, nur dass sie nass waren und ihr nun an den Schultern klebten. Er dachte an Guy und Simon, die in irgendeinem Pub waren, vielleicht auch auf dem Gehweg davor auf Metallstühlen um einen kleinen runden Tisch saßen, Biergläser vor sich, sich dabei umkreisend wie Hunde, die wissen, dass sie gleich miteinander spielen werden, erst aber noch das Ritual des Sich-kennen-Lernens absolvieren mussten. Er dachte an Adam und Rich und Marco und Moll, an Moll, die nur noch ein klägliches »Verpiss dich« zustande gebracht hatte, weil ihr nichts anderes mehr einfiel, weil sie keine bessere Antwort wusste, weil sie nicht zugeben konnte, dass sie, anders als gedacht, doch nicht das letzte Wort gehabt hatte. Er dachte daran, was Guy über Türen gesagt hatte; Türen, die sich ständig und auf unvorhersehbare Weise in den Korridoren des Lebens schließen und öffnen, in all jenen langen Korridoren, die einem manchmal Angst machten, wenn man sie sich vorstellte. Er lehnte sich vor und erhob sich langsam und steif aus dem Liegestuhl. Ihm gefielen diese Türen. Ihm gefiel die Vorstellung, hindurchzuspähen und herauszufinden, was sich hinter ihnen verbarg. Er reckte die Arme über den Kopf und streckte sich, so weit es nur ging, dann warf er noch einen letzten Blick auf die Rabatte und schlenderte über den Rasen aufs Haus zu, um nachzusehen, was sich, wenn überhaupt, dort tat.